경계해체시대의 인문학

석학人文강좌 73

경계해체시대의 인문학

초판 1쇄 인쇄 2017년 11월 10일

초판 1쇄 발행 2017년 11월 15일

지은이 김성곤

펴낸이 이방원

편 집 윤원진·김명희·이윤석·안효희·강윤경·홍순용

디자인 전계숙·손경화

마케팅 최성수

펴낸곳 세창출판사

출판신고 1990년 10월 8일 제300-1990-63호

주소 03735 서울시 서대문구 경기대로 88 냉천빌딩 4층

전화 723-8660

팩스 720-4579

이메일 edit@sechangpub.co.kr

홈페이지 http://www.sechangpub.co.kr

ISBN 978-89-8411-718-1 04800

       978-89-8411-350-3(세트)

이 도서의 국립중앙도서관 출판시도서목록(CIP)은 서지정보유통지원시스템 홈페이지(http://seoji.nl.go.kr)와
국가자료공동목록시스템(http://www.nl.go.kr/kolisnet)에서 이용하실 수 있습니다. (CIP제어번호: CIP2017028195)

석학
人文
강좌
73

경계해체시대의 인문학

김성곤 지음

세창출판사

인문학은 지금 전례 없는 위기를 맞고 있다. 사회에 별 도움이 되지 않는 불필요하고 비실용적이며 구태의연한 학문이라는 비난과, 정보의 바다를 제공하는 인터넷이나 구글 같은 첨단 전자매체에 밀려 인문학은 그동안 누려 왔던 전통적인 특권과 입지를 급속도로 상실하고 있다. 더구나 모든 것의 경계가 급속도로 무너지고 있는 이 경계해체의 시대에 인문학은 아직도 스스로 쌓아 올린 벽 속에 갇혀 있거나, 사라진 보호막을 그리워하고 슬퍼하고 있거나, 아니면 전례 없는 급격한 변화에 어리둥절해 있다. 더구나 인문대를 졸업하면 취직조차 잘 되지 않는 상황에서, 인문학은 이제 사람들의 관심에서 밀려나 소외된 주변부 학문으로 전락한 것처럼 보인다. 인문학이 모든 학문의 으뜸이라고 자부했던 시대가 이제는 사라진 것이다.

그렇다면 앞으로 인문학은 살아남고 융성할 수 있을 것인가? 만일 그게 가능하다면, 인문학이 나아가야 할 방향은 어디인가? 또 이 전자매체와 다매체와 경계해체시대에 인문학은 어떻게 대처해야 하는가? 그동안 우리의 인문학은 과연 올바른 길을 걸어왔는가? 이 책은 바로 그러한 시대적 요청과 질문에 답하기 위해 쓰여졌다.

살아남고 융성하기 위해서 이제 인문학은 변해야만 한다. 인문학은 스스로를 고립시켜 온 벽을 허물고, 상아탑과 박물관에서 거리로 나가야만 한다. 그것은 곧 인문학도 이제는 소수의 학자들이 아니라, 모든 인간에게 도움이 되는 실용적 학문으로 탈바꿈해야 한다는 것을 의미한다. 그러기 위해서 인문학은 자신과 타자 사이의 경계를 해체하고, 타 학문 및 타 매체와 적극적으로 협업해야만 한다. 예컨대 인문학은 사회과학과 법학은 말할 것도 없고 과학기술, 환경생태, 생명공학, 의학윤리, 그리고 심지어는 예술경영까지도 포용해서 다학제 간 연구를 적극 시도해야만 한다. 그리고 그런 분야에 인문학적 소양이 얼마나 중요하고 또 필요한가를 적극 알려야만 한다.

그와 동시에 인문학은 과연 그동안 진정한 인문정신에 부합되는 인문학을 해 왔는지, 스스로 반성해야만 한다. 인문학은 인간이 어떻게 사는 것이 가장 가치 있는가를 성찰하는 학문이다. 그래서 영어로 인문학을 "Humanities"라고 부르고, 명예인문학 박사를 "Honorary Doctorate in Humane Letters"라고 한다. 인문대학에 문학과와 철학과가 설치되어 있는 이유도 바로 거기에 있다.

인문학은 또 타자를 존중하고 타자와 교류하는 것을 배우는 학문이다. 또한 다른 나라와 다른 문화에 대해서도 배우는 학문이다. 그래서 인문대학에는 다양한 외국어학과들이 있다. 타자와 교류한다는 것은, 자신만을 진리나 정의로 내세우지 않고, 타 문화를 존중하며, 다수와 강자가 아닌 소수자들과 약자들을 배려하고 포용한다는 것을 의미한다. 외국의 인문대학에서 소수인종 연구, 여성학연구, 게이 레즈비언 연구 등이 활발하게 진행되는 이유도 바로 거기에 있다.

그런데 한국 인문학의 근저에 자리 잡고 있는 유교, 그중에서도 주자학은 충효사상, 장유유서, 남존여비 등 가부장적 문화를 장려해서 소수와 약자를 소외시켰고, 정통과 고급문화를 중요시해서 소위 주변부의 비정통 소수문화와 대중문화를 억압했다. 그리고 더 나아가, 유교적 당파 의식이 유입되어서, 서로를 적대시하는 파벌도 생기게 되었다. 그러한 과정에서 인문학의 근간이 되는 공자의 중용사상이나 덕치나 도덕윤리 대신, 형식적인 것과 허레허식만 중요한 것으로 자리 잡게 되었다.

그렇다면 한국의 인문학은 태생적인 문제를 안고 있는 셈이다. 그래서인지 오늘날 우리 사회에는 자기만 진리라고 굳게 믿는 사람들, 정의라는 이름으로 타자에게 폭력을 행사하는 사람들, 그리고 소수자를 배려하지 않는 사람들로 넘쳐 나고 있다. 이는 제대로 된 인문교육을 받지 못해서 그렇게 된 것이라고 할 수 있다. 거기에는 물론 인문정신에 부합하는 인문학을 가르치지 못한 인문학자들의 책임도 크다.

그래서 이제라도 우리의 인문학과 인문교육은 변해야만 한다. 인문학이 우리 삶의 질을 높여 주는 데 공헌하고, 경계를 넘어 적극적으로 다른 분야와 손을 잡는다면, 인문학의 위기는 새로운 기회가 되고, 인문학의 미래 또한 밝을 것이다.

2017년 10월

김성곤

제 1 장

인문학, 무엇이 문제인가?

1. 왜 지금 인문학인가?

(1) "다시 인문학으로(Back to the Humanities)"

인문학이 위기라고 하는데, 왜 지금 다시 인문학의 바람이 불고 있는가? 왜 요즘 인문학 교양강좌가 인기이고 사람들이 몰리고 있는가? 그리고 인문학은 도대체 무엇이며, 왜 우리에게 필요한 것인가?

최근, 문화센터의 인문학 강좌에 사람들이 몰리는 이유는, 아직 젊은 나이에 퇴직한 사람들이 인문학에서 위안을 찾고 희망을 갖고 싶어 하기 때문이라는 진단도 있다. 그러나 그렇다고 해도, 그건 인문학이 사람들에게 정신적 위로와 심리적 치유의 역할을 한다는 것을 의미해서 여전히 고무적이다. 인문학은 우리에게 "어떻게 살아야 하는가?"를 성찰하게 해 주는 학문이기 때문이다.

인문학에는 몇 가지 중요한 기능과 특성이 있다. 첫째, 인문학은 기본적으로 삶과 사물에 대한 비판적 성찰을 하는 학문인데, 사실 그것은 인간이면 누구나 갖고 있어야 하는 기본적 소양이라고 할 수 있다. 인문학의 이 특성은 우리에게 어떻게 사는 것이 과연 가치 있는 삶이며, 나와 타자의 관계는 어떠해야 하고, 또 이 세상이 어떻게 돌아가고 있는가를 파악하게 해 준다는 점에서 대단히 중요하다. 그런 면에서 인문학은 우리에게 이성적이고 합리적이고 상식적인 안목을 제공해 준다. 인문대학에 어문학과와 철학과와 사학과가 들어 있는 이유도 바로 거기에 있다.

둘째, 인문학은 타자를 인정하고 포용하게 해 주며, 세상에 대한 이해를 넓혀 주는 학문이다. 인문대학에 외국어학과가 설치되어 있는 것도 바로 그런 이유 때문이다. 우리의 젊은이들이 세계로 진출하기 위해서는 외국어를 배워서 외국인과 교류하고, 다른 나라의 문화를 잘 알아야만 한다. 그래서 인문대에서는 외국어를 가르치고, 다른 나라의 문화를 연구한다. 외국어 공부는 우리 젊은이들의 정신적 지평을 크게 확대시켜 준다. 두 개의 언어를 구사하는 사람은 두 개의 정신을 갖고 있는 셈이기 때문이다.

셋째, 인문학은 그러한 것들을 통해 인류가 상생하며 앞으로 나아가야 할 길을 밝혀 보여 주는 학문이다. 그래서 지구상의 모든 사람들은 인문학을 통해 서로를 이해하고 만날 수 있다. 자유주의 시대정신 덕분에 인문학이 융성하고 강조되던 1960년대에 사람들은 통문화적 이해(Cross-cultural understanding)를 중요시했다. 당시 하와이에 세워진 '동서 문화 센터(The East-West Center)'는 바로 그러한 역할을 담당하던 기구였다.

(2) 인문학에 대한 오해들

우리는 흔히 인문학이 전통을 중시하는 보수적인 학문이라고 생각하기 쉽다. 그러나 오늘날 인문학이 겪고 있는 위기는 바로 그런 수구적 태도에서 비롯되었다고 보아도 크게 틀리지 않는다. 즉 세상은 급변하는데, 현실과 괴리된 채, 또는 미래의 비전을 제시하지 못하고, 계속 상아탑과 박물관의 유물로만 남아 있어서 인문학이 쓸모없는 학문으로 외면당하고, 위기를 자초하게 되었기 때문이다.

그러나 사실 인문학은 대단히 진취적이고 창의적이며, 미래지향적인 학문이다. 인간과 세상에 대한 심오한 사유와 성찰을 통해서 현실에 대처하고, 미래에 우리가 나아가야 할 길을 보여 주는 것이 인문학이기 때문이다. 그러므로 책을 외워서 답안 쓰기는 진정한 인문학이라고 하기 어렵다. 많은 책을 읽되, 거기에서 많은 것을 깨우치고 새로운 아이디어를 찾아서 새로운 방향을 제시하는 것이 진정한 인문정신이기 때문이다.

인문학은 이제 스스로의 견고한 벽을 허물고 경계를 넘어, 타 학문과도 제휴하는 융합학문 운동에 동참해야 한다. 인문학의 경계를 넘는 학문 분야인 비교문학이나 학제 간 연구(interdisciplinary studies)는 유독 한국에서만 제대로 대접받지 못하고 서자취급을 받아 왔는데, 그 이유 또한, 경계를 넘어 다른 것과 섞이기 싫어하는 한국식 인문학의 특성 때문이다. 경계를 넘지 않는다는 것은 동종끼리만 어울리고, 타자와는 대화를 하지 않겠다는 것을 의미한다. 이 경계해체의 시대에 아직도 자신의 경계 안에서만 안주한다면, 인문학의 미래는 암울할 수밖에 없고 머지않아 박물관의 유물로나 남게 될 것이다. 스스로 쌓아 올린 벽으로 인해, 결국은 질식하거나 유폐된 생활을 하게 될 것이기 때문이다.

또한 인문학은 인간을 중시하는, 그렇지만 인간을 다른 생명체보다 우위에 놓지 않는, 겸허하고 따뜻한 인간적인 학문이다. 그러므로 이론과 주장의 차이를 놓고 타자를 부정하며 당파싸움을 하거나 정치권력을 잡으려고 한다면, 그건 이미 인문정신을 배반하는 것이다. 그런 맥락에서 당쟁을 일으켜 자신과 견해나 입장이 다른 수많은 정적들과 그 가족들을 학살한 조선의 사대부들은 결코 진정한 인문학자라고 할 수 없다. 진정한 인문학자는 타자를 포용하고 양극을 피하며, 살생보다는 상생을 추구하는 사람들이기 때문이다. 그런데 만일 우리의 인문학자들이, 21세기인 지금도 타자를 배척하고, 극단적인 정치이데올로기를 신봉하며, 상생보다는 증오와 복수를 계속한다면, 그건 진정한 인문정신을 배반하는 셈이다.

(3) 한국의 인문학, 무엇이 문제인가?

한국의 인문학이 위기에 처한 이유를 명쾌하게 짚어 내고 있는 책이 바로 김경일 교수의 『공자가 죽어야 나라가 산다』이다. 김 교수는 유교, 특히 주자학의 유입이 우리나라를 망쳤다고 본다. 중국이나 일본에서는 이미 폐기 처분된 유교사상에 500년 동안이나 침윤되어서, 세상의 변화를 전혀 모르고 "은자의 나라"로 살아온 나라가 앞서간 나라에 의해 주권을 상실하고 나라를 빼앗긴 것은 필연적인 결과라는 것이다.

특히 자기들끼리 파벌을 만들고 사화를 일으켜, 수많은 정적들과 그 일가친척들까지도 도륙한 조선의 정치가들이 곧 인문학자들이었음을 감안하면, 유교, 특히 우리가 받아들인 주자학은 궁극적으로는 나라뿐 아니라, 한국의 인문학까지도 망친 셈이다. 이 책을 읽으면, 왜 한국의 인문학이, 그리고 한국이라는 나라가 끊임없이 과거로 회귀하고, 세상의 변화에 무지했으며, 창의적이지 못하고 미래를 향해 나아가지 못했는가 하는 미스터리가 풀린다.

한국에서는 정권이 바뀔 때마다, 새로 등장한 정치인들이 언제나 부정부패를 내세우고, 전문가와 인재들을 자기 패거리로 대체하며, 그러다가 또 위기를 맞아 전 정권과 마찬가지로 붕괴하고, 그러면 새로운 정권이 등장해 또 부정부패나 적폐청산을 부르짖는 악순환이 끝없이 반복되는데,『공자가 죽어야 나라가 산다』에 그 이유가 나와 있다. 이 책에 의하면, 유교는 기원전 조갑이라는 사람이 왕권을 찬탈한 다음, 자기 권력을 보호하고 합리화하기 위해, 즉 왕권강화를 위해 처음 만들었으며, 공자 역시 충효사상을 도덕과 연결시켜 권력에의 복종을 중시했다. 그렇다면 과거 독재정권 시절에 충효사상을 강조하고, 국민윤리학과를 만들어 국민윤리라는 것을 가르친 배경에도 권력 강화를 위한 유교의 이용이 숨어 있었다고 볼 수 있다. 『공자가 죽어야 나라가 산다』는 우리나라에 새 정권이 들어설 때마다 늘 다음과 같은 같은 패턴이 반복된다고 지적한다.

도덕의 깃발(새로운 정치세력의 초기)―과거청산을 위한 초법적인 힘―룰(rule)
의 파괴―전문가 집단의 위치박탈―객관적 경보장치의 무력화―사회 각 계
층의 전문시스템 부식 시작―외부충격 또는 내부적 혼란으로 인한 붕괴―수
습을 위한 새로운 도덕의 깃발.

이렇게 우리는 유교가 만들어 놓은 악순환에서 벗어나지 못하고, 매 시대
정권이 바뀔 때마다 그것을 반복하는 어리석음을 반복한다는 것이다. 이 책
은 그렇게 된 근본적인 이유도 역시 유교문화의 폐단에서 비롯되었다고 본
다. ―예컨대 "지역맹주를 기반으로 한 당파싸움, 타협과 토론을 허용하지
않고 윗사람에게 복종하고 충성하는 유교문화, 부정부패를 척결한다는 논
리로 행사하는 초법적인 행위들, 전문가를 무시하는 정치적 횡포, 그리고 어
느 한쪽이 싹쓸이가 되어야 끝나는 게임의 현상들"은 예나 지금이나 변함이
없다는 것이다.

주자학이 제대로 된 인문학이 아니라는 것은 권력자에 대한 복종을 미덕
으로 내세우며, 남성을 우월한 위치에 두고 여성과 아이들 즉 약자와 소수자
를 억압하고 무시하는 것에서도 드러난다. 제대로 된 인문학이라면 페미니
즘이나 LGBT(Lesbian, Gay, Bisexual and Transgender) 연구 같은 것을 통해 소수
자에게 힘을 실어 주어야 한다. 그리고 포스트모더니즘이나 다문화주의, 또
는 트랜스내셔널리즘이나 트랜스휴머니즘처럼 부단히 경계를 넘어서 다른
분야와 제휴하고 융합해야 한다. 그것이 오늘날 세계적인 인문학의 추세이
다. 그리고 스스로를 절대적인 진리라고 생각하는 지배문화의 독선과 횡포
를 허용하지 않으며, 주변부의 상대적 진리도 허용한다. 그러나 우리 사회,

우리 인문학계에서는 늘 자기를 절대적 진리와 정의로 내세우며, 다른 모든 것은 틀렸다고 하는 독선적인 태도가 발견된다.

김경일 교수는 지난 세기 한국은 국가적 파탄에 세 번 직면했는데, 한일합방과 한국전쟁과 IMF 사태가 바로 그것이라고 말한다. 그는 한일합방은 머리에 고리타분한 유교사상만 들어 있는 무능하고 세상을 모르는 정치지도자들이 스스로 초래했고, 한국전쟁 또한 유교적 당파싸움의 연장이며, IMF 사태는 유교의 잔재인 허세와 자기기만이 초래한 필연적인 결과라고 지적한다.

한국에도 제대로 된 인문학이 작동했더라면, 우리 역사가 그렇게 비극적이지 않았을 수도 있고, 20세기를 위기 속에서 살지 않아도 되었을는지 모른다. 제대로 된 인문학은 나라의 문을 걸어 잠그는 쇄국이나, 우리 것이 최고라는 신토불이 사상이나, 극단적 민족주의 대신, 경계를 넘어 타 인송/타 문화를 포용하고 국경을 넘어 세계로 뻗어 나가는 것을 가르치기 때문이다.

우리가 제대로 된 인문학을 공부했더라면 자신과 당파가 다르다고 해서 남을 배척하거나 증오하지도 않았을 것이고, 김경일 교수가 지적하는 대로, 자기 자녀들은 미국에 보내 놓고 반미를 하거나 영어배척 운동을 하는 위선자들에게 속지도 않았을 것이다. 19세기 말에 한국을 정탐한 혼마 규스케가 일본에 보낸 보고서에 보면, "한국인들은 자기네 나라가 유교국가라고 자랑하면서, 유교의 도덕과 윤리보다는 형식과 허례허식에만 얽매인다."고 되어 있다. 혼마는 또 "한국인은 자기 나라에 대해서도 잘 모르지만, 세계정세는 너무나 모른다."라고 지적했다.

그러므로, 이제부터라도 우리의 인문학은 달라져야 한다. 인문학을 제대로 한 사람이 어떻게 남을 증오하고 시기하며, 배제시키고 모함할 수 있겠는가? 만일 진정한 문인이라면 어떻게 정치권력을 탐하거나 작가가 되려는 젊은 여성을 농락할 수가 있으며, 남을 비방하고 끌어내리려 할 수 있겠는가? 우리의 인문학이 변할 때, 우리 사회도 살기 좋은 곳으로 변하게 될 것이다. 앞으로 인문학은 우리를 인간답게 만들어 주고, 우리의 젊은이들로 하여금 민족주의자가 아니라 세계의 시민이 되어 세계를 훨훨 날수 있게 해 주어야 할 것이다.

2. 인문학에 최근 어떤 변화가 일어나고 있는가?

(1) 글로벌시대의 도래

1960년대 이후, 전 세계에 거대한 인식의 변화를 초래한 포스트모더니즘은 ① 절대적 진리에 대한 회의, ② 탈중심 및 주변부의 조명, 그리고 ③ 사물의 경계해체를 주창하며 등장했다. 그리고 그러한 획기적인 사고의 전환은 글로벌시대의 도래를 불러왔다. 글로벌시대는 중심과 주변이 해체되고, 모든 것의 경계가 허물어지며, 세계가 하나의 지구촌(Global Village)이 되는 시대, 즉 세계가 하나의 마을로 좁아진 시대를 의미한다. 예컨대 세계를 일일생활권으로 만든 초고속 대형 제트기의 출현과 그로 인해 용이해지고 빈번해진 해외여행, 인터넷을 통한 정보의 확산, 다국적 기업의 등장과 무역의 확대, 그리고 국경의 해체(예컨대, 유럽연합)와 문화적 경계의 소멸 등은 세계를 좁히고, 세계인들로 하여금 공동의 가치관과 공통의 문화상품을 소유하게 해 주었다.

물론 그런 현상에는 부작용도 따른다. 경계해체는 외부로 문을 열어 놓는 것이어서, 메르스나 사스 같은 전염병이 삽시간에 국내로 들어오거나 전 세계로 퍼질 수도 있고, 부정확한 정보가 확산될 수도 있으며, 외국기업이 국내기업을 잠식할 수도 있다. 그러나 바이러스의 유입이 무섭다고 해서 인터넷을 끊으면 외부와의 교류가 차단되는 것처럼, 부작용이 있다고 해서 경계를 긋고 문을 닫으면 누구나 속절없이 고립되고 말 것이다. 그래서 바이러스 백신을 설치하고 문을 열어 놓는 수밖에 없다. 그러한 시대의 대세를 막는 것은 불가능하다. 세계가 이제는 하나의 "지구촌"이 되었기 때문이다.

(2) 절대적 진리에 대한 회의

글로벌시대에 살게 된 사람들은 우선 그동안 자신들이 절대적 진리라고 믿어 온 것에 대해 회의를 갖기 시작했다. 미셸 푸코는 "진리란 신성하고 절대적인 것이 아니라, 단지 당대의 권력과 지식이 결합해서 만들어 낸 담론일 뿐이다."라고 말했다. 사람들은 이제 한 시대의 진리가 다음 시대에서는 허위가 될 수도 있고, 정권에 따라 진실과 허위가 전도될 수도 있다는 사실을 깨닫게 되었다. 더 나아가, 푸코는 인류역사에서 보면 지식과 권력을 가진 쪽이 문명이 되었고, 그렇지 못한 쪽은 야만이나 광기로 몰려 밀려났다는 흥미 있는 이론도 펼치고 있다(『광기와 문명』). 또한 푸코는 죄수에 대해 간수가, 또는 환자에 대해 의사가 막강한 권력을 갖는 이유는 상대방에 대한 지식을 갖고 있기 때문이고, 그 지식이 곧 권력을 부여해 주기 때문이라고 말한다(『감시와 처벌』, 『병원의 역사』). 그래서 사람들은 이제 그동안 스스로를 절대적 진리로 내세운 권력자들의 주장이 사실은 기만이자 허위일 수도 있으며, 절대적 진리는 자칫 다른 것을 인정하지 않는 독선으로 전락할 수도 있다는 사실을 깨닫게 되었다.

이 세상에는 우리가 알고 있는 단 하나의 절대적 진리만 있는 것이 아니라, 여러 가지 상대적 진리도 있을 수 있고, 역사는 승자의 기록이어서 감추어졌거나 찢겨져 나간 페이지가 있을 수 있다는 것을 사람들이 깨닫기 시작한 것은 바로 그 순간이었다. 그리고 우리가 알아 온 절대적 진리에 회의를 던지며, 그동안 억압되어 온 또 다른 진리를 탐색하는 소설들이 출현한 것도 바로 그런 시점에서였다. 예컨대 움베르토 에코의 『장미의 이름』, 오르한 파묵의 『내 이름은 빨강』, 댄 브라운의 『다빈치 코드』나 『천사와 악마』, 매슈 펄의 『단테 클럽』, 또는 제드 루벤펠드의 『살인의 해석』 등은 모두 그동안 알려진 절대적 진리를 회의하고, 또 다른 진리를 탐색하는 소설이다.

절대적 진리가 무너지자, 사람들은 탈중심과 주변부의 조명에 관심을 갖기 시작했다. 자크 데리다의 '해체이론'은 중심을 내부에서 해체(deconstruct)하고, 중심과 주변부의 부단한 자리바꿈을 제안함으로써, 이러한 인식변화의 첨병 역할을 했다. 신은 지구와 우주를 둥그렇게 만듦으로써, 위와 아래, 또는 중심과 주변의 구분을 없앴다. 그러나 제국주의 시대에 유럽은 스스로를 세상의 중심이라고 생각하고, 자기네로부터 멀리 떨어진 지역은 극동, 중간지역은 중동, 그리고 가까이 있으면 근동이라고 불렀다. 그러나 포스트모더니즘이 등장한 이후, 이제는 그러한 사고방식이 더 이상 통하지 않게 되었다.

(3) 중심의 해체와 주변부의 조명

포스트모더니즘의 등장 이후에 대두된 두 번째 주요 변화는 모든 것의 중심이 해체되고, 그동안 주변부로 밀려나 억압받고 소외된 것들이 새롭게 조명받기 시작했다는 것이다. 그래서 예전에는 서양이나 강대국이 중심이고 동양이나 약소국은 주변부였으나, 이제는 동양도 조명을 받게 되었고 작은 나라도 관심의 대상이 되었다. 한류가 전 세계로 확산될 수 있었던 것도 바로 이러한 인식의 변화 덕분이었다. 그래서 20세기 초반이나 중반 같으면 불가능한 현상이 일어나게 된 것이다.

그러한 변화는 문학에서도 일어났다. 예전에는 순수문학이 중심이고 서브 장르(sub-genre) 문학은 주변부로 밀려나 있었지만, 이제는 추리소설, 판타지, SF, 스파이소설, 또는 무협지도 당당히 문학의 중심으로 부상했으며, 만화도 '그래픽 노블'이라는 이름으로 소설과 어깨를 나란히 하게 되었다. 심지어는 젊은 독신여성의 사랑과 시련을 다루는 '칙릿(Chick Lit.)'도 당당히 문학의 한 장르로 등장했다. 학계에서도 그동안 주변부에서 맴돌던 소수인종문학연구, 대중문학연구, 젠더연구, 게이 레즈비언 연구, 탈식민주의 연구, 서브 알턴(sub-altern) 연구 같은 것들이 중심부로 떠오르기 시작했다.

　　또 예전에는 '인문학'이 모든 학문의 중심이라고 생각했지만, 이제 인문학은 여러 학문 중의 하나로 그 위상이 축소되었고, '문학연구'가 인문학의 중심이라고 생각했지만, 지금은 문학도 문화텍스트의 일부로 보는 '문화연구(Cultural Studies)'가 대세가 되었다. 또 과거에 문학사들은 모든 예술 중에 문학이 으뜸이라고 생각했지만, 이제는 문학도 여러 예술 중 하나이며, 그것도 가장 돈과 인기가 없는 예술양식이라는 것을 깨닫게 되었다. 한 흥미 있는 예가 2000년대 초, 서울대학교에서 있었던 사건이다. 서울대 교직원 수첩에는 원래 인문대, 사회대, 자연대가 먼저 나오고, 그다음에 가나다순으로 경영대, 공대 식으로 교수 명단이 작성되어 있었다. 그런데 당시 공대교수 출신인 총장이 그걸 가나다순으로 바꾸어 경영대와 공대가 맨 앞에 오고 인문대가 뒤로 밀려나자, 분노한 인문대교수들이 들고 일어나 수첩을 반납해 다시 인쇄한 일이 있었다. 인문대교수들의 그런 행동이 시대착오적인 것이었는지, 아니면 인문학의 자존심을 지키기 위한 마지막 제스처였는지는 후대가 판단할 일이지만, 시대의 변화가 인문학과 순수문학의 입지를 좁히고 있다는 것만큼은 부인할 수 없는 현실이 되었다.

(4) 사물의 경계해체

포스트모더니즘이 초래한 세 번째 변화는 사물의 경계해체이다. 이탈리아의 기호학자이자 소설가인 움베르토 에코는 자기가 쓴 소설 『장미의 이름』의 서문에서, 이 소설이 자신의 창작이 아니라 번역이며, 그것도 삼중번역이라고 썼다. 즉 14세기 독일의 수도승이 라틴어로 쓴 것을 19세기 프랑스의 수도승이 프랑스어로 번역했는데, 그 프랑스어본 번역서를 자기가 우연히 부에노스아이레스의 서점에서 발견해서 이탈리아어로 번역했다는 것이다. 이와 같은 설정을 통해 에코는 원본과 번역본(또는 복사본)의 경계를 의도적으로 해체하면서, 번역본이나 복사본도 원본과 똑같이 중요하다는 것을 시사하고 있다. 이 소설에서 에코는 원본만 소중하게 여기며, 그 원본을 지키려고 (또는 절대적 진리를 수호하고, 금서로 지정된 도서를 읽지 못하게 하려고) 살인까지 하는 사람의 전형으로 독선적인 눈먼 장서관장 요르게를 제시한다.

포스트모던 현상 중 하나인 문화의 경계해체는 한류의 세계화를 가능하게 해 준 또 다른 요인도 되었다. 예컨대 K-팝(K-Pop)이 서양 노래와 우리 춤의 혼합이라는 점, SNS가 초래한 경계해체로 인해 세계 젊은이들에게 타문화에 대한 거부감이 없어졌다는 점, 또 요즘은 국적을 초월해 공동의 문화상품을 공유한다는 점 등이 한류의 확산에 크게 기여했기 때문이다. 그래서 프랑스의 기 소르망(Guy Sorman)은, "K-팝이 꼭 한국적인 것이어서 프랑스인들이 좋아 한다기보다는, 세계의 젊은이들이 좋아하는 글로벌 문화상품에 한국인 가수가 출연하는 것"이라고 말한다.

문화적 경계해체를 의도적으로 외모에 드러내고 다닌 사람으로 팝가수 마이클 잭슨이 있었다. 예컨대 잭슨의 외모는 흑인과 백인, 여성과 남성, 그리고 어른과 아이의 경계가 불분명한데, 그는 자신의 외모를 의도적으로 그렇게 꾸미고 다녔던 당대의 대표적 문화 아이콘이었다. 마돈나 역시 또 다른 경계해체의 문화적 표상이었다. 그녀는 원래 댄서였지만, 그 외에도 가수, 배우, 뮤직비디오 감독, 에이즈 퇴치 운동가 등 수많은 정체성을 가짐으로써 고정된 정체성을 거부하고 모든 것의 경계를 넘나든 가수였다. 또한 자신의 첫 뮤직비디오 제목인 〈경계선〉이 보여 주듯이, 마돈나의 춤이나 비디오는 주로 인종 간, 문화 간의 경계를 초월하자는 메시지를 담고 있다.

포스트모던 인식이 초래한 문화적, 인종적 경계해체는 한국의 세계진출에도 좋은 결과를 가져다주었다. 예컨대, 최근 헐리우드 영화에 한국배우들의 출연이 많아졌는데, 이는 예전에는 상상하기 어려운 일이었다. 예컨대 〈지아이 조: 코브라의 부상〉에는 한국배우 이병헌이 스톰 셰도 역을 맡고 있고, 〈레드 2: 레전드〉에서는 이병헌이 브루스 윌리스와 공연하고 있다. 또 〈터미네이터 제니시스〉에서도 이병헌은 사이보그 T-1000으로 나오고 있다. 최근 서울에서도 촬영한 〈어벤저스: 에이지 오브 울트론〉에서는 클로디아 김이 헬런 조 박사로 출연하고 있다. 뿐만 아니라, 미국 텔레비전 드라마에도 한국계 미국인 배우들이 대거 진출하고 있는데, 좀비 드라마인 〈워킹 데드〉에는 스티븐 연이 나오고, 〈하와이 파이브-O〉에는 네 명의 주인공 중, 그레이스 박과 대니얼 대 김, 두 사람이 한국계다. 한국영화 역시 해외에서 인기가 좋아서, 미국대학에 한국영화과목이 개설되면 많은 학생들이 몰려와 수강한다고 알려져 있다.

또한 미국의 미키 마우스나 일본의 헬로 키티 처럼 최근 한국의 애니메이션 캐릭터인 아기 펭귄 '뽀로로'도 국제적인 각광을 받고 있는데, 일 년에 대략 일 억 달러의 수익을 해외에서 올리고 있다. 이런 유명 브랜드들 덕분에, 구글에서 국가브랜드 랭킹을 검색하면 위키피디아가 뜨는데, 놀랍게도 거기에 한국은 11위에 올라 있다. 한국은 최근 무역규모에서도 이탈리아를 앞섰는데, 외국인이 많이 배우는 언어에서도 한국어가 이탈리아어를 앞서고 있다. 한국어 국가공인시험인 TOPIK을 보는 외국인의 수가 매해 증가해, 현재 연 20만 명의 외국인들이 이 시험을 보고 있다고 알려져 있다. 이 모든 것은 포스트모더니즘이 등장하기 이전에는 불가능한 일이었다.

인종 간, 문화 간의 경계해체는 다문화사회와 국제결혼도 활성화시켰다. 인종 간 결혼은 오늘날 세계적인 현상이 되었고, 한국의 경우에도 국제결혼이 많이 이루어지고 있다. 예컨대 헐리웃 배우 니콜라스 케이지와 웨슬리 스나입스의 부인이 한국계이고(유감스럽게 케이지 부부는 얼마 전에 이혼했다), CSI 뉴욕에 나오는 여수사관의 남편도 한국계다. 또 해마다 약 8천 명의 외국인 신부가 한국에 입국해 한국남자와 결혼하며, 그 결과 모두 16만 명가량의 외국인 신부가 국내에서 살고 있다. 그러나 한국이 다문화사회인가에 대해서는 논란의 여지가 있다. 왜냐하면 다문화사회는 다양한 문화를 동등하게 인정해 주는 것인데, 우리는 그들이 우리 문화에 동화되고 흡수되기를 바라기 때문이다. 그래서 우리는 국제결혼 가정을 다문화가정이라고 부르고 있을 뿐, 아직은 진정한 다문화사회라고 하기 어렵다.

사람들은 또 적과 우리 편의 경계도 불분명하다는 사실을 깨닫게 되었다. 예컨대, 1970년대 이란의 국왕 샤와 미국의 사이가 좋을 때는, 미국과 이라크의 사이는 별로 좋지 않았다. 그러나 1979년 국왕 샤가 몰락하고 반미주의자인 호메이니가 집권하자 미국과 이란의 외교는 단절되었고, 미국은 막 사담 후세인이 집권한 이라크와 친구가 되었다. 그러나 호메이니가 죽고 사담이 독재자가 되자 미국은 다시 이라크와 적이 되고 이란과는 친구가 된다. 그 후 이라크 전쟁에서 사담을 축출한 미국은 다시 이라크와 친해지고, 핵무기를 개발한 이란과는 적대적이 된다.

그래서 포스트모던 인식은 우리로 하여금 흑백논리인 "이것 아니면 저것 (either/or mentality)"의 이분법적 사고방식에서 벗어나, "이것도 그리고 저것도(both/and mentality)"의 포용적 사고를 해야 한다고 말한다. 그런 사고방식의 변화는 문학에도 중요한 영향을 끼쳤다. 미국작가 토머스 핀천(Thomas Pynchon)은 소설 『브이를 찾아서』에서 이렇게 말한다. ―"20세기에 우리에게는 두 가지 선택밖에 없었다. 좌파와 우파, 또는 거리와 온실이 그것이다. 우파는 과거의 온실 속에서 살고 움직였으며, 좌파는 거리에서 폭력을 통해 문제를 해결하려고 했다." 핀천은 다른 소설 『제49호 품목의 경매』에서는 이렇게 말한다. ―"마르크시즘과 산업자본주의는 둘 다 끔찍한 공포일 뿐이다." 그래서 핀천은 이것도 저것도 아닌 제3의 길을 찾아야 한다고 말한다. ―"우리는 0과 1 사이에 있는 제3의 길을 찾아야만 한다." 그런데 우리에게는 아직도 '이것이냐 아니면 저것이냐'의 흑백논리로 사태를 예단하는 경향이 있다. 예컨대, "중국이냐 미국이냐," 또는 "중국이냐 일본이냐." 같은 선택적 사고방식이 바로 그것이다. 최선의 답은, 비록 강도는 다르더라도 그 둘을 다 포용하는 데 있을 것이다.

평생 서구 제국주의에 대항해 싸웠던 『오리엔탈리즘』의 저자 에드워드 사이드(Edweard W. Said)도 이렇게 말했다. ―"서구 제국주의와 제3세계의 국수주의는 서로를 좀먹어 들어간다." 즉 그 둘은 똑같이 나쁘다는 것이다. 핀천 역시 인류문명을 절멸시키는 것은 서구 제국주의와 제3세계의 극단적 민족주의라고 말한 바 있다. 그래서 사이드는 서구 제국주의뿐 아니라, 아랍 근본주의자들의 테러리즘도 똑같이 비판한다. 『문화와 제국주의』에서 사이드는 이렇게 말한다.

"문화란 여러 가지 정치적·이념적 명분들이 서로 뒤섞이는 일종의 극장이라고도 할 수 있다. 아폴로적인 점잖음의 온화한 영역과는 거리가 먼 채, 문화는 대외 명분들을 백주에 드러내 놓고 싸우는 전장이 될 수도 있다. 예컨대 타국의 고전보다는 자국의 고전을 먼저 읽도록 배운 미국과 프랑스와 인도의 학생들이 거의 무비판적으로 자기 나라와 자기 전통을 받아들이고 거기에 충성스럽게 속해 있는 반면, 타국의 문화나 전통은 격하시키거나 대항해 싸우는 싸움터가 될 수도 있다는 것이다"(『문화와 제국주의』 24).

"우리는 우리의 목소리를 들리게 할 생각에만 급급한 나머지, 이 세상이 복합적인 곳이라는 사실을 망각하곤 한다. 만일 우리가 각자 자신의 주장만 순수하고 옳다고 주장한다면, 우리 모두는 끝없는 투쟁과 피가 튀는 정치적 혼란 속에 빠져들고 말 것이다. 과연 그러한 진정한 공포가 최근 유럽에서 재현되고 있는 인종차별주의와 미국에서 벌어지고 있는 도의적 공정성과 정체성 문제에 대한 토론의 불협화음, ―그리고 나 자신의 출신지에 대해 이야기한다면― 사담 후세인(Saddam Hussein)과 수많은 그의 아랍 추종자들 그리고 그의 반대파들의 비스마르크적인 전체주의가 빚어내는 종교적 편견과 망상적 약속들의 비관용성 속 여기저기에서 엿보이고 있다"(『문화와 제국주의』 34-35).

이 갈등과 분쟁의 시대에 사이드는 증오와 적개심보다는 관용과 포용의 중요성을 역설하고 있다.

(5) 모더니즘과 포스트모더니즘의 차이

20세기 초를 풍미했던 모더니즘은 원본을 중시했고, 절대적 진리를 신봉했으며, 사물의 명확한 경계를 믿었고, 질서와 통일성과 총체성을 중요시했다. 그래서 모더니스트들은 파편적이고 무질서한 현대문명을 슬퍼했으며, 총체성과 질서가 있었던 고전시대나 먼 과거를 숭상하고 그리워했다. 모더니스트들은 또 순수문학과 귀족문화와 예술소설을 숭상했고, 서브 장르소설이나 대중문화를 열등한 것으로 취급했다. 그리고 예술가는 보통사람과는 다른 특별한 존재로 본 반면, 독자는 예술가의 영감과 깨달음에서 배우는 수동적이고 열등한 존재로 보았다.

모더니스트들은 또 순수와 미의 영속을 원했지만 시간이 지나면 순수성과 아름다움이 사라져 가기에 시간을 붙잡아 두고 싶어 했으며, 따라서 시간에 대한 강박관념을 갖고 있었다. 시간이 거꾸로 가는 피츠제럴드의 소설 『벤자민 버튼의 이상한 경우』나, T. S. 엘리엇의 시 〈황무지〉에 "서둘러라, 시간이 다 되었다."가 계속해서 대문자로 반복되는 것은 그 좋은 예라고 할 수 있다. 모더니즘은 또 범세계적인 보편성을 주장하기는 했지만, 모더니즘이 보편적 문화라고 포장해 전 세계에 퍼뜨린 것은 사실 서구문화였다.

20세기 후반에 등장한 포스트모더니즘은 바로 그와 같은 모더니즘적 요소를 전면적으로 비판하면서 시작되었다. 우선 포스트모더니즘은 절대적 진리를 인정하지 않았고, 중심보다 주변부를 조명했으며, 모든 것의 경계를 해체했다. 또한 포스트모더니스트들은 무질서를 포용했고, 불협화음을 인정했으며, 파편성을 용인했다. 더 나아가, 포스트모더니즘은 엘리트문화 대신 대중문화를 옹호했으며, 서브 장르소설이나 영화나 만화까지도 문학과 동등한 문화텍스트로 포용했다. 동시에 순수문학의 종언을 선언하고, 대중문학과 서브 장르소설 시대의 도래를 선언했다. 또한 포스트모더니스트들은 저자의 특권을 인정하지 않고 오히려 저자의 죽음을 선언했으며, 독자의 반응을 중요시하는 '독서이론'과 '독자반응비평'을 창출했다. 그래서 포스트모던 시대의 독자들은 이제 같은 텍스트라고 해도 자신의 경험이나 배경에 입각해 각자 달리 해석할 수 있게 되었다.

포스트모더니스트들은 또 순수성과 미의 영속을 믿지 않았으며, 예술을 위한 예술이 아닌, 현실 속의 예술을 주창했다. 그들에게 있어서 순수성과 아름다움은 결코 영속할 수 없는 것이었고, 따라서 포스트모더니스트들은 예술의 상품화도 어쩔 수 없는 현실로 받아들였다. (그렇다고 해서 예술의 상품화를 지지하거나 추구한 것은 아니었다.) 또한 포스트모더니즘은 전 세계를 서구 문화로 획일화시킨 모더니즘과는 달리, 보편성과 고유성, 전통과 혁신, 또는 동양과 서양 둘 다를 수용했다. 또한, 전자매체, 영상매체, 그리고 다매체시대에 글을 써야 했던 포스트모던 작가들은 그런 시대에 어떻게 하면 문학의 위기를 타파하고 문학의 융성을 가져올 수 있을 것인가를 고민했고, 글쓰기에 대해 치열하게 고뇌했으며, 새로운 문학양식 창출을 위해 실험을 거듭했다. 그 결과, 이제는 인터넷으로 쓰는 하이퍼픽션과 그림이 들어가는 비주얼 노블까지도 새로운 문학 장르로 등장하게 되었다.

20세기 후반에 등장한 포스트모더니즘과 포스트모던 인식은 이렇게 우리의 사고와 인식을 바꾸어 놓았으며, 문학에도 본질적인 변화를 초래했고, 글쓰기와 책 읽기에도 놀랄 만한 변화를 가져다주었다. 또한 포스트모더니즘의 등장은 수많은 새로운 문예사조를 창출해 냈다. ─탈식민주의, 문화연구, 포스트휴머니즘, 포스트페미니즘, 포스트포스트모더니즘, 트랜스휴머니즘 등. 이러한 새로운 사조들은 앞으로 새로운 형태의 문학과 인문학을 산출하게 될 것이다.

3. 인문학이 나아가야 하는 새로운 길

(1) "이것 아니면 저것"에서 "이것도 그리고 저것도"의 마인드로

흔히 우리는 세상을 천사와 악마, 친구와 적, 또는 선과 악으로만 되어 있다고 생각하기 쉽다. 그러나 우리는 악마도 타락하기 전에는 천사였으며, 어제의 친구가 오늘의 적이 될 수도 있고, 선한 사람도 악당으로 변할 수 있다는 사실을 망각하고 있다. 마찬가지로, 우리는 세상이 좌파 진보주의자와 우파 보수주의자로만 되어 있는 줄로 착각하고 있다. 그러나 세상에는 보수적인 자유주의자도 있고, 진보적인 보수주의자도 있을 수 있다. 그러한 사실을 모르거나 인정하려 하지 않기 때문에, 우리에게는 관용과 관대함, 그리고 차이를 포용하는 역량이 심각하게 결여되어 있다.

오늘날 우리는 절대적인 선과 악이 없는 시대, 그래서 그 사이의 경계가 임의적이고 따라서 급속도로 그리고 본질적으로 무너지고 있는 시대에 살고 있다. 모든 위대한 문학작품들은 이미 오래전부터 그러한 사실을 우리에게 깨우쳐 주고 있다. 예컨대 톨킨은 『반지의 제왕』에서 추한 괴물인 골룸이 원래는 호빗이었으며, 사악한 오르크도 타락하기 전에는 요정이었다고 말한다. 우리는 그 두 존재가 서로 완전히 다르다고 생각하지만, 사실 그 둘 사이의 경계는 불확실한 것이다. 『해리 포터와 아즈카반의 죄수』에서도 해리가 악의 화신으로 생각했던 시리우스 블랙이 사실은 해리의 수호자라는 사실이 드러난다. 이 소설에서 롤링은 늑대인간이나 쥐인간 같은 변신의 모티프를 사용해 외양만으로 사물을 판단하면 안 된다는 사실을 가르쳐 주고 있다. 『천사와 악마』에서 댄 브라운 역시, 천사 같았던 사람이 얼마나 쉽게 악마로 변할 수 있는가를 잘 보여 주고 있다.

진실과 허위 사이의 경계가 얼마나 무너지기 쉬운가를 잘 보여 주는 또 다른 예는 "하이데거와 샤피로의 논쟁"이다. 자신의 유명한 글, "예술작품의 근원"에서 하이데거는 반 고흐의 헌 구두 그림에 대해 언급하면서, 그 한 쌍의 구두는 농부의 땀과 수고를 예술적으로 형상화한 것이라고 썼다. 컬럼비아대학교 교수이자 현대미술관 큐레이터인 마이어 샤피로는 즉시, 그 한

쌍의 구두가 농부의 것이 아니라, 사실은 고흐가 목사로 일할 때 신고 다니던 구두였다고 반박했다. 두 사람의 논쟁은 "예술작품의 근원"에 대한 진실과 허위에 대한 고전적인 논쟁으로 남아 있다. 그런데 『그림의 진실』이라는 저서에서 해체이론가 자크 데리다는 그 구두를 자세히 보면 한 쌍이 아니라 두 개가 다 왼쪽 구두처럼 보인다고 지적함으로써, 그 두 사람의 열띤 논쟁을 간단하게 해체했다. 사람들은 그제야, 그 구두를 자세히 살펴보고, 그것이 한쌍의 구두가 아니라, 왼쪽 구두만 두 개일 수도 있다는 사실을 깨닫게 되었다. 이 일화는 이 세상에 단 하나의 유일한 진실만 있다고 생각하는 것이 얼마나 어리석은 것인가를 깨우쳐 주고 있다.

그러나 유감스럽게도, 우리 인간들은 오랫동안 "이것 아니면 저것"의 흑백논리에 젖어서 나는 옳고 진실이며, 타자는 틀렸거나 허위라고 생각해 왔다. 사실 인간은 단순히 선과 악으로만 나누기에는 너무나도 복합적인 존재이다. 그러므로 타자를 판단할 때에는 심리적 양상이나 사회정치적 요인까지도 늘 고려해야만 한다. 세상은 천사와 악마로만 되어 있는 것이 아니고, 그 사이에 인간이라는 존재가 있기 때문이다.

(2) 문학에 나타난 "타자"

1) 『파이 이야기(Life of Pi)』: 나와 타자에 대한 성찰

맨 부커 상을 수상한 얀 마텔의 『파이 이야기』는 우리에게 "타자와의 화해 및 차이의 포용"의 필요성에 대해 소중한 교훈을 주는 뛰어난 소설이다. 주인공 파이는 힌두교 신자이자 가톨릭 신자이며 이슬람 교도이다. 후에 파이는 인도에서 캐나다로 가던 배가 침몰하자 뱅골 호랑이 리처드 파커와 함께 바다에서 227일 동안 표류한다. 그러는 과정에서 파이는 위협적인 타자인 호랑이와 적대시하지 않고 공존하는 방법을 배운다. 망망대해에서 표류하면서 파이는 무섭고 사나운 호랑이가 자신의 목숨을 빼앗아 가는 것이 아니라, 오히려 자기에게 살아갈 힘을 준다는 아이러니한 사실을 발견하게 된다. 포식자인 호랑이와 지내면서 파이는 정신적 및 현실적 측면 둘 다의 중요성을 깨닫게 된 것이다.

그러한 맥락에서 이 작품이 두 개의 목소리 —항해를 회상하는 파이의 목소리와 그것을 독자들에게 들려주는 작가의 목소리— 로 사실을 이야기하고 있음을 깨닫는 것은 중요하다. 작품의 마지막에 파이를 인터뷰하는 작가가, "사람들이 말하는 것과 당신이 말하는 것이 서로 다른데, 어느 것이 진실이냐?"고 묻자, 파이는 "그것이 왜 그렇게 중요한가?"라고 반문한다. 결국 사람들은 자기들이 듣고 싶은 것만 듣기 때문에, 절대적 진실이란 중요하지 않고, 더 나아가 하나의 진실보다는 여러 개의 진실이 있을 수도 있다는 것이다.

『파이 이야기』는 주인공이 인도에서 서양으로 건너간다는 점이 다를 뿐, 어떤 의미에서는 E. M. 포스터의 『인도로 가는 길』과도 닮았다. 『인도로 가는 길』은 제국인과 식민지인 사이의 복합적인 심리적 문제를 다루고 있는데 반해, 『파이 이야기』는 서구로 가는 여행의 숨은 의미를 발견하게 되는 인도소년의 깨달음을 다루고 있다. 아버지가 우리 가족은 인도를 떠나 캐나다로 이민을 가게 되었다고 선언하면서, "우리는 콜럼버스처럼 항해할 거다."라고 자랑스럽게 말하자, 파이는 "하지만 콜럼버스는 인도를 찾으러 항해를 했는데요."라고 지적한다. 소년의 아이러니한 지적에 아버지는 침묵한다.

『파이 이야기』에서 인도는 다양성의 나라로 제시되고 있다. 인도는 외견상 힌두국가지만, 사실 불교사찰과 회교사원과 천주교성당이 공존하는 곳이다. 파이는 "신앙이란 방이 많은 집과도 같다. 방 하나에만 매달릴 필요가 없지 않은가?"라고 말한다. 그는 힌두교로부터는 믿음을, 기독교로부터는 사랑을, 그리고 이슬람으로부터는 형제애를 배운다. 또한 인도는 다양한 언어를 사용하는 곳이며, 학교에서는 영어가 공용어이다.

파이가 찾아가는 캐나다 역시 다인종, 다문화 그리고 다국적 국가로 다양성의 상징으로 제시되고 있다. 캐나다는 영어와 프랑스어가 둘 다 사용되고 있으며, 정부의 각료들도 다인종으로 구성되어 있다는 점에서도 다양한 인종과 문화가 공존하는 국가라고 할 수 있다. 그러한 의미에서 다양성을 추구하는 파이가 캐나다로 항해를 하는 설정은 의미심장하다.

이 소설에는 다양성을 찬양하는 많은 상징들이 숨어 있다. 예컨대 『파이 이야기』는 프랑스 이름을 가진 인도 소년이 일본 배를 타고 인도에서 캐나다로 항해하는 이야기이다. 파이라는 이름도 결코 수학에서 하나로 정의되지 않는, 영원히 계속되는 그래서 무한한 가능성을 갖는 숫자이다. 또 다른 다양성 문제는 음식이다. 배의 프랑스인 요리사는 채식주의자인 파이의 부모에게 채소로 된 음식을 주지 않는다. 그는 파이의 부모에게, 소는 어차피 풀만 먹으니까, 소고기를 먹어도 되지 않느냐고 퉁명스럽게 말한다. 요리사는 나쁜 사람이지만, 그의 말에는 의미심장한 의미가 들어 있다. —"왜 한가지에만 집착하는가? 결국 모든 것은 다 똑같은 것인데."

캐나다는 다양성의 나라지만, 다양성을 향해 가는 길은 결코 평탄하지 않다. 캐나다로 향하던 배가 좌초되어 모든 사람들이 다 죽고, 파이만 리처드 파커라는 호랑이와 같이 조그만 보트를 타고 표류하게 된다. 처음에 파이는 사나운 호랑이를 위협으로 생각하고 두려워한다. 그러나 그는 차츰 호랑이가 위험한 항해에 자신의 동반자일 뿐 아니라, 더 나아가 자기를 살아 있게 해 주는 중요한 요인이라는 사실을 깨닫게 된다. 실제로 호랑이에 대한 두려움 때문에 파이는 살아남으려고 노력하게 되고, 삶의 의욕도 느끼게 되며,

호랑이에게 먹을 것을 구해 주면서 차츰 정이 들어서 외로움도 극복하게 된다. 후에 그는 "호랑이가 나를 살아 있게 해 주었다."라고 회상한다. 그리고 동시에 파이는 호랑이에게도 선의가 있는 것처럼, 자신의 내부에도 야수성이 숨어 있음을 고백한다.

리처드 파커는 에드거 앨런 포의 장편 『아서 고든 핌의 모험』에 나오는 선원의 이름이다. 포의 소설에 보면, 난파한 배에서 주인공 핌과 더크 피터스와 리처드 파커 세 사람만 살아남는다. 극도로 배가 고파지자, 리처드 파커가 제비를 뽑아서 걸린 한 사람을 나머지 두 사람이 잡아먹자고 제안한다. 두 사람의 반대에도 불구하고 고집을 피우던 파커는 결국 자기가 제비를 잘못 뽑아 죽임을 당하고 두 사람의 식량이 된다. 영화에서는 생략되어 있지만, 원작소설에는 굶주림 속에서 인육을 먹는 것이 암시되어 있다. 그런 면에서 호랑이의 이름이 리처드 파커라는 사실은 의미심상하다.

『파이 이야기』에서는 아무것도 절대적이거나 고정된 것은 없고, 모든 것이 흐릿하게 제시된다. 예컨대 파이와 호랑이 중, 과연 누가 사냥꾼이고, 누가 사냥감인가도 확실하지 않다. 호랑이는 사람 이름을 갖고 있고 사람인 주인공은 파이라는 이상한 애칭을 이름으로 갖고 있다. 세관관리가 동물과 사람의 이름을 바꾸어 적는 순간, 이 소설은 사람과 동물 사이의 경계를 해체한다. 그리고 거기에 따라 사물의 모든 경계가 허물어지고, 이분법적 구분은 의미를 상실한다. 심지어는 파이의 회상조차도 절대적 진실은 아닌 것으로 제시된다. 절대적 진실이라고 생각되는 것에 대한 맹신은 쉽게 타자를 억압할 수 있는 도그마로 전락할 수 있기 때문이다.

2) 『파이 이야기』에 나타난 다양성의 추구

우리는 경건하게 살면서 이웃에 대한 사랑과 자비를 통해 보다 나은 세상을 만들기 위해 종교를 믿는다. 그 어느 종교도 다른 종교를 믿는 사람을 죽이라고 가르치지는 않을 것이다. 그러나 유감스럽게도 인류역사는 종교적 교리가 다르다는 이유로 타자를 박해하고 학살한 사건들로 점철되어 있다. 중세에는 가톨릭이 수많은 사람들을 이단이나 마녀로 몰아 살해했으며. 십자군전쟁 때도 기독교 기사들과 이슬람 전사들은 자신들이 믿는 신의 이름으로 서로를 학살했다.

테러리스트들은 타자에 대한 적개심과 분노, 그리고 자기만 옳다는 독선을 갖고 죄 없는 불특정 다수를 죽인다. 이 세상에서 가장 무서운 것은 귀신이나 유령이 아니라, 신념을 가진 무지한 자라고 하는데, 테러리스트들은 바로 그런 사람들이다. 자기만 옳고 다른 사람은 틀렸다고 생각하는 순간, 그건 타자에 대한 폭력과 횡포가 되고, 아무런 주저나 양심의 가책 없이 사람을 해치게 되기 때문이다. 테러리스트를 양성해서 내보내는 사람들은 알라의 적을 많이 죽이는 만큼 사후에 더 많은 보상을 받는다고 가르친다고 한다. 그렇다면 그건 종교가 아니라, 살인일 뿐이다.

3) 『제노사이드』: 우리와 다른 것에 대한 두려움과 증오

다카노 가즈아키의 소설 『제노사이드』는 다른 문화, 다른 인종, 다른 종교에 대한 인간의 편견과 두려움과 적대감을 심도 있게 탐색한 주목할 만한 소설이다. 다카노에 의하면 인간은 자기와 다른 존재와 자기가 잘 모르는 존재에 대해 본능적인 두려움을 갖고 있다. 유감스럽게도 그 두려움은 쉽게 증오로 발전하고, 증오는 타자의 제거("제노사이드" 즉 인종 학살)로 이어진다. 과연 역사는 제노사이드로 점철되어 있다. ―히틀러의 홀로코스트가 그랬고, 보스니아의 인종청소가 그랬으며, 르완다의 타 부족 학살이 그랬다. 『제노사이드』에서 일본작가인 다카노는 과감하게 일본 제국주의 군대에 의한

난징 대학살도 그 한 예라고 지적한다.

다카노는 이 소설에서 한국인과 중국인에 대한 일본인의 편견도 예리하게 비판하고 있다. 『제노사이드』에는 정훈이라는 한국인이 일본인 주인공고가 겐토의 친구로 등장하는데, 그 두 사람은 서로 힘을 합해서 죽어 가는 어린이들을 구하고, 국제위기를 극복하며, 임박한 파멸로부터 세상을 구한다. 다카노는 정훈을 도쿄 역에서 술에 취해 선로로 떨어진 일본인을 구하고 자기는 열차에 치여 죽은 의로운 한국인 이수현 씨에 비교한다.

『제노사이드』에서는 아프리카의 피그미 족 부모가 고도의 지능을 가진 인간과 유사한 남녀 아이를 출산한다. 이 두 아이는 인간보다 훨씬 더 지능이 높아서 국제적 사건을 조종할 수 있을 뿐 아니라, 인류역사도 바꿀 수 있다. 그들은 심지어 철통 같은 미 국방부 컴퓨터까지도 해킹을 할 수 있는 능력을 갖고 있다. 미국대통령은 그 새로운 변종 아이들이 미국의 국가안보뿐 아니라, 인류 전체에 위협이 된다고 생각하고, 그들을 암살하는 비밀작전을 승인한다. 『제노사이드』에서 다카노가 강하게 비판하는 것은, 미지의 타자에 대한 바로 그러한 편견과 두려움과 증오이다.

다카노는 성선설을 믿지 않는 것처럼 보인다. 『제노사이드』에서 그는 인간은 천성적으로 선하다는 이론에 의문을 제기한다. 다카노는, "만일 인간이 본질적으로 선하다면, 왜 누군가가 좋은 일을 하면 우리는 그것을 '미덕'이라고 칭송하는가?"라고 묻는다. 만일 좋은 일을 하는 것이 인간의 본성이라면, 선한 사람을 칭찬할 필요가 없다는 것이다. 동시에 다카노는 인간의 성악설도 믿지 않는 것처럼 보인다. 그래서 그런지, 『제노사이드』에서는 주인공과 그의 한국인 친구처럼 다른 문화와 관습과 종교를 포용하고, 타자를 돕는 선한 사람들도 등장한다.

『제노사이드』에서 다카노는 국가안보라는 미명하에 전쟁을 선포하거나,

타자를 제거하는 비밀작전을 승인하는 정치 지도자들을 예리하게 비판한다. 작가는 그러한 신중하지 못하고 편견에 차 있는 정치 지도자들은 자신들의 결정이 야기하는 처참한 결과에 대해 무지하고 무관심하다고 지적한다. 다카노는 이렇게 말한다. ―"무서운 것은, 군사적 힘이 아니라, 그것을 이용하는 사람의 편견과 비뚤어진 성격이다." 유대인과 집시를 학살한 독일의 히틀러나, 보스니아 인종청소의 주범인 카라지치나 밀로셰비치를 생각하면 다카노의 말이 맞다는 것이 드러난다.

일견 『제노사이드』는 유명한 TV 시리즈 『24』에 영감을 준 빈스 플린의 소설 『임기종료』나 『권력의 이동』, 『권력의 분리』를 연상시킨다. 과연 『제노사이드』는 화이트 하우스와 미국대통령과 워싱턴의 정치적 음모로 시작된다. 그러나 이 소설은 곧 아프리카와 포르투갈로 배경을 옮겨 간다. 『제노사이드』는 일본작가의 소설이지만, 동시에 국제사회가 배경인 코스모폴리탄 소설이다. 작가는 이 소설에서 인터챕터를 삽입해서 중간중간 주인공이 살고 있는 일본을 소개함으로써 동서양을 연결하는 문화의 가교를 놓고 있다. 그런 의미에서 『제노사이드』는 언어로 이루어진 정교한 건축물과도 같다.

위키피디아에 의하면, "제노사이드"는 "민족이나, 인종이나, 종교나, 국가를 의도적이고 체계적으로 파괴하는 것"이다. 그것은 곧 만일 우리가 우리와 다른 타자를 두려워하고 증오하고 제거하려고 한다면, 우리는 제노사이드라는 범죄를 저지른다는 것을 의미한다. 제노사이드는 스스로를 정치적으로 올바르고 의롭다고 생각하는 사람들이 쉽게 저지르는 잘못이다.

유감스럽게도 스스로를 "정의"라고 생각하는 사람들은 한국사회에도 많이 있다. 그런 사람들은 자기네와 다른 정치이념이나 다른 종교나 다른 집단을 배척한다. 많은 한국인들은 자기와 다른 의견도 용납하지 않는다. 그런 사람들은 누가 다른 견해를 제시하면 즉시 이렇게 반응한다. "너희는 모두 틀렸어! 우리만 옳은 거야!" 그러나 자신만이 정의요 절대적 진실이라고 생각하는 순간, 그것은 곧 타자에 대한 편견과 폭력과 횡포가 된다.

다카노의 『제노사이드』는 우리로 하여금 타자를 감내하고 포용하는 것이 왜 중요하고 절실한가를 깨우쳐 준다. 그것이 바로 다카노의 소설에서 우리가 배울 수 있는 값진 교훈이다.

4) 『책 읽어 주는 남자』: 세대 간의 충돌과 갈등

베른하르트 슐링크의 『책 읽어 주는 남자』는 독일인의 의식 속에 깊숙이 내재되어 있는 비극적인 역사의식을 문학적으로 잘 형상화한 뛰어난 소설이다. 주인공 미카엘은 15세 소년시절에 만나 사랑에 빠졌다가 헤어진 36세의 여인 한나를 회상하는데, 그녀는 미카엘에게 『오디세이』같은 고전을 큰 소리로 읽어 달라고 부탁한다. 미카엘은 한나에게 책을 읽어 주고, 목욕을 한 다음, 침대로 가서 섹스를 하는 것을 마치 무슨 종교의식처럼 반복한다. 그러던 어느 날, 한나는 사라져서 다시는 돌아오지 않는다.

6년 후, 법대생이 된 미카엘은 전쟁범죄 재판을 보러 법정에 가서, 한나가 피고석에 앉아 있는 것을 보고 놀란다. 그는 한나가 나치정권 시절에 아우슈비츠 수용소의 친위대 간수였으며, 300명의 유대인 여성의 학살에 책임이 있다는 사실을 알게 된다. 그는 또 한나가 문맹이었으며, 평생 그 사실을 감추려고 했다는 사실도 알게 된다. 그녀의 어두운 과거를 알게 된 미카엘은 그런 여자와 엮이게 된 사실을 수치스럽게 생각한다. 그러면서도 미카엘은 이상하게 그녀에게 이끌리고, 그녀에 대한 추억으로 인해 다른 여자와는 연애하기가 힘들어졌다는 사실도 깨닫는다.

유대인 독자들에게는 이 소설이 나치정권에 부역한 독일인들에게 면죄부를 주는 소설처럼 보일 수도 있을 것이다. 사실 유대인 비평가 중에는, 이 소설이 나치정권을 신랄하게 비판하고는 있지만, 그럼에도 불구하고 소설에는 한나가 무지하고 무식했다는 이유로 그녀를 이해하고 용서하자는 메시지가 들어 있다고 비판하기도 했다. 『책 읽어 주는 남자』에서 나이 든 세대는 자신들의 무식함과 무지함을 감추려고 필사적으로 노력한다. 그러나 아이러니하게도 그들은 젊은 세대에게 책을 읽어 달라고 부탁함으로써 스스로의 무지를 상징적으로 드러낸다.

한 유대인 평론가는, 만일 독일인이 용서받고 싶으면, 무지했다는 것만으로는 안 되고, 당시 귀가 먹고, 눈이 멀고, 벙어리였어야만 한다고 지적하기도 했다. 왜냐하면 당시 독일인들은 모두 다 전쟁이 시작되면 유대인들은 멸종되어야 한다는 히틀러의 1939년 라디오 연설을 들었기 때문이라는 것이다. 다른 이스라엘 작가도 "의도했건 아니건 간에, 『책 읽어 주는 남자』는 문화강국으로 알려진 나라인 독일의 죄의식과 책임을 완화시키는 역할을 하고 있다."라고 지적했다.

그런 의미에서 『책 읽어 주는 남자』는 귄터 그라스의 『양철북』보다 훨씬 더 많은 생각을 하게 해 주는 소설이다. 그라스의 『양철북』이 나온 1959년에는 나치와 그 부역자들을 정죄하는 것이 비교적 간단했고 쉬웠다. 그러나 사물을 또 다른 시각으로 보게 해 주는 포스트모던 인식이 확산되던 1995년에는 사람들이 이 세상이 단순히 선과 악으로만 이루어진 것은 아니라는 사실을 깨닫기 시작했다. 그러한 변화 속에서 잔혹한 나치정권에 협력했거나 침묵한 나이 든 세대와, 홀로코스트로 상징되는 어두운 과거의 상처로부터 벗어나려는 젊은 세대의 갈등과 충돌을 목도해 온 작가가 쓴 소설이 바로 『책 읽어 주는 남자』였다. 그런 의미에서, 『책 읽어 주는 남자』는 부모가 범법자라는 사실을 발견한 아이들의 심리적 트라우마를 문학적으로 잘 형상화한 작품이라고도 할 수 있을 것이다.

그런 의미에서 『책 읽어 주는 남자』는 나치정권의 참상에 책임이 있는 나이 든 세대에게 면죄부를 주는 소설이라기보다는, 이해와 화해를 통해 두 세대의 심리적 상처를 치유하려는 작품이라고 볼 수 있다.

5) 『휴먼 스테인』: "정치적 올바름"과 도덕적 우월감의 폐해

필립 로스의 『휴먼 스테인』을 읽는 한 가지 방법은, 이 소설이 자기는 도덕적으로 우월하기 때문에 정치적으로 올바르지 못한 타자를 정죄할 수 있다고 확신하는 사람들의 이야기로 보는 것이다. 스스로를 의롭다고 믿고 자신을 정의라고 생각하는 사람들은 주저하지 않고 타자의 삶과 경력을 파멸시킨다.

『휴먼 스테인』은 자신들이 도덕적으로 옳고 "정치적으로 올바르다."고 생각하는 사람들에 의해 인종차별주의자와 성적 변태자로 몰려 파멸하는 주인공의 이야기다. 아테나대학의 고전문학교수인 콜먼 실크는 수업시간에 인종차별적인 발언을 했다는 이유로 대학 청문회에 소환된다. 그가 수업시간에 한 번도 나타나지 않은 두 학생을 가리켜, "유령"이라고 지칭했기 때문이다. 출석을 부르다가 말고, 콜먼은 "누가 이 학생들을 아는 사람이 있나? 이 학생들은 실제 인물들인가? 아니면 유령(spooks)인가?"라고 묻는다. 그런데 "spook"이라는 단어에는 유령이라는 뜻 외에도 속어로 흑인을 비하하는 의미가 들어 있기 때문에 콜먼은 인종차별주의자로 낙인찍히고 비난의 대상이 된다. 콜먼은 항의한다. ―"난 그 실체가 없는 학생들을 지칭한 겁니다. 모르시겠어요? 그 두 학생은 한 번도 수업에 나타나지 않았어요. 그게 내가 그 학생들에 대해 아는 모든 것이에요. 난 spooks라는 말을 일차적 의미인 '유령'의 뜻으로 사용한 겁니다. 내가 그 학생들의 피부색을 어떻게 알 수 있겠어요?"

그러나 유감스럽게도 아무도 그의 해명에 귀 기울이지 않고, 결국 그는 교수직을 사임하게 된다. 그 소식에 충격을 받은 그의 아내는 심장마비로 사망한다. 콜먼의 삶과 경력은 완벽하게 파탄이 난다. 아이러니한 것은, 콜먼이 1950년대까지 미국사회에서 인종적 차별을 받았던 또 다른 인종인 유대인으로 알려져 있었다는 점이다. 더욱이 소설의 후반부에 가면 콜먼이 사실은 흰 피부를 갖고 태어난 흑인이었다는 사실이 드러난다. 그러므로 콜먼이 인종차별주의자라는 비난은 그 유효성을 상실한다.

그럼에도 불구하고 콜먼은 스스로를 정의라고 생각하는 사람들에 의해 치명적인 피해를 입는다. 외로움과 좌절 속에서 콜먼은 포니아 팔리라는 젊은 여성에게서 위안을 찾는다. 그런데 실크는 71세이고 포니아는 34세이기 때문에 극단적 페미니스트인 여자교수를 비롯한 그의 예전 동료교수들은 또다시 비도덕적이라는 이유로 콜먼을 비난한다.

콜먼 사건은 미국사회가 클린턴-르윈스키 스캔들로 들끓던 1998년에 일어난다. 『휴먼 스테인』의 도입부에서 로스는 이렇게 말한다. ─"1998년 여름, 미국은 클린턴과 르윈스키 스캔들로 인해 경건함과 순수함을 주장하는 목소리로 야단법석이었고, 그 사건은 공산주의를 밀어내고 그 자리를 대신 차지한 테러리즘보다 더 미국을 위협하는 문제로 부상했다. 그리고 미국에서 가장 오래된 공동체적 열정이자 역사적으로 가장 불온하고 파괴적인 쾌락인, 자기만 성자인 척하는 감정적 도취가 부활했다."

로스는 당시 성적으로 방탕하던 사람들까지도 마치 자신들은 윤리적, 성적으로 흠 없는 도덕군자인 것처럼 클린턴과 르윈스키를 비난하는 전국적 운동에 동참했다고 지적한다. 로스는 이렇게 쓰고 있다. ─"의회와 언론에서는 자기만 옳다고 주장하는 사람들이 남을 비판하고 개탄하며 도덕적 설교를 늘어놓았다. 그들은 건국 초기에 호손이 '박해풍토'라고 명명했던 광적인 흥분 상태에 있었다."

물론 로스는 빌 클린턴을 옹호하지는 않는다. 오히려 그는 클린턴의 성적 방종을 신랄하게 비판한다. 그러나 그와 동시에 그는 자신만 옳다는 잘못된 신념으로 타자의 삶을 망치는 사람들의 문제점도 지적하고 있다. 자신만 정의라고 생각하는 사람들에게 자기도 틀릴 수 있으리라는 생각은 결코 일어나지 않는다. 그게 왜 그런 사람들은 무슨 짓을 해도 양심에 거리끼지 않는가 하는 이유이다. 그런 사람들은 상대방에게 숙정을 강요한다. 『휴먼 스테인』의 에피그라프에서 로스는 소포클레스의 『오이디푸스 왕』을 인용한다. ─"숙정의식은 어떻게 하는 것인가요?"라고 묻는 오이디푸스 왕에게 크레온은 대답한다. "추방하거나, 피에는 피로 갚는 것이지."

『휴먼 스테인』을 읽으며 우리는 스스로를 의롭다고 확신하는 것과 자신이 정의라고 생각하는 것의 위험성을 깨닫게 된다. 클린턴-르윈스키 스캔들을 이용해 로스는 1990년대 후반 미국사회에 편만했던 "정치적 올바름(political correctness)" 운동을 패러디하고 있다. 그는 그것을 "전국적인 광기"라고 불렀다.

『휴먼 스테인』은 맹목적인 독선과 완고한 도덕적 우월감이 얼마나 파괴적인 결과를 가져오는가를 우리에게 상기시켜 주는 소설이다. 세계가 놀란 트럼프의 등장도 그런 정치적 올바름 운동이 극으로 치달을 때 필연적인 반작용으로 생겨나는 결과인지도 모른다.

6) 〈킹덤 오브 헤븐〉: 종교와 이념의 충돌/기독교도와 무슬림의 화해

윌리엄 모나한이 각본을 쓰고 리들리 스콧이 감독한 영화 〈킹덤 오브 헤븐〉은 아브라함 시대에 시작되었지만 현재까지 이어져 우리도 당면하고 있는 절박한 문제인 기독교와 이슬람의 충돌을 다루고 있다. 〈킹덤 오브 헤

븐〉은 기독교와 이슬람 중 어느 하나를 옹호하는 영화가 아니라는 점에서 중요한 의미를 갖는다. 이 영화는 그 두 종교의 신앙을 모두 인정하면서, 그 사이의 어느 지점에서 새로운 화해의 가능성을 찾고 있다는 점에서 주목할 만하다. 〈킹덤 오브 헤븐〉은 근본적인 질문을 던진다. ―"종교의 이름으로 타자를 죽이는 것과, 종교를 통해 인생의 고상한 목적을 찾는 것 중 어느 것이 더 중요한가?" 그 질문에 답하기 위해 이 영화는 제2차 십자군 원정 때 잠시 예루살렘을 정복했던 볼드윈 왕과, 1187년에 예루살렘을 탈환한 살라딘 술탄 사이에 일어났던 전쟁의 참상을 다루고 있다.

　〈킹덤 오브 헤븐〉을 보며 관객들은 유혈을 피하고 평화롭게 공존하기 위해 결단을 내렸던 기독교 지도자 밸리언과 사라센 지도자 살라딘의 태도에 감동하게 된다. 처음에는 그 두 지도자 모두 상대편을 말살하자는 극단주의자들에 의해 둘러싸인다. 예컨대 무슬림에게 적대적인 기 드 류시냥과 레이날 오브 샤티옹은 사라센 상인들을 공격함으로써, 살라딘을 자극해서 그로 하여금 대군을 출전시켜 예루살렘을 점령하게 만든다. 살라딘 역시 기독교 인들을 모두 죽여서 예루살렘을 탈환하자는 극단주의자들의 부추김과 압력을 받는다.

　그러나 밸리언과 살라딘은 명예와 존엄과 위엄을 갖춘 진정한 영웅이었다. 마지막에 그 두 영웅은 평화롭게 공존하기로 결정함으로써 상호파멸을 막는다. 양측의 막대한 인명손실을 목격한 살라딘은 밸리언을 설득한다. ―"예루살렘을 넘겨주게. 그러면 아무도 다치지 않을 걸세." 그러나 밸리언을 그 말을 의심한다. "기독교도들은 예루살렘을 빼앗을 당시 모든 무슬림을 죽였습니다." 그러자 살라딘은 "나는 그런 사람들과 다르네. 나는 살라딘이네."라고 대답한다. 드디어 밸리언은 "그런 조건이라면 예루살렘을 넘겨주겠습니다."라고 말하며 동의한다. "자네들에게 평화가 있기를!"이라고 말하며 돌아서는 살라딘에게 밸리언은 묻는다. ―"도대체 예루살렘이 무슨 가치가 있나요?" 살라딘은 즉시 대답한다. ―"아무 가치도 없지." 그리고는 미소 지으며 덧붙인다. ―"무한한 가치가 있지." 결국 킹덤 오브 헤븐은 예루살렘이 아니라, 그 두 고결한 지도자가 체결한 평화조약의 산물이었음이 드러난다.

〈킹덤 오브 헤븐〉은 중세의 십자군과 사라센의 대립을 통해 종교적, 정치 이념적으로 갈라져 싸우고 있는 오늘날 우리의 현실을 은유적으로 반영해 주고 있다. 중세에는 오히려 기독교 지도자들과 사라센 지도자들이 상호존중과 고결한 인간성을 보여 주었다. 예컨대 영국의 사자왕 리처드가 제3차 십자군전쟁을 이끌었을 때, 살라딘은 협정을 맺기 위해 자기 동생 알 아딜을 보낸다. 시오노 나나미는 『십자군 이야기』에서 이렇게 쓰고 있다. ―"리처드 왕은 그 사라센인이 가져온 선물이 아니라, 그 사라센인의 고결한 인품과 예의와 기품에 감명받았다. 34세의 리처드와 48세의 알 아딜은 서로를 존경했다." 비록 평화조약은 맺지 못했지만, 그래도 그 두 사람은 친구가 되었다. 오늘날 우리 정치 지도자들은 정치이념이 다르면 서로를 적대시하고 용서할 수 없는 철천지원수처럼 대한다. 기독교도와 무슬림도 친구가 될 수 있는데, 유감스럽게도 우리는 좌우 정치이데올로기로 분열되어 서로를 증오하고 있다.

(3) 0과 1 사이에 있는 제3의 길을 찾아서

요즘 사회주의의 탈을 쓰고 숨어 있기는 하지만, 공산주의는 실패해서 지구상에서 사라졌다. 냉전이데올로기도 마찬가지다. 그러나 이상하게도 오직 한반도에서만 아직도 공산주의와 냉전이데올로기가 기승을 부리고 있다.

실망스럽게도 오늘날에는 자본주의와 민주주의도 그 원래의 장점과 가능성을 소진하고 한계에 다다른 것처럼 보인다. 자본주의가 극으로 가면 돈이 모든 것을 지배하고, 자본이 스크린상의 숫자가 되며, 펀드 매니저들이 순식간에 천문학적인 돈을 벌게 되는 월 스트리트가 생겨난다. 월 스트리트에서 돈은 떠다니는 컴퓨터상의 숫자가 되고, 거기에 심오한 성찰이나 도덕적 윤리가 들어갈 공간은 없다. 자본주의가 극으로 가면, 결국 빈익빈 부익부라는 바람직하지 못한 현상이 생겨난다. 즉 금수저를 물고 태어나지 않는 이상, 아무리 노력해도 부자가 되지 못한다는 것이다.

민주주의도 세계 각국에서 극으로 치달아서 사회위계질서를 무너뜨리고, 포퓰리즘으로 전락하고 있다. 사람들은 민주주의를 "다수의 힘으로 밀어붙이는 것"으로 생각하는데, 그건 자칫하면 다수의 횡포로 전락하기 쉽다. 사실 민주주의는 "소수의 의견"도 존중하는 것일 것이다. 문제는 많은 나라에서 민주주의를 포퓰리즘으로 착각하고 있으며, 포퓰리즘은 필연적으로 국가의 정신적, 경제적 파산을 초래한다는 것이다.

유감스럽게도, 정치가들은 선거에 이기기 위해 온갖 달콤한 선심성 정책을 통해 달콤한 것을 좋아하는 사람들을 유혹하지만, 그 결과는 심각한 충치뿐이다. 소설 『제거명령』에서 빈스 플린은 만일 포퓰리스트 정치인들이 선거에 이기려고 무상복지로 유권자들을 유혹하고, 유권자들이 그런 정치인을 뽑으면, 그들의 나라는 결국 파산하고 만다고 지적하고 있다. 유럽의 한 나라를 예로 들면서 플린은, 주당 35시간 노동, 두 시간의 점심식사, 연간 두 달이 넘는 유급휴가를 주면 아무리 막강한 강대국도 파산에 이르게 된다고 경고하고 있다. 빈스는 그렇기 때문에 사회주의는 공산주의보다도 더 조용하게 나라를 망친다고 말한다.

민주주의가 포퓰리즘을 의미하는 사회에서는 사회구성원이 모든 것을 결정해야 한다고 생각하게 된다. 하지만 다수가 모여서 하는 결정에는 실수가 따르기 쉽다. 특히 국가안보에 관련된 사안은 신속한 결정을 요하기 때문에, 그런 일을 대신하라고 선출한 정치인들에게 맡겨야 할 때도 있다. 그렇지 않다면 굳이 선거로 국민의 대표를 뽑을 이유가 없을 것이다. 그런데도 사람들은 모든 것을 국민에게 물어보고 결정해야 한다고 생각한다. 정치인보다는 피플파워를 더 신뢰하는 사람들은 이슈가 있을 때마다 거리의 데모에 모든 것을 의존하게 된다. 그러나 그것은 자칫 다수의 힘으로 밀어붙이는 '폭력적인 군중 민주주의(mob democracy)'로 전락하기 쉽다.

또한 우리는 인간 존엄성의 평등이나 신 앞에서의 평등이 아니라, 재능, 외모, 재산, 신분이 평등해야 한다고 생각하는데, 그렇게 되면 당연히 나보다 더 특권이 있거나, 더 잘 나가거나, 더 돈이 많은 사람들을 증오하게 된다. 상사의 직위에 따른 특권도 인정하지 않게 되면, 사회는 혼란에 빠지게 되고 정치적 상황은 불안하게 될 것이다.

그러한 상황에서는 제3의 길이 필요하다. 제3의 길이란 "이것 아니면 저것"의 이분법적 멘탈리티에서 벗어나는 것이다. 제3의 길이란, 너와 나의 경계를 넘어 "너도 그리고 나도," 또는 "이것도 그리고 저것도"의 마인드를 갖는 것이다. 제3의 길이란 단순한 양비론이 아니라, 0과 1 사이에 있는 또 다른 가능성을 찾는 것, 즉 양극을 피하고 중간을 인정하는 것이다. 또 제3의 길이란, 서로 적대적인 양극단을 중재하고, 문제를 해결할 수 있는 또 다른 방법을 탐색하는 것이다.

제3의 길을 찾기 위해서는 자본주의와 사회주의의 장점을 병합하고, 보수와 진보의 장점을 융합해야 한다. 그리고 민주주의도 포퓰리즘이나 왜곡된 평등의식이 아닌, 성숙한 시민의식에 근거하도록 해야 할 것이다. 또한 보수주의와 진보주의도 서로의 장점을 살려서 포용하고, 고질적인 파벌싸움도 이제는 끝을 내야 할 것이다. 상황에 따라서, 또 시대에 따라서 보수주의자가 자유주의자가 되고, 자유주의자도 보수주의자가 되어야만 하는 때도 있는 법이다. 이 세상에 영원한 보수주의자나 영원한 자유주의자는 없다.

『바인랜드』에서 토머스 핀천은 우리의 흑백논리를 꾸짖으면서, 이렇게 개탄하고 있다. —"만일 컴퓨터의 0과 1의 패턴이 인간의 삶과 죽음과 같다면, 인간의 모든 것도 0과 1을 연결하는 긴 끈과도 같을 것이다. 하지만 도대체 어떤 생명체가 0과 1로만 된 기다란 끈 같을 수 있단 말인가?" 과연 우리의 삶은 흑백사진보다 훨씬 더 다양하고 컬러풀하며, 복합적이다. 우리는 삶과 죽음, 좌와 우, 자유주의와 보수주의 중 하나만 선택할 필요가 없다. 세상은 기독교와 이슬람, 또는 동양과 서양으로만 되어 있는 것은 아니다. 이스탄불에 가면 기독교 성당과 이슬람 모스크가, 유럽과 아시아가 공존하고 있다. 이스탄불의 '보스포러스' 다리는 유럽과 아시아를 연결하고 있다.

양극의 십자포화에 갇힌 우리에게 "너와 나," "우리와 그들"을 초월한 제3의 길, 우리의 새로운 인식의 영역을 찾는 것은 살아남기 위해서뿐만 아니라, 번영하기 위해서도 절박한 과제이다. 이제 우리는 0과 1 사이에 있는 제3의 길을 찾아야만 한다.

4. 제4차 산업혁명시대의 인문학과 문학

(1) 제4차 산업혁명시대는 무엇이며, 어떻게 대응할 것인가?

18세기 후반과 19세기에 일어난 제1차 산업혁명은 농본사회 시대의 종언과 산업화 및 도시화 시대의 도래가 그 특징이었다. 공장이 세워지고 섬유산업과 철강 산업이 번창했으며, 증기엔진의 발명으로 기관차와 증기선이 등장해 생산물의 운송속도를 획기적으로 빠르게 만들어 주었다. 이 시대의 특징은 석탄 에너지와 기계화로 집약될 수 있을 것이다.

19세기 말과 20세기 초에 일어난 제2차 산업혁명은 전기의 발명으로 인해 대량생산이 시작되었고, 전화나 전신 같은 유무선 통신이 시작되었으며, 자동차의 발명으로 자유로운 이동이 가능하게 된 시대의 산물이다. 그래서 제2차 산업혁명 시기는 전기 동력의 시대라고 할 수 있을 것이다.

1980년대에 시작된 제3차 산업혁명은 디지털 혁명이라고도 불리는데, TV와 컴퓨터의 등장으로 인해 생겨난 혁명이다. 이 시기에는 사물의 디지털화, 컴퓨팅, 디지털 커뮤니케이션, 그리고 정보의 확산이 이루어졌다. 이 시대의 특징은 정보 테크놀로지의 발달과 모든 것의 자동화라고 할 수 있을 것이다.

2016년 스위스의 다보스 포럼의 주제였던 "제4차 산업혁명 마스터하기"로 인해 본격적으로 논의되기 시작한 제4차 산업혁명은 크게는 인공지능과 로보틱스, 사물인터넷, 3D 프린팅, 운전자 없이 운행하는 자동차, 나노테크놀로지와 바이오테크놀로지, 증강현실(augmented reality), 퀀텀 컴퓨팅, 드론 테크놀로지 그리고 5G 이동통신을 의미한다. 세계경제포럼의 창시자인 클라우스 슈와브(Klaus Schwab)는 『제4차 산업혁명』이라는 저서에서, 현대의 테크놀로지는 수십억의 사람들을 모바일과 웹으로 연결시키고 있으며, 그것은 오늘날 사회 전반에 걸쳐 막대한 영향을 끼치고 있다고 지적하고 있다.

인더스트리 4.0이라고도 불리는 제4차 산업혁명시대의 특징은 "디지털 영역과 신체적, 생물학적 영역의 융합으로 인한 사물의 경계해체가 초래하는 사이버-피지컬 시스템 시대"라고 할 수 있다. 제4차 산업혁명기의 특징 중 하나는, 그것이 비즈니스, 사회, 경제, 정치 같은 모든 분야에 영향을 끼치고 있으며, 궁극적으로는 인간의 삶까지도 획기적으로 바꾸어 놓고 있다는 것이다. 즉 제4차 산업혁명은 모든 것이 디지털화되고 인공지능이 인간을 대체하는 이 시대에 인간으로 산다는 것은 과연 무엇이며, 또 인간이란 무엇인가 하는 근본적인 문제까지 제기하고 있다는 점이다.

예컨대 낙관주의적 시각으로 보면, 앞으로 인공지능이 노동자를 대체하면, 인간은 직장을 가질 필요 없이 삶을 즐기기만 하면 된다. 또 인공지능이 노동자를 대체하면 기업은 임금을 지불할 필요가 없어지고, 생산성은 기하급수적으로 증가해 기업가들이 좋아할 수도 있다. 그러나 비관적으로 보면 문제가 달라진다. 예컨대 날마다 놀고 쉬고 즐기는 것이 과연 낙원의 삶일까? 또 현재 학교나 직장에서 동료들끼리 생겨나는 우정이나 유대감이 앞으로는 사라질 수도 있지 않을까? 그리고 만일 직장이 없어진 사람들이 수입이 사라지거나 줄어들어서 상품구매를 중단한다면 기업은 수요 없는 과잉공급으로 결국 도산하게 되는 문제가 발생할 것이다. 또 인공지능이 대체하지 못하는 직업이란 없기 때문에, 앞으로 모든 직장에서 인공지능이 일하게 된다면, 과연 인간의 존재이유나 가치는 무엇인가 하는 문제도 대두될 것이다.

전문가들은 제4차 산업혁명시대의 경제체제는 자본주의도 공산주의도 아닌, 제3의 경제체제가 될 것이라고 말한다. 인공지능이 모든 직장에서 일을 하게 되면, 세계를 통합하는 하나의 정부나, 세계를 세 개로 나누어 다스리는 세 개의 통합정부가 생겨나서(이러한 구도는 세계가 3등분되리라고 보았던 조지 오웰의 『1984』를 연상시킨다), 모든 인간들에게 삶을 즐기라고 생활비를 나누어 주게 될 것인데, 정치가들은 이 "시티즌스 미니멈 수당"의 지급을 캐치프레이즈로 내세워 지도자로 선출될 것이다. 그러나 이 수당의 지급이 잘 이루어지지 않으면, 폭동이나 3차 대전도 일어날 수 있다고 전문가들은 경고한다. 또 만일 국가가 국민에게 수입을 균등하게 나누어 준다면, 과연 그것이 공산주의와 무엇이 다른가 하는 문제도 발생할 것이다.

사회주의 시스템은 잘못되면 경쟁이나 이익창출이나 인센티브가 없고 오직 무상복지를 약속하고 요구하는 포퓰리즘만 있게 된다. 전문가들은 사회주의의 궁극적인 종말은 국민의 평준화된 가난과 국가의 필연적인 파산이라고 주장한다. 정치인들이 인기와 표를 위해 사회주의 복지국가를 지향하는 것의 위험성도 바로 거기에 있다. 그래서 전문가들은 앞으로 세계의 경제체제는 간디가 말한 "기업 이사회식 모델"이 되리라고 내다본다.

(2) 제4차 산업혁명시대의 세계적 변화와 문제점

한 인터넷 정보에 의하면, 테크놀로지 분야에 종사하는 800명의 고위간부들에게 2025년까지 실현될 것들을 물었더니 다음과 같은 답이 나왔다고 한다.

① 3D 프린터로 만든 자동차의 생산
② 운전자 없는 자동차의 등장
③ 3D 프린터로 만든 내장으로 이식수술
④ 이사회에 AI 이사 참석
⑤ 세계인구의 90% 이상이 인터넷에 정기적으로 접속(현재 한국은 싱가포르와
　사우디아라비아에 이어 세계 3위의 모바일 인터넷 사용국임)
⑥ 미국에 로봇 약제사 등장
⑦ 구매자들이 구매하는 물건 중 5% 이상을 3D 프린터로 생산
⑧ 쇼핑의 10% 이상을 인터넷으로 구매
⑨ 가전제품의 50% 이상을 인터넷으로 작동
⑩ 교통체증이 없는 도시 등장

위와 같은 현상은 과거 같으면 상상도 하지 못했을 가히 혁명적인 현상이

다. 그러나 그런 것들은 굳이 2025년까지 가지 않더라도 이미 현재 상당 부분이 진행되고 있다. 예컨대 스스로 평행주차를 할 수 있는, 또는 앞차가 있으면 인지하고 스스로 정지하는 자동차는 이미 시판 중이고, 자동차 조립공장에서는 이미 오래전부터 로봇을 사용하고 있으며, 사람들은 인터넷으로 물건을 구매하고, 모바일을 통해 서로 연결되어 있다.

인공지능이 가장 먼저 대체하게 될 직업으로는 비서, 펀드매니저, 바둑기사, 판사, 번역사 등이라고 하는데, 궁극적으로는 인공지능 교사와 작가도 등장하게 될 것이다. 거기에는 긍정적인 측면도 있다. 예컨대 인간 비서와는 달리 인공지능 비서는 절대 실수나 착오를 일으키지 않고 일정을 리마인드 해 주며, 지시사항을 충실히 이행할 것이다. 또 인간 펀드매니저와는 달리, 겁이 없는 인공지능 펀드매니저는 과감하게 투자할 것이며, 고도의 계산에 의해 정확하게 자본을 투자하고 이익을 챙겨 줄 것이다. 인간 판사와는 달리, 인공지능 판사는 결코 잘못된 판단을 내리지 않을 것이며, 아직은 미숙하지만 인공지능 번역사 역시 앞으로는 놀라운 속도와 정확성으로 완벽한 번역을 해내게 될 것이다. 또 무한대의 지식과 정보를 갖고 있는 인공지능 교사는 실력 없는 인간 교사보다 훨씬 더 바람직한 선생이 될 수 있을 것이며, 학습능력에 문장력, 그리고 창의력과 상상력까지 갖추게 된다면 역량 있는 인공지능 작가도 나올 수 있을 것이다. 그렇게 되면 일간지의 신춘문예나 문예지의 신인문학상 응모작 중 뛰어난 작품이 있어서 뽑고 보니, 작가가 인공지능이었다는 뉴스도 신문에 나게 될 것이다.

문제는 우리가 인간성이라고 부르는 휴매니티다. 인간성이 없는 기계에게는 고려나 배려나 사려성이 있기 어렵고, 따라서 모든 것을 규정대로만 하고 비정하고 비인간적인 태도를 보일 수가 있기 때문이다. 우리가 인간적이라고 부르는 것은 때로 감동적이고 위대한 것도 만들어 내는데, 인공지능에게서는 그러한 것을 기대하기 어렵다는 것이다. 그러나 아이작 아시모프의 『바이센테니얼 맨』이 다루고 있듯이, 만일 인공지능이 인간의 감정까지 갖게 된다면, 그 인공지능은 기계나 짐승만도 못한 인간들보다는 훨씬 더 나은 존재가 될 것이다.

『바이센테니얼 맨』에서 휴머노이드/안드로이드인 인공지능 앤드류는 학습능력과 인간의 감정까지 갖게 된다. 그는 인간의 독립심에 대해 배우게 되자 독립을 선언하고 주인집을 뛰쳐나오며, 주인집 손녀딸을 사랑하게 되어 결혼까지 한다. 앤드류가 인간으로 인정받기 위해 장기이식도 하고 수혈까지 하겠다고 하자, 수혈을 해 주는 과학자는 "인간이 되는 순간 사람들은 바보짓을 하는데, 너도 그렇구나."라고 말한다. 인공지능으로 살면 앤드류는 영원히 죽지 않지만, 인간의 피를 수혈하면 그도 노화되어 죽게 되기 때문이다. 그러나 앤드류는 사랑을 위해 죽음도 불사한다. 문학에서는 그런 것이 위대하고 인간적인 것인데, 앤드류는 인공지능이면서도 그런 따뜻한 인간성을 성취했기 때문에, 당당히 문학작품의 주인공이 된 것이다. 아마도 앞으로는 인공지능을 주인공으로 설정하는 문학작품도 나오게 될 것이다. 그래서 독자는 그 인공지능 주인공의 심리상태, 감정의 변화, 사고방식, 행동유형 등을 흥미 있게 살펴보며, 심지어는 자신과 동일시하게 되는 날이 올는지도 모른다.

(3) 제4차 산업혁명시대와 문학의 미래

2009년에 출간된 제임스 대시너의 『메이즈 러너』는 모든 사람이 모바일 인터넷으로 연결되고, 퀀텀 컴퓨팅이 일상화되는 시대의 문제점을 다룬 소설이다. 신종 바이러스가 지구를 공격해서 지구가 파멸한 이후의 시대를 다룬 이 소설은 위키드라는 조직이 지구를 보존한다는 명목하에 아이들의 기억을 삭제하고 엘리베이터에 태워 미로에 내려보낸 후 관찰하는 내용이다. 과거에 대해서는 아무것도 기억하지 못한 채, 괴수들이 공격하는 미로에 버려진 아이들은 날마다 살아남기 위해 필사적으로 투쟁한다. 민호라는 한국계 소년도 등장해서 더욱 흥미로운 이 소설은 제4차 산업혁명시대의 패러다임이 되고 있는 우리의 고정관념의 해체를 다루고 있다. 예컨대 이 소설에서는 선과 악의 경계(이 소설에 등장하는 소년들은 "위키드는 선이다."라는 구절에 어리둥절하지만, 곧 그 의미를 깨닫게 된다), 현실과 환상의 경계, 진실과 허위의 경계가 시종일관 모호하다. 이 시리즈 1편인 『메이즈 러너』의 마지막에 소년들이 미로탈출에 성공하자, 위키드를 죽이는 척하고 소년들을 구해서 데려간 사람들은 2부작인 『스코치 트라이얼』에서 사실은 위키드와 같은 편으로 소년들을 속이기 위해 연극을 했을 뿐이라는 사실이 드러난다. 그러므로 선과 악, 또는 진실과 허위가 명백히 구분된다고 생각했던 과거의 가치관은 이 소설에 오면 그 효력을 상실한다. 퀀텀 컴퓨팅과 모든 것이 인터넷으로 연결되는 시대에 소년들은 부단히 일거수일투족이 감시 스크린에 노출되고, 자유롭게 이동할 수도 없기 때문이다.

조셉 코진스키의 그래픽 노블을 원작으로 해서 2013년에 제작된 영화 〈오블리비언〉은 제4차 산업혁명기에 작가들이 고려해 볼 만한 주제를 잘 다루고 있다. 2077년 외계인과의 전쟁에서 진 지구인들은 거대한 우주정거장이자 인공지능인 '텟(Tet)'에 의해 지배받고 있다.

테크-49라 불리는 주인공 잭 하퍼는 통신담당 파트너인 비카 올슨과 같이 아웃포스트에서 살고 있으며, 본부에 있는 샐리의 지시를 받고 출동해 고장 난 드론을 수리하는 일을 하고 있다. 잭 하퍼의 기억은 지워졌지만, 그는 계속해서 엠파이어 스테이트 빌딩의 전망대에서 다른 여자와 같이 있는 환상을 경험한다. 비카는 그런 잭을 걱정하고, 일에만 전념하자고 조언한다.

어느 날, 잭은 오디세이라는 이름이 붙은 우주선이 불시착한 것을 발견하고 조사하던 중, 우주선 안에서는 지구인들이 잠들어 있고, 그중 하나가 자신이 환상 속에서 본 여자라는 것을 발견한다. 잭은 드론의 공격으로부터 그녀를 보호하고 깨어나게 한 다음, 그녀가 전쟁 전 자기 아내였던 줄리아 루사코바라는 사실을 알게 된다. 예전에 두 사람은 엠파이어 스테이트 빌딩에서 사랑을 고백했으며, 그래서 잭의 환상 속에 그 장면이 자꾸만 나타났던 것이다. 반군 지도자 맬컴 비치는 잭에게 핵무기를 싣고 인공지능인 우주정거장 본부인 텟으로 가서 그곳을 폭파시키자고 제안한다.

잭은 줄리아를 자기 포스트로 데려가지만 비카가 두 사람을 질투하고, 샐리에게 잭의 일탈을 일러바치자, 샐리는 우선 비카부터 죽인다. 그곳을 벗어나 도망치던 잭과 줄리아는 드론의 공격을 받고 불시착하는데, 드론을 수리하고 있던 또 다른 잭을 발견하고 경악한다. 잭의 클론인 또 다른 잭은 테크-52라고 쓰여진 유니폼을 입고 있었다. 외계인 본부에서는 수천 명의 잭과 비카의 클론을 만들고 있었던 것이다.

마지막에 잭은 우주정거장 텟과 교신해서 줄리아를 그리로 데려가겠다고 말해 착륙허가를 받아 낸다. 그러나 잭은 잠들어 있는 줄리아를 피신처인 호숫가 집에 내려놓고, 대신 반군 지도자 맬컴과 함께 외계인 본부에 잠입해서 핵폭탄을 터뜨려 사악한 인공지능 텟을 파괴한다. 우주에는 다시 평화가 회복된다.

수년이 지나 줄리아가 잭이 떠난 후에 태어난 딸과 함께 호숫가 집에서 살고 있을 때, 잭이 찾아온다. 두 사람은 반갑게 재회한다. 다시 돌아온 잭은 "나는 한 번도 그녀를, 그리고 그가 지은 호숫가 집을 잊은 적이 없다. 나는 잭 하퍼다."라고 독백한다. 그의 가슴에는 테크-49가 아니라, 테크-52라고 쓰여 있다. 테크-49는 외계인의 우주정거장 텟을 파괴할 때 죽은 것이다.

여기에서 이 작품은 독자로 하여금 깊은 상념에 빠지게 한다. 테크-52는 과연 테크-49와 같은 인물인가, 아니면 전혀 다른 사람인가? 그 두 사람은 같은 외모와 같은 기억을 갖고 있다. 그렇다면 두 사람의 차이점은 무엇인가? 사실 테크-49도 줄리아의 원래 남편이 아닌 클론일 수도 있지 않은가? 그렇다면 우리가 남편이나 아내로 알고 있는 사람의 정체는 과연 무엇인가? 우리는 어쩌면 우리가 잘 안다고 생각하는 사람조차도 잘 모르고 있는 것은 아닌가? 이 세상에 절대적인 원본이나 진실이란 과연 존재하는가? 그럼에도 불구하고, 똑같은 외모와 기억과 사랑을 갖고 있다면, 클론이건 아니건 간에 그 사람이 곧 원본이고 진짜 남편이 아니겠는가?

인공지능이 인간을 대체하게 될 제4차 산업혁명 시기에 작가들은 바로 그와 같은 문제를 고민하고 천착하며, 그런 주제를 다룬 작품을 쓰게 될는지도 모른다. 그런 의미에서 주인공의 타이틀이 테크-49라는 점은 상징적이다. 미국작가 토머스 핀천이 『제49호 품목의 경매』에서 시사하고 있듯이, 지금 우리는 인류종말 직전의 49의 상태에서 살고 있기 때문이다. 신약성서에서 오순절인 펜테코스트는 50을 의미한다. 예수가 죽은 지 49일째 되는 날, 제자들은 모여서 예수가 승천하기 전에 약속한 성령의 강림 즉 깨달음의 계시가 내려오기를 간절히 기다린다. 50이 되면 그들은 구원받거나 파멸한다. 49는 바로 그 직전의 상태를 의미하며, 스스로의 깨달음과 선택에 따라 인류는 구원받을 수도 있고, 파멸할 수도 있다는 것을 의미한다. 불교에서도 49제가 있어서, 죽은 지 50일이 되면 이승을 떠나야 하는 망자의 영혼을 극락으로 가게 해 달라고 기원한다. 또 이집트의 『죽은 자의 책(Book of the Dead)』에도 인간이 죽으면 49일 동안 구천을 헤매다가, 50일째가 되면 천국과 지옥 중 한 군데로 가게 된다고 쓰여 있다. 그렇다면 지금 우리는 구원과 파멸의 갈림길에 서 있는 셈이 된다. 과연 제4차 산업혁명은 묵시록적

(apocalyptic) 현상이라고 한다. 그것은 곧 스스로의 선택에 따라, 우리는 구원받을 수도 있고 파멸할 수도 있다는 것을 의미한다.

가이 히버트가 쓴 시나리오 스크립트를 원작으로 하는 영화 〈하늘의 눈 (Eye in the Sky, '인공위성'의 뜻임)〉은 드론 시대의 문제점을 다루는 좋은 문학적 주제를 보여 주고 있다. 케냐의 나이로비에 있는 한 건물에 악명 높은 테러리스트 지도자들이 모이고, 곧 폭탄 조끼를 입고 자폭 테러를 감행할 두 사람이 옆방에 있는 영상이 곤충 모양의 감시 장비에 포착된다. 담당관 캐서린 파월 대령은 그들을 드론의 헬파이어 미사일로 사살하기 위해 허가를 요청한다. 허락을 받는 순간, 현지인 소녀가 바로 그 건물 옆에 와서 좌판을 차리고 빵을 판다. 이 영화는 그 소녀의 죽음을 어쩔 수 없는 부수적 피해로 처리하고 미사일을 발사할 것인가, 아니면 그 소녀를 살리기 위해 테러리스트들을 살려 보내 800명가량의 사상자를 낼 것을 감수할 것인가에 대한 도덕적 딜레마를 다루고 있다.

미국의 라스베이거스에서 미군 파일럿이 조종하는 드론은 인공위성을 사용해 아프리카 상공에서도 정확하게 목표물을 공격한다. 그러나 드론과는 달리 인간의 판단은 늘 실수와 오판의 위험성에 노출되어 있다. 그러나 이 작품은 바로 그것이야말로 인간의 장점이자 매력일 수도 있다고 시사한다. 드론은 도덕적 고민을 하지 않기 때문이다. 오직 드론의 파일럿인 스티브 와츠 중위만 도덕적 문제를 제기하고 발사 스위치 누르는 것을 지연시킨다.

이 영화는 명확한 윤리적 답을 제시하지는 않는다. 영화의 마지막에 군인들은 미사일의 각도를 조절해서 그 소녀의 사망 확률을 50%로 줄인 후에 미사일을 발포하지만, 그 소녀는 결국 죽고 만다. 군의 결정을 비난하는 여성 고위공직자에게, 고민을 거듭하다가 발포명령을 내린 프랭크 벤슨 장군은, "군인에게 전쟁의 대가를 모른다는 말은 절대 하지 마시오."라고 말하며 자리를 뜬다. 어느 한쪽만이 옳고 다른 하나는 틀렸다기보다는 양쪽 다 나름의 입장과 이유가 있다는 것이다.

앤드류 니코의 원작을 사용해 2014년에 만든 영화 〈굿 킬(Good Kill)〉도 비슷한 주제를 담고 있지만, 이 영화에서는 어쩔 수 없는 부수적 피해라면서 여자와 아이들까지도 죽이라고 드론 폭격을 지시하는 CIA 조정관을 등장시킴으로써, 기계처럼 무감각해지고 잔인해진, 도덕윤리가 없는 인간들도 비판하고 있다. 마지막에 주인공은 CIA의 명령을 거절하고 인간성을 지켜 낸다.

제4차 산업혁명시대에 작가들은 바로 그런 것들을 주제로 하는 새로운 소설을 써내게 될 것이다. 그럼에도 불구하고, 사실 그러한 주제는 오래전부터 있어 온 문학의 영원한 주제라고 보는 것이 맞을 것이다. 알베르 카뮈의 희곡 〈정의의 사람들(Les Justes)〉은 그 좋은 예라고 할 수 있다. 영어판 제목은 "정의의 암살자"인 이 작품에서 제정 러시아 말기에 혁명당의 명으로 칼리아예프는 독재자 대공을 암살하러 가지만, 대공이 아이와 같이 있어서 폭탄을 던지지 못하고 돌아오고, 그의 동료 스테판은 그를 비난한다. 그러나 대의를 위해서 개인의 희생은 불가피하다고 믿었던 공산주의자들로부터 신랄한 비판을 받았던 이 작품에서 카뮈는 비록 독재자를 죽이기 위해서일지라도, 무고한 아이를 죽이는 것은 옳지 않다는 메시지를 전달하고 있다. 소재만 다를 뿐, 그것이 바로 제4차 산업혁명시대에도 여전히 문학이 지향하게 될 주제일 것이다.

제 2 장

—

경계해체시대의 인문학자들

1. 동서양의 경계를 넘은 지식인: 에드워드 사이드

(1) 에드워드 사이드의 중요성과 의의

에드워드 사이드(Edward W. Said, 1935~2003)는 자크 데리다, 미셸 푸코와 더불어 20세기 후반의 가장 영향력 있는 사상가이자 문학 이론가라는 평을 받는다. 과연 그의 오리엔탈리즘(Orientalism) 이론은 20세기 후반을 풍미한 탈식민주의(Postcolonialism) 이론의 근간이 되었으며, 데리다의 해체(Deconstruction) 이론 및 푸코의 담론(Discourse) 이론과 더불어 현대문학 이론을 받치는 3대 축의 하나를 이루고 있다. 특히 사이드의 이론은 데리다나 푸코의 이론과는 달리 사변적이지 않고 실천적이며, 서구의 편견과 문화적 헤게모니에 도전했고, 동서양의 경계를 넘어 주변부를 조명했다는 점에서 높이 평가된다.

에드워드 사이드를 논하려면, 우선 그가 왜 중요하며 그의 비평 이론이 이 시대에 어떤 의미를 갖는가라는 질문으로부터 시작해 볼 수 있을 것이다. 사이드는『오리엔탈리즘』이나『문화와 제국주의』같은 중요한 저서들을 통해 동양에 대한 서양의 오독과 편견을 비판했고, 서구 사회에서 소외되고 차별받는 이슬람과 동양에 대한 재조명을 주장했으며, 영토 제국주의가 종식된 지금도 여전히 계속되고 있는 문화 제국주의의 실체를 파헤쳐 보여 주었다. 그 결과, 사이드는 탈식민주의 및 다문화주의 이론의 시작과 전개에 지대한 공헌을 했다. 특히 문화와 제국주의 사이의 연관을 연구하는 탈식민주의 계열의 학자들은 누구나 사이드를 정신적 멘토(mentor)로 생각한다.

사이드가 불과 40세의 젊은 나이인 1975년에 발표한『시작: 의도와 방법
(*Beginnings: Intention and Method*)』은 서구 학계에 새로운 바람을 일으켰다. 이
책에서 사이드는 서구 문화가 숭상하는 고정되고 신성한 '오리진(the Origin)'
의 개념에 도전해 그것의 유효성에 의문을 던지며, 대신 역동적이고 세속적
인 '시작'을 제안한다. 사이드는 '시작들(Beginnings)'이라는 복수 형태를 사용
하고 있는데, 이는 단 하나의 진리로 군림하는 '오리진'과 달리 '시작'은 나라
와 문화와 시대에 따라 여러 가지 형태로 존재하고 작용할 수 있기 때문이
다. 이때 사이드가 말하는 '시작'이란, 비평가가 체제 순응적이거나 순수 지
향적인 태도를 버리고, 현실과 괴리된 상아탑에서 거리로 나와, 의지와 의
도와 역사 인식을 갖고 현실과 직접적으로 관계하는 역동적인 글쓰기를 하
는 것을 의미한다. 사이드는 그러한 비평을 '현실에 오염된 비평,' 또는 '세속
적 비평(secular criticism)'이라고 부른다. 그는 데리다와 푸코가 주도했던 최근
의 서구 문학 이론이 '오리진'을 해체하는 방향으로 나아가고는 있지만, 그
이후에 새로운 '시작'을 시도하려는 의지나 의도가 부족하다고 비판하며, 역
동적이고 세속적인 '시작'을 제안해서 학계의 비상한 주목을 받았다. 당시
코넬대학과 존스홉킨스대학이 공동 발행하던『다이어크리틱스(*Diacritics*)』는
1976년 가을호에서 에드워드 사이드 특집을 기획해『시작』에 대한 서평 및
논문과 더불어 사이드와의 인터뷰를 게재했으며, 표지에는 터번을 두른 지
니가 하늘을 날아가는 그림을 실었다.

　『시작』에서 사이드는 이탈리아의 사상가 비코(Giambattista Vico)와 독일 철
학자 니체(Friedrich Nietzsche), 그리고 프랑스 사상가 푸코(Michel Foucault)에 대
해 집중적으로 논의하고 있다. 사이드는 서구인의 의식에서 중요한 위치를
차지하고 있는 '오리진' 사상이 18세기에 접어들면서 신성한 히브리 역사보
다는 세속적인 이방인의 역사에 더 관심을 보였던 비코에 의해 흔들리게 되

에드워드 사이드

었고, 19세기에 오면 사상계의 세 이단아, 즉 니체, 프로이트, 마르크스에 의해 정면으로 도전받았다고 지적한다. 예컨대 니체는 신(오리진)의 죽음을 선언했고, 프로이트는 의식(오리진)보다 무의식을 중요시했으며, 마르크스 역시 상부 구조(오리진)보다 하부 구조의 중요성을 역설했다. 그리고 현대에 오면 서구의 '오리진' 사상은 사물의 질서가 단절돼 있음을 지적한 푸코와 내부에서 오리진/중심의 해체를 주장한 데리다에 의해 무너지게 된다. 그러나 사이드는 푸코나 데리다의 이론이 그동안 절대적 진리로 군림해 온 '오리진'의 유효성에 회의를 제기하고 그 신성함과 절대성을 해체하기는 했지만, 그 이후의 대안은 제시하지 않았다고 지적하며, 새롭고 역동적인 '시작'의 필요성을 주장한다. 사이드의 '시작'은 "현실과 역사에 의한 텍스트의 세속화와 오염"으로부터 시작한다. 사이드는 이렇게 말한다.

텍스트는 세속적이며 어떤 의미에서는 하나의 사건이라고 할 수 있다. 그리고 텍스트가 순수성을 주장하고 있는 것처럼 보이는 바로 그 순간에도, 텍스트는 스스로 위치하고 해석되는 그 역사적 순간, 삶, 그리고 사회의 일부를 이루고 있는 것이다.[01]

그래서 사이드의 '시작'은 절대적이고 신성한 '오리진'과는 달리 상대적이고 세속적이며, 현실적이고 역사적이다. 1983년에 나온 『세상과 텍스트와 비평가(The World, the Text, and the Critic)』에서도 사이드는 비슷한 주장을 펼친다. "1970년대 미국의 문학 이론은 현실과 괴리된 채, 텍스트의 혁명을 불러온 유럽의 두 사도인 데리다와 푸코를 이끌고 텍스트의 미궁 속으로 침잠해 들어갔다."[02]

다소 사변적이고 이론적인 『시작』은 보다 더 구체적인 '시작'의 전략을 담은 책 『오리엔탈리즘』의 출현을 이미 예고하고 있었다. 신성한 '오리진'은 서양의 상징일 수도 있고, 세속적인 '시작'은 동양의 상징일 수도 있기 때문이다.

(2) 사이드의 『오리엔탈리즘』 이론

사이드가 43세의 비교적 젊은 나이에 출간해 세계를 놀라게 한 『오리엔탈리즘(Orientalism)』(1978)은 이후 전개되는 탈식민주의의 단초가 되고 세계 학계와 문단에 지대한 영향을 끼친 기념비적 저서이다. 예컨대 학계에서 탈식민주의를 논할 때, 또는 존 쿠체의 『포(Foe)』나 진 리스의 『광활한 사르가소 바다(Wide Sargasso Sea)』 같은 탈식민주의 계열의 소설을 분석할 때, 그 근저에는 언제나 사이드의 『오리엔탈리즘』 이론이 자리 잡고 있다. 과연 이 책

---

01 Edward W. Said, *Beginnings: Intention and Method* (New York: John Hopkins Press, 1975), p.4.
02 Edward W. Said, *The World, the Text, and the Critic* (Cambridge: Harvard University Press, 1983), p.3.

이 보여 주는 동서관계에 대한 새로운 성찰은 서구의 학자나 작가들에게 새로운 깨달음을 제공해 주었고, 이후 동서양을 바라보는 시각에 본질적인 인식의 변화를 초래했다.

유럽의 방대한 문헌을 분석한 『오리엔탈리즘』에서 사이드는 여행기나 학술서적이나 문학작품에 나타난 동양에 대한 서양의 편견을 '오리엔탈리즘'이라 불렀고, 거기에 참여한 서양 학자나 작가들을 '오리엔탈리스트'라고 불렀다. 그래서 『오리엔탈리즘』이 출간되자마자, 미국대학들이 당시 '동양학과(Department of Oriental Studies)'라고 되어 있었던 학과의 명칭을 '중동학과,' '근동학과,' 또는 '동아시아학과'로 바꾸는 일이 벌어지기도 했다. 사실 '동양학 연구'라는 분야가 고고학 및 인류학과 더불어 제국주의 시대인 19세기에 식민지 연구를 목적으로 융성했다는 점을 염두에 둔다면, 그러한 명칭 변경은 어쩌면 시대적 요청이었고 필연적인 것이었다.

『오리엔탈리즘』에서 사이드는 그동안 유럽인의 마음속에 동양은 단지 이국적이고 낭만적인 장소이자 하나의 환상적인 아이디어로만 존재해 왔다고 지적한다. 그래서 그는 유럽인이 보는 동양은 실체가 아니라, 유럽인이 자신들에 비추어 재현하고 만들어 낸 허구라고 말한다. "동양에 대해서 말하자면, 동양은 완전히 부재한다. 다만 오리엔탈리스트와 그가 하는 말만 존재할 뿐."[03]

그런데 문제는 동양에 대한 서양의 부정확한 시각과 잘못된 편견이 시간이 지남에 따라 문학 작품과 학술 연구와 각종 저술을 통해 하나의 견고한 지식체계와 절대적 진리로 굳어졌다는 것이다. 사이드는 이렇게 말한다.

---

03   Edward W. Said, *Orientalism* (New York: Vintage, 1978), p.209.

오리엔탈리즘은 단순히 문화나 학문이나 제도가 수동적으로 반영된 정치적 주제도 아니고, 동양에 대한 텍스트의 모음도 아니며, 동양을 억누르려는 제국주의자의 음모도 아니다. 오리엔탈리즘은 지리적인 의식을 심미적, 학문적, 경제적, 사회학적, 역사적, 문헌학적 텍스트에 투사한 것이다.[04]

그러므로 오리엔탈리즘이 제기하는 문제는 다음과 같다. 오리엔탈리즘을 형상하는 데 어떤 지적, 심미적, 학문적, 문화적 에너지들이 협조했는가? 어떻게 문헌학이나 사전학이나 역사나 전기나 정치경제 이론이나 소설이나 시 쓰기가 오리엔탈리즘의 형성에 일익을 담당했는가? 오리엔탈리즘 내부에서는 어떤 변화가 일어났으며, 매 시대 어떻게 변화해 왔는가? 그런 맥락에서 독창성, 연속성, 개체성은 어떤 의미를 갖는가?[05]

『오리엔탈리즘』은 바로 이러한 물음에서 시작하고 있으며, 그것에 답하기 위해 사이드는 방대한 자료들 ─동양을 다녀온 여행자들과 동양으로 파견되었던 군인들, 그리고 학자들과 작가들의 저술─ 을 분석한다. 그리고 푸코의 담론 이론을 빌려서, 그러한 부정확한 지식이 매 시대 어떻게 당대의 권력과 담합하여 동양에 대한 잘못된 진리를 만들어 냈는가를 탐구한다. "그런 텍스트들은 지식뿐 아니라 그 지식이 묘사하는 리얼리티도 만들어 낸다. 시간이 지나면 그러한 지식과 리얼리티는 전통 또는 미셸 푸코가 말하는 담론을 만들어 낸다."[06] 사이드는 바로 그렇게 해서 만들어진 동양에 대한 지식체계를 오리엔탈리즘이라고 부르며, 의식적 또는 무의식적으로 오리엔탈리즘의 형성에 일조한 서구 저술가들을 오리엔탈리스트라고 부른다.

---

04 *Ibid.*, p.12.
05 *Ibid.*, p.15.
06 *Ibid.*, p.94.

그런데 그러한 지식체계는 동양을 제대로 재현할 수 없기 때문에, 결국 동양을 하나의 '허구의 텍스트'로 만들 위험성을 내포하고 있다. 사이드의 다음 언급은 바로 그러한 문제를 통찰하고 있다.

> 동양에 대한 지식체계에서 보면, 동양은 하나의 장소라기보다는 지역이고, 일련의 참고 자료이며, 독특한 것들의 집합체인데, 이 모든 것의 근원은 동양에 대한 누군가의 저술 속의 인용이거나, 인용 부호이거나, 텍스트의 단편이거나, 아니면 기존의 상상의 편린이거나, 아니면 그 모든 것의 혼합일 뿐이다. 동양에 대한 직접적 관찰이나 상황 묘사도 동양에 관한 저술행위에 의해 제시된 픽션일 뿐이며 … 라마르틴이나 네르발이나 플로베르에 있어서도 동양은 이미 알려진 자료를 심미적인 측면에서 독자의 관심을 끌도록 재(再)제시된 것일 뿐이다.[07]

과연 서구의 문헌에서 동양은 흔히 실체가 아닌 허구의 구축물로 등장한다. 그래서 유럽이 산출한 문학작품들을 분석하면서 사이드는 그 속에서 동양이 얼마나 부정확하게 제시되어 있는가를 지적한다.

그러한 논의를 통해 사이드는 문학이 사회에 오염되어 있지 않은 순수한 텍스트라는 우리의 고정관념에 제동을 건다. 우리는 흔히 문학은 순수해서 정치나 사회와는 별 관련이 없다고 생각하기 쉽다. 그러나 사이드는 문학이야말로 본질적으로 그리고 필연적으로 정치 및 사회와 긴밀한 관련을 맺고 있기 때문에, 문학은 당대의 시대상과 세계관을 반영하는 좋은 문화 텍스트이자 중요한 사회 문서가 된다고 말한다.

---

07 *Ibid.*, p.177.

사람들은 문학과 문화는 정치적으로 심지어는 역사적으로도 순수하다고 추측한다. 그러나 내 경우에는 그렇지 않았다. 특히 오리엔탈리즘에 대한 연구를 하면서 나는 문학과 사회가 불가분의 관계에 있다는 사실을 깨닫게 되었다.[08]

그러므로 사이드는 어떤 문화나 문학도 순수하지 않으며, 모든 문화나 문학을 본질적으로 현실에 오염된 세속적인 것으로 본다. 그가 『세상과 텍스트와 비평가』에서 시종일관 주장하는 것도 바로 문학과 비평의 세속성이다. "다시 말해, 나의 복합적 시야는 내가 장르마다 다르고 역사의 각 시대마다 서로 다르다는 의미에서 모든 텍스트를 세속적이고 상황적이라고 보기 때문에, 다분히 역사적이고 인류학적이다."[09] 그래서 사이드는 위 저서에서 비평가가 보는 문화나 문학은 순수하고 지고한 천상의 존재가 아니라, 현실과 역사에 오염된 '현세적(worldly)'이고 '세속적(secular)'인 텍스트라고 말한다.

『오리엔탈리즘』에서 사이드가 지적하는 또 하나의 문제는, 동양에 대한 그러한 지식과 진리가 서양에게 동양에 대한 권력과 헤게모니를 부여했으며, 그 결과 서양으로 하여금 우월감을 갖고 동양을 지배하고 교화하는 것을 당연하게 생각하도록 했다는 것이다. 바로 이런 이유로 해서 오리엔탈리즘은 서구 제국주의이데올로기의 이론적 근거를 마련해 주었다고 할 수 있다. 예컨대 『암흑의 핵심(Heart of Darkness)』에서 조셉 콘래드는 유럽인들이 암흑의 대륙(아프리카)에 문명의 횃불을 들고 가서 어둠을 밝혀 주어야 한다는 잘못된 사명감과 자기만 옳다는 독선에 사로잡혔고, 그래서 식민지에 가서 교화라는 미명하에 지배를, 훈육을 이유로 살인을, 그리고 무역이라는 핑계로

08 *Ibid.*, p.27.
09 *The World, the Text, and the Critic*, p.23.

원주민을 억압하고 착취했다고 말한다.

　이렇게 동양에 대한 서구인의 오만과 편견을 논하면서 사이드는 이집트 총독이었던 크로머 경의 말을 인용한다.

　쉽게 허위가 되기 쉬운 부정확함은 동양 정신의 특성이다. 유럽인은 세밀한 분석가이며, 그의 진술은 모호하지 않다. 그는 논리학을 배우지 않았지만, 타고난 논리학자이다. 그는 본질적으로 회의적이며, 어떤 것을 받아들이기 전에 증거를 요구한다. 그의 훈련된 지성은 정교한 메커니즘처럼 작용한다. 반면 동양인의 정신은 자기네의 현란한 저잣거리처럼 정확성이 부족하다. 그의 설명은 대체로 장황하고 명료함을 결여하고 있다. 그는 아마 여섯 번쯤은 자기가 조금 전에 한 말과 모순되는 말을 한 후에야 자신의 이야기를 마칠 것이다.[10]

　크로머는 영국 의회에서 열린 은퇴 기념 고별 강연에서 위와 같이 우월감에 가득 찬 진술을 했다. 그에게 유럽의 동양 지배는 너무나도 당연한 것이었다. 또한 사이드는 1910년 아서 제임스 밸푸어가 영국 하원에서 한 다음과 같은 연설의 방만함도 지적한다.

　우리는 이집트인을 위해 이집트를 지배하고는 있지만, 단순히 이집트인을 위해서만 그러는 것은 아니다. 우리는 유럽 전체를 위해 이집트를 지배하고 있는 것이다.[11]

10　*Orientalism*, p.38.
11　*Ibid*., p.33.

위 진술에서 밸푸어는 유럽의 식민지 지배가 자치 능력이 없는 식민지인의 교화와 복지를 위해서라는 명분 외에도, 유럽의 평화와 안녕을 위해서도 필요하다는 오만한 논리를 펴고 있다. 그렇게 논리적이라고 자랑하는 유럽인의 마인드가 이렇게 비논리적일 수도 있다는 것은 놀랄 만한 일이다. 그러나 이런 비논리적인 사고가 제국주의 시대에는 가장 논리적인 상식으로 통했을 것이다.

그러므로 사이드는 대부분의 서구 지식인과 작가들이 ―심지어는 동양을 좋아했고 자신은 동양 편이라고 생각했던 사람들조차도― 예외 없이 오리엔탈리즘의 형성에 일조했다고 지적하며, 그들의 저술을 예리하게 분석한다. 심지어는 아라비아를 좋아했고 아랍인의 이익에 크게 공헌해서 아라비아의 영웅이라고 불렸던, 그래서 데이비드 린 감독에 의해 〈아라비아의 로렌스〉라는 영화까지 만들어진 영국인 T. E. 로렌스조차도 사이드의 비판을 피하지는 못한다. 사이드에 의하면, 로렌스는 비록 아랍을 좋아하긴 했지만, 궁극적으로는 아라비아에 대해 우월감을 갖고 아랍인들을 서구식으로 계몽하려 했던 오만한 유럽인이었다는 것이다. 과연 린 감독은 집착과 강박관념이 심했던 로렌스의 특성을 영화에서 잘 묘사하고 있다.

사이드의 비판은 마르크스에게도 향한다. 사이드는 마르크스가 인도의 경제 개혁을 위해서라면 영국의 지배가 필요하다고 말한 점을 지적한다.

영국은 인도에서 두 가지 사명을 완수해야 한다. 하나는 파괴하는 것이고, 또 하나는 재건하는 것이다. 즉 아시아식 사회를 파괴하고 아시아에 서구 사회의 물질적 토대를 건설하는 것이다.[12]

12　*Ibid.*, p.154.

마르크스는 또한 "그들(동양)은 스스로를 나타내지 못한다. 그들은 타자(서양)에 의해 재현되어야 한다."라고 말함으로써,[13] 동양을 서구가 교화해야 할 미개한 지역으로 보았다.

동양에 대한 또 하나의 편견은 동양을 미개하고 위험한 지역으로 보는 것이다. 코난 도일의 추리소설에서도 범죄에 사용되는 독약, 독화살, 또는 독사 같은 위험하고 치명적인 것들은 대개 인도나 아프리카 식민지에서 온 것으로 설정되어 있는데, 이는 제국인 영국에는 애초에 그런 치명적인 무기나 범죄가 없었다는 것을 암시한다. 또 윌리엄 윌키 콜린스의 『흰옷을 입은 여인(The Woman in White)』에는 영국 여성은 집안 청소나 요리를 하지 않도록 귀하게 태어났고, 그런 집안의 잡일은 식민지 여자들이나 하는 것이라는 다분히 제국주의적인 언급이 나오는데, 이는 영국 여자가 식민지 여인을 가정부로 부리는 것을 합리화한다.

사이드는 "동양은 서양의 바로 옆에 있을 뿐 아니라, 서양의 가장 크고 오래된 풍요한 식민지였고, 서구 문명과 서구어의 근원이었으며, 문화적 경쟁자였고, 가장 중요한 타자의 이미지였다. 더욱이 동양은 서양을 정의하는 거울의 역할을 했다."라고 말한다.[14] 오리엔트라는 말은 '해가 뜨는 곳'이라는 뜻이다. 밝은 곳으로 가는 길을 가르쳐 준다는 의미의 '오리엔테이션'이란 단어도 '오리엔트'에서 유래했다. 문명의 발상지 역시 중국 황하 문명, 인도 갠지스 문명, 페르시아 문명, 바빌로니아/메소포타미아 문명, 그리고 이집트 문명을 거쳐, 그리스 문명으로 이동해 갔다. 그래서 고대 동양이 서양에 끼친 영향은 대단히 크다고 볼 수 있다.

그럼에도 근대에 이르러 서양의 과학기술이 발달함으로써 동양은 낙후

13 *Ibid.*, p.21.
14 *Ibid.*, p.1.

지역이 되었고, 결국 서양의 식민지로 전락하기에 이르렀다. 1914년에 이르면 전 세계의 85%가 서구의 식민지가 되었다. 식민지를 지배하고 다스리기 위해 훈육과 교화가 강조되었고, 식민지인들에게 제국의 언어와 문학을 교육했으며, 대학에 동양연구를 비롯한 식민지연구 관련 학과들이 생겨나기 시작했다. 그리고 동양에 대한 서양의 지식은 그 부정확함에도 불구하고 동양에 대한 우월감과 권력을 서양에 부여했고, 식민 지배 담론을 만들어 냈으며, 제국주의를 합리화해 주었다. 사이드의 『오리엔탈리즘』은 바로 그러한 오리엔탈리즘의 형성과정을 추적하고 탐색하며 성찰했다는 점에서 중요한 의미를 갖는다.

(3) 『문화와 제국주의』에 나타난 사이드의 사상

『오리엔탈리즘』에서는 사이드의 논의가 대체로 중동에 한정되어 있었다. 그러나 『문화와 제국주의(Culture and Imperialism)』(1993)에서는 아프리카와 인도, 그리고 아시아와 오스트레일리아를 포함한 전 세계 모든 식민지 국가들로 논의와 시야가 확대되고 있다. 그래서 사이드는 『문화와 제국주의』를 『오리엔탈리즘』의 속편이라고 불렀다.

『문화와 제국주의』에서 사이드는 '문화'라는 용어를 두 가지 의미로 사용하는데, 하나는 경제적·사회적·정치적 영역으로부터 독립되어 있는 "심미적 영역"을 지칭하며, 또 하나는 매슈 아널드가 1860년대에 말한 세련되고 고양된, 그래서 현대인의 황폐한 삶을 완화해 주는 "각 나라의 최상의 지식과 사고의 보물 창고"라는 개념이다.

사이드는 얼핏 정치이념과 무관해 보이는 19세기 리얼리즘 소설들이나 심미적인 문학작품들조차도 사실은 의식적 또는 무의식적으로 제국주의적 태도와 언급과 경험을 기본으로 깔고 있으며, 또한 그 과정에서 제국주의 이

넘 형성의 일익을 담당해 왔다고 지적한다. 예컨대 제인 오스틴이 『맨스필드 파크(Mansfield Park)』에서 해외 식민지를 제국인의 당연한 돈벌이 수단으로 보는 시각, 또는 대니얼 드포(영어발음은 '디포'가 아닌 '드포'임)의 『로빈슨 크루소(Robinson Crusoe)』가 "머나먼 비유럽 지역에 자신을 위한 영지를 건설하는 유럽인의 이야기라는 것도 결코 단순한 우연의 일치가 아니라는 것"이다. 찰스 디킨스가 『막대한 유산(Great Expectations, 19세기에 이 용어는 '막대한 유산'이란 뜻으로 사용되었음)』에서 제국인의 고정관념으로 오스트레일리아를 바라보는 것에 대해 언급하면서 사이드는 이렇게 말한다.

디킨스가 빅토리아 시대의 사업가를 재현하는 것의 국가적·국제적 맥락을 무시하거나 보지 못하는 것은, 그의 소설과 그것의 역사적 세계 사이의 본질적인 연관을 놓치는 셈이 된다. 그러한 연관을 이해하는 것이 예술작품으로서 소설의 가치를 평가 절하하지는 않는다. 반대로 세속성으로 인해, 그리고 실제 배경과의 복합적인 연관으로 인해 그것들은 더욱 흥미 있고 더욱 가치 있는 예술작품이 될 것이다.[15]

사이드는 16세기 영국의 위대한 문인 에드먼드 스펜서가 영국군의 아일랜드인 학살을 상상했으며, 토머스 칼라일과 존 러스킨이 자메이카 폭동 때, 영국군의 원주민 학살을 지지했다는 사실을 그들의 문학작품을 읽을 때 배제해서는 안 된다고 말한다. 그런 것들을 전혀 염두에 두지 않고, 그들 문학의 심미성이나 순수성만을 가르치고 배우는 것에는 문제가 있다는 것이다. 사이드는 말한다.

15 Edward W. Said, *Culture and Imperialism* (New York: Alfred Knopf, 1993), 에드워드 사이드, 김성곤·정정호 옮김, 『문화와 제국주의』(서울: 도서출판 창, 1995), 61쪽.

우리는 칼라일과 러스킨의 심미적 이론들을 설명하는 데 많은 시간을 할애하면서도 정작 그들의 관념이 동시에 열등한 민족과 식민지의 복종을 초래했다는 점에 대해서는 거의 주의를 기울이지 않고 있다. 또 다른 예를 들면, 우리가 유럽의 위대한 리얼리즘 소설들이 어떻게 제국주의의 주요 목적 중 하나에 공헌했는가를 이해하지 못한다면, 우리는 그때나 지금이나 문화의 중요성과 제국 속에서 문화가 일으키는 반향을 오독하게 되는 것이다.[16]

또 러디어드 키플링이 『킴(Kim)』 같은 소설에서 제국의 정치이데올로기를 드러내는 것도 같은 맥락이라는 것이다.

그러므로 말하자면, 키플링 같은 위대한 예술가가 자신의 작품 속에서 어떻게 인도를 옮겨 놓고 있으며, 그렇게 하는 과정에서 그가 어떻게 『킴』 같은 소설에서 앵글로 인디언 시각의 기나긴 역사에 의존하고 있을 뿐만 아니라, 자신도 모르는 사이에 인도의 현실이 다소간 무제한으로 영국의 지배를 필요로 하고 있다는 신념에 대한 주장의 부적합성을 예언하고 있는가를 찾아보는 것은 고무적이다. 우리가 1860년대에 살고 있는 영국인이나 프랑스인이었다면, 인도나 북아프리카를 친근감과 거리의 두 감정으로 바라보았을 것이지, 결코 그것들을 독립된 주권을 가진 존재로 보지는 않았을 것이다.[17]

사이드는 심지어 조셉 콘래드조차도 『암흑의 핵심』이나 『노스트로모(Nostromo)』나 『로드 짐(Lord Jim)』에서 서구 제국주의를 비판하기만 했을 뿐, 식민지에도 제국의 문화에 버금가는 토착민들의 훌륭한 고유문화가 있다는

---

16 위의 책, 60쪽.
17 위의 책, 35쪽.

사실은 간과했다고 비판한다. 제국의 횡포와 부패를 개탄했던 콘래드는 다만 제국의 문화에 의해 패배하고 파괴된 식민지 문화의 처참함만 보았을 뿐, 그것의 독자성과 가능성은 보지 못했다는 것이다. 이러한 관점으로는 식민지에는 가치 있는 문화나 역사가 없고, 그렇기 때문에 서구를 통해서만 재현될 수 있다는 결론에서 벗어나지 못하게 된다. 문제는 제국주의를 비판하는 대부분의 사람들이 콘래드의 시각에서 크게 벗어나지 못한다는 점이다. 사이드는 겉으로는 좋아 보이는 미국의 사해동포주의가 갖는 허점도 바로 여기에 있다고 말하며, 다음과 같은 흥미로운 지적을 한다.

우리는 최근 워싱턴과 대부분의 서구 외교 정책 입안자들과 지식인들의 태도가 콘래드의 태도에서 크게 벗어나지 못하고 있다는 사실에 주목할 필요가 있다. 콘래드가 보았던 제국주의적 인류 박애 사상 —즉 "세계를 민주주의를 위한 안전한 장소로 만든다."라는 생각— 속에 내재해 있는 부질없음을, 그러한 소망을 전 세계에 특히 중동에 심으려고 하는 것의 헛됨을 미국 정부는 아직도 인지하지 못하고 있다. 그러한 시도는 계획자들을 더욱더 전지전능함과 잘못된 자아 만족(베트남 참전에서처럼)의 함정에 빠뜨리며, 바로 그러한 본성으로 인해 가짜 증거까지도 만들어 내기 때문이다.[18]

조지 W. 부시 행정부가 이라크전쟁을 일으키는 구실로 거론한 이라크의 '대량 살상 무기'는 나중에 근거 없는 허위로 판명되었는데, 사이드는 이미 1993년에 서구의 외교 정책 담당자들이 "가짜 증거도 만들어 낸다."는 정확한 예언을 한 셈이다.

---

18 위의 책, 31-32쪽.

이렇게 제국주의 시대에 산출된 문학작품들은 직접적으로 또는 간접적으로 제국주의 이념과 긴밀한 연관을 맺게 된다. 그럼에도 인문학자와 예술가들은 그동안 문학작품을 해석하면서 그러한 면을 간과해 왔다. 그 이유를 사이드는 이렇게 말한다.

문제는 자기 문화에 대한 과대평가뿐만 아니라, 문화가 일상 세계를 초월하는 것이기 때문에 일상 현실과는 다른 것으로 생각한다는 데에 있다. 그래서 대부분의 인문학자들은 노예제도나 식민주의나 인종적 억압이나 제국주의적 종속 같은 오래되고 야비하며 잔인한 행위와 그러한 행위와 연관되어 있는 시나 소설이나 철학을 연결시키지 못한다. 이 책을 쓰면서 내가 발견한 것은, 영국이나 프랑스의 예술가들 중, 자기네 관리들이 인도나 알제리를 지배하면서 실천한 '종속'이나 '열등한' 인종의 개념을 다룬 사람이 기의 없다는 사실이었다. 그러나 그러한 태도는 사실 널리 유포되어 있었으며 19세기를 통틀어 제국들이 아프리카를 점령하는 데 연료의 역할을 했다.[19]

그러나 사이드는 그렇다고 해서 그 작가들이 의도적으로 제국주의의 앞잡이 노릇을 한 것은 아니라고 말한다. 푸코의 말대로, 사람은 누구나 자기가 태어나 살고 있는 시대의 현실과 담론과 세계관으로부터 자유로울 수 없기 때문이다. 그래서 사이드는 그 당시 작가들을 규탄하자는 것이 아니라, 다만 우리가 지금까지 간과해 온 점을 인식하자는 것이라며, 이것이 오히려 작품 읽기의 수준을 한층 높여 줄 것이라고 주장한다. 즉 문학작품과 그러한 역사적·사회적 맥락을 연결시켜 읽는 것은 작품의 문학성이나 예술성을

19   위의 책, 24쪽.

평가 절하하는 것이 아니며, 작품의 가치는 실제 배경과의 복합적인 연관이 고려될 때 오히려 더 높아진다는 것이다.

사이드는 또한 매슈 아널드식의 문화적 개념이 우리 문화는 세련되고 순수하며 다른 문화는 열등하고 대중적이라는 '문화와 아나키'식의 사고방식으로 전락할 수도 있다고 경고한다. 그는 "때로 문화는 적극적으로 국가와 연결되는데, 그때 문화는 언제나 외국 혐오증과 함께 '우리'를 '그들'과 구별하게 해 주는 역할을 한다."라고 말한다.[20] 이때 제국의 문화나 식민지의 문화는 둘 다 자기네 문화가 보다 더 위대했다고 믿는 과거로 회귀하게 되고, 그 과정에서 제국주의와 식민주의뿐 아니라 극단적인 국수주의/민족주의/원리주의 문화관도 탄생한다는 것이다. 사이드는 그러한 문제에 대해 이렇게 경고하고 있다.

문화란 여러 가지 정치적·이념적 명분들이 서로 뒤섞이는 일종의 극장이라고도 할 수 있다. 아폴로적인 점잖음의 온화한 영역과는 거리가 먼 채, 문화는 대외 명분들을 백주에 드러내 놓고 싸우는 전장이 될 수도 있다. 예컨대 타국의 고전보다는 자국의 고전을 먼저 읽도록 배운 미국과 프랑스와 인도의 학생들이 거의 무비판적으로 자기 나라와 자기 전통을 받아들이고 거기에 충성스럽게 속해 있는 반면, 타국의 문화나 전통은 격하하거나 대항해 싸우는 싸움터가 될 수도 있다는 것이다.[21]

20 위의 책, 24쪽.
21 위의 책, 24쪽. 같은 책에서 사이드는 또 이렇게 말한다. "우리는 우리의 목소리를 들리게 할 생각에만 급급한 나머지, 이 세상이 복합적인 곳이라는 사실을 망각하곤 한다. 만일 우리가 각자 자신의 주장만 순수하고 옳다고 주장한다면, 우리 모두는 끝없는 투쟁과 피가 튀는 정치적 혼란 속에 빠져들고 말 것이다. 과연 그러한 진정한 공포가 최근 유럽에서 재현되고 있는 인종차별주의와 미국에서 벌어지고 있는 도의적 공정성과 정체성 문제에 대한 토론의 불협화음, ―그리고 나 자신의 출신지에 대해 이야기한다면― 사담 후세인과 수많은 그의 아랍 추종자들 그리고 그의 반대파들의 비스마르크적인 전체주의가 빚어내는 종교적 편견과 망상적 약속들의 비관용성 속 여기저기에서 엿보이고 있다"(34-35쪽).

여기에서 사이드는 예전 제국들의 문화 제국주의뿐 아니라, 국수주의와 자국 문화 지상주의에 빠져 문화를 전쟁 무기로 악용하는 예전 식민지들의 극단적 민족주의 또한 똑같이 위험한 것으로 본다. 그는 일부 급진적인 국가에서 아직 덜 성숙한 아이들에게 배타적인 정치이데올로기를 교육하는 것에 대해 신랄한 비판을 가한다.

나는, '우리'는 '우리 것'에만 관심을 갖겠다는 태도를 참을 수가 없고, 동시에 아랍인들은 아랍 책만을 읽고 아랍의 방법만을 써야 된다는 태도도 참을 수가 없다. C. L. R. 제임스가 늘 말했듯이, 베토벤은 그가 독일인인 만큼이나 서인도 제도인일 수도 있다. 왜냐하면 그의 음악은 인류의 유산이기 때문이다. 그럼에도 불구하고 정체성에 대한 관심은 각자 자신의 이익을 앞세우는 여러 집단 ―모두 다 억눌린 소수 집단은 아니다― 의 이해관계와 현안과 뒤엉켜 있는 것이 오늘날 우리의 현실이다.[22]

사이드는 이러한 위험에서 벗어나는 방편으로 모든 문화를 동등하게 포용하고 인정하는 다문화주의를 제안한다. 다문화주의가 혼란을 야기할까 봐 우려하는 사람들에게 그는 변화와 다양성을 두려워하지 말라고 말한다.

다문화주의에 대한 현재의 논의 결과는 미국의 '레바논화' 같은 것은 아닐 것이고, 그렇다면 그러한 논의가 정치적 변화와 여성들과 소수인종들과 최근의 이민자들이 스스로를 바라볼 수 있도록 해 주는 변화를 의미한다면, 그러

---

22 위의 책, 41쪽. 사이드는 이렇게 말한다. "방어적이고 보수적이며 심지어는 편집증적인 국수주의가 유감스럽게도 어린이들과 청소년들이 '자신들의' 문화의 독창성을 숭상하고 찬양하는 (대개는 타 문화를 비하시키면서) 교육 현장에서 가르쳐지고 있다"(41쪽).

한 변화는 결코 두려워하거나 방어적으로 바라볼 필요가 없다는 것이다. 기억해야만 되는 것은, 이 가장 강력한 형태의 해방과 계몽의 내러티브가 분리가 아니라 '통합'의 내러티브 —즉 주요 그룹으로부터 제외되어 온 사람들이 그 속에서 자신들의 위치를 찾으려는 통합의 내러티브— 라는 사실이다. 만일 주요 그룹의 낡고 관습적인 관념이 이 새로운 그룹을 허용할 만큼 유연하고 관대하지 못한다면, 그런 관념들은 변해야만 된다. 그러한 변화는, 새로 등장하는 그룹들을 단순히 거부하는 것보다 훨씬 더 나은 행동이 되기 때문이다.[23]

위의 인용에서 사이드는 다문화주의를 통해 분리와 분열이 아닌, 포용과 통합의 내러티브를 제안한다. 사이드는 자신이 활발한 국제 정치 평론가이기도 했지만, 언제나 저술과 언론을 통해서 저항했지, 대학을 물리적 폭력의 장소로 이용하지는 않았다. 그는 대학이란 모든 정치적·사회적·문화적·역사적·사상적 문제들을 조사하고 논의하는 장소이지, 정치 활동가들이 권력을 잡기 위해 악용하는 정치투쟁의 장소가 아님을 명백히 했다.

이 책을 쓰면서 나는 대학에 의해 아직도 제공되고 있는 유토피아적인 공간 —그러한 중요한 문제들이 조사되고 논의되고 반영되는 장소로 남아 있어야만 되는 공간— 을 이용했다. 대학을 사회적이고 정치적 문제들이 실제로 부과되고 해결되는 장소로 만드는 것은 곧 대학의 기능을 없애고, 권력을 잡은 정당의 부속 기관으로 만드는 셈이 된다.[24]

23 위의 책, 42쪽.
24 위의 책, 41-42쪽.

미국의 저명한 문학 이론가 스탠리 피시도 "대학이나 지식인의 역할은 소외된 사람들의 존재를 글로 알려 주는 것이지, 그 사람들을 직접 찾아가 위로해 주는 것이 아니다. 그건 사회사업가나 정치가들이 할 일이다."라고 말한 적이 있다.[25] 그러나 유감스럽게도 우리는 여전히 대학을 정치이데올로기를 위한 물리적 투쟁의 장소로 이용하는 경향이 있다.

『오리엔탈리즘』에서 다소간 비판적이고 전투적이었던 사이드의 전략은 『문화와 제국주의』에 오면 이해와 화해, 그리고 통합과 공존의 추구로 유연하게 바뀐다. 그러나 사실은 『오리엔탈리즘』에서도 사이드는 이미 동양도 서양에 대한 편견을 갖고 '옥시덴탈리즘'을 실천하면 안 된다는 입장을 분명히 밝히고 있다.

(4) 망명객의 귀환

사이드는 돌아갈 조국이 없는 실향민이자 영원한 망명객으로 살다가 생을 마감했다. 그럼에도 그는 자신을 그렇게 만든 서양을 원망하거나, 한(恨)에 맺혀 복수를 시도하지는 않았다. 대신 언제나 중도의 길을 택했고, 그 자신의 표현을 빌리면, 단세포적인 시각이 아니라 "대위법적으로 사물을 보려고 노력했으며, 분열보다는 통합의 내러티브를 추구"했다.

그래서 사이드는 제국주의 시대의 유럽과 현재 미국의 중동 정책을 비판하면서도, 동시에 무슬림 테러리즘도 똑같이 비난했다. 그는 『문화와 제국

---

25 피시의 말을 옮긴다. "문학의 사명은 기아에 시달리고 있는 사람들을 먹여 살리는 것도 아니고, 모든 사회적 재난에 대한 책임을 지는 것도 아닙니다. 문학은 우리에게 고통받고 소외된 사람들이 있다는 인식과 거기에 대한 지적 고뇌를 제시해 주면 됩니다. 작가나 비평가는 각자 나름대로 지적인 수단(저술, 창작, 이론)을 통해 저항하고 행동해야지 굶주리는 사람에게 밥을 먹여 주기 위해 직접 수저를 들고 나서려고 해서는 안 된다는 거지요. 그러므로 학생들이 수업을 거부하거나 학업을 포기하고 직접 사회, 정치 문제를 토론하고 그것에만 전념한다면, 그건 잘못된 것입니다"[김성곤, 『포스트모던 시대의 작가들』(서울: 민음사, 1986, 1990), 127-128쪽].

주의』에서 "제국주의와 극단적 민족주의는 서로를 잠식해 들어가는 것으로 똑같이 해로운 것이다."라고 말하는데, 이는 미국작가 토머스 핀천의 "인류 문명을 파멸시키는 것은 서구 제국주의와 제3세계의 극단적 민족주의다."라는 말과도 상통한다. 사이드는 또 아라파트가 이끄는 팔레스타인 망명 국회의 의원이었지만 아라파트의 정책이 정도에서 벗어나자 그와 결별했고, 집에서는 아랍어를 그리고 대학에서는 영어를 사용했으며, 팔레스타인인이면서도 기독교를 믿음으로써 종교적 포용성도 보여 주었다.

사이드는 또 좌파 지식인이었지만 마르크스주의자는 아니었다. 영국의 마르크스주의 비평가 테리 이글턴은 사이드가 마르크스주의자가 아닌 것을 대단히 섭섭해했지만, 사이드는 『세상과 텍스트와 비평가』의 서문에서 자기는 마르크스주의자가 아니라고 밝힘으로써, 스스로 어느 당파에도 속하지 않은 위대한 문학 평론가임을 증명했다. 그는 탈식민주의 이론의 원조로 불리지만, 본인은 어떤 학파에도 속하기를 원하지 않았다. 츠베탕 토도로프가 말했듯이 위대한 문인이나 학자는 결코 어느 한 유파나 당파에 소속되지 않는 법이기 때문이다.[26]

사이드는 생전에 이스라엘의 극단적 시온주의자들로부터 본인뿐 아니라 자녀들까지 테러 위협을 받았고, 평생 주소와 전화번호를 감추고 살았지만, 이스라엘 음악가 다니엘 바렌보임과는 단짝이었다. 두 사람은 『평행과 역설(Parallels and Paradoxes)』이라는 음악에 관한 책을 공저로 출간하는가 하면(사이드는 연주회까지 열었던 명성 있는 피아니스트였다), 역사상 최초로 팔레스타인의 웨스트뱅크에서 이스라엘과 팔레스타인의 화해를 기원하는 연주회를 개최하기도 했다. 또한 사이드는 백혈병으로 투병할 때도 뉴욕의 유대계 병원인

---

26 "위대한 비평가가 되는 두 가지 조건은, 첫째, 자신과 반대되는 이론도 포용할 수 있는 '열린 마음'의 소유자가 되는 것이며, 둘째는 어떤 특정 당파에 속하지 않는 것입니다"(위의 책, 158쪽).

마운트 사이나이 병원을 택해, 유대계 의사들에게 자신의 생명을 맡기는 화해의 제스처도 보여 주었다.

사이드는 이름조차도 영어 이름(Edward)과 아랍 이름(Said)을 동시에 갖고 있었으며(자서전 『아웃 오브 플레이스(Out of Place)』에서 그는 어머니가 영국의 에드워드 왕자를 좋아해 이름을 에드워드라고 지었다고 밝히고 있다), 이름의 약자인 E. W. Said도 마치 East West Said처럼 느껴진다. 자서전에서 사이드는 카이로에서 영국식 고등학교인 빅토리아 칼리지에 다닐 때, 영어 이름과 아랍 이름이 섞인 것 때문에 급우들로부터 놀림도 많이 받았고, 동서양 어디에도 속하지 못했던 자신의 정체성 때문에 방황했다고 쓰고 있다.

또 사이드는 어머니가 집에서 아랍어와 영어를 둘 다 사용했던 것, 그리고 팔레스타인인이면서 동시에 미국 시민이었던 아버지로 인해 미국 여권을 갖고 있었던 상황도 자신을 두 세계 사이에 선 '경계인'으로 만들었다고 밝히고 있다. 심지어는 타계하기 직전 자신이 태어난 예루살렘에 갔을 때, 미국 여권에 찍힌 출생지가 예루살렘으로 되어 있어서 의심스러워하는 이스라엘 출입국 관리 앞에서도 정체성의 혼란을 느꼈다고 고백한다. 그래서 사이드는 이스라엘에 갔을 때, 스스로를 '유대계 팔레스타인인'이라고 생각한다고 말한 적이 있다. 그 말은 곧 이 세상에 순수한 문화란 없듯이 순수한 인종이나 민족도 없다는 사이드의 생각을 잘 나타내 준다. 사이드는 이 세상 모든 문화, 모든 인종은 본질적으로 혼혈이라고 보았고, 따라서 '혼종성(hybridity)'의 장점과 필요성을 주장했던 '두 세계 사이의 지식인'이었다. 그는 『문화와 제국주의』에서 "제국으로 인해 모든 문화는 서로 연결되어 있다. 그 어느 문화도 단일하거나 순수할 수는 없다. 모든 문화는 혼혈이며, 다양하

고, 놀랄 만큼 변별적이며, 다층적이다."라고 말한다.[27]

그래서 『평행과 역설』에서 대담자가 물어 온 "살아오면서 고향이나 집처럼 편하게 느끼는 곳은 어디입니까?"라는 질문에 사이드는 이렇게 대답한다.

나는 여기저기 돌아다니는 것을 가장 좋아합니다. 나는 뉴욕을 좋아하는데, 그 이유도 뉴욕이 카멜레온 같은 망명객의 도시이기 때문입니다. 우리는 뉴욕이라는 도시의 테두리 안에서 어디든 있을 수 있지만, 동시에 결코 뉴욕의 일부가 될 수는 없습니다. … 우리의 정체성이란 고정된 장소나 붙박이인 어떤 물체가 아니라, 끝없이 흐르는 것, 물처럼 흐르는 조수와도 같다고 생각합니다.[28]

사이드는 『오리엔탈리즘』과 『문화와 제국주의』 둘 다 자신의 개인적 삶과 밀접한 관계가 있다고 말한다. 이는 문학 비평과 현실과 우리의 삶은 별개가 아니라 같은 여정을 가는 것이라는 평소 사이드의 주장과 상통한다.

이 책은 두 개의 영국 식민지에서 자라난 동양인으로서의 자의식에서 비롯된 것이다. 그 두 식민지(팔레스타인과 이집트)에서 내 교육은 온전히 서구식으로만 이루어졌지만, 그 자의식은 내내 나를 따라다녔다. 여러 가지 면에서 이 책 『오리엔탈리즘』은 나 자신의 탐구의 여정이었다.[29]

서양, 특히 미국에서 아랍계 팔레스타인인의 삶은 낙담스러울 수밖에 없다.

---

27 『문화와 제국주의』, 41쪽.
28 에드워드 사이드·다니엘 바렌보임, 장영준 옮김, 『평행과 역설』(서울: 생각의 나무, 2003), 25쪽, 27쪽.
29 *Orientalism*, p.25.

정치적으로 그는 존재하지 않는 것이나 마찬가지이고, 그게 허용된다고 해도, 다만 성가신 존재나 동양인으로만 취급된다. 아랍인이나 무슬림에 대한 인종차별, 문화적 전형화, 정치적 제국주의, 비인간적인 정치이데올로기는 너무나 강해서, 모든 팔레스타인인들은 자신이 처벌받는다는 운명을 느끼게 된다.[30]

『문화와 제국주의』에서 사이드는 자신의 의도가 분열과 원한과 복수가 아니라, 이해와 화해와 통합이라는 점을 명백하게 밝히고 있다. 그는 단순히 제국주의를 비판하는 데 그치지 않고, 제국주의가 결과적으로 끼친 긍정적인 점도 인정하며, 우리 모두가 "통합의 내러티브"를 창출할 것을 주문한다.

제국주의의 성과 중의 하나는 세계를 한데 끌어모으는 것이었고, 비록 그 과정에서 유럽인들과 토착민들의 분리가 모르는 사이에 퍼져 나갔고 또 그것이 근본적으로 불공평한 것이었다고는 해도, 우리 대부분은 오늘날 제국의 역사적 경험을 공통적인 것으로 받아들이고 있다. 그렇다면 오늘날 우리가 해야 할 일은 끔찍함과 유혈과 복수심의 신랄함에도 불구하고, 그 역사 경험을 인도인과 영국인, 알제리인과 프랑스인, 서구인과 아프리카인, 아시아인, 그리고 라틴 아메리카인과 오스트레일리아인이 서로 연관되는 것으로 기술하는 일이 될 것이다.[31]

사이드는 심지어 고국을 잃고 망명객이 된 자신의 상황까지도 긍정적으

---

30 *Ibid.*, p.27.
31 『문화와 제국주의』, 36쪽.

로 받아들이는데, 역사상 나라를 빼앗긴 망명작가 중에서 이렇게 긍정적인 태도를 보인 사람은 아마도 사이드가 처음일 것이다.

『문화와 제국주의』는 한 망명객의 책이다. 나는 어쩔 수 없는 이유로 인해 서구 교육을 받은 아랍인으로 태어나 자랐다. 내가 기억하는 한, 나는 언제나 자신이 그 둘 중 하나에만 속한다기보다는 그 두 세계에 다 속하는 것으로 느끼며 살아왔다. 그러나 내 생전에, 내가 가장 긴밀한 연관을 갖고 있는 아랍 세계가 전쟁으로 인해 완전히 변했거나 아예 존재하지 않게 되었다. 그래서 나는 오랫동안 미국에서 아웃사이더로 살아왔다. 특히 미국이 아랍 세계와 전쟁을 하거나 반목할 때, 나는 언제나 아웃사이더였다.

그럼에도 불구하고 내가 "아웃사이더"라고 자신을 부를 때, 그것은 슬프거나 박탈당한 것을 의미하지는 않는다. 오히려 그 반대로 제국이 나누어 놓은 두 세계에 다 속해 있다는 것은 그만큼 그 두 세계를 더 잘 이해할 수 있다는 것을 의미한다. 그러한 상황은 나 자신이 하나 이상의 역사와 그룹에 속해 있다는 느낌을 갖게 해 주었다.[32]

서구 제국주의로 인해 식민지인으로 살다가 돌아갈 고국도 없어져 타지에서 평생 망명객으로 살아온 사이드가 자신의 처지를 슬퍼하거나 원망하지 않고, 오히려 자신이 두 개의 언어를 하게 되고, 두 개의 문화와 두 개의 세계에 속하게 된 것을 다행으로 생각한다고 말한 것은 우리에게 많은 것을 시사한다. 제국주의로 인해 한때 식민지인이었던 우리도 원한과 분노와 한

---

32 위의 책, 42-43쪽.

(恨)의 늪에서 헤어 나오지 못하는 것보다는, 사이드처럼 긍정적인 시각으로 세상을 바라보고, 진취적인 태도를 갖는 것이 필요하다고 생각되기 때문이다. 그렇게 되면 슬픔을 기쁨으로, 편견을 이해로, 그리고 분쟁을 화해로 바꿀 수 있을 것이기 때문이다.

평생을 동양과 서양, 두 세계의 이해와 화해와 공존에 바친 사이드가 타계한 후에도 세계는 여전히 극심한 영토분쟁과 종교분쟁에서 벗어나지 못하고 있다. 뿐만 아니라, 중동에서는 IS까지 생겨나서 종교적·정치이념적 원리주의와 극단주의가 더욱 기승을 부리고 있고, 아시아에서도 미국과 손을 잡은 일본과 과거의 영광을 되찾으려는 중국이 부딪치면서 새로운 분쟁의 조짐이 보이고 있다. 이러한 갈등과 충돌의 시대에 평생을 동서의 화해와 평화로운 공존을 위해 바친 사이드의 삶과 저술을 돌이켜 보는 것은 분명 뜻깊은 일이 될 것이다.

2. 모더니즘과 포스트모더니즘의 경계를 넘은 작가: 존 바스

존 바스(John Barth, 1930-)는 미국 메릴랜드 주 케임브리지에서 태어났으며, 줄리아드 음대에서 오케스트라 이론을 공부하다가 존스홉킨스대에 입학해 1951년에 학사학위를, 1952년에 석사학위를 취득했다. 이어 바스는 펜실베이니아주립대 교수(1953-1965)와 버펄로 소재 뉴욕주립대 교수(1965-1973)를 거쳐, 존스홉킨스대 교수(1973-1995)로 재직하다가 1995년에 은퇴해 현재는 메릴랜드의 교외에서 저술에만 전념하고 있다.

미국 포스트모더니즘 문학의 원조인 바스는 전통적인 모더니즘 소설과 구텐베르크식 활자소설의 가능성이 고갈되고, 새롭게 등장한 영상매체

존 바스

와 전자매체에 의해 문자문학이 속절없이 밀려나 '소설의 죽음'이 선언되던 1960년대와 1970년대에 픽션메이킹(fiction-making)에 대해 치열하게 천착하고 고뇌했던 작가였다. 아르헨티나의 선배작가 보르헤스로부터, "문학의 모든 가능성이 고갈된 극한상황에서 그 극한을 역이용해 새로운 가능성을 찾는 방법"을 배운 바스는 당시 미로에서 길을 잃고 헤매고 있는 작가들에게 출구를 안내하는 새로운 형태의 소설 쓰기에 전념했고, 그 결과 죽어 가던 문학을 소생시킨 중요한 작가라는 평을 받게 되었다.

1967년 〈애틀랜틱 만슬리(The Atlantic Monthly)〉에 발표한 기념비적인 글 "고갈의 문학(The Literature of Exhaustion)"에서 바스는 전통적인 소설의 가능성은 모두 고갈되었다고 선언하며, 작가들은 이제 미로에서 벗어나기 위해 새로운 시대에 부응하는 새로운 형태의 소설을 창조해 내어야만 한다고 주장해, 포스트모던 시대를 대표하는 작가로서 문단과 학계의 비상한 주목을 받았다. 이 글에서 바스는 현대 작가들은 변신의 명수이자 고정된 모습이 없는 프로테우스를 꽉 붙잡고 길을 가르쳐 줄 때까지 놓지 않았던 메넬라우스처럼, 그리고 미궁 속에서 출구를 찾아 전진했던 테세우스처럼 과감하고 용기 있게 새로운 형태의 소설창작을 시도해 보아야만 한다고 주장한다.

1980년 같은 잡지에 발표한 "소생의 문학(The Literature of Replenishment)"에서 바스는 죽어 가는 문학을 다시 살려 낼 수 있는 가능성을 포스트모더니즘에서 발견한다. 이 유명한 글에서 바스는 "올바른 포스트모더니즘이란 단순히 모더니즘의 연장도 아니고 모더니즘의 한 양상에 대한 강조도 아니며, 또한 반대로 모더니즘이나 혹은 내가 프리모더니즘이라고 부르는 것, 즉 '전통적'인 의미의 부르주아 리얼리즘에 대한 도매금식의 거부나 전복을 의미하는 것도 아니다. … 포스트모더니스트 소설의 가치는 바로 그러한 대조 항목들, 즉 모더니즘 소설과 프리모더니스트 소설의 상반된 점들을 종합하거나 초월하는 데 있다. 내가 아는 한, 이상적인 포스트모더니스트 작가는 20세기 모더니스트 부모이건 19세기 포스트모더니스트 조부모이건 간에 그들을 단순히 모방하지도 않으며 또 단순히 거부하지도 않는다."라고 말한다. 이어 바스는 포스트모더니즘이 "모더니즘 다음으로 좋은(the next best thing)이 아니라, 모더니즘에 이어 등장한 가장 좋은 사조(the best next thing)"가 되기를 바란다고 말하면서, 포스트모더니즘 소설에 대한 자신의 기대를 표명한다.

바스는 미로에서 길을 잃은 현대 작가들이 당면한 딜레마의 해결을 위해 소설의 근원으로 되돌아가 볼 것을 제안한다. 그리고 소설의 시작과 기원 속에 이미 내재되어 있던 소설 장르의 문제점들을 탐색하고, 미로의 출구를 열수 있는 지혜의 열쇠를 과거에서 찾아보자고 주장한다. 그러므로 바스에게 있어서 과거는 동경과 숭배의 대상이 아니라, 현재 우리가 당면한 문제점의 근원을 찾아볼 수 있는 심문의 대상이 된다. 바스가 자신의 작품 속에서 독자들을 과거로 그리고 신화의 세계로 자주 데려가는 이유도 바로 거기에 있다.

(1) 존 바스의 포스트모던 소설들

새로운 시대에 맞는 새로운 형태의 소설 쓰기를 다양한 방법으로 시도하고 있는 『미로에서 길을 잃고(*Lost in the Funhouse*)』(1968)는 제목에서부터 바스의 미로의식이 잘 나타나 있는 작품이다. 바스가 보기에 당시 문학은 미로에서 길을 잃고, 살아남기 위해 방황하며 치열하게 출구를 찾아 헤매고 있었다. 바스가 보는 포스트모던 시대의 예술가는 조이스가 보았던 모더니즘 시대의 예술가와는 전혀 다른 상황에 처해 있었다. 조이스의 어린 예술가 스티븐 대덜러스는 조국이 강요하는 경직된 종교적 독선과 극단적 정치이데올로기와 맹목적인 애국심으로부터 떠나 더 큰 유럽대륙으로 탈출하기만 하면 되었다. 그러므로 당시 예술가에게 필요했던 것은 그러한 탈출의식과 용기, 그리고 보다 더 큰 세상으로 날아갈 '날개'뿐이었다. 다시 말해, 예술가 스티븐에게는 미궁을 벗어날 출구가 이미 존재하고 있었다는 것이다.

그러나 바스의 어린 예술가 앰브로스는 보다 더 근본적인 문제에 봉착해 있었다. 앰브로스는 아리아드네의 실마리가 없어 출구를 찾을 수 없는 미궁에 갇힌 예술가이자, 거울에 비친 자신의 모습을 바라보며 미로 속에서 방황하는 포스트모던 시대의 작가이다. 앰브로스의 고민은 그러한 상황에서 작가는 과연 "무엇을 어떻게 써야만 하는가?"로 확대된다. 그러므로 앰브로스의 고뇌는 스티븐의 고뇌보다 훨씬 더 복합적이고 난해하며 고차원적이라고 할 수 있다. 평자들이 바스의 『미로에서 길을 잃고』를 조이스의 『젊은 예술가의 초상(*A Portrait of the Artist as a Young Man*)』의 신랄한 패러디로 보는 이유도 바로 거기에 있다. 포스트모던 시대의 작가는 태어날 때부터, 그리고 성장과정에서도 모더니즘 시대의 작가보다 훨씬 더 복합적인 상황 속에서 살고 있기 때문이다.

그러므로 모두 14편의 작품이 수록되어 있는 『미로에서 길을 잃고』는 단순한 단편모음집이 아니라, 픽션메이킹에 대한 일종의 시리즈여서 순서대로 읽어야만 한다. 맨 처음 이야기인 "프레임 테일(frame tale)"은 뫼비우스의 띠를 오려 붙여, "ONCE UPON A TIME THERE WAS A STORY THAT BEGAN ONCE UPON A TIME THERE WAS A STORY THAT BEGAN"이 끝없이 계속되도록 만든 작품으로, 액자소설의 원형인 『아라비안나이트』와 모든 스토리텔러들의 원조인 세헤라자드를 연상시킨다. "프레임 테일," 즉 "액자소설"은 물론 모든 문학작품의 상호텍스트성과, 과거와 현재의 연관, 그리고 삶과 예술의 원형적 반복을 의미한다. 그러면서 그것은 또한 스토리텔러의 원형인 세헤라자드가 잘 보여 주고 있듯이, 새로운 이야기를 만들어 내지 못하면 죽임을 당하는 포스트모던 작가의 딜레마를 상징하기도 한다. 과연 『아라비안나이트』에서 전개되는 수많은 액자소설들은 모두 재미있는 이야기를 만들어 내지 못하면, 폭군에게 죽임을 당하는 세헤라자드의 상황을 은유적으로 반영하고 있다.

예컨대 츠베탕 토도로프는 "내러티브-인간"이라는 글에서, "『아라비안나이트』는 현기증 날 만큼의 삽입/삽화(프레임 테일)의 예를 보여 주고 있다."고 지적한다.

세헤라자드는 말하기를
    야꾸는 말하기를
        양복 재단사는 말하기를
            이발사는 말하기를
                그의 형제(그에겐 여섯 형제가 있다)가 말하기를…

다섯 개의 이야기가 중첩되고 있는 이 액자소설들에서 각 스토리텔러들은 재미있는 이야기를 하지 못하면 죽임을 당한다. 그럼으로써 그들은 독자들에게 마스터 스토리텔러인 세헤라자드의 딜레마를 부단히 상기시켜 준다. 그리고 때로는 앞의 이야기들은 잊혀지기도 하지만, 대부분은 모든 이야기들이 서로 긴밀히 연관되어 있는 경우가 많다.

두 번째 이야기인 "밤바다여행(Night-Sea Journey)"의 화자는 아버지를 떠나 목적지의 위치가 분명치 않은 곳, 그러나 자신을 기다리고 있는 난자가 있으리라고 생각되는 해변, 즉 어머니의 자궁을 향해 풍랑을 헤치고 어두운 밤바다를 헤엄쳐 가고 있는 정자이다. 그는 과연 자신의 거친 풍랑 속 항해가 성공할 수 있을 것인지, 그리고 수백만의 경쟁자들을 물리치고 자신이 무사히 난자를 만나 새로운 생명으로 태어날 수 있을 것인지 알 수 없는, 불확실한 상황 가운데 밤바다를 헤엄치고 있다. 세계지도를 보며 더 넓은 세상으로의 비상을 꿈꾸기만 하면 되었던 조이스의 모던 예술가와는 달리, 바스의 포스트모던 예술가는 이렇게 태어나면서부터 익사의 위험이 도사리고 있는, 그리고 목적지가 불확실한 거친 풍랑 속 항해를 시작해야만 한다. 폭풍우 속을 헤엄치면서 정자는 이렇게 반문한다. ―"나는 과연 존재하는 것인가? 아니면 이게 꿈인가? 때로 나는 의문을 갖는다. 그리고 만일 내가 존재한다면, 나는 과연 누구인가? 내가 운반해야 하는 유산은 또 무엇인가? 문제는 내게 확신이 없다는 점이다."

세 번째 이야기 "앰브로스의 표시(Ambrose His Mark)"에 오면 밤바다여행을 떠났던 정자가 드디어 어머니의 난자를 만나 예술가로 태어나게 된다. 그러나 태어나 보니, 아버지는 정신병원에 입원해 있었고(아버지는 태어난 아이가 자기 아들이라는 사실을 부인한다), 딸을 기대했던 어머니는 실망해서 아들의 이름을 지어 주려고 하지도 않는다. 이는 곧 아버지와 단절되어 정신적인 고아가 된, 그리고 이름조차 없어 정체성이 모호한 포스트모던 시대의 예술가의 딜레마를 은유적으로 잘 보여 주고 있다. 그러다가 어린아이의 입에 꿀벌들이 모여들자, 바스의 예술가는 영생을 가져다주는 신의 꿀 또는 신의 술이라는 의미의 '앰브로스'라는 이름을 얻게 된다. 중세의 성(聖) 앰브로스는 위대한 웅변가여서 어린 예술가 앰브로스도 위대한 작가가 될 수 있으리라는 암시가 주어진다. 그러나 꿀벌들이 아이의 눈과 귀에 모여들었다고 주장하는 사람들도 있어서, 어린 예술가는 장차 위대한 예지자이자 청취자가 될 것이라는 암시도 주어진다. 그러한 설정은 곧 전자매체가 활자매체를 대체하는 포스트모던 시대의 작가는 언어의 대가여야 할 뿐 아니라, 청각적 음향도 중요시하고 영상매체도 포용해야만 한다는 사실을 은유적으로 시사해 주고 있다.

네 번째 이야기인 "자서전(Autobiography)"은 테이프로 듣도록 의도된 실험소설로서, 자신의 부모를 비난하는 화자의 이야기로 되어 있다. 오이디푸스 콤플렉스에 시달리는 화자에 의하면, 자기 어머니는 녹음기이고 아버지는 작가 바스이며, 부모가 원하지 않은 자식으로 태어난 자신의 정체성에 대해 불만을 토로하고 있다. 화자는 내가 태어났을 때, "나에게는 적절한 이름도 주어지지 않았다."고 불평하며, "이제는 내가 나 자신을 만들어 나가야만 한다."고 말한다. 화자는 특히 자신에게 아무것도 물려주지 않았을 뿐 아니라, 자신을 부정한 아버지에 대한 불만이 많은데, 이는 아버지와도 같은 모더니즘을 비판하고 극복하면서 태어난 포스트모던 작가의 고아의식을 잘 시사해 주고 있다. 이 작품에서 바스는 이제는 글로 쓰는 원고지 시대가 끝나고 오디오와 비디오테이프의 시대가 시작되었다는 사실을 인정하면서, 독자가 청자로 바뀐 상황에서 저자/청자/텍스트의 새로운 상호관계를 성찰하고 있다.

다섯 번째 이야기인 "워터 메시지(Water-Message)"에는 성장한 앰브로스가 등장한다. 사춘기에 접어들어 성에 눈뜨게 되었지만 아직은 혼란스러워하는 앰브로스는 어느 날 강물에 떠내려온 편지가 들어 있는 병을 건진다. 여기서 물은 물론 모든 것의 원천이자 생명의 근원이며, 풍요, 정화, 무의식 등을 상징하고 있다. 그 병 속에는 누군가가 작가 앰브로스에게 보내는 메시지가 들어 있어야만 하는데, 막상 병을 열어 보니 거기에는 "TO WHOM IT MAY CONCERN"이라는 서두와 "YOURS TRULY"라는 인사말만 있을 뿐, 막상 그 사이에는 아무런 내용이 없었다. 아버지로부터도 아무런 도움을 받지 못하고, 자신의 미래를 가르쳐 줄 아무런 메시지도 받지 못한 앰브로스는 이제 작가로서 스스로의 운명을 개척해 나가야만 하게 된다. 그래서 어린 예술가 앰브로스는 메시지의 비어 있는 공간을 채워 넣어야만 하는 사람은 바로 자기 자신이라는 사실을 깨닫게 된다.

여섯 번째 이야기 "호소문(Petition)"은 자기를 죽이려고 하는 쌍둥이로부터 자기 몸을 떼어 달라고 태국 왕에게 호소하는 샴쌍둥이의 이야기다. 호소문에 의하면, 이 쌍둥이들은 서로 정반대의 속성과 기질을 갖고 있어서, 도저히 하나가 될 수 없는, 그래서 갈라져야만 하는 사이이다. 이 샴쌍둥이처럼 우리 모두는 내부에 서로 정반대되는 속성을 갖고 있다. 그것은 작가나 문학도 마찬가지여서, 새로운 문학을 탄생시키기 위해서는 문학이나 작가가 정반대의 속성을 갖고 있는 자신의 분리된 자아(divided self)를 극복해야만 한다. 샴쌍둥이는 작가가 성장과정에서 필히 극복해야만 하는 바로 그 '분열된 자아'의 상징으로 제시되고 있다.

일곱 번째 이야기인 "미로에서 길을 잃고(Lost in the Funhouse)"는 열세 살이 된 앰브로스가 2차 대전 중 7월 4일에 부모와 형 피터, 칼 삼촌, 그리고 14세 난 이웃집 소녀 마그다와 같이 놀이공원에 놀러가서 '도깨비 집(Funhouse)'에 들어가 길을 잃고 방황하는 이야기이다. 미로에서 출구를 찾아 헤매면서 앰브로스는 과연 어느 것이 사실이고 어느 것이 허구인지 혼란을 느끼게 되고, 미로 속 거울에 비친 자신의 모습을 바라보게 된다. 그는 이제 비로소 예술가로서의 소외와 고독을 깨닫게 되고, 자아반영과 자기성찰의 과정을 겪으면서, 이제는 자기도 다른 사람들을 위해서 자신만의 '펀하우스'(미로/재미있는 구축물/픽션/소설)를 만들어 보겠다는 결심을 하게 된다.

여덟 번째 단편 "에코(Echo)"는 자신의 원래 목소리는 사라지고 남의 말만 따라서 할 수 있는 에코처럼, 테이프에 녹음한 후 재생해서 듣도록 쓰여진 작품이다. 이 작품에서 에코는 티레시아스와 나르시서스가 하는 이야기를 되풀이하고 있는데, 에코는 목소리가 없는 요정이고, 티레시아스는 장님이지만 미래를 내다보는 예언자이며, 나르시서스는 눈은 있으되 사물의 본질을 통찰하지 못하는 존재라는 점이 상징적이다. 이 작품에서 독자/청자는 과연 에코가 티레시아스와 나르시서스의 이야기를 제대로 전달하고 있는지, 또는 이야기 속에 자신의 감정을 이입하고 있는지, 아니면 저자 바스에 의해 조종당하고 있는지 알 수가 없다. 그녀는 다만 녹음된 목소리에 불과하기 때문이다. 이 작품에서 바스는 활자의 세계를 떠나, 오디오/비주얼한 세계, 즉 음향과 영상의 세계를 탐색하며 눈멂과 통찰의 주제를 천착하고 있다.

아홉 번째 이야기인 "두개의 명상(Two Meditations)"은 짧은 두 개의 문단으로 되어 있는데, 이 작품에서 바스는 나이아가라 폭포와 이어리 호수에 대한 명상을 통해 다시 한 번 오이디푸스 신화를 불러와 포스트모던 시대 작가의 딜레마를 다루고 있다. 바스가 보는 포스트모던 작가의 가장 기본적인 상황은 부모가(특히 아버지가) 부재한 고아상태이며, 부친살해나 아버지와의 관계단절로부터 자신의 작가경력을 시작하는 것이다. 그러므로 바스의 작품에서는 어디에서나 아버지의 부재와 부자 사이의 갈등이 부단히 반복되고 있다.

열 번째 작품인 "타이틀(Title)"에서 바스는 새로운 글쓰기/픽션메이킹에 대해 고뇌하는 화자의 모습을 다각도로 보여 주고 있다. 자기가 포스트모더니즘의 시효라고 생각하고 존경하는 보르헤스, 베케트, 나보코프의 전략과 지혜를 차용해 바스는 보르헤스의 미로의식, 베케트의 침묵, 그리고 나보코프의 게임 및 유희전략을 성찰하고 있다. 이 작품에서 바스는 관습적인 기승전결이 사라진 우연과 불확실성의 시대에 빈 공간을 채워 넣어야 하는 포스트모던 작가의 고민을 토로하고 있다. 이 작품의 화자는 "더 이상 할 말이 없다. 도대체 새로운 것이 무엇이 있다는 말인가? 아무것도 없다."라고 불평한다. "거울로 된 미로에서 빠져나오는 유일한 방법은 눈을 감고 손을 내미는 것이다. 그리고 직유 같은 빼어난 메타포에 몸을 맡기는 것뿐이다." 그러나 이 작품의 화자는 절망적이지는 않는다. 그는 "길의 끝은 또 다른 길의 시작이 될 수도 있다."고 말함으로써 새로운 가능성을 탐색할 것을 독자들에게 권유한다.

열한 번째 이야기인 "방언(Glossolalia)"은 여섯 명의 신화적/성서적 인물들이 마치 성령을 받아 종교적 황홀경에서 말하는 듯, 각기 한 문단씩 방언처럼 말하는 것으로 되어 있다.

열두 번째 작품 "라이프 스토리(Life-Story)"의 화자는 포스트모던 시대의 글쓰기의 어려움에 대해 불만을 토로하며 명상에 잠겨 있다. 그는 오늘날 작가들은, "소설을 쓰는 작가에 대한 소설을 쓸 수밖에 없다."라고 말하며, 삶과 소설(픽션)의 불가분의 관계에 대해 성찰하고 있다. 바스의 메타픽션론이라고 할 수 있는 이 작품에서 화자는 우리의 삶이 허구적이기 때문에 그 자체가 하나의 픽션 즉 소설이 될 수 있으며, 이 세상이 하나의 커다란 허구여서, 우리가 사는 세상 자체가 하나의 커다란 픽션, 즉 한 편의 극적인 소설이 될 수도 있다고 말한다. 이 작품의 화자는 변화하지 않고 있는 독자들도 꾸짖는다. —"독자들이여! 이 끈질기고 모욕에도 끄떡없는 활자에만 매달리는 사생아들이여! 나는 지금 당신들에게 말하고 있다. 이 괴물 같은 픽션 속에서 달리 누구에게 내가 말을 하고 있겠는가."

열세 번째 작품 "메넬라우스 이야기(Menelaiad)"는 트로이에 빼앗겼던 아내 헬렌과 연관해 자신의 삶을 되돌아보는 메넬라우스의 이야기이다. 보르헤스의 아이디어를 빌려서 바스는 트로이전쟁이 끝나고 귀국하는 도중 길을 잃은 메넬라우스가 바다의 노인(the Old Man of the Sea) 프로테우스를 꽉 붙잡고 끝까지 놓지 않음으로써 프로테우스로부터 길을 안내받는다는 상황을 포스트모던 작가의 상황에 비유한다. 오늘날 우리의 리얼리티는 마치 프로테우스처럼 정형이 없고 가변적이지만, 포스트모던 작가는 리얼리티를 꽉 붙삽고 길을 가르쳐 줄 때까지 리얼리티와 씨름해야 한다는 것이다.

열네 번째 작품 "무명인의 이야기(Anonymiad)"는 섬에 표류한 음유시인이 모든 가능성이 고갈될 때까지 이야기를 써서 바다에 띄워 보내는 내용이다. 그러던 어느 날, 그는 떠내려온 병 속에 든 메시지를 발견하고, 다른 곳에도 자기처럼 교류를 원하는 사람들이 있다는 사실을 깨닫고 고무된다.

(2) 포스트모던 작가의 고뇌

바스의 『미로에서 길을 잃고』는 보르헤스의 『미로들』과 로브그리예의 『미로에서』와 더불어 부친인 모더니즘과 단절하고 새로운 세계를 구축해야만 하는, 그러나 아직은 출구를 찾지 못한 포스트모던 작가들의 미로의식을 잘 표출해 주고 있는 기념비적인 작품으로 문학사에 기록되어 있다. 이 작품집에서 바스는 리얼리티와 픽션이 명확하게 구분되지 않는 포스트모던 시대에 허구의 구축물인 소설을 써내야만 하는 포스트모던 작가의 고뇌를 여러 각도로 조명하고 성찰하고 있다. 동시에 바스는 마셜 매클루언의 말대로 구텐베르크식 활자소설이 전자매체/영상매체와 경쟁해야만 하는 이 포스트모던 시대에 작가는 글쓰기에 대해 어떤 고민을 해야 하며, 무엇을 어떻게 써야만 하는가를 『미로에서 길을 잃고』에서 설득력 있게 보여 주고 있다. 물론 바스가 이 소설집을 출간한 1960년대 후반에는 아직 PC도 보급되지 않았고 인터넷도 없어서 바스는 겨우 테이프로 녹음해서 들려주는 소설을 혁신적인 새로운 형태의 소설로 보고는 있지만, 그래도 당시만 해도 『미로에서 길을 잃고』는 작가들과 독자들 모두에게 커다란 충격으로 다가왔던 작품이었다.

바스는 『미로에서 길을 잃고』를 출간하기 전부터, 또 다른 시각으로 역사를 재조명하는 포스트모던 역사소설인 『연초 도매상(The Sot-Weed Factor)』 (1960)을 통해 이미 포스트모던 문학을 선도하는 작가로 부상했다. 동명의 시를 쓴 실제 인물인 시인 에베네저 쿡의 일생을 모델로 한 이 포스트모던 역사소설의 주인공은 아버지의 유산인 토지를 상속받기 위해 영국에서 식민지 아메리카대륙으로 건너온 헨리 벌링게임의 파란만장한 이야기다. 헨리는 아름다운 곳으로만 상상했던 아버지의 유산이 사실은 잘못된 역사로 인해 오염된 곳이라는 사실을 발견하고 실망과 환멸에 빠진다. 이 소설에서 바스는 18세기 미국 초기역사를 신랄하게 패러디함으로써 아메리칸드림의 문제점을 폭로함과 동시에, 소설의 기원인 18세기로 되돌아가 오늘날 현대문학이 당면하고 있는 문제점의 근원과 해결책을 탐색하고 있다.

이어 우화소설인 『염소소년 자일스(Giles Goat-Boy)』(1966)에서 바스는 자기가 염소인 줄 알았다가 어느 날 자신이 인간임을 발견하고 자신의 근원을 찾아 과거로 되돌아가는 작가의 이야기를 신화의 세계와 컴퓨터의 세계, 동서 냉전이데올로기, 그리고 우주(universe)와 대학(university)을 병치시키면서 독자들에게 들려주고 있다. 자신이 근무했던 펜실베이니아주립대 캠퍼스를 모델로 한 이 소설에서 바스는 놀랍게도 벌써 매트릭스 이론의 등장을 예시해 주고 있다.

내셔널 북 어워드를 수상한 『키메라(Chimera)』(1972)에서도 글쓰기에 대한 포스트모던 작가의 고뇌와 출구 탐색은 계속된다. 용의 머리, 사자의 몸, 뱀의 꼬리를 가졌다는 신화적 괴수처럼 이 작품도 세 개의 중편으로 이루어져 있다. 첫 이야기인 "두냐자드 이야기(Dunyazadiad)"에서는 형 샤리아 왕으로부터 세헤라자드의 이야기를 들어서 이미 다 알고 있는 쟈만 왕이 두냐자드와 결혼한 다음, 두냐자드에게도 언니 세헤라자드가 그랬던 것처럼 자기에게도 새로운 이야기를 해 달라고 부탁한다. 문제는 두냐자드는 이미 모든 가능성이 고갈되어 더 이상 새로운 이야기를 만들어 낼 수가 없다는 것이다. 이 에피소드에서 바스는 두냐자드의 딜레마가 곧 오늘날 포스트모던 작가들의 딜레마라고 말한다.

두 번째 이야기인 "페르세우스 이야기(Perseid)"는 중년이 되어 비만해지고 몸이 굳어져 가는 페르세우스가 그 이유를 알기 위해 과거로 되돌아가, 예전에 자기가 메두사를 죽일 때 과연 무엇을 잘못했는가를 깨닫게 되는 이야기이다. 추악한 메두사(현실/리얼리티)를 거울방패(예술)로 비추어 보고 죽이는 대신(모더니즘 문학관), 그녀(끔찍한 리얼리티)를 정면으로 직시하면서 키스를 했더라면 불멸을 얻을 수 있었을 것이라는 사실(포스트모더니즘 문학관)을 알게 된 페르세우스는 이번에는 메두사에게 키스하는 데 성공하고, 그 순간 두 사람은 하늘로 올라가 불멸의 성좌가 된다.

세 번째 이야기인 "벨레로폰 이야기(Bellerophoniad)"는 불을 뿜는 산꼭대기에 사는 괴수 키메라를 죽이는 벨레로폰의 이야기다. 바스는 괴수 키메라를 죽이는 벨레로폰의 창끝에 납이 달려 있어서 연필을 상징하기 때문에, 벨레로폰의 영웅담은 곧 작가와 글쓰기의 힘을 상징한다고 말한다.

이어 출간된 『편지들(*LETTERS*)』(1979)에서 바스는 다시 18세기 서간체 소설로 되돌아가서 죽어 가는 현대소설의 소생을 시도한다. 소설을 살려 내려는 바스의 노력은 후기작들인 『안식년: 로맨스(*Sabbatical: A Romance*)』(1982), 『타이드워터 이야기(*Tidewater Tales*)』(1987), 『섬바디 세일러의 마지막 항해(*The Last Voyage of Somebody the Sailer*)』(1991), 『옛날에: 선상 악극단(*Once Upon a Time: A Floating Opera*)』(1994), 『이야기와 더불어(*On with the Story*)』(1996), 『예고편: 내러티브(*Coming Soon!!! A Narrative*)』(2001), 『십일야화(*The Book of Ten Nights and a Night: Eleven Stories*)』(2004), 『세 길이 만나는 곳(*Where Three Roads Meet*)』(2005), 『발전(*The Development*)』(2008), 『매 세 번째 생각: 5계절의 이야기(*Every Third Thought: A Novel in Five Seasons*)』(2011), 『마지막 금요일들(*Final Fridays*)』(논픽션, 2012), 『존 바스 선집(*Collected Stories*)』(2015)에서도 계속된다. 『미로에서 길을 잃고』는 새로운 형태의 소설을 창조하려는 포스트모던 작가의 고뇌와 실험과 시도를 잘 보여 주는 중요한 작품으로 문학사에 기록되어 있다.

3. 인종 간의 경계를 넘은 평론가: 레슬리 피들러

(1) 백인과 유색인 동반자의 모험

뉴욕주립대학교(버펄로)의 새뮤얼 클레멘스(마크 트웨인) 석좌교수였던 평론가 레슬리 피들러는 "내 소중한 헉 핀, 다시 뗏목으로 돌아와 줘(Come Back to the Raft Ag'in, Huck Honey)!"라는 유명한 글에서 최초로 "백인 주인공과 유색인 동반자의 우정"이라는 모티프를 찾아냈다. 그리고는 『미국소설에 나타난 사랑과 죽음』(1960)이라는 기념비적 저서에서 그 이론을 원용해 19세기 미국

레슬리 피들러

소설에 나타난 작가들의 유토피아적 꿈을 분석했다. 예컨내 피들러는 세임스 페니모어 쿠퍼의 『모히칸 족의 마지막 후예』에 나오는 백인 내티 범포와 원주민 추장 칭가치국, 에드거 앨런 포의 유일한 장편 『아서 고든 핌의 모험』에 나오는 백인소년 핌과 미국 원주민 혼혈 더크 피터스, 허먼 멜빌의 『모비 딕』에 나오는 백인 이스마엘과 폴리네시아인 퀴퀙, 마크 트웨인의 『허클베리 핀의 모험』에 나오는 헉 핀과 흑인 짐이 보여 주는 "광야의 모험에서 생겨나는 백인과 타 인종과의 우정"이라는 공통적 패턴을 찾아내어, 그것을 미국인의 원형적인 꿈으로 보았다. 피들러는 미국작가들이 현실에서는 불가능한 "인종적 화해"라는 꿈을 자신들의 소설 속에서 꾸었다고 말한다. 피들러는 "내 소중한 헉 핀, 다시 뗏목으로 돌아와 줘!"에서 이렇게 말한다.

신성한 자연 ─이것이야말로 바로 남성들의 신성한 결혼에 필수적인 배경이다. 서로 팔짱을 끼고 항해를 떠나는 이스마엘과 퀴퀙, 평화스러운 미시시피 강을 따라 뗏목 옆에서 헤엄치는 헉 핀과 짐 ─여기에 바로 홀로 방랑하고 싶어 하는 미국의 꿈을 이루고, 미국의 병을 고칠 수 있는 물결의 움직임이 있다. 순결한 신부로서의 흑인이라는 관념은 바다로의 도피, 또는 바다로 통하는 거대한 강으로의 도망이라는 신화와 섞인다. 물의 광대함은 사랑을 요구하는 고독의 의미를 밝혀 준다. 물의 이상함은 인습을 초월하고 모든 형태의 사랑을 가능하게 해 준다. 『모비 딕』이나 『허클베리 핀의 모험』에서 우리는 언제나 물을 발견한다. 더럽혀지지 않은 순수한 물 말이다.

피들러는 프랑스에서는 플로베르가 『보바리 부인』을, 러시아에서는 톨스토이가 『안나 카레리나』 같은 남녀 간의 사랑이야기를 쓸 때, 미국에서는 멜빌이 여성은 한 사람도 등장하지 않는 두터운 소설 『모비 딕』을 썼던 이유에 대해 논의하면서, 미국작가들에게는 남녀 간의 사랑보다도 인종 간의 사랑이 더 절실했기 때문이라고 말한다.

우리의 『보바리 부인』, 우리의 『안나 카레리나』, 우리의 『오만과 편견』, 또는 우리의 『허영의 시장』은 어디 있는가? 우리의 고전소설 들 중 사랑을 다루려고 시도한 작품은 『주홍글자』뿐이다. 그러나 그 소설에서조차도 작품이 채 시작되기도 전에 간통이나 사랑이나 정열은 이미 끝나 있다. 그 외에는 『모비 딕』이나 『허클베리 핀의 모험』이나 『모히칸 족의 최후의 후예』나 『붉은 무공훈장』이나 에드거 앨런 포의 단편이 있을 뿐이다. 그러나 이 모든 소설들은 구애와 결혼과 임신을 필사적으로 피하기 위해 사회를 떠나 자연이나 고향으로 도피하는 이야기를 다루고 있다.

그러나 인종 간의 화해는 아이들의 상상 속에서나 가능한 일이었고, 그래서 19세기 미국소설들은 아동도서로 분류되어 아이들의 서가에 꽂혀 있게 되었다고 피들러는 지적한다. 피들러는 또 심지어는 남녀 간의 사랑을 다루고 있는 소설인 호손의 『주홍글자』조차도, 소설이 시작되면 남녀 간의 사랑은 이미 끝나 있다는 점을 상기시켜 준다.

피들러는 1982년에 출간한 『문학이란 무엇이었는가?(*What Was Literature?*)』에서 그러한 원형적 패턴이 미국의 문학작품뿐 아니라, 미국영화나 드라마에서도 발견된다는 점을 지적한다. 사실 그의 지적대로, 〈론 레인저〉, 〈흑과 백〉, 〈48시간〉, 〈스타워즈〉, 〈뻐꾸기 둥지 위로 날아간 새〉, 〈레셀 웨펀〉, 〈상하이 눈〉, 〈상하이 나이트〉 같은 미국영화에서도 백인 주인공과 원주민 동반자의 광야에서의 우정이 잘 나타나고 있다.

31세가 되던 1948년에 〈파르티잔 리뷰〉지에 발표해서 큰 논란을 불러일으킨 에세이 "내 소중한 헉 핀, 다시 뗏목으로 돌아와 쉬!"에서 피들러는 거친 파도 속에서 부서지기 쉬운 뗏목 위에서 이루어지는 아메리칸드림, 곧 인종 간의 우정과 사랑을 지적하며, 그것을 단순히 "우정(friendship)"이라고 하지 않고, 보다 더 절실한 "동성 간의 사랑(homoerotic love)"이라는 용어로 묘사한다. 그러자 그것을 동성연애로 오해한 보수주의자들로부터 공격을 받게 되는데, 그중 맥스웰 가이스마(Maxwell Geismar)는 "뗏목에서 내려라, 레슬리(Get Off the Raft, Leslie)!"라는 글을 써서, 피들러의 해석이 트웨인의 작품을 오염시키고 있다고 비판하기도 했다.

"내 소중한 헉 핀, 다시 뗏목으로 돌아와 쥐!"에서 피들러는, "같이 공존해야 했던 인디언들과 흑인들에게 백인 미국인은 미국의 역사보다도 더 오래된 죄의식에 의해 얽매여 있다. 우리는 우리의 죄의식을 결코 잊을 수 없다."고 쓰고 있다. 그러나 "미국의 꿈을 이루고, 미국의 병을 치유할 수 있는 백인과 유색인 사이의 우정과 사랑은 현실에서 이루어지기에는 너무나 감상적이고 너무나 절실한 꿈이어서 유년시절의 꿈으로 또는 아동소설의 주제로 축소되어 아동들의 서가에 꽂힌 채 잊혀져 버리고 만다."고 피들러는 탄식한다.

헉 핀의 뗏목여행에서 가장 중요한 것 중 하나는, 백인소년 헉 핀의 도덕적 깨달음이다. 잭슨 섬에서도 그랬지만, 처음에 헉 핀은 백인의 우월감을 갖고 뗏목에 오른다. 그러나 어려운 일이 닥칠 때마다 자기를 먼저 생각해 주고, 자기를 깨우기 애처로워서 혼자 밤을 새며 불침번을 서는 짐을 보면서, 헉 핀은 차츰 짐의 고결한 인간성을 깨닫게 된다. 헉 핀의 그러한 눈뜸의 과정은 15장에서 완성된다. 뗏목에 매달려 있던 카누가 자욱한 안개 속에서 풀려 떠내려가면서 카누에 타고 있던 헉 핀은 잠시 짐과 헤어지게 된다. 나중에 헉 핀이 다시 뗏목으로 돌아오자, 그가 죽은 줄로만 알고 슬퍼하던 짐은 기뻐서 어쩔 줄을 모른다.

"맙소사, 헉. 이게 누구야? 넌 안 죽었구나. 물에 빠져 죽은 것이 아니었구나. 정말 네가 돌아왔구나. 꿈만 같아. 정말 꿈만 같아. 어디 좀 보자. 어디 좀 만져 보자꾸나. 그래 넌 안 죽었어. 다시 돌아왔어. 예전처럼 튼튼한 모습으로 말이야. 너 진짜 헉이 맞구나. 오, 고마워라."

그러나 헉 핀은 순진한 짐을 놀린다.

"너, 왜 그러니? 짐 너 취했냐? 나는 안개도, 섬도, 사고 난 것도 본 적이 없어. 너 꿈을 꾼 거 아냐?"

그러다가 헉 핀은 짐의 다음과 같은 통렬한 꾸짖음을 듣고서야 비로소 짐의 진실한 마음과 진정한 고통을 장난으로 받아들이고 놀린 자신의 잘못을 깨닫게 된다.

"네가 없어졌을 때, 내 가슴은 찢어지는 듯 아팠어. 나와 뗏목은 어떻게 되든 지 아무 관심도 없었어. 오로지 너만 생각했지. 그런데 자다가 깨어 보니, 네 가 성한 몸으로 돌아와 있잖아.

나는 눈물이 나왔고, 너무 고마워서 무릎을 꿇고 네 발에 키스라도 하고 싶었 어. 그런데 너는 기껏 이 짐을 거짓말로 조롱할 생각만 하고 있었구나. 그런 속임수는 쓰레기 같은 거야."

그리고는 짐은 천천히 일어나 아무 말 없이 움막 속으로 들어가 버렸다. 나는 너무나 수치스러워서 그가 한 말을 취소하게 할 수만 있다면 짐의 발에 키스 라도 하고 싶은 심정이었다. 내가 그 흑인 노예에게 머리를 숙이고 사과하기 까지는 15분이 걸렸다. 하지만 난 사과를 했고, 지금까지 그걸 후회해 본 적 이 없다.

뗏목여행을 통해 헉 핀은 짐을 점차 같은 인간으로 받아들이게 된다. 그러나 문제는 그가 당대의 사회통념과 규범에서 자유롭지 못하다는 데 있다. 당대의 사회적 및 종교적 윤리는 도망노예를 신고하지 않는 것은 죄이며 죽어서 지옥에 간다고 가르쳤기 때문이다. 그래서 31장에서 헉 핀은 짐의 주인인 왓슨 부인에게 짐의 소재를 알리는 편지를 쓴다. 그것이 당시 그가 해야 할 사회적 책무였고, 그렇게 하지 않을 경우에 그는 영원히 지옥불의 형벌을 받아야 하기 때문이다. 그러나 정이 든 친구 짐을 밀고하는 것은 인간으로서 그의 양심에 고통을 주었고, 괴로워하던 헉 핀은 드디어 그 밀고편지를 찢어 버리고 짐을 위해 차라리 지옥에 가기로 결심한다.

나는 참으로 난처했다. 나는 그 편지를 손에 집어 들었다. 전신이 마구 떨려 왔다. 왜냐하면 이제 두 가지 중에서 영원히 하나를 선택해야만 했기에. 나는 잠시 숨을 죽이고 숙고한 다음, 스스로에게 이렇게 말했다. "좋아, 그렇다면 난 지옥에 가겠어." 그리고는 그 편지를 찢어 버렸다.

이 장면은 미국문학사에서 가장 고양된 도덕적 승리를 보여 준다는 평을 받는다. 어린 헉 핀의 나이에 죽어서 천국이 아닌 지옥에 가야 한다는 결심을 하는 것은 결코 쉬운 일이 아니기 때문이다. 그러나 헉 핀은 흑인 도망노예를 위해 자신을 희생하기로 결심한다. 피들러는 그것이야말로 순수한 미국의 목가이자, 위대한 아메리칸드림이라고 말한다.

(2) 피들러식으로 읽는 『허클베리 핀의 모험』

그러므로 『허클베리 핀의 모험』을 읽는 한 가지 방법은, 그것을 "미국이란 무엇인가?"를 탐색하는 소설, 즉 미국의 원초적 문제인 인종 간의 화해를 주제로 해서, 미국이라는 나라의 생래적 문제를 천착한 작품으로 읽는 것이다. 그리고 그 과정에서 드러난 19세기 미국사회와 당시 미국인들의 편견에 대한 비판으로 읽는 것이다. 헉 핀과 짐이 뗏목을 타고 항해하는 미시시피 강은 위치상, 미국의 중부, 즉 심장부를 관통하는 강이라는 점에서 대단히 상징적이다.

『문학이란 무엇인가?』라는 저서에서 피들러는 다음과 같이 회상하고 있다.

『허클베리 핀의 모험』에서 내가 지적하고 싶었던 것은, 내가 당시 "남성 간의 사랑"이라고 불렀던 것을 통해, 백인과 유색인 사이의 충돌과 갈등이 그치지 않는 환경 속에서도 미국작가들은 끊임없이 목가적 신화를 제시해 왔다는 것이었다. 즉 때로는 광야에서, 때로는 바다의 포경선에서, 또 때로는 뗏목 위에서, 문명으로부터 도망친 백인 방랑자와 검은 피부의 유색인 사이에 이루어지는 순결하고 온전하며 변치 않는 사랑의 신화 말이다. 이러한 원형적 이야기들을 통해 내가 주장하고 싶었던 것은, 우리의 심리적·사회적 상상 속에서만큼은 '인종 간의 화해'라는 순수한 꿈이 추구되어 왔다는 것이었다.

그런 의미에서 보면, 『허클베리 핀의 모험』은 미국의 숙명적인 짐과 죄의식을 다룬 소설이라고 볼 수 있다. 미국은 태어나기 위해 두 가지의 잘못을 저질렀는데, 하나는 원주민의 학살이었고, 또 하나는 노예제로 인한 아프리카인들의 학대와 착취였다. 나라를 세우기 위해서는 땅이 필요했고, 그 땅을 경작하기 위해서는 노예가 필요했기 때문에 서지른 쇠었지만, 그것은 이후 미국사회가 짊어지고 가야 할 짐과 악몽이 되었고, 미국인들이 느끼는 죄의식의 원천이 되었다. 피들러는 바로 그것을 미국문학에 부단히 나타나는 신화적 원형으로 보고, 인종 간의 화해를 주창했던 것이다. 그는 이렇게 말한다.

우리의 검은 피부의 연인들은 우리가 모든 것으로부터 스스로를 고립시킬 때나, 혹은 우리가 고립당할 때, 언제나 원한이나 용서의 모욕이 없이 우리를 받아 줄 것이다. 그들은 마치 자기네들에 대한 우리의 모욕은 이미 오래전에 용서했다는 듯이, 아니면 그러한 것은 전혀 사실이 아니었다는 듯이 우리를 위로해 줄 것이다. 그럼에도 불구하고 우리는 우리의 죄의식을 결코 잊을 수가 없다. 백인이 가져야 하는 죄의식은 유색인 피부의 부조화만큼이나 끔찍하고 영원한 것이다(퀴퀙은 전신에 문신이 새겨져 있고, 창가치국은 온몸에 페인트

칠을 하고 있으며, 짐은 퍼렇게 병들어 죽은 아랍인으로 등장한다). 그래서 최후의 화해는 더욱 믿어지지 않고, 어쩐지 어색하게만 보이게 된다.

나는 생각한다. ―만일 마음속 깊은 곳에서 우러나는 고뇌, 즉 최후의 인간성이 없다면, 그 용서의 마지막 장면에는 견딜 수 없는 그 무엇인가가 있으리라고. 언젠가는 더 이상 관광객도, 상속자도, 해방자도 아닌 채, 거절당하고 거부당하리라는 스스로의 악몽 뒤에서 미국인들은 자기네들이 오랫동안 철저히 모욕해 왔던 바로 그 젖가슴에 받아들여지기를 꿈꾸고 있다. 그것은 너무 감상적이고 또 너무 필사적인 꿈이어서, 소년시절에 대한 우리의 생각을 향수에서부터 비극으로 이끌어 간다.

트웨인이나 피들러는 미국작가들의 이상적인 꿈과는 달리, 현실에서는 인종 간의 화해가 쉽게 이루어지지 않는다는 것을 잘 알고 있었다. 피들러는 "내 소중한 헉 핀, 다시 뗏목으로 돌아와 줘!"의 마지막을 이렇게 끝낸다.

매 세대마다 우리는 끊임없이 불가능한 신화를 추구해 왔으며, 또 우리의 아이들이 그 놀이를 되풀이하는 것을 보며 살고 있다. 어느 미국 거리에서나 백인소년과 흑인소년이 서로 정답게 뒹굴면서 노는 것을 볼 수 있다. 그러나 그 길을 따라 언젠가 어른이 되면 그들은 서로 눈길을 돌리며, 우연이라 할지라도 피부가 서로 닿는 것조차 싫어하게 된다. 꿈은 사라진다. 순수한 정열과 감동적인 화해는 또다시 추억이 되고, 아무런 유감도 없이 이윽고 소년소설 속의 인정받지 못하는 주제로 축소될 뿐이다.
"허니, 정말 꿈만 같구나."
사고로 헤어졌다가 다시 뗏목으로 돌아온 헉 핀을 껴안으며 짐은 이렇게 말한다.

"정말 꿈만 같아(It's too good to be true)."

그러나 속성상, 꿈은 깰 수밖에 없고, 깨질 수밖에 없다. 인종 간의 화해는 "사실이기에는 너무나도 좋은, 믿기 어려운(too good to be true)" 것이다. 요즘 미국사회에서 다시 고개를 들고 있는 인종 간의 충돌을 보며, 새삼 그런 생각을 하게 되고, 다시 한 번 『허클베리 핀의 모험』을 생각하게 되는 것도 바로 그런 이유에서이다.

아이러니한 것은, 오늘날 다른 나라의 반미 데모군중의 눈에는 흑인 미국인도, 유대인 미국인도 외국인의 눈에는 다 똑같은 미국인일 뿐이라는 사실이다. 『종말을 기다리며(Waiting for the End)』라는 저서에서 피들러는 이렇게 말한다.

자신이 미국인이라고 생각하지만, 마음속 깊은 곳에서는 스스로 유대인이라고 생각하는, 그래서 자기는 다른 이방인 미국인들과는 다르다고 생각하는 유대계 미국인은 외국에 가 보면 그 차이가 전혀 존재하지 않는다는 사실을 깨닫게 될 것이다.

"미국인들아, 너희 나라로 돌아가라." 미국대사관 앞에서 성난 군중들은 소리 지른다. 그리고 그 고함소리를 들으며, 그 유대계 미국인은 20세기 후반에는 모든 미국인들이 상징적인 유대인이라는 사실을 깨닫게 된다. "미국인들아, 너희 나라로 돌아가라." 외에는 그 어떤 정체성도 거부당한 채, 군중은 다시 고함치고, 돌멩이가 날아들고, 경찰 저지선은 무너진다. 피할 곳을 찾아 도망치며 유대계 미국인은 자기 뒤에서 어린 시절 학교에서 들었던, "너희들이 우리 그리스도를 죽였어!"라는 고함소리를 듣는다. 그는 소리쳐 대꾸하고 싶어진다. "너희들의 그리스도라고?" 그리고 유대인이 되는 것이 지금 미국인이 되는 것만큼이나 어려웠던 때를 기억하며, 그는 채 낙담할 겨를도 없이 껄껄 웃는 것이다.

『허클베리 핀의 모험』의 마지막에 헉 핀은 안락한 가정을 떠나 다시 광야로 나간다. 헉 핀은 이제는 인디언 지역으로 가 보겠다고 한다. 그건 또 다른 미국의 문제를 탐색해 보겠다는 말처럼 들린다. 그러나 1890년에 미국정부는 이제 미국에는 더 이상 개척해야 할 서부나 변경이 없어졌다고 공식발표를 한다. 그렇다면 모험을 계속할 광야가 없어진 문명사회에서 헉 핀은 도대체 어디로 갈 수 있을까? 아마도 미국인들의 정신 속에 헉 핀의 방랑과 모험은 지금도 계속되고 있을 것이다. 헤밍웨이는 19세기의 헉 핀이 20세기에는 피츠제럴드의 소설 『위대한 개츠비』의 주인공 개츠비가 되어 나타났다고 말했다. 헉 핀은 각기 다른 모습이기는 하지만, 미국작가들의 상상 속에 계속해서 남아 있을 것이고, 앞으로도 미국문학의 영원한 주인공으로 부단히 등장하게 될 것이다.

4. 낭만과 현실의 경계를 넘은 작가: 마크 트웨인

마크 트웨인(Mark Twain, 1835-1910)은 시대적으로는 19세기 후반부터 20세기 초까지 작품 활동을 하며 전근대와 근대의 경계를 넘나들던 작가였고, 정치적으로는 노예제를 주장하는 남부와 노예제의 폐지를 주장하는 북부 사이의 경계선상에서 살았던 작가였으며, 문화적으로는 유럽과 아메리카 사이에 서서 두 겹의 시각으로 사물을 바라본 작가였다. 트웨인은 또 문예사조로는 미국 낭만주의와 사실주의의 경계선상에서 낭만적인 아메리칸드림과 그 속에 내재해 있는 어두운 미국의 악몽 사이의 괴리를 특유의 페이소스와 유머감각으로 통찰했던 뛰어난 작가였다. 트웨인이 시대를 초월해 미국의 국민작가로 추앙받는 이유도 거기에 있다.

과연 트웨인이 자신의 대표작 『허클베리 핀의 모험』에서 제시하고 있는 연약한 뗏목은 부서지기 쉬운 아메리칸드림의 상징이고, 그 뗏목을 타고 항해하는 백인 헉 핀과 흑인 도망노예 짐의 우정은 미국의 낭만적 꿈의 은유이며, 뗏목이 떠내려가는 미시시피 강은 미국을 관통하는 핏줄의 메타포라고 할 수 있다. 그리고 뗏목이 지나가는 강 양쪽에 위치해 있는 노예주와 노예 반대 주는 미국이 지고 가야 하는 숙명적인 짐이자 어두운 현실이고, 깨어나야만 하는 악몽이라고 할 수 있다. 이 모든 것은 트웨인이 낭민과 현실, 꿈과 악몽, 그리고 인종 간의 화해와 대립의 경계선상에서 고뇌했던 작가라는 사실을 잘 드러내 보여 주고 있다.

미국문학사에서 19세기 전반부는 낭만주의 시대라고 불리고, 후반부는 사실주의 시대라고 불린다. 미국의 꿈과 악몽의 의미를 탐색했던 낭만주의 계열의 작가로는 에드거 앨런 포, 허먼 멜빌, 그리고 너새니얼 호손을 들 수 있고, 미국의 현실을 다룬 사실주의 계열을 대표하는 작가로는 마크 트웨인, 스티븐 크레인, 그리고 헨리 제임스가 있다.

트웨인은 특유의 유머로 19세기 미국사회의 문제점들을 신랄하게 풍자했던 작가였다. 예컨대 『허클베리 핀의 모험』에서 트웨인은 미국의 노예제와 백인들의 인종적 편견, 유럽에 대한 미국인의 맹목적인 동경, 교인들의 가식과 위선, 인간의 잔인성, 대중의 무지함과 비겁함 등을 신랄하게 그러나 특유의 페이소스 깃든 유머로 고발하고 있다. 역사상 최초로 지문을 이용해

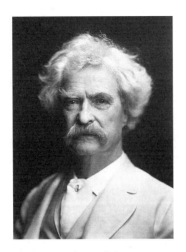

마크 트웨인

범인을 체포하는 소설인 『바보 윌슨』에서 트웨인은 환경이 인간성에 미치는 영향과, 인간의 선천적인 본성의 관계를 성찰하고 있다. 이 소설에서 피부가 흰 흑인 여자노예이자 주인집 유모인 록시는 주인의 갓난아이와 자신의 아이를 몰래 바꿔 친다. 그런데 노예가 된 주인집 아들은 비굴하고 비겁한 노예로 자라나고, 백인 주인의 아들로 성장한 노예 록시의 아들은 냉혹하고 잔인한 백인 농장주로 자라난다.

마크 트웨인은 낙관적인 것처럼 보이고 뛰어난 유머감각이 있었으면서도 사실은 비관적이었고 우울한 사람이었다. 특히 사랑하던 딸과 아내가 먼저 죽은 후에는 더욱더 비관적이 되었다. 말년에 트웨인은 인간 자체에 대해서도 비관적이 되었다. 트웨인은 또 미국인들이 동경하는 유럽의 허식과 가식을 신랄하게 비판했으면서도, 옥스퍼드대학에서 명예박사학위를 수여하겠다고 초청하자, 뜻밖에도 주저 없이 옥스퍼드에 가서 학위를 받았다. 그래서 평론가들은 트웨인을 두 가지 면을 동시에 갖고 있는 "모호하고 복합적인 작가"라고 부른다. 그것은 곧 트웨인이 경계를 넘나드는 두 겹의 시각을 가진 작가라는 것을 의미한다.

마크 트웨인은 1835년 11월 30일 미국 미주리 주 플로리다에서 9남매 중 3남으로 태어났다. 트웨인이 세 살 때 그의 집은 미주리 주의 한니발이라는 곳으로 이사를 하게 되었고, 그는 그곳에서 어린 시절을 보내게 된다. 미시시피 강변에 위치하고 있던 한니발에서 살던 유년시절의 기억과 당시 그의 친구였던 탐 블랑켄십(Tom Blankenship)은 나중에 각각 『허클베리 핀의 모험』의 소재와 헉 핀의 모델이 된다. 열두 살 때 변호사였던 부친이 세상을 떠나자, 트웨인은 학교를 중단하고 여러 가지 잡일을 했으며, 형과 함께 견습 식자공 노릇을 하면서 차츰 저술과 출판에 관심을 갖게 되었다. 열여덟 살이 되자 그는 집을 떠나 뉴욕과 워싱턴과 필라델피아 등지를 여행하며 쓴 여행기를 형이 발행하던 잡지에 발표하기 시작했다.

1857년 트웨인은 남아메리카의 아마존으로의 여행을 계획하고 미시시피 강을 따라 항해하던 중, 수로안내인(pilot)이 되고 싶어 했던 소년시절의 꿈이 되살아나 당시 유명한 수로안내인이었던 호러스 빅스비(Horace Bixby)에게 부탁해 수로안내인의 기술을 배우게 된다. 빅스비 밑에서 견습 수로안내인으로 2년을 보낸 후, 24세 되던 해인 1859년 트웨인은 드디어 수로안내인 면허를 취득한다. 남북전쟁의 발발로 인해 항해를 그만두기까지 4년 동안의 미시시피 강 생활은, 트웨인으로 하여금 나중에 자신의 작품들에 등장하는 여러 인간 유형들의 모델을 관찰할 수 있게 해 주었던 중요한 기간이 되었다. 더욱이 강에 대한 그의 향수와 사랑은 그로 하여금 마크 트웨인 [수심(水深) 두 길 표시'라는 수로안내인들의 전문용어]이라는 필명을 갖도록 해 주었다. 1863년 이전의 그의 본명은 새뮤얼 랭혼 클레멘스(Samuel Langhorne Clemens)였다. 이때의 그의 경험은 후에 『미시시피 강에서의 생활(Life on the

Mississippi)』(1883)이라는 책으로 출간되었다.

그 후 1861년 트웨인은, 열렬한 북부지지자였으며 링컨의 선거 운동원이었던 형 오라이온(Orion)이 네바다 주의 관직에 임명되자, 3주 동안 역마차로 대륙을 횡단하는 형의 부임여행에 동행하게 된다(북부 연방주의자였던 형 오라이온과는 반대로 트웨인은 사라진 남부에 대한 향수를 늘 갖고 있었다). 이때의 그의 서부여행 경험은 『고난의 길(*Roughing It*)』(1872)에 자세히 기록되어 있다. 당시 서부는 1819년의 골드러시 이후 금광에 대한 열기가 아직도 식지 않아 기대와 실망과 혼란이 난무하고 있었다. 트웨인은 그곳과 샌프란시스코에서 기자생활을 하다가 1865년 30세 때 쓴 단편 "캘러버러스 카운티의 유명한 점프하는 개구리(The Celebrated Jumping Frog of Calaveras County)"가 뉴욕의 〈새터데이 프레스(Saturday Press)〉에 실리고 호평을 받음으로써 작가로서의 명성을 얻게 된다.

1866년, 5년 간의 서부생활을 마치고 다시 동부로 돌아온 트웨인은 1867년 6월에는 샌프란시스코의 〈알타 캘리포니아(Alta California)〉지의 특파원으로서 유럽관광 및 성지순례 여행단과 함께 유럽으로 간다. 당시의 유럽여행 경험을 유머와 풍자로 기록한 책인 그의 『순진한 사람들의 해외여행(*The Innocents Abroad*)』(1869)은 출판되자마자 베스트셀러가 된다. 유럽으로 가는 배에 동승했던 랭던 양(Miss Langdon)으로부터 우연히 그녀의 누이 올리비아(Olivia)의 화상(畵像)을 보고 매료된 트웨인은 여행이 끝난 후 그녀에게 구혼하여 뉴욕 주 엘마이러라는 도시의 탄광주의 딸이었던 올리비아와 결혼하게 된다. 1870년 35세 때 결혼한 트웨인은 〈버펄로 익스프레스(The Buffalo Express)〉—후에 〈커리어 익스프레스(The Courier Express)〉로 개명— 의 경영권과 편집권을 사서 뉴욕 주 버펄로에서 잠시 살았으나, 신문사 경영이 여의치 않자 1871년에 코네티컷 주 하트포드로 이사를 하여 거기에 정착하게 된다.

1869년에 나온 『순진한 사람들의 해외여행』에 대해 당대의 문인 윌리엄 딘 하월스(William Dean Howells)가 〈애틀란틱 만슬리〉에 호평을 쓴 이래, 트웨인과 하월스의 우정은 돈독해졌고, 이때부터 트웨인의 본격적인 문인생활도 시작된다. 전술한 『순진한 사람들의 해외여행』, 『고난의 길』, 『미시시피 강에서의 생활』 외에도 트웨인의 주요 작품으로는 그의 최초의 장편소설인 『도금시대(The Gilded Age)』(찰스 더들리 워너와의 합작, 1873), 영화로도 제작된 『왕자와 거지(The Prince and the Pauper)』(1882), 『톰 소여의 모험(The Adventures of Tom Sawyer)』(1876), 『허클베리 핀의 모험(The Adventures of Huckleberry Finn)』(1885), 그리고 기계문명에 이끌리면서도 동시에 비판적이었던 그의 태도가 잘 나타나 있는 『아서 왕 궁전의 코네티컷 양키(A Connecticut Yankee in King Arthur's Court)』(1889), 인종문제에 대한 그의 깊은 절망감을 추리소설 수법으로 쓴 『바보 윌슨(Pudd'nhead Wilson)』(1894), 인간에 대한 그의 만년의 비관적 견해가 잘 표명된 『해들리버그를 타락시킨 사나이(The Man That Corrupted Hadleyberg)』(1900), 『이상한 나그네(The Mysterious Stranger)』(1916년 그의 사후 출판) 등이 있다.

트웨인은 가장 미국적인 작가이고, 그의 대표작 『허클베리 핀의 모험』은 "미국이란 무엇인가?" 하는 문제를 재치 있는 유머와 뛰어난 풍자로 탐색한 작품이다.

(1) 『허클베리 핀의 모험』: 미국 동부와 서부 그리고 남부와 북부의 경계를 초월한 작품

마크 트웨인이 쓴 『허클베리 핀의 모험』은 미국이라는 나라의 모습을 축약해서 보여 주는 가장 미국적인 소설이라는 평을 받고 있다. 그리고 이 소설의 주인공 허클베리 핀은 모든 미국남성의 원형(archetype)이라는 평을 받는다. 그래서 "미국문화와 미국인을 알려면 『허클베리 핀의 모험』을 읽어야 한다."라는 말도 생겨났다. 20세기 미국소설가 헤밍웨이도 "미국문학은 마크 트웨인이 쓴 한 권의 책, 『허클베리 핀의 모험』에서부터 시작되었다. 그런 책은 그 이전에도 없었고, 그 이후에도 없었다."라는 유명한 말을 했다.

트웨인이 1884년에 발표한 『허클베리 핀의 모험』의 주인공은 허클베리 핀인데, 애칭으로 "헉 핀"이라고 불린다. 헉 핀은 자기를 문명화시키고 교화시키려는 입양가정으로부터 뛰쳐나오지만, 자기를 찾아온 술주정뱅이 아버지에게 붙들려 같이 살게 되는데, 아버지는 술에 취해 헉 핀을 죽이려고 한다. 이에 헉 핀은 아버지로부터도 도망쳐서 무인도인 "잭슨 섬"으로 가게 된다. 헉 핀은 거기서 자기를 남부에 판다는 이야기를 듣고 주인인 왓슨 부인으로부터 도망쳐 나온 흑인 노예 짐을 만나 가까워진다. 에덴동산을 연상시키는 잭슨 섬에서 두 사람은 아담과 이브처럼 잠시 평화롭게 지내는데, 그 섬에는 에덴동산처럼 뱀도 있어서 짐이 방울뱀에게 물리기도 한다.

그러나 평화도 잠시뿐, 흑인 도망노예 짐이 헉 핀을 죽이고 도망갔다고 생각한 마을 사람들이 짐을 잡으려고 잭슨 섬으로 몰려오자, 에덴동산의 평화는 깨지고 두 사람은 뗏목을 타고 미시시피 강 하류로 도망치게 된다. 강을 따라 항해하는 동안 헉 핀과 짐은 서로 친해지지만, 한밤중에 뗏목이 증기선과 충돌하자 헉 핀은 짐과 헤어져서 물에 빠지게 되고, 이후 해변 마을에 들어가서 지내는 동안 헉 핀은 19세기 미국사회의 문제점들을 목격하게 된다. 그러한 과정에서 그들은 목적지였던 노예제도가 없는 카이로를 지나쳐, 노예주들이 모여 있는 남부의 오지(Deep South)로 들어가게 된다. 나중에 다시 뗏목으로 돌아온 헉 핀은 짐과 다시 만나게 되고, 두 사람은 남부에 있는 샐리 이모의 농장에 머물다가, 왓슨 부인이 짐을 해방시켜 주었다는 소식을 듣는다. 샐리 이모가 자신을 입양하려 하자, 헉 핀은 안락한 집을 뛰쳐나와 모험을 찾아 다시 광야로 떠난다. "나는 전에도 그걸 겪어 보았어. 다시 거기로 돌아가고 싶지 않아. 난 서부의 인디언 영토로 갈 거야."라고 말하며, 헉 핀은 이번에는 혼자서 다시 한 번 모험을 떠난다.

(2) 문명에서 광야로: 헉 핀과 해리 포터, 또는 미국문화와 영국문화의 비교

19세기 미국문학의 특징 중 하나는 주인공들이 안정된 가정과 마을과 문명을 떠나, 모험을 찾아 광야로 나간다는 것이다. 그것은 아마도 서부개척시대의 정신을 반영한 것일 텐데, 바로 그것을 미국남성의 원형적 특징이라고 한다. 19세기 미국문학에서 여성이나 학교나 교회는 남성을 교화/문명화시키려는 존재로 등장하고, 남자들은 그 안정된 삶과 속박에서 벗어나 광야에서의 모험을 추구하는 존재로 등장한다.

그것은 헉 핀도 마찬가지다. 헉 핀은 자신을 입양한 집에서의 안락한 삶과 학교교육을 견디지 못하고 뛰쳐나와 거리에서 자유로운 삶을 추구한다. 그러나 곧 알코올 중독자 아버지가 찾아와서 자기를 괴롭히자, 아버지로부터 도망쳐서 잭슨 섬으로 갔다가 다시 뗏목을 타고 미시시피 강에서의 모험을 시작한다. 미국문학에서 아버지는 보호해 주는 존재라기보다는, 극복하고 떠나야 하는 존재로 제시되는 경우가 많은데, 헉 핀의 아버지도 예외가 아니다. 평론가 레슬리 피들러는 그러한 현상을 정신적 아버지 나라인 영국에 대항해 독립전쟁을 일으킨 미국인들의 원초적 부친관에서 비롯된 것으로 본다.

그런 의미에서, 트웨인의 주인공 헉 핀과 영국작가 J. K. 롤링의 주인공 해리 포터는 미국과 영국의 문화적 차이를 잘 보여 주고 있어서 흥미롭다. 우선 헉 핀과 해리 포터는 둘 다 고아이고, 사회적으로 소외되어 있으며, 입양

가정에 위탁되어 있다. 그러나 유사점은 거기까지고, 그 두 사람은 많은 면에서 본질적으로 다른 모습을 보여 주고 있다.

우선 아버지와 아들의 관계가 다르다. 예컨대 술주정뱅이인 헉 핀의 아버지는 끊임없이 헉 핀을 위협하는 적대적인 존재로 제시되고, 헉 핀은 그런 아버지로부터 도망쳐 광야로 나간다. 반면, 해리 포터는 죽은 아버지를 잊지 못하며, 그의 아버지 또한 죽어서도 아들을 떠나지 않고 지켜 주는 수호천사의 역할을 계속한다. 이건 아버지를 아들이 독립하고 성인이 되기 위해서는 떠나고 극복해야만 하는 존재로 보는 미국문화와, 아버지는 늘 뒤에서 보이지 않게 아들을 도와주는 존재라고 생각하는 영국문화의 차이일 것이다. 아버지는 물론 과거와 전통의 상징이다.

헉 핀과 해리 포터의 두 번째 차이는 가정에 대한 태도이다. 소설의 초기에 헉 핀은 친절한 여인의 집에 입양되지만, 문명과 정착의 상징인 가정과 학교의 엄격한 규율을 견디지 못하고 탈출해 광야에서의 방랑과 자유를 추구한다. 소설의 마지막에도 헉 핀은 샐리 이모가 자기를 입양하려고 하자, 다시 한 번 광야로 탈출한다. 그런 의미에서 헉 핀은 한군데 정착하기보다는 모험을 즐기는 전형적인 미국인의 특성을 지닌 주인공이라고 할 수 있다.

반면 해리 포터는 페투니아 이모 집에 입양되어 살고 있는데, 이모네 가족의 온갖 학대와 구박에도 불고하고 끝내 그곳을 떠나지 못한다. 호그와트 학교를 다니다가 방학이 되면 해리 포터는 언제나 다시 이모 집으로 돌아온다. 『해리 포터와 마법사의 돌』의 마지막에 방학을 맞은 해리는 "난 이모 집에 가서 더들리와 재미있게 지낼 거야."라고 말하며 귀향한다. 그러나 심술궂은 더들리와 이모/이모부의 구박은 그를 불행하게 만들 뿐이다. 부단히 가정을 탈출하는 헉 핀과는 달리, 해리 포터에게 가정은 다시 돌아가야만 하는 곳이다. 영국시인 W. H. 오든은 사랑이 깃든 가정에 받아들여지는 것은 모든 영국소설 주인공의 꿈이라고 말한다.

헉 핀과 해리 포터의 또 다른 차이점은 독립성이다. 헉 핀은 홀로 떠돌아 다니며 온갖 시련을 혼자서 다 감당해 내는 외롭지만 독립적인 소년인 데 반해, 해리 포터는 언제나 베스트프렌드인 허마이오니와 론, 늘 옆에서 도와 주는 덤블도어와 맥고나걸 교수, 그리고 친절한 거인 해그리드 등 많은 사람 들의 도움을 받는다. "영국인은 한 사람이 있으면 신사가 되고, 둘이 모이면 사교클럽을 만들며, 셋이 모이면 제국을 건설한다."라는 유머가 있는데, 해 리와 친구들은 마치 사교클럽의 멤버들처럼 서로 결속되어 있다.

미국으로 귀화한 영국시인 W. H. 오든은 "헉과 올리버"라는 글에서, 트웨 인의 헉 핀을 찰스 디킨스의 소설 『올리버 트위스트』의 주인공 올리버와 비 교함으로써 미국문화와 영국문화의 차이를 지적하고 있다. 올리버 트위스 트 역시 헉 핀과는 반대지만, 같은 영국인인 해리와는 아주 비슷하다. 예컨 대 입양된 가정을 떠나 광야로 떠나가는 헉 핀과는 반대로, 올리버는 처음에 는 부랑아들의 무리에 섞여 거리의 고아로 살다가 나중에는 부유한 친척집 에 입양되는데, 오든은 이 역시 안정된 가정과 정착에 대한 영국소설 주인공 들의 동경과 소망을 잘 나타내 주고 있다고 지적한다.

헉 핀과 해리 포터의 또 다른 차이점은 유산상속에 대한 태도와 생각이 다. 영국소설에서는 해리 포터도 아버지의 유산을 물려받고, 올리버 트위 스트도 마지막에 유산을 상속받게 된다. 그러나 미국소설의 주인공 헉 핀 은 물려받은 유산이 없다. 『허클베리 핀의 모험』의 전편에 해당하는 『톰 소 여의 모험』의 마지막에 헉 핀은 친구 톰 소여와 함께, 죽은 인디언 조가 동굴 속에 감춰 놓은 재산을 발견하지만, 그걸 자기 것으로 행사하려 하지는 않는 다. 오든은 그런 것이 가문과 가정을 중요시하고 유산상속을 인정하는 영국 문화와, 가정은 독립하기 위해 떠나야만 하는 곳이고, 돈이란 상속받는 것이 아니라 자기가 벌어야만 한다고 생각하는 미국문화의 차이를 잘 나타내 준다고 말한다. 오든은 이렇게 말한다. ―"미국인은 흔히 알려진 것과는 달리 물질주의자가 아니다. 미국에서는 돈을 버는 것 자체가 남자다움을 증명하는 것이어서, 일단 돈을 벌면 그 돈을 쓰거나 기증하고, 또 계속해서 돈을 번다. 유럽인들은 소유하기 위해 돈을 번다. 그리고 자기만 돈을 갖고 싶어 한다. 그러므로 유럽인의 문제는 탐욕이다. 반면 미국인의 문제는 엄청난 낭비다. 유럽인은 돈을 아끼고 모으며, 미국인들은 자기가 번 돈으로 왕성하게 소비를 한다."

오든은 헉 핀과 올리버의 자연에 대한 각기 다른 태도도 지적한다. 그는 헉 핀에게는 자연이 투쟁하고 개척하며 극복해야 하는 대상인 데 반해, 올리버에게는 자연이 포근한 어머니와 같은 존재라고 말하며, 미국과 영국의 자연관을 비교한다. 과연 『허클베리 핀의 모험』에서 광야와 강 같은 자연은 거칠고 위험하며 위협적이지만, 헉 핀은 부단히 거기에 도전한다. 반면, 영국 소설에서 흔히 자연은 인간을 감싸 안아 주는 '마더 네이처(Mother Nature)'로 묘사된다.

작품의 마지막에 안정된 집을 떠나, 광야로 떠나는 헉 핀의 모습은 미국의 서부영화에서도 늘 반복되는 장면이다. 정통 할리우드 서부영화의 마지막에는 언제나 비슷한 패턴이 제시된다. 영웅적인 행동으로 마을이나 여인을 구한 주인공에게, 여자는 마을에 정착해 같이 살 것을 기대하고 제안한다. 그러나 서부영화의 남자주인공들은 언제나 여성과 문명과 가정의 손짓을 뿌리치고, 또 다른 모험을 찾아 말안장에 올라 저 멀리 펼쳐져 있는 광활한 광야로 사라져 간다. 그것이 바로 미국의 남성상이고, 미국남자의 원형이기 때문이다.

(3) 뗏목: 아메리카의 상징

평화로운 에덴동산의 상징인 잭슨 섬이 불시에 쳐들어온 문명에 의해 오염되고 더 이상 도피처가 되지 못하자, 헉 핀과 흑인 도망노예 짐은 뗏목을 타고 잭슨 섬을 떠나, 미시시피 강 하류로 내려간다. 미시시피 강을 함께 항해하면서 두 사람은 서로를 이해하고 가까워진다. 날씨가 좋을 때는 한가롭게 낮잠도 자고, 급류에서는 서로 힘을 합해 역경을 헤쳐 나간다. 서로 다른 인종끼리 이렇게 사이좋고 평화롭게 지내는 미시시피 강 위의 뗏목은 현실에서는 불가능한 유토피아적인 아메리칸드림의 상징이라고 볼 수 있다.

그러나 트웨인은 헉 핀과 짐의 뗏목여행이 처음부터 실패할 운명이었고, 인종 간의 화해를 꿈꾸는 아메리칸드림도 결국은 깨질 운명이라는 것을 잘 알고 있었다. 왜냐하면 뗏목은 애초부터 장거리 항해용이 아니라, 양쪽 해변이나 단거리를 이어 주는 역할을 하는 연약한 기구이기 때문이다. 뗏목을 타고는 안전하게 세찬 현실의 급류를 헤쳐 나갈 수 없다. 리오 마르크스(Leo Marx)는 『정원 속의 기계(*The Machine in the Garden*)』라는 저서에서, "뗏목은 힘과 기동력이 약하다. 뗏목은 다만 조류에 따라서만 쉽게 움직일 수 있기 때문에, 결국에는 노예주가 있는 남부로 흘러가게끔 되어 있다."고 지적한다. 뗏목은 노예주인 미주리 주를 우측에, 그리고 자유주인 일리노이 주를 좌측에 놓고, 미시시피 강의 하류에 있는 남부를 향해 내려간다. 그러한 설정은 당시 미국의 상황을 은유적으로 보여 주고 있다는 점에서 대단히 상징적이다.

과연 헉 핀과 짐, 또는 백인과 흑인이 뗏목과 물 위에서 꾸는 유토피아적 꿈은 차가운 현실과 부딪쳐 산산조각으로 깨지고 만다. 뗏목은 갑자기 자욱하게 깔린 안개 속에서 길을 잃고 목적지인 카이로를 지나쳐 가다가, 안개 속에서 갑자기 나타난 커다란 증기선과 충돌해 부서지고 만다. 그래서 뗏목은 연약한 낭만적 꿈의 상징이고, 어둠 속에서 나타난 강력한 증기선은 그 꿈을 깨뜨리는 냉혹한 현실 세계의 상징이라고 할 수 있다.

이윽고 유토피아적 꿈에서 깨어난 헉 핀과 짐은 미국 남부에서 미국사회의 근원적인 문제점을 발견하게 된다. 예컨대 헉 핀은 가문의 명예와 종교의 위선 아래 살인도 합리화시키는 그레인저포드 가문과 셰퍼드슨 가문의 30년에 걸친 반목, 소위 엘리트 그룹의 오만과 대중의 비겁함을 잘 보여 주고 있는 서번 대령의 보그스 살인, 인간의 탐욕과 무지가 만들어 내는 윌크스 가의 유산상속 사건, 그리고 왕과 공작을 사칭한 비열한 두 사기꾼을 통해 미국사회의 문제점을 생생하게 목도하게 된다.

헉 핀과 짐의 목가적인 꿈과 우정이 현실에서는 불가능하다는 사실을 상기시켜 주는 또 하나의 사건은 마지막에 등장하는 펠프스 농장 에피소드이다. 펠프스 농장에서 헉 핀은 친절한 샐리 이모를 만난다. 그러나 사고가 나서 흑인 한 명이 죽었다는 소식을 들은 샐리 이모는, "그거 참 다행이구나. 때로는 사람이 다치기도 한단다."라고 말한다. 이 장면은 백인 하층민들뿐 아니라, 샐리 이모처럼 선량한 백인들조차도 자기도 모르게 인종적 편견에 사로잡혀 있다는 것을 지적해 주고 있다. 더욱이 짐의 주인인 왓슨 부인이 짐을 해방시켜 주었다는 소식을 듣고도 톰 소여와 헉 핀은 짐에게 잡힐 염려가 있으니 숨어 있어야 한다고 거짓말을 하며, 짐을 감금해 괴롭히는 장난을 친다. 이 에피소드를 통해 트웨인은 헉 핀이나 톰 소여 같은 착한 아이들조차도, 흑인 짐을 속이고 고통을 주면서도 전혀 죄의식이 없다는 점을 지적하고 있다.

헉 핀과 짐의 뗏목여행은 실패로 끝난다. 그럼에도 불구하고, 뗏목 위에서 피어난 두 인종 간의 신뢰와 우정은 값진 것으로 묘사된다. 작가들은 바로 그런 불가능한 꿈을 꾸는 사람들이다. 사실, 그런 꿈조차 없다면 우리의 삶은 얼마나 삭막하겠는가?

5. 시와 수필의 경계를 넘은 작가: 피천득

시인이자 수필가인 피천득 시인과의 첫 만남은 1960년대 중반 고교시절 국어교과서에 실린 단아한 수필을 통해서였고, 직접 만난 것은 시인이 만 83세였던 1993년에 출간된 시집 『생명』의 출판기념회에서였다. 피천득 시인의 인품과 모습은 순수와 단아함 그 자체였다. 1910년생이고 중국 상해에서 유학했으니 격동의 근대사를 직접 몸으로 겪었을 터인데도, 맑고 순수한 영혼의 표상처럼 보여서 참으로 인상적이었다.

그날 『생명』에 자필서명을 받지 못해서 섭섭해하는 나에게, "퇴근길에 반포 아파트 우리 집에 한번 들르세요."라고 자택에 초청해 주셨는데, 집에 가는 길목이 아니어서 차일피일 미루다가 그만 끝내 서명을 받지 못한 채 시인은 타계하시고 말았다. 지금도 『생명』을 펼칠 때마다, 저자의 서닝이 없어서 허전하게 느껴진다. 그래도 출판기념회 때 같이 찍은 한 장의 사진은 지금도 소중하게 간직하고 있다.

피천득의 시집 『생명』을 관통하는 주제는 모든 살아 있는 것들에 대한 사랑과 긍정, 그리고 삶에 대한 애정과 성찰이다. 그중 〈기다림〉은 그가 그토록 사랑했던 딸의 어린 시절에 대한 추억을 통해, 현재는 사라진 순수를 그리워하고 있다.

아빠는 유리창으로
살며시 들여다보았다

귓머리 모습을 더듬어
아빠는 너를 금방 찾아냈다

너는 선생님을 처다보고

웃고 있었다

아빠는 운동장에서

종 칠 때를 기다렸다.

학교로 딸을 찾아가 수업이 끝나기를 기다리는 아빠의 모습을 그린 이 시
는 순수함과 순진성의 상징인 어린 딸을 통해 삶의 보람과 의미를 느끼는
시인의 심정을 감동적으로 묘사하고 있다. 나는 이 시를 읽으며, 문득 리로
이 존스(LeRoi Jones/아미리 바라카)의 시 〈스무 권의 자살노트의 서문―1959년
5월 16일에 태어난 딸 켈리 존스를 위해〉가 생각났다.

어젯밤 나는 발소리를 죽이고 일어나

딸의 방으로 가서 그 애가

누군가에게 이야기하는 소리를 들었다

내가 문을 열었을 때 방에는 아무도 없었다.

거기엔 다만 무릎을 꿇고 앉아 자신의

꼭 움켜쥔 두 손을 응시하고 있는

딸아이가 있었을 뿐.

또한 샌프란시스코 시인 잭 로거우(Zack Rogow)의 시 〈스케이트 레슨〉도
생각났다.

스케이트 링크 가장자리로 여섯 살짜리 딸을 이끈다.

얼음에 겁이 나

얼마나 조심했던가

샛노란 파카와

파란 벙어리장갑과

빨간 모자를 쓰고

사진관 스튜디오 배경처럼 환한

은반 위에서

스케이트를 신은

딸은 내 손을 잡고

나를 따라온다

그러나가 발이 미끄러지면

놀라서 나를

꽉 붙잡는다.

우리의 스케이트 날은 서로 교차하며

빙상 위에 은색 선을 그린다.

어제 딸에게 말했다

엄마와 헤어진다고.

그러자 딸은

"증오라는 말을 어떻게 쓰는 거야?"라고

티켓 여백에 써서

내게 건네줬다.

오늘 딸은 내 옆에서

혼자서도 스케이트를 잘 탄다. 내 손도 안 잡은 채

불안하게 첫발을 내밀며

딸은 말한다.

"아빠가 가까이 있으면 곁에 없다고 생각하고

아빠가 곁에 없으면

곁에 있다고 생각하지."

(클레어 유 번역)

많은 경우, 딸과 아들은 각기 다른 방식으로 아버지에게 삶의 진리를 깨닫게 해 준다. 그리고 눈 깜짝할 사이에 성장해 아버지 곁을 떠난다. 그리고 아버지는 그들의 유년기, 즉 사라진 순수와 순진성을 그리워하고 슬퍼한다. 시인은 그 누구보다도 더 예리하게 그러한 변화를 인지하고 심오하게 성찰하는 사람이다. 피천득의 〈기다림〉은 개인의 기다림에서 그치지 않고 "학생들 사이에서" 예이츠가 발견하는 보편적 깨달음으로 승화된다. 60세에 장학사로서 학교를 방문한 예이츠는 연인 모드 곤과의 어린시절과 과거를 회상하며, 현실과 이상 사이의 괴리에 대해 고뇌하지만 그래도 낙담하거나 좌절하지 않고 조화를 통한 현실긍정의 태도를 보여 준다. 피천득의 시에서도 마찬가지로, 학교에서 창 너머로 본 시인의 딸은 교사를 바라보며 웃는 이 세상 모든 학생들의 상징이다. 교사의 말 한마디가 학생의 하루 기분을 좌우할 수도 있고, 아이들은 교사의 바람대로 되지도 않겠지만, 그래도 시인은 학교에 간 딸을 애정과 희망으로 바라본다.

〈시차〉는 딸을 지구의 반대편에 있는 미국에 홀로 유학 보냈지만, 마음은 여전히 시공을 초월해 딸 곁에 가 있는 아버지의 심정을 잘 묘사하고 있다.

이 시는 마치 누이동생의 순수함을 지키려고 했던『호밀 밭의 파수꾼』의 홀든 콜필드처럼, 비록 멀리 떨어져 있지만, 딸로 표상되는 순수함을 지키고 싶어 하는 아버지의 심정을 절실하게 보여 주고 있다.

새벽 여섯시
너는 지금 자고 있겠다.
아니 거기는 오후 네 시
도서관에 있겠구나.
언제나 열넷을 빼면 되는데
다시 시간을 계산한다

학교 가는 뒷모습을
보고 또 보고
쓰고 가는 머플러를
담 너머로 바라보던 나
어린 것 두고 달아나는 마음으로
너를 떠나보냈다
　⋮
열네 시간은 9천 마일!
밤과 낮을 달리한다
그러나 같은 순간은
시차를 뚫고
14는 0이 된다

피천득 시인은 〈순간〉에서도 뉴욕과 서울의 거리와 시차와 경계가 없어
지는 순간을 경험한다.

당인리 상공에 제트기 소리
홀연 지구반경의 거리가 용해된다

까만 저 오버에 눈을 맞으며
너는 '피프스 아베뉴'를 걷고 있다

'티파니'의 쇼윈도는
별들을 들여다보는 유리창

'푸리츨' 장사 군밤 굽는 연기에
너는 향수를 웅얼거린다

"산새는 왜 우노 시메산골
영 넘어가려고 그래서 울지."

피천득의 시에서 딸은 아직도 우리 마음속에는 존재하고 있지만, 현실에
서는 사라져 버린 순진무구함 상징이다. 딸을 만나러 시인이 가 본 뉴욕은
그 순수함을 위협하는 냉혹한 현실이자 차가운 기계이며, 비인간적인 대도
시이다.

여기가 타임즈 스퀘어

42가와 세븐스 애비뉴가 부닥치는 곳
브로드웨이가 달겨드는 곳

하늘로 하늘로 스카이 스크레이퍼 솟아오르고
뉴스 타워 위에서 역사가 옆으로 흐르고 있다
눈이 아찔해지는 일루미네이션
:
레이디오 씨티의 파란 불들 바라다보면
사막에서 잠을 깬 것 같다
향수는 스치고 지나가는 화살은 아니다

(〈뉴욕타임즈 스퀘어〉)

또 다른 시 〈국민학교 문 앞을 지날 때면〉에서 시인은 영원히 간직하고
싶지만 지금은 사라진 어린 시절의 순수를 그리워한다.

국민학교 문 앞을 지날 때면
꾀꼬리들이 배워 옮기는 참새 소리
번연히 그럴 줄을 알면서도
가슴이 뻐개지는 것 같았다
:
꿈에서라도 이런 꿈을 꾼다면
정녕 기뻐 미칠 터인데
나는 머—ㅇ하니 서 있고
눈물만이 눈물만이 흘러나린다.

이 시는 마치 자기를 찾아와 준 죽음의 마차를 타고 가다가, 아이들이 운동장에서 뛰어놀고 있는 초등학교를 지나가며 세대교체와 삶의 의미를 성찰하는 19세기 미국시인 에밀리 디킨슨의 시 〈내가 죽음을 찾아갈 수는 없기에〉를 연상시킨다. 한미 양국의 두 시인은 초등학교를 지나가면서, 자신에게는 없는 젊음과 순수 그리고 삶의 연속성에 대한 감정을 시공을 초월해 공유하게 된다. 즉 초등학교 아이들은 미래의 상징이자, 늙어서 죽어 가는 세대를 이어 새로운 사회를 건설할 순수와 희망의 상징이기 때문에, 그들을 바라보며 흘리는 나이 든 시인의 눈물은 슬픔이 아닌, 기쁨의 눈물이 된다.

다른 몇 편의 시에서 시인은 드디어 세상을 떠날 준비를 하면서 겸허하게 자신의 삶을 돌이켜본다. 예컨대 〈전해 들은 이야기〉에서 시인은 이렇게 삶의 진리를 통찰한다.

잔주름 져가는 눈매를

그녀가 그렇게 슬퍼하는 것은

이제는 사람들의 눈을 기쁘게 하지 못한다는 그런 아쉬움도 아니오

중년부인이라는 말이 서운해서도 아니다

그녀를 그렇게 슬프게 하는 것은

세월도 어찌하지 못하는, 언제나 젊은 한 여인이

남편의 가슴 어딘가에 숨어 있다는 사실이다.

위 시는 나이 든 모든 부부의 가슴을 시리게 하는 멋진 시로서, 젊음과 나이 들어감, 꿈과 현실, 그리고 삶과 죽음의 의미를 관조하고 있다.

또 다른 시 〈이 순간〉에서 시인은 이 세상을 떠날 준비가 되어 있는 노인

의 눈으로 삶을 관조한다.

　이 순간 내가
　별들을 쳐다본다는 것은
　그 얼마나 화려한 사실인가

　오래지 않아
　내 귀가 흙이 된다 하더라도
　이 순간 내가
　제9교향곡을 듣는다는 것은
　그 얼마나 찬란한 사실인가

　그들이 나를 잊고
　내 기억 속에서 그들이 없어진다 하더라도
　이 순간 내가
　친구들과 웃고 이야기한다는 것은 그 얼마나 즐거운 사실인가

　두뇌가 기능을 멈추고
　내 손이 썩어가는 때가 오더라도
　이 순간 내가
　마음 내키는 대로 글을 쓰고 있다는 것은
　허무도 어찌하지 못할 사실이다

　마지막으로 시인은 이 세상에 남는 것은 오직 "기억"뿐이라는 것을 깨달

는다. 시 〈기억만이〉에서 시인은 이렇게 관조의 경지를 보여 준다.

햇빛에 이슬 같은
무지개 같은
그 순간 있었느니

비바람 같은
파도 같은
그 순간 있었느니

구름 비치는
호수 같은
그런 순간도 있었느니

기억만이
아련한 기억만이

내리는 눈 같은
안개 같은

놀랄 만큼 순수한 영혼의 소유자였던 피천득 시인은 이 시를 남기고 다른 세상으로 떠나갔다. 피천득 시인은 아마도 내부 분란과 증오, 그리고 이데올로기의 갈등과 충돌로 상처받고 찢어진 이 땅을 내려다보며, 천상에서 조용히 탄식하고 있을 것이다. 그분이 평생 찾아 헤매고 기억하던 소중한 순진성과 순수성이 이미 오래전에 이 땅에서 사라져 버렸기 때문이다. 피천득 시인은 영문학교수이자 인문학자였으며, 널리 알려진 수필가이자 시인으로서 학계와 문단, 그리고 수필과 시의 경계를 넘나들었던 한국지성사의 '작은 거인'이었다.

제 3 장

—

한국문학: 국경을 넘어 세계문학으로

한국의 문학과 인문학도 이제는 장르의 경계와 지리적 국경을 넘어 활발하게 세계로 진출할 때가 되었다. 최근 주요 해외 언론에서도 한국의 문학과 인문학을 집중 조명하고 있어서 고무적이다.

1. "눈부신 한국": 해외에서 각광받는 한국의 (인)문학

"요즘 북한에 대한 책이 잘 팔린다. 우리는 이 '은자의 나라'의 잔인한 지배왕조, 탈북자 회고록, 굶주림의 역사, 그리고 젊은 '경애하는 지도자 동무'에 대해 관심이 많다. 그러나 남한은 요즘 그보다 더 세련된 문학예술로 앞서가고 있다." 최근 영국의 〈타임스〉 문학부록에 실린 "눈부시게 빛나는 한국"이라는 제목의 글은 이렇게 시작된다. "한국을 알리는 번역소설이 쏟아져 나오고 있다. 그건 한국문학번역원이 미국의 달키 아카이브 프레스에서 출간한 25권의 한국문학 선집 덕분이다. 양지에 나와 주목받게 된 한국문학에 축하를 보낸다."

〈뉴요커〉도 "세계 13위의 경제대국인 한국이 정부의 강력한 뒷받침으로 인해 이제는 노벨문학상을 받을 때가 되었다."고 주장했으며, 홍콩의 〈아시아 문학 리뷰〉지도 "전 세계적으로 폭발적인 인기를 얻은 K-팝과 K-드라마가 입증한 것처럼, 한국은 창조적인 에너지로 넘치는 나라다."라고 썼다. 영국의 BBC도 〈한국: 조용한 문화강국〉이라는 프로그램에서, 한국은 문화를 통해 세계 각국에 지지자들을 확보하고 있다고 보도했다.

한국문학은 이제 국제사회에서 "눈부시게 빛나기" 시작했고, 해외 출판사의 러브콜을 받고 있다. 우리의 문화영토를 확장하고 문화를 통한 한국의 브랜드 가치를 상승시키려면, 우리의 정신과 전통을 담은 한국문학을 세계에 꽃피워야 한다. 그러면 눈부신 경제발전과 첨단 IT 기술과 한류로 알려진 한국이 수준 높은 문화강국이라는 사실도 국제사회에 알릴 수 있을 것이다.

최근 이상문학상 수상작가 편혜영의 단편소설 "식물애호"(소라 킴 러셀 역)가 세계적인 문예지 〈뉴요커〉지에 '금주의 소설'로 선정/게재되어 국내외에서 큰 반향을 불러일으키고 있다. J. D. 샐린저, 호르헤 루이스 보르헤스, 가브리엘 마르케즈, 무라카미 하루키 같은 쟁쟁한 작가들이 모두 〈뉴요커〉지에 단편이 소개되면서 미국독자들에게 알려지고 세계적인 작가로 부상했기 때문이다. 2017년 8월에 편혜영 작가의 장편 『더 홀』이 미국에서 출간되면, 〈뉴요커〉지의 데뷔에 힘입어 크게 각광받게 될 것이라는 것이 전문가들의 견해다. 편혜영의 또 다른 작품 『재와 빨강』은 폴란드에서 2016년 '올해의 책'으로 선정되기도 했다.

〈뉴요커〉는 편혜영과의 인터뷰도 수록했는데, 인터뷰 기사 제목은 "스토리텔링에 있어서 서스펜스의 역할과 편혜영"이었다. "식물애호"가 스티븐 킹의 "미저리"를 연상시킨다는 인터뷰어의 말에, 편혜영은 스티븐 킹과 카프카, 그리고 필립 로스로부터 받은 영향에 대해 언급했다. 그것은 특히 편혜영 작품의 수준 높은 문학성과 더불어, 독특한 분위기와 서스펜스 기법이 〈뉴요커〉지의 관심을 끌었다는 것을 의미한다. 문학의 특성이 원래 그런 것이지만, 요즘은 특히 독자들의 관심을 끌려면 서스펜스와 추리기법이 필수적이다. 그래야 독자들이 읽고 싶어 하기 때문이다. 그런데, 서스펜스와 추리기법은 결코 쉬운 것이 아니다. 그것을 능숙하게 사용하려면 작가의 두뇌회전이 빠르고 머리가 비상해야만 하기 때문이다.

추리기법을 차용해 소설을 쓰는 정유정도 최근 국제적으로 각광받고 있다. 2016년에 『7년의 밤』이 독일 〈차이트〉지 선정 베스트 추리소설 9위에 오르더니, 2017년에는 『종의 기원』이 저명한 미국 펭귄 출판사에서 출간될 예정이다. 정유정은 2017년 5월에 열린 서울국제도서전에서는 홍보대사로도 위촉되어, 도서전에 참가한 해외 출판인들과 문학 에이전트들에게 한국문학의 위상을 높였다. 최근에는 또 천명관의 『고령화 가족』이 미국의 주요 문예지 WLT(〈오늘의 세계문학〉)의 '주목할 만한 번역도서'에 선정되었고, 이정명의 『별을 스치는 바람』이 미국 우수 추리소설에 이름을 올렸으며, 배수아의 『철수』가 뉴욕 PEN 번역상 최종후보에 올랐고, 구병모의 『위저드 베이커리』가 멕시코에서 초판 만 부를 인쇄하는 인기를 누렸다.

2016년에는 또 미국의 〈마노아〉지, 영국과 홍콩의 〈아시아 리터라리 리뷰〉, 프랑스의 〈마가진 리테레르〉, 그리고 러시아의 〈외국문학〉지가 한국문학 특집을 꾸몄다. 2017년 3월에도 영국 문예지 〈현대 번역시(Modern Poetry in Translation)〉에 한국시 특집이 나왔으며, 영국 〈가디언〉지에는 매주 화요일 한국시를 소개하는 지면이 신설되었다. 더 나아가, 미국의 딥 벨럼, 액션 북스, 오픈 레터 북스, 영국의 틸티드 액시스, 체코의 아르고, 일본의 쇼분사 등 각국 주요 출판사에서도 한국문학을 연속 발간하고 있다. 최근에는 미국의 저명 출판사인 리틀 브라운과 뉴 디렉션스 출판사, 그리고 사이먼 앤 슈스터도 한국문학 출간에 관심을 갖고 있다.

또한 2016년에는 한국고전으로는 처음으로 『홍길동전』이 '펭귄 클래식'에서 출간되었는데, 펭귄 클래식은 『구운몽』을 비롯한 한국의 다른 고전도 출간할 예정이다. 『홍길동전』은 저명한 서평가 마이클 더다가 "한국판 로빈 후드"라는 제목으로 〈워싱턴 포스트〉지에 호평을 써 주었는데, 로빈 후드와 다른 점으로 홍길동이 도술을 부린다는 점을 지적했다. 사실 한국고전은 판타지 요소가 많아서 젊은 미국독자들에게도 호소력이 있다.

한국문학을 세계에 널리 알리는 데는 해외 주요 문예지와 문학 에이전시의 역할이 중요하다. 미국의 문학 에이전트 바바라 지트워는 신경숙과 김영하를 미국 주요 출판사에 연결시켜 크게 각광받게 했으며, 영국의 '아시아 리터라리 에이전시' 대표인 켈리 팔코너는 최근 배수아, 천명관, 한유주 등을 집중 홍보하고 있다. 미국의 액션 북스 출판사에서는 김혜순 시인과 김이듬 시인의 시집을 계속 출간하고 있고, 프랑스에서는 소설가 이승우가, 미국에서는 배수아가 고정 독자를 많이 갖고 있다.

최근에는 해외문학 관련 기관에서 한국작가를 초청하는 일도 많아졌다. 고은 시인은 여전히 세계 각국에서 초청하고 싶어 하는 최고의 시인이고, 문정희·김승희·나희덕 시인의 해외 활동도 두드러지며, 원로소설가인 황석영과 이문열도 이미 해외에 널리 알려져 있다.

2016년에는 또 미국 달키 아카이브 프레스에서 '한국문학 라이브러리' 25권이 완간되어, 미국독자들에게 한국문학을 알리는 데 큰 공헌을 했다. 이 선집에는 이광수와 이상에서부터 시작해 이문열의 『사람의 아들』을 비롯해 강영숙, 이기호, 장은진, 장정일, 정미경, 최윤, 최인호, 최인훈, 하일지 등의 작품이 포함되어 있다.

신경숙의 『엄마를 부탁해』가 한국문학에 대한 세계적 관심을 불러일으켰고, 이어 한강의 『채식주의자』가 '맨 부커 인터내셔널 상'을 수상한 이후, 한국문학은 최근 해외 언론에 수백 건이나 보도되었고, 〈뉴욕 타임스〉, 〈워싱턴 포스트〉, 〈뉴요커〉, 〈타임스〉, 〈가디언〉, 〈인디펜던트〉 등 주요 해외언론도 많은 지면을 할애해 한국문학을 집중 보도하고 있다.

한국문학은 이제 국경을 넘어 세계를 향해 비상하고 있다.

2. 한국문학의 세계화를 위한 제언

(1) 한류, 경제발전, 테크놀로지: 한국문학의 실크로드

얼마 전, 미국 샌디에이고에서 열린 AAS(아시아 학회) 연례 학회에 가서, 미국에서 한국문학을 가르치는 교수 30여 명을 만났는데, 그들은 최근 한류의 부상과 괄목할 만한 한국의 경제발전, 그리고 세계적인 브랜드로 성장한 한국상품(삼성, LG, 현대 등) 덕분에 부쩍 늘어난 한국에 대한 관심으로 인해 그 어느 때보다도 더 고무되어 있었다. 최근 컬럼비아대학에서 종신교수에 임명된 테드 휴스(Ted Hughes) 교수는, "전에는 한국문학을 가르친다고 하면 한국에 대한 무관심 때문에 상대방과의 대화가 끊겼는데, 요즘에는 사람들이 비상한 관심을 갖고 한국에 대해 이것저것 물어본다. 그리고 예전에는 한국문학 강의에 등록하는 학생들의 수가 적었는데, 이제는 강의실이 가득 찰 정도로 인기가 있다."라고 말했다. 샌디에이고에서 만난 한 유학생은, "10년 전 미국에 왔을 때는 한국을 아는 사람이 거의 없었는데, 이제는 한류 덕분에 한국을 모르는 사람이 별로 없는 것 같다."며 자랑스럽게 말했다. 과연 최근 펜실베이니아주립대가 한국문학교수를 처음으로 채용했고, 텍사스대학도 한국학교수를 모집했으며, 일본학과 중국학만 있던 밴더빌트대학에서도 얼마 전에 한국문학 전문가를 채용해서, 현재 북미에서 한국문학을 가르치고 있는 교수들의 수가 드디어 30명을 넘기에 이르렀다.

조지워싱턴대학에서 열린 한무숙 콜로키엄에 갔을 때도, 공항에 차를 갖고 마중 나온 교포학생은 워싱턴에서 열린 야구시합 전반전과 후반전 사이에 모든 관객들과 치어리더들이 일어나 '싸이'의 말 춤을 추었다며, 이제는 싸이 덕분에 미국사회에도 한국이 잘 알려져 있다고 자랑스러워했다. 과연 싸이는 백악관에도 초대받아 갔고, 미국의 유명 텔레비전 토크쇼에도 출연했으며, 인기 가수 브리트니 스피어스와 같이 춤을 추는 등 하루아침에 세계적인 명사가 되었다. 뿐만 아니라, 미국의 모든 언론매체가 크게 다루어 주었기 때문에, 이제는 미국의 아무리 작은 시골이라도 싸이를 모르는 사람이 드물게 되었다고 한다. 물론 말 춤의 동작이나, 가사의 내용 때문에 비교육적이라고 우려하는 교육자들은 있지만, 그래도 한국을 세계에 알리는 문화대사로서 싸이의 영향력은 막강했다.

프랑스에서도 K-팝 열풍은 대단해서, 한국 걸 그룹 콘서트에 예상인원의 10배가 몰려들었고, 전에는 불과 200여 명이었던 전국 각 대학의 한국학과 학생 수가 갑자기 1천 명으로 늘어났다고 한다. 또 사우디아라비아에서도 최근 한국자동차의 매출액이 일본자동차를 능가했는데, 이 또한 〈대장금〉과 〈주몽〉을 비롯한 한류 덕분이며, 미국의 미키 마우스 및 일본의 헬로 키티와 더불어 세계적인 인기 캐릭터가 된 뽀로로의 인기도 대단하다. 그래서 예전에는 해외에 나가면 일본에서 왔느냐, 아니면 중국에서 왔느냐고 물었는데, 이제는 대장금의 나라, 싸이의 나라, 소녀시대의 나라, 또는 뽀로로의 나라에서 왔느냐고 묻게 되었다.

해외에서 각광받는 한류의 성공과 더불어, 한국의 운동선수들도 세계무대에서 두각을 나타내고 한국영화가 각종 국제영화제 상을 수상함에 따라, 한국을 찾는 관광객이 한 해 천만 명을 넘어섰고, 국제 운동경기에서 한국팀을 응원하거나, 한국영화를 좋아하는 외국인들도 많아지게 되었다. 예컨대 유명한 할리우드 감독인 마틴 스콜세지는 열렬한 한국영화 팬이어서, 캘리포니아대학교(어바인) 김경현 교수의 영문저서 『가상 한류: 글로벌시대의 한국영화』의 서문을 써 주기도 했다.

국제사회에서의 이러한 인기와 확산은, 한국의 눈부신 경제발전 및 전자제품의 성공과 맞물려 한국의 위상을 더 한층 높여 주었다. 과연 한국전쟁

후 불과 60여 년 만에 일인당 국민소득 60달러에서 무려 2만 8천 달러 국가로 성장해 '한강의 기적'을 이룬 한국경제의 눈부신 발전은 전 세계의 비상한 관심을 끌었으며, 삼성과 LG와 현대는 오늘날 최상급의 전자제품과 가전제품 및 자동차를 제조하고 판매하는 국제적 기업으로 부상했다. 국제사회에서 한국 대중문화와 대기업이 누리고 있는 이와 같은 인기와 성공은 한국문학이 세계로 진출할 수 있는 실크로드를 마련해 주었다.

(2) 최근 한국문학의 세계진출

한류의 확산과 인기는 한국에 대한 비상한 관심을 불러왔고, 그 덕분에 지금 한국문학은 세계로 진출하기에 그 어느 때보다도 좋은 시기를 맞고 있다. 예전에는 영문학이나 불문학이나 독문학이 좋아서 그것을 원서로 읽어보려고 영어나 불어나 독어를 공부하는 것이 상례였다. 그리고 그런 시대에는 외국문학을 좋아하는 한국인들은 많았어도, 한국문학에 관심을 갖는 외국인은 거의 없었다. 한국이 아직 가난했고 세계에 알려지지 않았기 때문이었다. 그리고 그에 따라 한국어를 배우려는 외국인의 숫자 역시 극소수에 불과했었다. 그러나 문화의 시대인 지금은 우선 그 나라의 문화가 좋아서 그 나라의 언어를 배우게 되고, 그 나라의 문학작품도 찾아 읽는 시대가 되었다. 그러자 갑자기 한국의 대중문화가 여러 나라에서 각광을 받기 시작했다. 실제로 내가 만난 미국의 대학생들은 기숙사 방에 싸이나 소녀시대의 포스터를 붙여 놓고 한국말로 노래를 부르며, 한국에 와 보고 싶고, 한국어도 배우고 싶다고 말했다. 그래서 이제는 한국문화의 확산 덕분에 한국문학이 세계로 진출할 수 있는 길이 마련된 셈이다.

그런 의미에서, 최근 신경숙의 『엄마를 부탁해』가 해외 출판시장에서 거둔 눈부신 성과는 대단히 고무적이다. 이 작품은 한국문학으로는 최초로 미국 최대 출판사 중 하나인 알프레드 크노프에서 출간되었고, 〈뉴욕 타임스〉 및 아마존 닷컴의 베스트셀러 리스트에 올랐으며, 세계 30여 국에서 번역요 청이 들어왔고, 드디어는 아시아의 대표작가에게 주어지는 맨 아시아 상까 지 받았다. 한국작가로서 세계 출판계의 조명을 이 정도로 많이 받은 작가 는 아마도 신경숙이 처음일 것이다.

『엄마를 부탁해』가 해외에서 성공한 가장 중요한 요인은 우선 작품이 좋 아서일 것이다. 그러나 그와 동시에 다른 복합적인 요인들도 이 작품의 성 공에 공헌했다고 할 수 있다. 예컨대 이 작품은 동양의 여성관, 아시아인들 의 모녀관계, 그리고 한국엄마들의 교육 방법과 열기에 대한 최근 미국독자 들의 관심의 덕을 많이 보았다고 알려져 있다. 사실『엄마를 부탁해』는 한국 엄마의 자녀교육에 대한 소설은 아니지만, 중국엄마의 자녀교육을 다룬 에 이미 추아의 베스트셀러『호랑이 엄마의 군가(찬가)』(battle hymn은 원레 남북전 쟁 시, 북군이 불렀던 북군찬가를 지칭하는 말로서, 추아의 제목에서는 군가 및 찬가의 이 중적 의미를 갖고 있는 것처럼 보인다)에 이어 곧바로 출간되었기 때문에, 아시아 엄마들에 대한 미국인들의 호기심과 기대를 불러일으켜 어렵지 않게 베스 트셀러에 진입하게 되었다고 한다. 또한 최근 부쩍 늘어난 한국에 대한 급 증하는 관심도 이 작품이 메이저 출판사에서 출간되는 데 공헌했을 수도 있 다. 그리고 예전에 에이미 탄의『조이럭 클럽』을 좋아했던 미국독자들의 취 향에『엄마를 부탁해』가 맞아떨어졌던 것도 이 작품이 북미 출판시장에서 대성공을 거두는 데 일조했다는 견해도 있다.

그러나『엄마를 부탁해』에서 강렬하게 드러나는 한국적인 정서는 미국인 의 정서에 맞지 않을 수도 있어서, 이 작품에 대해 덜 우호적인 비평을 하는 사람도 생겨났다. 예컨대 감정적이거나 감상적인 것, 또는 어머니에 대한 의존을 바람직하지 않은 것으로 여기는 미국문화에서는 한국적인 모녀관계나 모자관계에 대해 공감하기 어려울 수도 있다. 영미문화에서는 될 수 있으면 눈물을 참고 울지 않는 것을 미덕으로 여기기 때문에, 『엄마를 부탁해』를 눈물이 나오게 만드는 소설이라는 뜻으로 "클리넥스 소설"이라고 부르는 서평자도 있었다. 그럼에도 불구하고, 『엄마를 부탁해』는 한국문학도 세계 출판시장에서 베스트셀러가 될 수 있다는 가능성을 보여 주었다는 점에서 중요한 공헌을 했다.

신경숙의 경우와는 달리, 김영하는 한국적인 소재와 보편적인 주제로 해외문단에서 주목받고 있는 작가이다. 역시 뉴욕의 대형출판사인 휴튼 미플린 앤 하트코트에서 『검은 꽃』을 비롯해 세 권의 책을 출간한 김영하는 기성세대와는 다른 인터넷 세대 특유의 인식과 감수성, 그리고 전자시대 젊은이들의 고뇌와 방황을 소재와 주제로 하여, 범세계적 호소력을 갖는 소설을 써내고 있는 작가이다. 김영하는 〈월스트리트 저널〉이 선정한 "주목할 만한 아시아작가"에 포함되었고, 2010년 아마존 베스트셀러 리스트에 들어갔으며, 『빛의 제국』은 프랑스에서 출간 즉시 집중 조명을 받기도 했다. 또 황선미의 『마당을 나온 암탉』이 역시 저명 대형출판사인 펭귄에서 출간되었고, 최근 폴란드에서 "2012 올해 최고의 책"에 선정된 것도 고무적이다.

그 외에도 젊은 감수성으로 해외에서 주목받는 작가들도 많이 있다. 예컨대, 한강은 맨 부커 인터내셔널 상 수상 이후 여러 나라에서 작품집 번역출간이 예정되어 있고, 김인숙·은희경·조경란·함정임·편혜영·김애란·정유정 같은 여성작가들과, 젊은 세대를 대변하는 김영하·김경욱·천명관·박민규 같은 특이한 감수성의 작가, 그리고 이승우·김중혁·정영문 같은 지적 소설을 쓰는 작가들도 외국인들이 좋아해서 자주 초청이 오는 작가들이다. 해외에 많이 알려진 중진 및 원로 작가들도 많다. 김훈의 『칼의 노래』는 스페인 공영 TV 금주의 책에 선정되었고, 황석영의 『심청』은 프랑스 〈르

몽드〉지가 선정한 "여름휴가에 읽을 만한 책" 1위에 선정되기도 했다. 또한 고은·신경림·문정희 시인은 스웨덴에서 수여하는 시카다 상을 수상했고, 하일지는 최근 리투아니아를 다룬 『우주피스 공화국』이 리투아니아에서 유명해져서 카페에 들어가면 대부분의 사람들이 알아보는 명사가 되었다. 해외 문학행사에 자주 초청받아 가는 김광규·오세영·최승호·김기택·이장욱 그리고 소설가 오정희·최윤·임철우·이승우·성석제·구효서·김연수·서하진·김애란도 해외에 이미 널리 알려져 있으며, 최인훈·김승옥·이문열도 한국을 대표하는 작가로 자리 잡은 지 오래이다. 일일이 다 거론할 수는 없지만, 그 외에도 해외에서 선전하고 있는 한국작가들은 많다.

3. 해외진출을 위한 한국문학의 방향전환

(1) 한강과 데보라 스미스의 "맨 부커 인터내셔널 상" 수상의 의미

최근 소설가 한강과 번역가 데보라 스미스의 "맨 부커 인터내셔널 상" 수상으로 인해 한국문학은 세계문단과 출판계의 비상한 관심사로 부상했다. 오랜 기다림 끝에 드디어 한국문학이 세계의 주목을 받게 된 것이다. 맨 부커 상 수상 이후, 한강과 데보라 스미스와 한국문학에 대한 해외 언론기사가 무려 400여 개나 쏟아져 나온 것도 한국문학에 대한 세계의 최근 관심이 대단해졌다는 것을 보여 주고 있다.

또 예전에는 우리가 해외 출판사에 아쉬운 부탁을 했지만, 지금은 그들이 먼저 번역출간 동시지원 신청을 해 오고 있고, 한강 외에 또 어떤 훌륭한 작가들이 있는지도 문의해 오고 있다. 최근 서울에 온 한 영국 출판사의 편집장은, "일본과 중국 관련 서적은 한계점에 도달했고, 이제는 한국 관련 도서가 잘 팔릴 가능성이 있어서 찾아왔다."고 말하기도 했다. 그만큼 한강과 스미스의 맨 부커 상 수상은 대단한 효과를 가져왔다. 출판인들은 한강과 스미스의 이번 수상이 한국에 수조 원의 경제효과를 가져왔다고 말한다.

잘 모르는 사람들은 맨 부커 인터내셔널 상이 맨 부커 상만 못한 걸로 생각하지만, 그건 전혀 사실이 아니다. 맨 부커 상이 영국 및 영연방 작가에게 수여되는 상이라면, 맨 부커 인터내셔널 상은 똑같은 상이 외국작가에게 주어진다는 것만 다를 뿐이다. 그리고 맨 부커 인터내셔널 상은 영어로 번역되어 영국에서 출간된 도서에게 주어지는 상이기 때문에, 번역가도 같이 수상을 하게 되며, 작가와 동등한 영예를 누리게 된다. 수상작인 한강의 『채식주의자』는 근래에 보기 드문 탁월한 문학작품이다. 문학적 감수성이 돋보이는 시적인 문체, 범세계적 호소력이 있는 중후한 주제, 그리고 한번 읽기 시작하면 마지막 페이지까지 손에서 놓을 수 없는 강렬한 흡인력은 이 작품의 커다란 매력이자 장점이다.

3부작인 『채식주의자』의 제1부는 폭군적인 아버지로 표상되는 가부장적 사회의 폭력을 다루고 있다. 채식주의자들은 고기를 먹기 위해 동물의 생명을 빼앗는 것은 폭력이라고 본다. 그러나 채식은 틀렸고 육식이 옳다는 확신을 갖고 있는 아버지는 딸에게, 그것도 결혼한 딸에게 억지로 개고기를 먹인다. 자신만이 옳다는 확신은 독선으로 이어지고, 독선은 자신과 다른 생각을 가진 타자에 대해 폭력을 행사하게 된다. 그러한 것은 극단적 좌우 정치이데올로기에 경직되어 타자를 적대시하는 우리 사회에도 시사해 주는 바가 크다.

제2부 "몽고반점"은 얼핏 보면, 다니자키 준이치로의 『문신사』처럼 고통을 수반하는 미의 극치를 추하는 예술가의 구도소설처럼 보인다. 그러나 3부작을 같이 읽어 보면, 몽고반점 역시 또 다른 형태의 폭력을 다루고 있다

는 사실을 깨닫게 된다. 어렸을 때는 갖고 있다가 성장하면 사라지는 몽고 반점은 타박상의 흔적과 아주 비슷해서, 우리가 태어날 때부터 갖고 있는 생래적인 폭력의 흔적이라고 볼 수도 있을 것이다. 또한 몽고반점은 눈에 보이지 않는 미묘한 폭력, 또는 그럴듯한 것으로 포장된 폭력의 상징일 수도 있다. 비디오 아티스트인 형부는 처제의 엉덩이에 있는 몽고반점을 보고 성적으로 이끌려, 그녀와 자기의 몸에 꽃과 나무로 바디 페인팅을 한 다음, 자연과의 합일인 것처럼 속여 처제를 상대로 성적 욕구를 채운다.

제3부 "나무 불꽃"은 정신병원의 제도적 폭력을 다루고 있다. 주인공 영혜는 자신을 나무라고 생각하고 식사를 거부하고 물만 마신다. 그러자 그녀를 살린다는 명분하에 병원 직원들은 영혜에게 강제로 밥을 먹인다. 제도적 폭력은 언제나 이렇게 그럴듯한 대의명분을 내세워 폭력을 휘두른다. 한강의 또 다른 소설 『소년이 온다』는 시민에 대한 국가 공권력의 폭력을 다루고 있다. 그래서 한강의 소설들은 보편적 호소력을 성취하고 있으며, 동시에 한국적인 상황도 잘 보여 주고 있다고 할 수 있다.

데보라 스미스의 유려한 번역 또한 압권이라는 평을 받았다. 스미스는 그동안 지적당한 몇 군데의 오역에도 불구하고, 영어권 독자들에게 아주 호소력 있게 번역을 잘했다는 평을 받는다. 그 오역이라는 것도 원작의 향기를 크게 손상하는 것은 아니고, 원어민으로서는 알기 어려운 것들이어서 큰 문제가 되지는 않는다는 것이 중론이다. 예컨대 원어민 번역가는 우리가 딸을 "이것아"라고 부른다는 것을 알기 어렵다. 그래서 아마도 "이것이"로 잘못 읽고 "This"로 번역한 것처럼 보인다. 또 처제와 전화하면서 처제의 호칭을 "Sister-in-law"라고 부르는 것도, 짐작건대 아시아의 분위기를 살리려는 의도에서 그렇게 했을 가능성이 크다. 영미에서는 처제의 이름을 부르지만, 한국에서는 그렇게 하지 않는다는 것을 알고 있었을 것이기 때문이다.

사실, 영국에서도 중세나 근대에는 형이나 동생을 서로 Brother나 Sister라고 부르기도 했다. 영미 출판사에서는 편집자가 원고를 꼼꼼히 읽고 사실 확인을 거쳐 저자에게 조언하기 때문에 그런 것을 그냥 넘기거나 번역자가 혼자 결정했을 것 같지는 않다. 더욱이 우리가 오역이라고 생각하는 것들이 대부분 영어권 독자를 의식한 의역에서 비롯된 것이고, 번역에서 빠진 원문이 있는 것도 영어권 독자들에게 더 좋은 효과를 내기 위해 편집했다고 한다면, 그건 관대하게 이해해 주는 것이 필요할 것이다. 사실 번역을 하다 보면, 원문을 대폭 삭제하거나 재배열해야만 하는 경우가 많이 생긴다. 그래서 요즘에는 단어와 단어, 구절과 구절을 그대로 옮기는 언어번역보다는 도착언어의 독자들에게 호소력이 있도록 다소 바꾸어 번역하는 '문화번역'이 더 좋은 번역으로 평가받고 있다.

사실 외국소설의 한국어 번역서에도 오역이 넘쳐나는 것에 대해서는 관대하면서, 맨 부커 상 심사위원장으로부터 "완벽한 번역"이라는 극찬을 받은 『채식주의자』의 번역을 굳이 원문과 대조해 이 잡듯이 뒤져서 트집을 잡는 것은 별로 바람직하지 않아 보인다. 그보다는 우리 문학을 사랑하는 원어민 번역가를 칭찬해 주고 격려해 주는 것이 더 바람직할 것이다. 또 일각에서는 이제 막 번역을 시작한 젊은 사람이 중요한 국제적 상을 받은 것에 대해서 의외라는 반응을 보이기도 하지만, 스미스가 아직 젊기 때문에 앞으로도 많은 한국작품을 번역할 수 있다는 점을 긍정적으로 생각해야만 할 것이다. 사실 스미스는 앞으로 가와바타 야스나리의 『설국』을 번역한 에드워드 사이덴스티커의 역할을 한국문학을 위해 하게 될 것으로 보인다. 그렇다면 우리는 스미스가 우리 문학을 계속해서 번역해 주는 것을 다행으로 생각하고 기뻐해야만 할 것이다.

한강과 스미스의 수상에는 적절한 타이밍도 한몫을 한 것처럼 보인다. 우선 『채식주의자』의 영어출간이 시의적절했다. 10년이나 15년 전이었다면, 『채식주의자』가 이처럼 각광받지는 못했을 것이다. 왜냐하면 9/11 이후로 기하급수적으로 급증한 테러 때문에 전 세계인들이 폭력에 관심을 갖게 되었고, 인간의 이기심과 테크놀로지로 인한 환경 생태계 파괴로 생태계 보존에 대한 관심이 크게 부상했으며, 자신이 먹기 위해 동물의 생명을 빼앗는 육식을 폭력으로 보는 채식주의자의 수 또한 최근 크게 늘어났기 때문이다. 또 영어로 번역된 것도 큰 역할을 했다. 2010년 프랑스어로 번역되었을 때에는 독자가 한정되어 있어서 그랬는지, 별 반응이 없었기 때문이다.

또한 2016년까지는 후보작가의 전 작품을 놓고 심사한 선정위원회가 2017년부터는 한 작품만 대상으로 심사해서 시상하기로 한 것도 한강 작가에게 유리하게 작용했다. 전 작품을 놓고 비교하면, 오랜 경력의 다른 저명작가들에 비해 다소 불리할 수도 있었겠지만, 한 작품만 놓고 심사하면 『채식주의자』가 단연 뛰어났고, 최근 언론에도 많이 언급되었기 때문이었다. 한강의 『채식주의자』가 사전에 영미 매스컴에 많이 언급된 이유는, 번역가 데보라 스미스가 『채식주의자』의 번역으로 영국 예술위원회의 번역상을 수상했기 때문이었다. 그 소식이 영미 주요 언론에 대서특필되면서, 〈뉴욕 타임스〉에 『채식주의자』를 칭찬하는 서평이 나온 것도 이번 수상에 도움이 되었을 것이다. 그리고 수상자 발표 일주일 전에 한국문학번역원이 런던에 가서, BBC와 인터뷰도 하고, 영국의 아시아 리터라리 에이전시와 공동으로 런던대와 한국문화원에서 한국문학행사를 크게 해서 언론의 주목을 받은 것도 수상자 선정에 일조했을 수 있다.

(2) 세계 속의 한국문학이 되려면

한국문학의 세계화에 있어서 가장 중요한 세 가지는 좋은 작품, 좋은 번역, 그리고 좋은 출판사일 것이다. 이 세 가지가 갖춰지면 한국문학은 세계 문단의 인정과 해외독자들의 관심 속에 지구촌에 널리 알려지게 될 것이다.

1) 좋은 작품

세계인들이 높이 평가하는 좋은 작품을 써내는 것은 우리 작가들의 몫이다. 만일 우리 작가들이 한국문학의 독특한 향취는 간직하되 범세계적인 호소력을 갖춘 좋은 작품을 써낸다면, 한국문학의 세계화는 저절로 이루어질 것이다. 최근 한국문단에는 다양한 작가들이 등장해 좋은 작품들을 써내고 있어서 고무적이지만, 여기서는 지면 관계상 최근 해외에서 작품이 출간되었거나 출간예정인 작가와 작품을 중심으로 한국문학의 세계화 가능성을 살펴보려고 한다.

우리의 원로작가들은 그동안 자신들이 겪은 시대적 상황 때문에, 분단의 비극이나 한국전쟁, 또는 정치이념의 투쟁을 다룬 작품들을 써 왔다. 그러나 시대가 변해서, 오늘날 해외의 젊은 독자들은 더 이상 국토분단이나 전쟁이나 정치이데올로기의 갈등에 대해 관심이 없다. 그럼에도 불구하고, 지역적 분쟁과 종교적 갈등, 또는 정치적 이념투쟁은 여전히 도처에서 진행되고 있으며, 따라서 그런 비인기 주제라 할지라도 얼마든지 독자들을 확보할 수 있는 좋은 문학적 소재가 될 수 있다. 다만 그러기 위해서는 구태의연한 한풀이식이나 이념투쟁식이 아닌, 참신한 시각과 새로운 기법을 차용한 복합적인 양식으로 씌어져야만 할 것이다. 예컨대 독일작가 베른하르트 슐링크의 『책 읽어 주는 남자』, 미국작가 매슈 펄의 『단테 클럽』, 영국작가 프레드릭 포사이트의 『어벤저』, 일본작가 다카노 가즈아키의 『제노사이드』 같은 것들은 다소 진부해진 그러한 주제라 할지라도, 어떻게 새로운 시각과 참신한 스타일을 통해 매력적인 주제로 탈바꿈할 수 있는가를 보여 주는 좋은 예라고 할 수 있다.

그동안 한국문학도 세계문학으로 인정받고 국제적으로 부상할 수 있는 좋은 작품들을 다수 산출해 왔다. 예컨대 달키 아카이브 프레스(해외 번역문학 출판사로는 미국에서 가장 규모가 큼)를 통해 미국에서는 최초로 출간된 최인훈의 『광장』은 그 한 좋은 예라고 할 수 있을 것이다. 정치이데올로기에 의한 한반도의 분단과 한국전쟁을 다루고 있는 『광장』은 지금 읽어 보면 현장감이나 절실함이 다소 덜 느껴질 수도 있지만, 그 작품이 발표된 1960년에는 너무나도 강력한 호소력을 가진 작품이었다. 이 작품의 위대성은, 그것이 1960년에 벌써, "이것 아니면 저것"의 이분법적 사고방식과 극단적 민족주의에서 과감히 벗어나, 제3의 길을 선택한 주인공을 제시했다는 데 있다. 이 소설의 주인공 이명준은 자본주의와 공산주의 또는 남한과 북한을 둘 다 부정하고, 정치이념의 투쟁으로부터 자유로운 중립국을 선택한 뒤, 해외의 낯선 국가로 떠나는 배에 몸을 싣는다.

비록 안타깝게도 이명준이 새로운 희망을 찾아가지 못하고 작품의 마지막에 바다에 몸을 던져 자살하기는 하지만, 그래도 물이 재생과 부활과 풍요의 상징이라는 점을 감안하면, 그리고 주인공이 공산주의도 자본주의도 아닌 제3의 길을 선택했다는 점을 고려하면, 이 작품은 1960년에 이미 시대를 앞서가는 포스트모던 시각을 차용하고 있다고 볼 수 있어서, 작가의 선구자적 혜안에 감탄하게 된다. 위대한 작가는 모름지기 이렇게 이념의 경계를 초월해 제3의 길을 제시해 주어야만 한다. 그런데도 우리는 그로부터 반세기가 지난 지금도 여전히 좌파와 우파로 분열되어 서로 극단적인 반목과 갈등을 계속하고 있다. 그러한 상황은 우리를 좌절하게 하고 우울하게 만든다.

그런 의미에서 『광장』은 선구자적 시각으로 한반도의 숙명적인 문제점을 성찰하고 있는 기념비적 작품이라고 볼 수 있다. 그래서 『광장』은 출간된 지

반세기가 지난 오늘날에도 세계독자들의 비상한 관심을 끌 수 있는 좋은 조건을 갖추고 있다. 샐린저의 『호밀 밭의 파수꾼』도 지금 읽어 보면 별로 새로울 것이 없지만, 그 작품이 출간된 1951년에는 엄청난 문화적 충격을 가져다주었다. 그 덕분에 그 작품은 지금도 불후의 명작으로 남아 있는데, 『광장』도 그런 좋은 작품 중 하나라고 할 수 있다.

황석영의 『손님』도 세계독자들의 주목을 받을 만한 작품이라고 생각한다. 북한이 미군의 양민 학살이라고 거짓으로 선전하는 신천 대학살이라는 것이 사실은 우익 기독교도들과 좌익 공산주의자들이 상대방을 학살한 동족상잔의 비극적 현장이라는 사실을 폭로하면서, 황석영 또한 이분법적 이념대립을 고발하며 제3의 길을 찾을 것을 제안한다. 기독교와 공산주의를, 역시 해외에서 유입되어 수많은 한국인을 죽였던 전염병이자 초대받지 않은 손님인 천연두에 비유한 것은 이 작가의 뛰어난 통찰력과 작가적 역량을 잘 보여 주고 있으며, 이 작품의 해외성공 가능성을 예시해 주고 있다.

이번에 달키 아카이브 프레스를 통해 역시 미국에서는 처음 출간된 『사람의 아들』의 저자 이문열 또한 세계적인 작가의 반열에 들어가는 한국의 대표작가라 할 수 있을 것이다. 예컨대 그의 『우리들의 일그러진 영웅』은 시카고 세종문화회에서 주관하고 번역원이 지원하는 북미지역 한국문학 독후감 대회에서 2년 연속 독후감 대상작품으로 선정될 만큼, 미국독자들 사이에서 많은 인기를 누리고 있다. 시골의 한 학교의 학급에서 벌어지는 일들을 통해, 독재정권의 문제점과 거기에 순응하고 비겁하게 처신하는 대중들을 신랄하게 비판하고 있는 이 소설은 이승만과 박정희 시대에 대한 예리한 비판일 뿐 아니라, 모든 전체주의 사회에 대한 탁월한 패러디로서 세계적 공감을 얻을 수 있는 좋은 작품이다. 학교 교실을 소우주로 제시하고, 단체 그룹인 학생들을 시류에 영합하는 대중에, 그리고 반장 엄석대를 독재자에, 또 새로

부임한 담임을 급진적 개혁주의 정치 지도자에 비유한 것은 한국문학을 세계문학의 반열에 올려놓을 만한 뛰어난 장인의 솜씨였다.

최근 해외에서 주목받고 있는 보다 더 젊은 세대의 작가들도 있다. 하일지는 이번에 미국 달키 아카이브 프레스에서 출간되는 『우주피스 공화국』으로 리투아니아에서 크게 각광받고 있으며, 갈리마르의 폴리오 문고에 한국작가로서는 유일하게 포함된 이승우 역시 프랑스에서 상당한 주목을 받고 있다. 더 젊은 세대인 배수아는 최근 전자책으로 미국에서 급부상하고 있다. 그녀의 "푸른 사과가 있는 국도"는 회원 2만 명을 갖고 있는 아마존 크로싱의 인터넷 문예지 〈데이 원〉에 실렸고, 그녀의 장편 『철수』도 아마존에 의해 미국에서 출간되었다. 그리고 맨 부커 인터내셔널 상 수상작가 한강은 물론이고, 뉴욕의 대형출판사에서 작품이 출간된 신경숙과 김영하와 황선미도 이제 세계적으로 널리 알려진 유명작가가 되었다.

2) 좋은 번역

미국 WME 문학에이전시의 에이전트인 트레이시 피셔는 "한국작가가 영어책 시장에서 두각을 나타내려면 우선 좋은 번역가가 필수적이다."라고 말했으며, 작고한 영국작가 앤서니 버지스는 "번역이란 단지 단어를 옮기는 것이 아니다. 번역은 문화를 이해할 수 있게 해 주는 것이다."라고 말했다.

번역에 있어서 늘 문제가 되는 것은 단어 대 단어, 어구 대 어구를 그대로 충실하게 직역하는 것이 중요한가, 아니면 현지독자들에게 호소력이 있도록 의역하는 것이 좋은가 하는 점이다. 최근 서울에서 열린 국제 번역출판 워크숍에서 트레이시 피셔는 "번역은 문자 그대로 직역해서는 안 된다."라고 말했으며, 스페인어권 작가이자 번역가인 안드레스 펠리페 솔라노는 "번역가의 사명은 원문과 똑같은 문장을 찾거나, 구문과 씨름하거나, 문단의 리

듬을 파악하는 것이 아니다."라고 제언했다.

그것은 곧 번역가는 원작을 그대로 직역해서는 안 되고, 'Editing'을 하면서 번역을 해야 한다는 것을 의미한다. 영어에서 에디팅은 단순히 편집만 의미하는 것이 아니라, 출판이 가능하도록 윤문, 수정, 불필요한 부분의 삭제, 재구성, 그리고 사실의 확인 등 모든 출간준비 작업을 지칭한다. 『설국』을 번역한 에드워드 사이덴스티커가 영어권 독자들에게 호소력이 있도록 그 작품을 대폭 바꾸고 편집했다는 것은 이미 잘 알려진 사실이다. 가와바타가 노벨상 시상식에 역자인 사이덴스티커를 동반해 가서 그를 크게 칭송한 것도 바로 번역자의 그런 작업에 대한 경의에서였을 것이다.

그런 의미에서 번역은 제2의 창작이자, 창작만큼이나 중요하고 힘든 작업이라고 할 수 있다. 발터 벤야민은, "번역의 어려움은 번역하는 순간, 원문에 내재해 있던 실패가 표면에 드러나기 때문이다. 그러므로 원문이 이상적이고 완벽하다는 생각은 버려야 한다."라고 말했다.

또 움베르토 에코는 "우리의 모든 행위나 인식은 번역이라는 과정을 거쳐 상대방에게 전달된다."라고 말했다. 프린스턴대학교 번역학교수인 데이비드 벨로스도 최근 출간된 저서 『내 귀에 바벨 피시』에서, "우리는 언제나 번역을 하고 있다. 만일 우리가 번역을 거부한다면, 그래서 무슨 언어이든지 간에 다른 사람들이 하는 말을 듣기를 거부한다면, 우리는 인간으로서 충실한 삶을 살지 못하는 셈이다."라고 말했다. 그의 말대로, 사실 우리가 하는 모든 말과 행동은 그것을 받아들이는 수용자의 심리상태와 특성과 배경에 따라 달리 해석되며, 그런 의미에서 우리의 언행은 필연적으로 번역이라는 과정을 통해 타인에게 전달된다고 볼 수 있다.

그렇다면 번역을 할 때, 그 나라 독자들에게 주는 호소력을 감안해 마치 그 나라의 소설 같은 분위기로 번역해야 하는가 하는 문제가 대두된다. 만일 한국문학작품을 완전히 서구식 분위기로 번역하면, 그 과정에서 원작의 한국적인 고유한 향기를 훼손할 수도 있을 것이기 때문이다. 데이비드 벨로스는 이렇게 말한다.

프랑스 추리소설을 영어로 읽을 때, 소설 속의 프랑스인들이 완벽한 미국식 영어를 구사하면 이상하지 않겠는가? 독자는 그들이 프랑스식으로 말하는 걸 기대하지 않을까? 만일 그들이 미국사람하고 똑같다면, 굳이 프랑스 소설을 읽을 필요가 있을까?

물론 그런 문제는 등장인물들의 대화에 대한 것이지, 본문 자체의 번역이 프랑스식이면 어색하게 될 것이다. 벨로스 역시, "하지만 문제는 그런 식으로 번역하면 번역이 어색할 수도 있다."라고 덧붙인다.

한국문학을 외국어로 번역할 때, 원어민 번역가가 더 나은지, 해당 언어에 능통한 한국인이 더 나은지에 대해서는 그동안 열띤 논쟁이 있어 왔다. 영어번역을 예로 들면, 원어민 번역자의 경우에는 모국어인 영어에는 문제가 없겠지만 한국어나 한국문화에 능통하지 못해 오역이 나올 수 있고, 한국인의 경우에는 영미문화를 잘 모르고 영어도 완벽하지 못해 문법적 오류나 어색한 영어표현이 나올 수 있다. 예컨대 "이동 갈비"를 "Moving Galbi"라고 번역한 원어민도 있고, "걸어가면 길이 보인다."를 "Hang a mask and you will see a road."라고 번역한 번역가도 있었다. 반면, 한국인 역자들은 단어의 뉘앙스나 미국문화를 잘 모르기 때문에, 어른이 자기 아버지를 부를 때, "Dad"라고 해야 할 것을 "Daddy"라는 단어로 잘못 옮기기도 하고, "Captain"이라고 번역해야 할 해군대령을 육군처럼 "Colonel"로, 그리고 "Lieutenant"이라고 번역해야 할 해군대위를 "Captain"으로 오역하는 경우도 있다. 또 원어민이기는 하지만 문장력이나 문학적 센스가 심각하게 부족해서 좋은 번역이 안 나오는 경우도 있고, 외국에서 생활해 본 경험도 없는 한국인이 단지 학교에서 배운 영어로 번역을 해서 해외 출판사로부터 거절을 당하는 경우도 있다.

그렇다면 이상적인 번역가는 어떤 사람인가? 최근 한국문학 전집 25권을 출간한 달키 아카이브 프레스의 존 오브라이언 대표는, "좋은 번역가는 능력 있고, 언어에 뛰어난 감각을 갖고 있어야 하며, 대담하고, 문화적으로 몰입되어 있어야 한다."고 말했다. 콜롬비아 작가인 안드레스 펠리페 솔라노는 다음과 같은 중요한 지적을 했다.

번역가는 작가의 문학 세계를 잘 이해하고 있어야만 한다. 번역이란, 마치 집을 허물어서 그 자재를 갖고 바다를 건넌 다음, 다른 해변에 동일한 집이 아니라, 원래의 집을 생각나게 하는 새 집을 짓는 것과도 같다.

만일 그렇다면, 그 새로운 집은 원래의 집과 똑같을 필요도 없고 또 똑같을 수도 없을 것이며, 새로운 장소에 어울리도록 변형될 수 있을 것이다. 솔라노는 또 다른 적절한 비유로 번역 작업의 의미와 과정을 설명한다.

그러기 위해서 번역가는 우선 기다리는 애인의 편지를 읽는 병사처럼 정열적으로 원작을 읽어야 하며, 다음으로는 자기가 발견한 세계를 설명하기 위한 방정식을 찾는 물리학자의 세심한 태도로 원작을 읽어야만 한다. 그 두 번의 읽음 후에 번역가는 비로소 음악가의 귀를 갖고 번역을 시작해야 한다. 번역가는 마치 음악가처럼 악기를 조율하고, 현이 떨리다가 다시 울리는 것을 기다려야만 한다.

그렇다면 한국어를 공부한 원어민과 해당 언어를 잘하는 한국인 중 누가 더 이상적인 번역가일까? 일부 원어민 번역가와 한국인 국문학자 중에는 한국인 번역가는 절대 안 된다고 생각하는 사람들이 있다. 그들은 그 이유로 수준 낮은 영어로 번역출간된 한국문학작품들을 예로 든다. 형편없는 번역 때문에 외국인들이 한국문학을 읽지 않는다는 것이다. 사실, 그런 경우도 적지 않게 있다.

그러나 그 반대 의견도 있다. 예컨대 달키 아카이브 프레스의 존 오브라이언은 이렇게 말한다.

번역 언어를 모국어로 하는 사람만이 번역해야 한다는 일반적 견해에 대해 말하자면, 지난 내 30년 동안의 경험에 비추어 볼 때, 달키 아카이브에서 나온 최고의 번역서 중 상당수는 영어에 능통한 현지인이 번역한 것이다. 그들은 영어가 모국어인 번역가가 놓치기 쉬운 원작 언어의 의미와 음조와 참고 사항을 잘 파악하고 있다. 단어선택이 정확하지 않은 경우는 편집자가 처리할 수 있으며, 편집자는 현지인 번역자가 바로 옆에 있음으로 해서 원어와 번역어가 정확한지를 금방 확인해 볼 수 있는 이점이 있다.

오브라이언은 간혹 원작 언어를 잘 모르는, 영어가 모국어인 번역가가 잘못된 우월감을 갖고 고집을 부려서 오히려 더 잘못된 번역이 나오기도 한다고 지적한다.

반면, 프랑스인 번역가 장 노엘 주테 교수는 궁극적으로는 원어민 번역가에게 번역을 맡겨야 한국문학이 세계화되는 데 도움이 될 것이라고 조언한다. 우수한 원어민 번역가들이 한국문학 번역에 매진한다는 것은 곧 한국문학이 세계화되었다는 것을 말해 주는 척도이기 때문이다. 그러면서도 주테 교수는 당분간은 한국인과 원어민이 같이 번역하는 것이 이상적이라고 말한다.

한국문학의 프랑스어 번역의 경우, 이중 언어를 구사하는 한국인이 번역한 것을 원어민이 스타일을 비롯한 여러 가지 것들을 확인해 주는 작업이 효과적이다. 그러나 이 방법은 두 사람이 서로 설명해 주어야 하는 등 시간이 많이 소요되어서, 궁극적으로는 혼자 번역을 할 수 있는 원어민 번역가, 즉 한국어와 한국문화에 능통한 원어민 번역가 양성이 필요할 것이다.

제프리 호러스 하지스 교수도 원어민과 한국인 부부번역가의 공동 작업이 바람직하다고 말한다.

3) 좋은 출판사

한국문학이 세계문학으로 인정받는 지름길 중 하나는 영미 주요 출판사, 특히 출판시장의 메카인 뉴욕의 대형출판사에서 출간되는 것이다. 물론 그것은 쉬운 일이 아니다. 그런 소위 메이저 출판사들은 상업적 이익을 우선시하기 때문인데, 한국처럼 작은 나라의 순수문학은 책을 사 볼 독자가 거의 없기 때문이다. 그래도 지금은 한류와 전자제품 덕분에 한국이 많이 알려졌고, 또 한국문학의 수준도 글로벌해져서, 전혀 길이 없는 것은 아니다.

그렇다면, 과연 어떤 종류의 문학작품이 세계시장에서 각광받을 수 있으며, 주요 출판사에서 관심을 갖고 출간하려고 하는가? 미국의 문학 에이전트인 트레이스 피셔는 한국문학이 미스터리, 스릴러, 서스펜스적 요소를 갖고 있어야 해외에서 주목받고 많이 읽힐 것이라고 말한다. 시대가 변해서 세계의 독자들이 그런 스타일의 소설을 좋아하기 때문이다.

WME 에이전시는 한국문학을 글로벌 독자들, 특히 영어권 독자들에게 소개하고 읽히게 하는 데 관심이 많습니다. 내가 믿기에, 가장 성공할 가능성이 높은 작품은 미스터리, 스릴러, 서스펜스적 요소가 있는 작품들입니다(대중적이거나 순수문학이거나 간에).

먼저 현재 독서계를 석권하고 있는 그러한 소설로 길을 뚫은 다음, 다른 종류의 한국문학작품(순수문학, 판타지, 실험소설)이 따라오면 될 것입니다.

그런데 한국은 추리소설 전통이 약해서 세계로 내보낼 만한 적당한 작품을 찾기 어렵다. 그래서 가장 좋은 방법은 우리의 순수문학 작가들이 추리소설 기법을 차용한 작품을 쓰는 것이다. 그것은 결코 현실과의 타협이 아니라, 현명한 세계화 전략이라고 보는 것이 정확할 것이다. 아무리 좋은 작품도 독자들이 읽지 않으면 그 진가를 알아주는 사람이 없어서 아무런 소용이 없기 때문이다.

추리소설 기법을 차용했다고 해서 결코 작품성이 떨어지는 것은 아니다. 예컨대 이청준의 『이어도』는 추리소설 기법을 차용한 수준 높은 순수문학의 대표적 예라고 할 수 있다. 박민규·천명관·이기호의 작품을 읽고 있노라면, 이런 작가들이 추리소설 기법을 차용한다면 훌륭한 순수문학을 산출할 수 있으리라는 생각이 든다. 일단 추리기법 소설로 대형출판사의 문을 연 다음, 독자들의 반응이 좋으면 그 뒤를 따라 본격적인 순수문학이 진출할 수 있을 것이다.

예전에 일본문학이 그랬듯이 한국문학도 머지않아 세계문학 속에서 인정받고 우뚝 서게 되는 날이 올 것이다. 그날이 올 때까지, 우리 작가들과 번역가들은 최선을 다하면 될 것이다. 국제적 인정은 노력의 결과로 주어지는 것이지, 우리가 요구해서 받을 수 있는 것은 아니기 때문이다.

4. 세계 속의 한국문학

아르헨티나 작가이자 부에노스아이레스 도서관장이었던 호르헤 루이스 보르헤스는 이렇게 말했다. ―"인간이 발명한 것 중에 가장 놀랄 만한 것은 책이다. 다른 모든 것은 신체의 확장이다. 망원경과 현미경은 눈의 확장이고, 전화기는 귀의 확장이며, 칼과 삽은 팔의 확장이다. 그러나 책은 기억과 상상력의 확장이다." 그는 도서관을 인류의 문명과 지식이 보관된 미궁으로 보았고, 말년에는 거의 눈이 멀었지만 여전히 책과 더불어 살았다. 그래서 그는, "비록 읽을 수는 없지만, 책이 내 옆에 있다는 것만으로도 나는 행복하다. 책이 사라질 것이라고들 하지만, 내가 보기에는 있을 수 없는 일이다. 신문은 복잡한 것을 생각하지 않으려고 읽으며, 음반도 고통을 망각하려고 듣는다. 그러나 책은 기억하려고 읽는 것이다."라고 말하기도 했다. 보르헤스는 또 "나는 언제나 낙원이란 도서관 같은 곳일 거라고 생각해 왔다."라는 유명한 말을 했는데, 타계한 지금, 아마도 천국의 도서관에서 책을 읽고 있을 것이다. 세계 각 나라의 책이 모이는 국제도서전을 보르헤스가 보았다면, 틀림없이 지상낙원이라고 불렀을 것이다.

(1) 파리 국제도서전의 한국문학

지난 2005년 프랑크푸르트 국제도서전 주빈국을 시작으로, 그동안 한국은 볼로냐 아동도서전(2009), 베이징 도서전(2012), 도쿄 도서전(2013), 그리고 런던 도서전(2014)의 주빈국을 거쳐, 2016년에는 파리 국제도서전의 주빈국, 2017년에는 이스탄불 국제도서전의 주빈국으로 초청받았다. 한국은 이제 국제도서전에서 인기 주빈국으로 부상했다는 느낌을 주고 있으며, 그에 따라 세계 10위권에 들어간다고 알려진 한국 출판계도 세계 도서시장에서 크게 부상하게 되었다.

한국의 위상이 올라감에 따라, 한국에 대한 국제사회의 예우도 좋아졌다. 도쿄 국제도서전 때는 일본의 왕자부부가, 그리고 런던 국제도서전 때는 찰스 황태자의 부인 레이디 카밀라 공작이 한국관을 방문해서 주빈국에 대한 예우를 표명했다. 2016년 파리 국제도서전 때는 올랑드 대통령이 한국관을 방문했다. 특히 영국은 한국과의 문화적 교류에 깊은 관심을 표명했으며, 영국독자들 또한 한국작가들의 자필서명을 받으려고 길게 줄을 서기도 했다. 당시 한국작가단의 일원으로 런던 도서전에 참가했던 소설가 한강은 그때 만난 데보라 스미스의 멋진 번역으로 최근 세계 언론의 극찬을 받은 『채식주의자』와 『소년이 온다』를 출간하게 되었다. 『마당을 나온 암탉』으로 이미 해외에서 유명해진 황선미 소설가도 당시 런던 도서전에서 만난 출판사 편집자들과의 인연으로 『푸른 개 장발』이 2017년에 번역출간된다. 역시 런던 도서전에 참가했던 이문열 작가의 『우리들의 일그러진 영웅』도 2015년 〈아이리시 타임스〉가 선정한 '올해의 하이라이트 소설'에 뽑혔다.

유료 입장객만 해도 30만 명이나 되는 2016년 파리 국제도서전이 특별한 의미를 갖는 이유 중 하나는, 우선 2016년이 한불수교 130주년 기념해라는 데 있을 것이다. 1886년 4월 조불수호통상조약을 맺은 이래 130년 동안 이어져 온 한국과 프랑스 간의 우호적 관계, 그리고 한류를 통한 최근 두 나라의 문화적 이해와 교류가 한국이 주빈국인 2016년 파리 국제도서전을 계기로 정점을 이루었기 때문이다. 프랑스는 또 K-팝의 열풍으로 한국에 대한 관심이 부쩍 늘어서 대학에서 한국학을 공부하는 학생들이 급증한 나라이자 한국의 주요 무역대상국 중 하나이기도 한데, 2016년 파리 국제도서전을 통해서 한국의 지적 전통과 고급문화도 알게 되었다.

2016년 파리 도서전의 한국 주빈국관 운영은 우리의 고급문화를 기록한 책을 통해 문화강국 한국의 브랜드 가치를 높이고, 우리의 전통문화유산과 지적 보유자산을 세계에 알리며, 우리의 문화영토를 확장하고 문화산업의 수출을 확대하는 한편, 우리 국민들뿐 아니라 외국인들도 우리 문화를 감상하고 향유할 수 있도록 하는 좋은 기회가 되었다. 더 나아가, 파리 도서전 주빈국 운영을 통해 K-팝, K-드라마에 이어 이번에는 한국문학과 K-툰을 세계에 알리고, 저작권 수출을 확대하며, 한국의 출판저력을 해외 출판계에 보여 주었다는 평을 받았다.

당시 한국 주빈국관의 슬로건은 "새로운 지평(Un nouvel horizon)"이다. 그러므로 그 슬로건에 걸맞게 한국의 문학과 문화를 알리고, 문화교류를 통해 한국과 프랑스의 우정을 더욱 굳건히 하며, 한국 디지털매체와 전자출판의 강점을 소개하는 좋은 기회가 되었다. 특히 그림책과 웹툰(K-toon)은 참가자들의 비상한 관심을 끌었던 새로운 아이템이었다.

순수문학과 장르문학의 경계해체를 보여 주는 수준 높은 추리소설, 과학소설, 판타지, 또는 인문학과 과학의 경계를 넘어서는 융복합적인 도서들도 "새로운 지평"으로 도서전 참가자들의 시선을 끌었다. 그리고 한국이 세계를 선도하는 그래픽 노블/만화, 아동도서, 그래픽, 디자인도 프랑스인들의 관심을 끌었다.

1) 한국작가들의 파리 국제도서전 문학행사

한국은 각 장르를 대표하는 30명의 한국작가들을 파리 도서전에 파견해 다양한 행사를 가짐으로써, 문학을 통한 한불 교류를 강화했다 "새로운 지평"이라는 주제에 맞게, 젊은 작가와 원로작가, 또는 순수문학 작가와 대중매체 작가 등의 관습적인 경계를 넘어서는 다양한 성향의 작가들이 참여했다. "오늘날의 세상을 읽고 쓰다."라는 대주제하에 열리는 여러 행사에 프랑스 작가들과 만나 발표하고 토론한 국내작가들의 구성을 보면, 문학 분야 15인, 웹툰 5인, 그림책 5인 인문학 4인 등이었다. 작가들이 마련하는 세션 소주제의 일부는 다음과 같았다.

일부 세션 주제:

오늘날 우리 사회는 느와르 소설이 되었는가?

시는 폭력에 맞서는 최후의 보루인가?

'문학적 언어'는 마지막 저항의 공간인가?

'나'는 우리다

오늘날 문화는 세계화에 순응하는가?

폭력과 신성함: 교차되는 신화

트랜스휴머니즘은 성지석·사회적 신화인가?

폭력은 현대사회에서 경제적 발전과 공존할 수밖에 없는가?

연결된 도시 vs. 자연: 행복은 자연 속에 있을까?

남성과 여성, 그리고

그래픽 소설에서 만화까지

그림책 숨은 그림 이야기

판타지 동화의 마법이나 환상 세계가 아이들의 성장에 어떤 영향을 미치는가?

2) 한국문학의 세계화를 위해 국내 출판사, 작가, 문학단체, 정부가 관심을 가져야 할 분야는 무엇인가?

외국 에이전시나 출판사와 일하다 보면, 우선 그들이 원하는 것은 그림이나 추리소설 기법이 들어간 재미있는 소설이라는 것을 알게 된다. 세계의 독자들이 이제는 재미가 없고 내용이 고통스러우면 아예 읽지 않기 때문이다. 재미는 없어도 유익하기만 하면 되는 시대는 이제 지났다. 그래서 독자들의 호기심을 끌어야 하고, 그러려면 추리소설 기법이 효과적이라는 것이다.

둘째로 해외에서 각광받는 한국작품을 보면 대부분 한국을 배경이나 소재로 하되, 주제는 세계인의 최근 관심사를 다룬 것들이다. 예컨대 세계문단의 주목을 받은 신경숙의 『엄마를 부탁해』는 아시아의 여성상, 한국의 모녀관계, 한국가정에서의 엄마의 위치, 한국엄마들의 가정교육 등에 대한 외국인들의 관심 상승과 맞물려서 큰 인기를 누렸고, 뉴욕의 대형출판사에서 나온 『영원한 제국』은, 북한의 내부사정으로 인해 오래 "잊혀져 온 남파간첩(sleep agent)"이 자본주의 사회에 완전히 동화된 지금, 다시 북한사회로 돌아갈 수 있는가 하는 문제를 다루어 세계적인 공감을 불러일으켰으며, 최근 해외 언론의 극찬을 받은 『채식주의자』는 인간의 폭력적 본성을 초현실주의적 상징을 통해 보여 주었다는 점에서 전 세계독자들의 비상한 관심을 끌었다.

또한 스마트폰이나 태블릿PC로 책을 읽는 젊은 독자들을 위해서는 활자책의 경계를 넘어, 전자책이나 웹툰이나 컴퓨터 게임 같은 디지털매체 출간도 활성화되어야 할 것이다. 한국은 IT 강국이면서도, 전자책 시장은 상업적인 이유로 안 해서인지 상대적으로 빈약하다는 평을 받는다. 활자매체와 전자매체가 서로 상생할 수 있도록 두 분야 모두에 관심을 가져야만 할 것이다.

한국은 프랑크푸르트, 베이징, 도쿄, 런던 국제도서전에 주빈국으로 참가해 한국의 독특하고 풍요로운 문화유산과 지적 자산을 전 세계에 알렸다. 예전에 〈파리는 안개에 젖어〉라는 영화가 있었는데, 2016년 파리 국제도서전에서 파리는 잠시나마 안개가 아닌 '한국문화의 향기'에 젖었다.

(2) 서울국제도서전의 한국문학

해마다 COEX에서 열리는 서울국제도서전은 세계 각국의 문화와 지식, 그리고 인간의 기억력과 상상력을 한군데 모아서 여는 책의 잔치이다. 그런 의미에서, 국제도서전은 이동식 국제도서관과도 같고, 저잣거리에 다양한 책을 진열해 놓은 지적 장터와도 같으며, 이국적 모험을 떠나게 해 주는 정신적 배낭여행과도 같다. 독자들은 COEX를 가득 채운 책의 향기 속에서 각 나라의 부스를 돌아다니면서 세계 여러 곳의 다양한 문명과 문화를 접하며, 그것들을 기록해 놓은 놀랍고도 신기한 책의 세계를 탐험하게 된다. 그렇기 때문에, 서울국제도서전은 책을 좋아하는 독자들에게 더 없이 소중한 기회이다. 세계 각국의 출간 도서와 인류의 지식을 한번에 돌아볼 수 있기 때문이다. 그래서 그런지 서울국제도서전에 몰려드는 독자들의 열의와 관심은 대단하다.

서울국제도서전은 출판인들의 외교행사이자 사교모임이기도 하다. 국내 출판인들과 해외 출판인들이 서로 만나 교류하고 책에 대한 정보를 교환하는 좋은 계기가 되기 때문이다. 요즘은 한국도서의 판매가 국내시장에만 그치는 것이 아니라 세계 출판시장으로 뻗어 나가는 시대가 되어서, 우리의 저작권 수출도 활발하게 이루어지고 있다. 그러한 시대에 중요한 것은 우리 출판인들의 세련된 국제 감각과 국제규범에 대한 존중일 것이다. 그래야지만 우리 출판계가 세계 출판계의 일원으로서 국제사회에서 대접받을 수 있기 때문이다. 국제도서전은 또 해외 출판사에서 나온 책들을 살펴보면서, 한국어로 번역출간할 만한 책이 있는지 찾아보는 좋은 기회를 제공해 주기도 한다. 반면, 해외 출판인들은 자국어로 번역할 만한 인기 한국도서가 무엇인가를 탐색하기도 한다. 그래서 국제도서전에서는 도서 판권 판매가 활발하게 이루어진다. 2012년 베이징 국제도서전에서도 개관하자마자, 한국 출판사

부스는 외국인들로 붐볐고, 상당한 분량의 판권이 판매되는 것을 보았다.

국제도서전은 또 작가들에게도 유익한 기회를 제공해 준다. 작가들이 국제도서전에 오면, 새로운 아이디어를 얻을 수 있는 좋은 외국도서를 만날 수도 있고, 자신의 작품을 출간해 줄 유명 해외 출판인들도 만날 수 있기 때문이다. 좋은 작품을 쓰고 새로운 영감을 얻기 위해서는 해외에서 출간되는 책들을 많이 읽을 필요가 있는데, 국제도서전에 가면 현재 어떤 도서들이 나와 있고 주목받고 있는지, 그리고 해외작가들은 지금 어떤 작품을 쓰고 있는지를 한눈에 볼 수 있다는 장점이 있다. 또 국제도서전에는 언제나 이름 있는 국제 에이전트들이 나와 있어서, 그들과 만나 해외출간 가능성을 논할 수도 있다.

국제도서전에서는 종이책과 전자책, 그리고 활자와 그림 사이의 경계도 허물어진다. 예컨대 종이책과 전자책이 나란히 진열됨으로써, 참가자들은 책의 본질을 성찰하고 책의 미래를 예감하는 경험을 하게 된다. 지금은 전자책 판매가 이미 종이책 판매를 앞질렀고, 현재 미국의 초중고 교과서도 태블릿PC로 바뀌고 있으며, 그동안 교수들이 편집/복사/제본해서 사용하던 부교재도 이제는 학생들이 해당논문들의 링크주소를 받아 인터넷에서 다운받는 전자시대가 되었다. 그러다 보면 언젠가는 국제도서전도 종이책이 아니라 전자책 부스로 운영되는 때가 오거나, 직접 만나지 않고 인터넷상에서 이루어지는 시대가 오게 될는지도 모른다.

서울국제도서전은 또 글과 그림의 경계해체시대의 도래를 예시해 준다. 해외 출판인이나 에이전트들은 한국의 그림/일러스트레이션 실력을 높게 평가하기 때문에, 그림이 들어간 책이면 해외 출판계에서 환영을 받는다. 그래서 서울국제도서전에서도 그림이 들어간 한국의 아동도서와 일러스트레이션 북이 해외 출판인들의 인기를 끌 것으로 사료된다. 우리의 장점을 살려, 앞으로는 일반도서에도 그림을 활용하면 해외에서 각광을 받게 될 것이다.

오랜 선비전통 때문인지, 한국인은 유달리 문학과 책을 사랑하는 민족으로 알려져 있다. 또 한국에는, 상업적인 성공은 하지 못해도 그야말로 책이 좋아서 책을 만드는 출판인들도 많고, On-Book TV 운영자처럼 책을 소중하게 여겨 책 전문 방송을 시작하는 사람도 있다. 파주출판단지 또한 다른 나라에서는 찾아보기 힘든 한국인의 책 사랑을 잘 보여 주고 있다. 키케로는 "책이 없는 방은 영혼이 없는 몸과도 같다."고 말했다. 그렇다면, 서울국제도서전은 세계 각 나라 사람들의 '영혼'이 모인 특별한 장소라고 할 수 있을 것이다. 또한 그렇다면 일종의 국제 이동 도서관인 서울국제도서전은 우리가 아직 잃어버리지 않고 있는 영혼의 전시장이라고도 할 수 있을 것이다.

(3) 서울국제문학포럼: 한국문학과 세계문학의 만남

2017년 서울에서 제4회 서울국제문학포럼이 열렸다. 2000년에 대산문화재단이 처음 시작해서 네 번째를 맞는 "서울국제문학포럼(Seoul International Forum for Literature)"은 국내에서 열리는 문학행사 중 가장 대규모이며, 가장 저명한 세계작가들이 모이는 행사로 자리 잡았다. 그동안 일곱 명의 노벨상 수상작가가 서울국제문학포럼에 다녀갔는데, 그중 르 클레지오, 오르한 파묵, 그리고 모옌은 포럼에 참가한 직후 노벨상을 수상했다. 노벨상 수상작가에 버금가거나 수상후보에 올라 있는 작가들도 대거 참가했는데, 예컨대 피에르 부르디외, 장 보드리야르, 개리 스나이더, 이스마엘 카다레, 로버트 하스, 로버트 쿠버, 응구기 와 시옹오, 베이 다오, 가라타니 고진 등은 그 대표적인 예라고 할 수 있다.

서울국제문학포럼의 성과 중 하나는, 참가했던 작가들이 자국에 돌아가서 한국과 한국문화에 대해 긍정적인 글을 쓰게 된다는 것, 그리고 한국에 호감을 갖고 또다시 한국에 돌아오는 경우가 많다는 것이다. 또 르 클레지오나 오에 겐자부로나 마거릿 드래블처럼 한국문학을 좋아하게 되어 한국 작가들을 해외문학상 후보로 적극 추천하거나(르 클레지오와 오에), 한국고전을 소재로 작품을 쓰는(드래블) 지한파 해외문인들이 늘어난다는 점도 빼놓을 수 없다. 사실, 포럼참가 작가들이 워낙 지명도가 높고 독자들도 많기 때문에, 그들의 영향력은 결코 무시할 수 없다. 포럼의 또 다른 성과는, 해외작가들과 한국작가들의 상호만남과 교류의 장(場)을 마련해 준다는 데 있다. 포럼을 통해 해외작가들은 한국문학과 한국작가들을 접하게 되고, 한국작가들은 세계문학과 세계작가들을 만나게 되는데, 이는 작가들에게 새로운 시각과 상상력을 제공해 준다는 점에서 대단히 중요하다고 할 수 있다.

1) 문학의 경계 넘기

2017년 제4회 서울국제문학포럼에도 13명의 저명작가들이 참가했다. 2015년도 노벨문학상 수상작가인 스베틀라나 알렉시에비치, 2008년도 노벨상 수상작가 르 클레지오, 정신분석학 및 페미니즘 이론가이자 소설가 줄리아 크리스테바, 퓰리처상 수상시인 로버트 하스, 하이퍼 픽션의 원조 스튜어트 멀스롭, 『종군 위안부』로 전미도서상을 수상한 노라 옥자 켈러, 인도를 대표하는 작가 아미타브 고시를 비롯해 프랑스 평론가 앙트완 콩파뇽, 나이지리아 출신 영국작가 벤 오크리, 중국계 미국작가 하진, 체 게바라의 아들인 쿠바시인 오마르 페레즈 로페즈, 독일작가 얀 코스틴 바그너, 소말리아 소설가 누르딘 파라, 중국의 대표작가 위화, 일본의 최연소 아쿠타가와 상 수상작가 히라노 게이치로 등 쟁쟁한 작가들이 참가해 주제별로 자신의 견해를 발표했다.

그동안 포럼의 대주제는 "경계를 넘어 글쓰기"(제1회), "세계화 속의 삶과 글쓰기"(제2회), 그리고 "평화를 위한 글쓰기"(제3회)였다. 2017년도 제4회 서울국제문학포럼의 대주제는 "새로운 환경 속의 문학과 독자"이고, 세 개로 이루어진 세션 제목은 "우리와 타자," "다매체시대의 문학/세계화시대의 문학," 그리고 "작가와 시장"이었다. 이번 주제를 "새로운 환경 속의 문학과 독자"라고 정한 이유는, 지난 반세기 동안 전 세계가 전례 없이 급격한 변화를 겪어 왔는데, 그러한 변화가 초래한 새로운 환경 속에서 문학과 독자는 어떻게 변했으며, 또 작가들은 어떻게 거기에 대응해야 하는가를 논의하고 성찰하기 위해서였다고 주최 측은 밝혔다.

하이테크놀로지와 인터넷 혁명이 주도한 인식의 변화는 전 세계적으로 동시에 일어났다. 그중 가장 두드러진 변화 중 하나는 컴퓨터의 확산으로 인한 매체의 다변화와, 문화적 국경의 해체로 인한 퓨전문화 또는 하이브리드문화의 생성, 그리고 거기에 따른 대중문화의 부상이었다. 사실, 그런 시대적 변화가 없었다면, "한류"도 지금처럼 세계로 진출해 많은 인기를 누릴 수는 없었을 것이다. 반면, 순수문학의 입지는 그만큼 좁아져서, 이제는 문학도 살아남고 융성하기 위해서는 높은 곳에서 내려와 타 매체와 제휴하고 변화해야만 하는 시대가 되었다. 전자매체와 영상매체의 인구는 급증하는 데 반해, 활자매체와 순수문학을 읽는 독자들의 수는 급감했기 때문이다. 이번에 참가하는 하이퍼 픽션의 대가인 스튜어트 멀스롭은 동료작가 마이클 조이스와 더불어 그런 변화에 대해 적극적으로 대처해 온 작가로서 우리에게 새로운 제안을 해 주었다.

우리가 지금 경험하고 있는 또 하나의 변화는 네이션/스테이트의 국경이 무너지고 세계가 지구촌이 됨에 따라 생겨난 "글로벌시대"의 도래이다. 비록 브렉시트와 트럼프의 등장으로 일시 주춤하는 현상이 일어나고는 있지만, 그래도 한번 시작된 글로벌화는 돌이키기 어려울 것이다. 글로벌화는 트랜스내셔널리즘과 포스트 디아스포라와도 연결되는데, 이는 인구의 자유로운 이동과 난민의 대량이동과도 연결되고 있다. 이민을 가면 새롭게 정착하는 나라에만 충성을 바쳐야만 했던 예전과는 달리, 트랜스내셔널리즘은 두 나라, 두 문화 모두에 대한 포용과 크로스오버를 허용하는 사조이고, 포스트 디아스포라는 광의로 해석해서, 새롭게 정착하는 사회나 문화에 대한 동화문제를 넘어서서, 이미 동화된 후 새로운 환경에서 살아가는 방법을 다각도로 성찰하는 것에 관심을 갖는다. 또 포스트 디아스포라는 몸은 고국이나 고향에 남아 있더라도, 현재의 상황에 환멸을 느껴 정신적 망명의식과 심리적 이산경험을 하게 되는 경우까지도 논의대상에 포용한다. 그런 의미에서, 초청작가인 앙트완 콩파뇽, 하진, 벤 오크리, 그리고 얀 코스틴 바그너는 글로벌시대에 문학이 나아가야 할 길을 보여 준 작가들이었다.

세계적으로 일어나고 있는 또 하나의 급진적 변화는 후기자본주의와 다국적 기업과 글로벌 시장경제의 등장이다. 이러한 상황에서는 문학이나 문화도 글로벌상품으로 포장될 수밖에 없다. 그러한 상황에서 "문학과 시장"은 우리가 논의해 보아야 할 중요한 이슈라고 할 수 있다. 문학이 잘 팔리거나 대중의 취향에 야합하기 위해 시장과 타협한다면, 그건 분명 잘못된 일일 것이다. 그러나 문학도 문화텍스트가 되고 상품이 되는 시대적 변화를 인정하고, 타 매체와 제휴하며, 새로운 문학양식을 만들어 내는 적극적인 대처방식 또한 작가로서 당연히 심각하게 고뇌하고 실천해야 할 책무 중 하나라고할 수 있을 것이다. 르 클레지오나 로버트 하스, 또는 우리딘 파라나 히라노 게이치로는 그 문제에 대해 우리를 깨우쳐 준 좋은 작가들이었다.

결국, 이 모든 것은 "우리와 타자"의 문제로 귀결될 수 있을 것이다. 우리는 옳고 저들은 틀렸으며, 우리는 정통이고 저들은 이단이라는 생각이 늘 분쟁과 충돌의 원인이 되어 왔기 때문이다. 그러한 이분법적 구분과 대립은 비단 문학뿐 아니라, 정치이데올로기 투쟁, 종교분쟁, 인종차별, 빈부갈등 등 사회 모든 분야에서 일어나고 있다. 일련의 인터뷰를 통해 전후 소련의 문제를 추적함으로써, "다성(多聲)적 작품 세계, 이 시대의 고통과 용기를 담은 기념비적인 글쓰기"를 성취했다는 평을 받는 스베틀라나 알렉시에비치나 일본군위안부문제를 다룬 노라 옥자 켈러는 그러한 문제를 설득력 있게 제시해 주었다.

"우리와 타자"의 문제는 오늘날 문학에서도 즐겨 다루는 주제이다. 문학에 나타난, 또는 문학을 통해서 구현할 수 있는 "우리와 타자"에 대한 심도 있는 성찰을 통해, 보다 더 나은 세상을 꿈꾸는 것이 작가들의 사명이기 때문이다. 더 나아가, 문학도 이제는 타 매체를 단순히 저급한 것으로 생각하지만 말고, 같이 제휴하고 협업할 수 있는 대상으로 보고 포용해야만 하는 시대가 되었다. 아미타브 고시나 오마르 페레즈 로테즈나 위화 역시 각자의 독특한 경험으로 "우리와 타자"라는 주제에 새로운 시각과 빛을 던져 주었다.

2) 작가와 "No! in Thunder"

서울국제문학포럼은 왜 중요한가? 그 질문에 대해서는 아마도 다음과 같이 답변할 수 있을 것이다. 유감스럽게도 아직도 우리는 "우리는 우리끼리," 또는 "우리 것이 최고야."라는 생각에 젖어 있는 경우가 많다. 그러한 현상은 이 세상 그 어느 나라도 홀로 존재할 수 없고, 그 어느 민족이나 문화도 단일할 수 없다는 엄연한 사실을 모르거나 부정하고 있기 때문에 일어난다. 과연 이 세상에는 모든 것을 선과 악, 정통과 이단, 정의와 불의, 그리고 흑과 백으로만 구분하는 이분법적 사고에서 벗어나지 못하는 사람들이 많이 있다. 그럼에도 불구하고, 작가들은 토머스 핀천이 1966년에 이미 주장했듯이, 이제 우리는 "이것 아니면 저것"의 흑백논리에서 벗어나, 0과 1 사이에 있는 제3의 길을 찾아서 제시해 주어야 하고, 흑과 백 사이에 존재해 있는 "회색지대"를 포용하는 융통성과 너그러움을 보여 주어야만 한다. 문학은 바로 그 제3의 가능성과 회색지대를 탐색하는 장르이기 때문이다. 그리고 평론가 레슬리 피들러의 말대로, 작가들은 모든 사람들이 "그렇다(Yes)!"라고 외칠 때, 홀로 "아니다(No)!"라고 할 수 있는 사람들이기 때문이다.

또 지금은 전자매체, 다매체시대가 되어서 활자매체에 의존하고 있는 문학이 위기를 맞는 시대가 되었다. 그래서 사람들은, "문학에 과연 미래가 있는가?"라고 묻는다. 예전에는 교과서에 단편소설이 들어가면 학생들이 아주 재미있어 하던 시절이 있었다. 그러나 실망스럽게도 요즘 중고교 교사들이나 학생들은 이제 교과서에 문학작품이 실리는 것을 원하지 않는다. 교사들도 학생들도 모두 문학이 진부하고 재미가 없다고 생각하기 때문이다. 대신 만화나 영화나 게임은 환영한다. 다매체시대에, 그리고 글로벌 시장경제시대에 문학은 분명 전례 없이 불리한 위치에 서 있다. 유감스럽게도 한때 고결하고 엄숙하던 문학은 이제 영화나 만화와 나란히 문화텍스트 중 하나로 축소되었고, 자존심 상하게 문화상품 중 하나로 격하되어, 전자와 영상으로 무장한 막강한 타 매체들과 경쟁해야만 하게 되었기 때문이다.

그러나 "문학의 위기"론은 매 시대마다 있어 왔고, "문학에 미래가 있는가?"라는 질문 또한 오래전부터 있어 왔다. 그럼에도 불구하고, 문학은 매 시대마다 위기를 극복하고 살아남았다. 그리고 급변하는 시대의 변화 속에서도 문학은 우리에게 "어떻게 살아야 하는가?"를 가르쳐 주었다. 앞으로도 문학은 계속 살아남고 융성해서 우리의 앎과 삶에 지속적인 깨우침을 가져다주게 될 것이다. 그런 의미에서, 세계의 작가들이 모여 앞으로 문학이 나아갈 길을 고민하고 논의하는 "문학의 아크로폴리스"는 필요하다.

2017년 서울에서 열린 제4회 서울국제문학포럼은 바로 그러한 뜻 깊고 중요한 계기와 장소를 제공해 주었다는 점에서 우리 문학의 세계화를 위해 중요한 역할을 했다. 이번 포럼에는 세계 여러 나라의 작가들이 모여, 위에서 언급한 문제들에 대해 진지하게 고민하고 심도 있게 논의했다. 물론 그러한 문제들은 이분법적으로 선택할 수 있거나 단순하게 해결될 수는 없는 복합적인 것들이다. 그럼에도 불구하고, 그러한 복합성을 인정하고, 새로운 변화에 긍정적으로 대처하며 적극적으로 대응해 나가는 것은 분명 문학의 미래를 위해 밝은 빛을 던져 줄 것이다.

제 **4** 장

—

문학과 번역의 경계 넘기

시인 로버트 프로스트는 "시란 번역하는 과정에서 사라진다."라고 했다. 그만큼 번역이 어렵다는 것이다. 그러나 번역이 없었다면, 외국인들은 아예 프로스트의 시를 읽을 기회조차 없었을 것이다. 그래서 이탈리아 작가 이탈로 칼비노는, "번역가는 내 최고의 동반자다. 번역이 없었으면, 나는 결코 우리나라 국경을 벗어나지 못했을 것이다."라고 말했다.

과연 번역은 한 나라의 문학을 세계문학으로 만들어 주는 중요한 일을 하고 있다. 그러나 번역이 원작과 똑같을 수는 없고 간혹 오역도 발생해서, 여전히 논란이 되기도 한다. "번역은 여인과도 같다. 아름답지만 충실하지 않을 수도 있고, 충실하지만 아름답지 않을 수도 있다."라고 한 러시아 시인 예프게니 예프튜셍코의 말도 번역의 어려움을 잘 드러내 주고 있다.

번역을 잘 하려면 두 나라의 언어와 문화에 통달해야 하고, 문학적 센스가 뛰어나야 하며, 문장력도 탁월해야 한다. 문제는 그 세 가지를 다 갖춘 사람이 많지 않다는 데 있다. 최근 한강의 『채식주의자』를 번역해서 맨 부커 인터내셔널 상을 수상한 데보라 스미스의 번역에 여기저기 오역이 발견된다는 지적이 있었다. 스미스가 한국에 오래 살았거나, 교육기관인 '번역 아카데미'를 다녔더라면 오역이 훨씬 줄었을 텐데, 유감스럽게도 스미스는 그 두 가지와는 인연이 없었다. 그 결과, 스미스는 문학적 센스와 문장력은 뛰어났지만, 한국어와 한국문화에 대한 이해는 상대적으로 약해서 정확한 번역을 하지 못했다는 평을 받는다.

그러나 그보다 더 중요한 것은 그 번역이 영어가 모국어인 사람들에게 얼마나 호소력이 있는가일 것이다. 번역은 도착어 독자들의 감성에 맞아야 하기 때문이다. 아무리 정확한 번역이라도 현지인들의 정서에 맞지 않으면 좋은 번역이라고 할 수 없다. 도착어가 모국어가 아닌 국내 번역가들이 당면하는 가장 어려운 문제도 바로 어떻게 하면 현지인의 정서에 맞는 번역을 할 수 있는가이다. 모국어가 아니면, 아무래도 한계가 있기 때문이다.

최근 번역가 안선재 교수는 세계한글작가대회에서, 영어로는 훌륭한 데보라 스미스의 『채식주의자』 번역을 왜 한국인들은 원문과 대조해 가며 원문과 다르다고 트집만 잡는지 모르겠다고 지적했다. 찰스 윤도 〈LA 타임스〉에 기고한 글에서, 한국인들이 오역이라고 지적하는 것들이 『채식주의자』 원작을 훼손하지 않는 사소한 것들이며, 영어권 독자들이 한국어로 원작을 읽을 일이 없기 때문에, 영어번역만 훌륭하면 아무 문제 없다고 주장했다.

물론 원어민 번역가들이 한국어의 뉘앙스나 한국문화에 대한 이해부족으로 오역하는 경우는 많다. 예컨대 상대방 아비지의 높임말인 춘부장을 "Director Chun"이라고 번역하거나, 결혼해서 아이를 가진 아들을 부르는 호칭인 "애비야!"를 "Father!"로 번역한 경우도 있었다. 하지만, 우리의 젊은이들도 잘 모르는 그러한 것들을 외국인 번역가들이 어떻게 알 수 있겠는가?

"통역을 잘하면 나라를 구할 수도 있지만, 잘못하면 나라를 망친다."라는 말이 있는데, 그건 번역도 마찬가지일 것이다. 영화도 원작소설을 망칠 수도 있고 원작보다 더 잘 만들 수도 있다고 한다. 예컨대 존 휴스턴 감독의 〈모비 딕〉은 에이햅 선장역을 맡은 그레고리 펙이 너무 열연한 나머지, 미친 에이브러햄 링컨처럼 보여서 원작을 심각하게 훼손했는데, 평론가 레슬리 피들러는 "그레고리 펙이 차라리 미친 고래 역을 맡았더라면 더 좋을 뻔했다."라고 혹평했다. 반면에 조지 스티븐스 감독의 영화 〈젊은이의 양지〉는 시어도어 드라이저의 거친 원작소설 『미국의 비극』을 아름다운 영상 시로 승화시켰다는 호평을 받는다.

그런 면에서 우리의 문학과 인문학을 좋은 번역을 통해 해외로 내보내는 것은 중요하다. 그래서 이 장에서는 원작과 번역의 경계 넘기에 대해 성찰해 보기로 한다. 번역은 결국 나라와 나라 사이의 경계를 허무는 작업이기 때문이다.

1. 글로벌시대의 번역

(1) 한국문학의 해외홍보와 번역의 문제

한국문학을 효과적으로 해외에 알리고 홍보하기 위해서는 작품의 번역이 필수적 선행조건이다. 그리고 한국작가가 영어시장에서 각광받기 위해서는 훌륭한 번역가가 필수적이다.

그렇다면 어떤 사람이 이상적인 번역가인가? 원어민 번역가들은 한국인 번역가가 번역한 작품은 영어 문법이나 스타일이나 어휘선택이 잘못되고 어색한 것이 많아서 바람직한 번역이라고 하기는 어렵다고 주장한다. 반면, 한국인 번역가들은 원어민 번역가들이 한국어의 용법이나 표현의 문화적 암시나 미묘한 뉘앙스를 잡아내지 못하기 때문에 한국인 번역가들이 더 낫다고 말한다. 그래서 외국인 번역가와 내국인 번역가 사이에는 미묘한 견제 심리가 존재한다.

둘 다 맞는 말이다. 영어가 모국어가 아닌 사람은 때로 특정 영어표현의 뉘앙스나 감추어진 뜻을 완전히 이해하지 못하는 경우가 있다. 예컨대 영어에서는 "I'll see what I can do."는 대체로 "Yes."를 의미하고 "Let me think about it."은 완곡한 "No."일 경우가 많은데 외국인은 그걸 잘 모르는 경우가 많다. "I wish I could."도 "할 수 없다."인데, 외국인들은 "해 주고 싶다."로 오해하는 경우가 많다. 또 "나는 괜찮다." 또는 완곡한 사양을 뜻하는 표현인 "It's OK."나 "I'm good."이라는 표현도 외국인들은 그 정확한 뜻을 몰라서 오해하는 경우가 많다. "See you later."라는 인사말을 액면 그대로 믿고, 그 사람이 다시 찾아오기를 기다렸다는 외국인의 일화도 그런 예 중 하나일 것이다.

또 영어에는 비즈니스와 항해, 그리고 스포츠와 도박에서 유래한 표현들이 많은데, 그것을 직역해서는 안 될 것이다. 예컨대, "None of your business."를 "네 사업이 아니다."로, "You bet."이라는 표현을 "너, 돈을 걸어라."로, 또는 "Welcome aboard!"를 "승선을 환영한다!"로 직역하면 이상해질 것이다. 그래서 영어가 모국어가 아닌 사람에게 한국문학을 영어로 번역하는 것은 어려운 작업이다. 반대로 한국어가 모국어가 아닌 사람 역시 비슷한 어려움을 겪는다. 또 아침에 일어났다는 뜻인 "왕이 기침하시다."를 외국인들은 "King coughed."로 번역하는 경우가 많다.

그렇다면 이상적인 번역가란 두 언어와 두 문화에 다 통달한 사람일 것이다. 예컨대, 원작과 그 문화적 배경을 잘 아는 원어민이거나, 번역어에 능통하고, 외국문화를 잘 아는 한국인은 좋은 번역가라고 할 수 있을 것이다. 뿐만 아니라, 좋은 번역가는 예리한 문학적 센스와 뛰어난 문장력도 갖추고 있어야만 한다. 또한 자기가 번역하는 문학작품을 좋아하고 사랑해서 애정을 갖고 번역하는 사람이어야 한다. 더 나아가, 한국의 문화와 사회에 대해 깊고도 넓은 지식도 갖고 있어야만 한다. 이 모든 것이 다 갖추어진 번역가가 가장 이상적인 번역가일 것이다.

그렇다면, 한국문학을 세계독자들에게 알려서 읽게 하려면 어떻게 해야 하는가? 한 가지 고려해야 할 것은, 지금 세계독자들이 서스펜스와 미스터리 기법을 좋아한다는 것이다. 세계적인 베스트셀러 작가 댄 브라운의 소설이 그 좋은 예일 것이다. 사실 하루키의『해변의 키프카』같은 소설도 추리소설 기법을 차용하고 있다. 한국작가들도 움베르토 에코의『장미의 이름』이나 오르한 파묵의『내 이름은 빨강』같은 수준 높은 역사추리소설 기법의 작품을 한국을 배경으로 해서 써낸다면, 세계문단에서 크게 각광받을 수 있을 것이다. 그래서 일단 문이 열리면, 순수문학은 그 후에 따라 들어가면 된다. 이정명의『뿌리 깊은 나무』나『비밀의 정원』은 그 한 가능성을 보여 준다. 한글 창제를 둘러싼 한글파와 한문파의 갈등과 반목을 다룬 전자와, 단원과 혜원, 즉 조선시대 화가 김홍도와 신윤복의 병치를 통해 시대적 변화를 읽어 낸 후자는 한국을 배경으로 한, 범세계적인 관심사를 역사추리소설 기법으로 다루고 있기 때문에 해외 출판시장에서 각광받을 수 있는 작품이라는 평을 받는다.

(2) 높아지는 한국의 위상

최근 여러 나라의 국제도서전에서 한국은 초청국가로부터 융숭한 대접을 받았다. 한국작가들의 인기도 좋아서, 현지독자들이 수십 명씩 줄을 서서 한국작가들의 자필서명을 받기도 했다. 굳이 국제도서전이 아니더라도, 한국에 대한 국제적 관심이 높아진 것은 부인할 수 없는 사실이다. 러시아 상트페테르부르크에서는 무려 세 시간이나 한국문학 행사가 계속되었지만, 단 한 사람의 청중도 자리를 뜨지 않았으며, 한국에 대해 알고 싶어 했다. 또 프라하 공항에 내리면 모든 안내판에 체코어와 더불어 한글이 들어가 있어서 한국인 여행객들을 뿌듯하게 해 주는데, 이는 대한항공이 체코공항 운영권을 인수했기 때문이라고 한다.

한국이 세계적으로 널리 알려진 데에는 세 가지 이유가 있는데, 첫째는 삼성, LG, 현대로 대표되는 한국 테크놀로지의 국제적 지명도이고, 둘째는 한국의 대중문화인 한류의 확산이며, 셋째는 한강의 기적이라 불리는 한국의 눈부신 경제발전이다. 오늘날 삼성은 세계 최고의 전자제품 회사로 부상했고, 한류는 아시아를 넘어 중동과 유럽, 그리고 남미와 북미로까지 확산되고 있다. 그리고 많은 나라의 공무원들이 한국의 경제발전을 벤치마킹하러 서울을 방문하고 있다.

내가 한국작가들을 대동하고 방문해서 인사말을 한 나라나, 강연을 한 나라에서 한국에 대한 열기는 뜨거웠다. 예컨대 내가 프랑스 파리 13대학이나 국립동양학대학(INALCO), 또는 폴란드의 바르샤바대학에서 강연을 할 때, 학생들이 자발적으로 100여 명이나 모였는데, 강연이 계속되는 1시간 30분 동안 중간에 자리를 뜨거나, 스마트폰으로 문자를 주고받는 학생이 단 한 사람도 없어서 인상적이었다.

신진국의 경우, 기업이 돈을 벌면 문화재단을 만들어 문화 사업을 통해 자산의 일부를 사회에 환원한다. 33년 전에 내가 컬럼비아대학에 있을 때, 소니는 벌써 컬럼비아대학에 일본역사를 가르치는 SONY Professor를 두고 있었다. 그 미국인 교수는 일본계 미국인이나 일본 유학생들에게 아주 잘해주었고, 반일감정이 이슈가 될 때는 적극 나서서 일본을 옹호했다. 당시 일본은 소니가 제공하는 펀드를 통해 유용한 지일파 미국인 지식인을 확보함으로써, 대학에 투자한 돈이 아깝지 않을 만큼 좋은 효과를 거두었다.

한국은 현재 국제교류재단(Korea Foundation) 기금교수가 해외에 여럿 있고, 국제교류진흥회(International Cultural Exchange Foundation) 기금교수가 한 사람 있으며, 이번에 삼성이 캘리포니아 버클리대에 300만 달러를 기부해서 드디어 삼성 한국문학교수가 생기게 되었다. 그리고 LG는 오래전에 뉴욕주립대(버펄로)에 한국학교수를 한 사람 임명하도록 기부금을 냈다. 비단 삼성이나 LG뿐 아니라, 현대, 두산, 쌍용, 롯데, KT, SK, CJ 같은 대기업들도 문화

기부에 동참하면 한국문화의 해외확산 효과는 더욱 클 것이다. 우리 대기업의 그러한 문화 기부는 이제 막 시작되고 있는데, 앞으로 더욱 활성화되기를 바란다. 또한 해외에서 한국문화/문학 행사가 열릴 때, 우리의 대기업들이 후원을 해서 배너에 이름이 들어가면 회사의 이미지 광고비를 크게 절감하면서도 큰 효과를 볼 수 있을 것이다. 예전에 소니, 파나소닉이 전 세계적으로 각광받으면서, 일본문화도 같이 부상했다는 사실은 우리에게도 타산지석의 교훈이 된다.

한류의 확산도 한국문학의 세계화에 큰 도움이 될 수 있다. 진지한 한국문학을 세계로 내보내야지, 왜 저급한 대중문화를 해외로 내보내느냐고 분개하는 사람들도 있지만, 그런 사람들은 세계의 많은 사람들이 한류에는 관심이 있지만 한국문학에는 관심이 없다는 사실을 잘 모르고 있다. 오히려 한류가 만들어 놓은 실크로드를 따라서 한국문학이 해외로 진출할 수 있게 되었고, 그런 면에서 세례요한처럼 먼저 광야로 나가서 길을 만들어 준 한류에 문학이 오히려 감사해야 된다고 생각한다. 한류만 갖고는 한국문화의 진수를 포괄적으로 알릴 수 없기 때문에, 보다 더 진지하고 깊이 있는 한국문학이 같이 나가야 한다는 데에는 이견이 있을 수 없다. 아르헨티나에서 한국문학을 가르치는 카롤라이나 메라 교수는 "한류는 패스트푸드와도 같다. 이제 우리는 육개장을 세계에 알려야만 한다."라고 말했다.

다만 패스트푸드는 좋아하는 사람들이 많지만, 매운 육개장은 그렇지 못하다는 데 문제가 있다. 또 문학은 한류와 달라서 SNS를 타고 하루 만에 세계로 확산될 수도 없고, 일반 사람들이 좋아하는 것도 아니라는 데에도 문제가 있다. 즉 문학은 소수의 감식안 있는 독자들만이 원하고 관심을 갖는 분야여서 세계진출이 그만큼 어렵다는 것이다. 그리고 일본문학이 소니를 따라서 진출할 때와는 달리, 지금은 전자시대/다매체시대여서 문학 말고도 많은 지식전달 매체와 다양한 엔터테인먼트가 있어서 순수문학의 해외확산이 그만큼 어려워졌다는 문제도 있다. 다만 한류만 갖고는 한국문화의 진수를 알릴 수 없기 때문에, 한국의 정신을 알릴 수 있는 문학이 같이 나가야 한다는 데에는 이견이 있을 수 없다.

한국의 경제발전에 관심을 갖는 나라들은 주로 한국의 정치와 경제를 배우러 한국에 온다. 그러나 결국에는 자연스럽게 정치나 경제와 긴밀하게 연관되는 한국인의 문화와 정신에도 관심을 갖게 된다. 예컨대 서울대학교 언어교육원에는 "The Look East Policy"에 의해 말레이시아에서 선발해 파견하는 말레이시아 정부장학생들이 매해 100명씩 와서 수학하는데, 처음에는 한국의 경제발전을 배우러 오지만 곧 한국의 문화와 정신에도 관심을 갖는 것을 보았다.

그래서 결국 이 모든 것은 분리되어 있다기보다는, 서로 긴밀하게 연결되어 있다고 볼 수 있다. 즉 테크놀로지의 발전과 한류의 확산과 눈부신 경제발전은 모두 한국문학의 글로벌화와 긴밀한 연관을 갖는다는 것이다.

(3) 한국문학의 해외수용: 문화적 차이가 빚는 새로운 시각

때로 한국문학은 문화적 차이로 인해 해외에서는 달리 해석되는 경우도 있는데, 그러한 아웃사이더의 시각은 한국문학의 해석의 지평을 넓혀 준다는 의미에서 긍정적으로 수용할 필요가 있다. 물론 아웃사이더의 시각이 언제나 정확한 것만은 아니다. 아웃사이더의 시각은 때로 정확하지 않을 수도 있겠지만, 대부분은 인사이더가 보지 못하고 놓치는 것들을 잡아내어 새로운 시각과 해석을 보여 준다는 점에서 대단히 중요하다.

최근 시카고의 세종문화회가 주최하는 북미지역 한국문학 독후감대회 심사를 하면서, 한국의 민담과 설화에 대해 미국과 캐나다 학생들이 쓴 홍미 있는 독후감을 읽을 수 있었다. 우선 북미학생들은 『나무꾼과 선녀』에 대해, 우리와는 다른 해석을 보여 주어 흥미로웠다. 우선 그네들은 사슴이 나무꾼에게 감사의 표시를 하려면 자기 뿔을 잘라서 녹용을 선물해야지, 아무 상관 없는 선녀를 선물로 주어 그 선녀의 인생을 망칠 수 있는지 의문을 제기했다. 그런 다음에는 나무꾼의 감정적인 태도도 비판적으로 바라보았다. 예컨대 아이를 셋 낳을 때까지는 날개옷을 주지 말라고 사슴이 신신당부했는데도 불구하고, 부인이 가엾다고 아이를 둘 낳은 후에 날개옷을 주어서 선녀가 하늘로 올라가 버렸다는 것이다. 또 선녀가 옥황상제에게 청원해서 나무꾼을 하늘로 데려왔으면 천계에서 행복하게 살 것이지, 왜 또 결혼까지 한 남자가 마마보이처럼 어머니가 보고 싶다고 졸라서 다시 하계로 내려가서 다시는 올라오지 못했느냐고 질책을 했다.

　『청개구리』의 경우에도 우리와는 전혀 다른 해석이 나왔다. 북미학생들은 청개구리의 엄마가 자기 아들의 창의적 재능을 전혀 못 알아보고, "왜 우리 아이는 다른 집 아이들과 같지 않을까?" 하고 탄식한다고 비판했다. 엄마는 당연히 자기 아이를 다른 집 아이들과 다르게 키우고 교육시켜야 한다는 것이다. 미국학생들은, 그렇기 때문에 청개구리 엄마가 결국은 자기 꾀에 자기가 넘어가서, 자신의 무덤도 갖지 못하고, 아들의 신세만 망치고 말았다고 지적했다. 즉 한국식 교육의 문제를 설득력 있게 지적한 것이다.

　『한석봉과 어머니』 이야기도 북미학생들은 우리와 다르게 보았다. 그들은 우선 부엌칼질의 전문가인 엄마와 이제 막 글공부를 시작한 어린아이 한석봉의 대결은 공정한 대결이 될 수 없다고 지적했다. 처음부터 한석봉이 질 수밖에 없는 불공정한 시합이라는 것이다. 그리고 더 나아가, 오랜만에 만난 아들을 앞에 두고 불을 끄고 어둠 속에서 칼질을 하다니, 이 무슨 해괴하고 무시무시한 광경이냐고 질책했다.

『심청전』의 심학규에 대해서는, 무일푼이면서도 주책없이 사찰에 공양미를 300석이나 약속한 그런 아버지는 절대 눈을 뜨게 해서는 안 된다고 분개했다. 더구나 자신의 눈을 뜨기 위해, 어린 딸에게 못 할 일을 시킨 심봉사는 너무나도 무책임하고 이기적이라고 비난했다. 『흥부전』을 읽으면서는 흥부가 왜 그렇게 부당한 대우를 참고 있느냐고 분노했다. 그러나 그러한 항의는 공정함이 중요한 사회적 덕목이자 규범인 미국사회에서나 가능한 일이지, 형과 동생의 위계질서가 심했던 고대나 중세 한국사회에서는 애초에 불가능한 일이라는 것을 미국학생들은 몰랐을 것이다.

미국학생들은 또 우리가 능력 있다고 보는 『허생전』의 허생도 매점매석해서 돈을 번 비도덕적인 상인이라고 비판하고, 우리가 머리 좋다고 높이 평가하는 봉이 김선달 역시 국유재산을 팔아먹은 사기범으로 보았다. 캘리포니아 버클리대학에서 한국문학을 강의할 때, 영화 〈서편제〉를 보여 주고 보고서를 쓰게 했더니, 많은 미국학생들이 그 영화를 비판적으로 보았다. 미국학생들은, 노래를 더 잘하게 만들려고 딸의 눈을 멀게 하는 것은 명백한 범죄행위라고 규탄했다. 한국에서는 전혀 문제 되지 않은 것이 미국에서는 중대한 범죄가 된 것이다. 일본작가 다니자키 준이치로의 작품에서는 여자스승의 사미센 연주를 좀 더 잘 듣고 깨우치기 위해 자신의 눈을 멀게 하는 주인공이 나온다. 그 경우에는, 자신의 눈을 멀게 했기 때문에 문제가 안 되지만, 자녀의 눈을 동의 없이 멀게 하는 것은 서양에서는 엄연한 범죄행위이다.

그래서 때로 외국인들의 시각은 우리가 미처 깨닫지 못했던 것들을 깨우쳐 주기도 하고, 텍스트의 해석을 풍요롭게 해 주기도 한다. 내부에서 우리가 미처 보지 못하는 것들을 아웃사이더로서 보여 주기도 하고, 작품을 바라보는 새로운 시각을 제공해 주기 때문이다.

예컨대 오래전, 내가 미국 브리검영대학에서 가르칠 때, 미국학생들에게 한국 단편소설을 하나씩 읽고 보고서를 써 오라고 한 적이 있었다. 그런데 마이클 켈러라는 학생의 보고서를 읽고 깜짝 놀랄 수밖에 없었다. 그 학생이 제출한 전광용의 『꺼삐딴 리』에 대한 보고서에서 국내에서 통용되는 해석과는 정반대의 해석을 발견했기 때문이었다. 한국에서는 이 작품이 흔히 카멜레온 같은 변절자의 이야기로 해석된다. 그러나 켈러는 주인공 이인국 박사를 능력 있는 남자로 보고 있었다. 정부가 아무것도 못 해 주는 난세에 이인국 박사는 재빨리 변천하는 시대에 적응했고 혼자의 힘으로 살아남은 능력 있는 사람이라는 것이었다.

켈러는 일제강점기에 몸을 다친 채, 감옥에서 나온 춘삼의 입원을 이인국 박사가 거부한 것도 타당하다고 보았다. 자본주의 사회에서는 돈이 없으면 입원을 시키지 않는 것이 당연하다는 것이다. 대신 응급치료는 해 주었기 때문에 이인국 박사가 비인간적인 것은 아니라는 것이었다. 또 미국에서 살다가 한국에 온 김민영 교수는, 해방 후 춘삼이 복수하러 찾아오는데, 그때 춘삼이 일본군 비슷한 복장을 하고 또 다른 억압자가 되어 찾아왔다고 지적했다. 과연 이 작품을 자세히 읽어 보면, 작가 전광용도 춘삼에 대해 호의적이지 않다는 것을 깨닫게 된다. 외국인의 시각은 이렇게 작품 해석에 새로운 빛을 던져 주기 때문에 경청할 필요가 있다.

(4) 한국문학의 세계화를 위하여 필요한 것들

음악이나 미술계에서는 한국에서도 세계적인 거장들이 나오는데, 왜 유독 문단에서는 그렇지 못할까? 아마도 우선적인 이유는, 그 자체가 국제어인 음악이나 미술과는 달리, 문학은 언어라는 매체를 사용하고, 외국인들에게 다가가려면 필연적으로 번역이라는 과정을 거쳐야만 하기 때문일 것이다. 그런 의미에서 문학은 대중문화인 영화나 K-팝보다도 더 불리하다. 영화도 역시 번역이 필요 없는 이미지가 주를 이루고 있으며, K-팝도 멜로디와 춤으로 세계인과 소통이 가능하기 때문이다.

그래서 문학의 경우에는 훌륭한 번역이 필수적이다. 신경숙의 『엄마를 부탁해』가 미국에서 각광받고, 이문열이나 황석영의 작품이 프랑스에서 좋은 평가를 받는 이유도 좋은 원작과 더불어 번역이 잘되어서라고 보면 크게 틀리지 않을 것이다. 그리고 한국문학이 국제적인 관심의 대상이 되려면 우리 작가들의 외국어 능력도 필요하다. 예컨대 우리 작가들이 일본의 하루키처럼 영어로 의사소통이 가능하고 의사표현이 자유로우면 한국문학은 훨씬 더 빨리, 그리고 더 효과적으로 해외에 알려질 수 있을 것이다.

똑같이 중요한 것이 작가로서의 철저한 자기관리다. 작가는 약자 편이기 때문에 독재정권에 대항해야 하고, 인권이 탄압받으면 저항해야 한다. 그러나 만일 독재정부가 아닌데도, 선거 때 특정 당의 편을 들면 그건 정치행위가 되기 쉽다. 그리고 작가는 글쓰기 자체가 정치행위이기 때문에, 말이나 행동이 아니라 글로 저항해야 한다. 또 국제분쟁에서도 자기 나라 편을 들어서는 안 되고, 언제나 두 나라를 중재하고 세계평화를 추구하는 발언을 하는 것이 바람직하다.

그런데 우리 작가들은 한국정부는 독재정권이라고 신랄하게 비판하면서도, 북한의 독재정권이나 인권탄압에는 이상할 정도로 침묵한다. 그리고 특정 정당의 편을 들거나 직접 정치 활동에 뛰어들기도 하고, 외국과 영토분쟁이 나면 즉시 우리나라 편을 든다. 하루키는 중일분쟁 때 초국가적인 중재 발언을 하고 세계평화를 주창해서 국제사회에서 칭송을 받았는데, 우리 작가들은 그런 대국적인 발언이나 행보에는 약한 경향이 있다. 또 외국에서는 시인이나 소설가라면 정치판과는 늘 거리를 두는데, 우리는 조선시대의 선비전통 때문인지, 작가들과 지식인들이 정치권력 지향적인 경우가 많다.

작가의 자기관리에는 표절시비에 휩쓸리지 않는 것도 들어간다. 요즘은 인터넷 때문에 작가들이 때로는 억울하게 그런 시비에 휘말려 들어가기도 하는데, 선진국에서는 표절을 대단히 중대한 과실로 취급하기 때문에 글 쓰는 사람들은 혹시라도 그런 시비에 말려들지 않도록 늘 조심해야만 한다.

한국문학은 이제 한국을 떠나 세계문학으로 발돋움하고, 세계독자들과 만날 때가 되었다. 우리 작가들과 작품들이 해외에 널리 알려지고, 세계인들의 사랑과 인정을 받게 될 때, 우리가 그렇게도 바라는 노벨상은 저절로 찾아올 것이다.

2. 노벨문학상과 번역

(1) 한국문학과 노벨문학상

노벨문학상은 늘 한국을 비껴간다. 하기는 최근에 중국작가가 수상했으니, 또 아시아작가가 수상하려면 좀 기다려야 할 것이다. 보다 더 첨예한 관심사는, 다음에 다시 아시아로 돌아올 때, 일본작가 하루키에게 갈 것인지, 아니면 드디어 한국작가에게 올 것인지일 것이다.

그래서인지 그동안 여러 논객들이 노벨문학상에 대해 글을 썼다. 혹자는 문학을 읽지 않고 홀대하는 나라가 무슨 염치로 노벨상을 기대하느냐고 썼고, 다른 필자는 번역이 나빠서 상을 타지 못하는 것은 결코 아니라고 썼으며, 또 다른 칼럼니스트는 이제 노벨상 같은 것은 타지 않아도 그만이라고 썼다. 모두 맞는 말이다. 비록 그중에는 병 속에 갇힌 채 너무 오래 해방을 기다리다가 지쳐 화가 난 『아라비안 나이트』의 지니처럼, 체념과 원한이 깃든 글도 있었지만, 그래도 그런 글을 읽으면서 이제는 우리 사회도 성숙했다는 느낌을 받게 된다.

노벨상은 바라고 기대한다고 주어지는 상이 아니다. 그것은 작가의 문학적 업적과 결실, 즉 결과에 주어지는 상이다. 노벨상은 또 그 나라의 가장 대표적인 작가에게 주어지는 상도 아니다. 그것은 세계적인 영향력을 가진 작가에게 주어지는 상이다. 물론 국가의 지명도나 국력도 작용할 것이다. 과거에 우리는 일본과 중국에 한참 밀려서 불리한 위치에 있었다. 그러나 지금 한국은 싸이와 한류 덕분에, 그리고 삼성, LG, 현대 같은 세계적인 테크놀로지 기업 덕분에 세계에 널리 알려진 나라가 되었다. 한국은 또 세계에서 가장 가난한 나라 중 하나에서, 불과 60여 년 만에 눈부신 경제발전과 민주화와 문화융성을 이루어낸 기적의 나라로 국제사회에서 화제가 되고 있다. 다만 서구에 본격적으로 알려진 역사가 우리보다 적어도 100년은 빠른 중국과 일본에 비해, 우리는 이제 막 알려지기 시작했을 뿐이다.

한 나라의 작가가 국제적인 지명도를 얻으려면 앞에서 지적한 대로, 좋은 작품, 좋은 번역, 그리고 좋은 출판사가 필수적이다. 좋은 작품은 세계인에게 호소력을 지닌 훌륭한 시나 소설을 의미하고, 좋은 번역이란 원작의 향기와 깊이를 절묘하게 살려내는 유려한 번역을 뜻하며, 좋은 출판사란 해외의 주요 대형 상업출판사를 지칭한다. 흔히, 작가들이 모이면 번역이 좋지 않아서 세계진출이 어렵다고 번역가를 비난하고, 번역가들이 모이면 번역할 만한 좋은 작품이 없다고 작가를 비판하며, 해외 주요 출판사 편집자들은 한국문학은 중국이나 일본문학에 비해 독자가 적어 상업적 이익이 없다고 고개를 흔든다. 그래서 우리는 해결하기 어려운 딜레마에 봉착하게 된다. 거기서 벗어나려면, 우리 작가들은 정말 세계적인 작품을 써내야 하고, 번역가들은 훌륭한 번역을 해야 하며, 어떻게 하든지 대형출판사들과 접촉해 그 좁은 문을 열어야만 한다. 그런데 대형 상업출판사는 에이전트만 상대하기 때문에, 한국문학을 좋아하는 출중한 에이전트를 구하는 것 또한 필수적인 급선무다.

스웨덴 대사관의 한 외교관에 의하면, 노벨상 선정 위원회는 수상을 결정하기 전에 세계적인 지명도와 영향력 말고도, 여러 가지를 알아본다고 한다. 예컨대 후보 작가를 선정했을 때, 그 나라 국민이 다 좋아할 것인지, 작가의 사생활이나 정치성향에 문제는 없는지, 또 작가로서 불필요한 스캔들에 휘말리지는 않았는지 같은 것들을 조사한다는 것이다. 그렇다면, 우리작가들은 근원적인 취약점을 갖고 있다고 할 수 있다. 왜냐하면, 작가들도국민처럼 좌우 진영으로 나뉘어져 있어서, 누가 선정되어도 절반의 지지만받게 되기 쉽고, 국제분쟁 시, 하루키처럼 초국가적으로 세계평화에 기여하는 발언을 해야 하는데, 우리작가들은 쉽게 우리나라 편을 들기 때문에 해외에서 보면 민족주의자처럼 보이기 때문이다. 그래서 수상작가가 되려면 여러 가지를 염두에 두고 고려해야만 한다.

(2) 번역에 대한 인식의 전환

우리 문학을 해외에 알리기 위해서는 우선 '번역'이라는 과정을 거쳐야만한다. 그런데 번역은 결코 쉬운 작업이 아니다. 그것은 마치 또 하나의 원작을 쓰는 것만큼이나 힘든 작업이다. 그와 동시에, 원작은 번역이라는 과정을 거치면서 필연적으로 많은 것들을 상실하게 된다. 예컨대 문화의 차이로인해 번역에서는 전혀 다른 비유를 사용해야 할 때가 있고, 이중의미 또는다중의미가 들어 있는 문장이나 단어를 번역할 때도 하나의 의미밖에는 살려 낼 수가 없을 때가 많다. 새뮤얼 존슨도, "시란 번역할 수 없다. 시의 아름다움은 원작의 언어로만 보존되기 때문에, 우리는 시를 읽기 위해 그 언어를 배워야 한다."라고 말했다. 그러나 그것은 존슨처럼 언어의 대가에게는 별 문제 없을지 몰라도, 보통사람이 그렇게 하기는 어려울 것이다.

　그러나 번역의 중요성을 지적한 작가와 지식인들도 많다. 예컨대 호르헤 루이스 보르헤스는, "원작이 번역에 불충실하다(The original is unfaithful to the translation)."고 말함으로써 반어적으로 번역의 중요성을 시사했다. 또 에즈라 파운드는 "위대한 문학의 시대는 언제나 위대한 번역의 시대였다."라고 말 했고, 랠프 월도 에머슨은 "나는 좋은 책들을 번역으로 읽는 것을 주저하지 않는다. 모든 책에서 가장 좋은 부분은 언제나 번역이 가능하다."라고 말했 다. 어슐러 르 귄 또한, "번역이란 신비한 것이다. 나는 점차 글쓰기란 그 자 체가 번역이라는 생각을 하게 되었다."라고 번역의 가치를 인정했다.

　노벨상을 받으려면 우리 작가들에게도 가와바타 야스나리의 사이덴스티 커 같은, 혹은 모옌의 하워드 골드블랫 같은, 또는 무라카미 하루키의 제이 루빈 같은 전문번역가들이 필요하다. 그들은 모두 세계적으로 저명한 중국 문학자와 일본문학자들이다. 그런데 유감스럽게도 우리에게는 그런 전문번 역가가 별로 없다. 그래서 이제라도 그런 전문번역가를 양성하고 지원하는 것이 절대적으로 필요하다.

(3) 노벨상을 받지 못한 위대한 작가들

　예컨대 노벨문학상을 받지 못한 작가들 중에는 수상작가보다 더 위대한 작가들도 많다. 제임스 조이스, 마르셀 프루스트, 로버트 프로스트, W. H 오 든, 블라디미르 나보코프, 호르헤 루이스 보르헤스는 그 어느 노벨상 수상작 가보다 더 위대한 작가들이었지만, 노벨상을 받지 못했다. 오랫동안 노벨상 후보에 올랐지만 끝내 상을 받지 못하고 타계한 보르헤스는 처음으로 나이 아가라 폭포를 보면서, "이건 노벨상보다 훨씬 더 좋군."이라고 해서 주위를 웃겼다. 그가 뉴욕주립대학에서 강연할 때, 한 학생이 "방금 노벨상 발표가 나왔는데, 이번에도 보르헤스를 비껴갔습니다. 그 이유가 무엇이라고 생각하시는지요?"라고 묻자, 장내가 숙연해졌다. 그러나 보르헤스는 대가답게, "아마도 스웨덴 한림원은 내가 후보 리스트에 하도 오래 있다 보니 이미 상을 준 걸로 착각했나 봅니다."라고 말해 좌중을 웃겼다. 우리도 조급해할 것이 아니라, 기다리다 보면 곧 노벨상을 받게 되리라 생각한다.

3. 한국문학, 황순원, 그리고 번역
─문화번역과 한국문학의 또 다른 해석

이탈리아의 기호학자이자 소설가였으며, 볼로냐대학의 번역학연구소 소장이었던 움베르토 에코는 번역의 중요성을 강조하면서, 언어로 된 문학뿐 아니라, 음악과 미술도 일종의 번역과정을 거쳐 청중과 관객에게 수용된다고 말했다. 예컨대 우리가 외국의 음악을 듣거나 미술을 볼 때는 무의식적으로 우리의 문화적 배경 속에서 감상한다는 것이다. 즉 사람은 누구나 타국의 예술과 만나면, 자신도 모르게 자신의 문화적 배경에 따라 문화번역의 과정을 거쳐서 감상하고 받아들인다는 것이다. 그렇기 때문에, 외국의 문학이나 문화를 대할 때에는 굳이 '버텨 읽기'를 하지 않더라도 저절로 그런 과정을 겪게 된다는 것이다.

그런 현상은 외국독자들이 한국문학을 읽을 때도 나타난다. 예컨대 페미니즘이 중요한 이슈인 미국에서 살고 있는 미국인들은 한국을 유교사회라고 보기 때문에, 남성 위주 체제에서 살고 있다고 생각되는 한국의 여성문제에 관심이 많다. 그래서 한국학을 전공하는 미국인 학자들은 〈대장금〉을 가부장 시대의 페미니즘을 다룬 드라마로 해석한다. 그러나 막상 한국에서는 〈대장금〉을 꼭 페미니즘적 시각으로만 보지는 않는다.

영국작가 마거릿 드래블도 『한중록』을 18세기 한국의 훌륭한 페미니즘 텍스트로 보고, 그걸 원용해서 현대 런던을 배경으로 하는 영어소설 『레드 퀸』을 썼다. 그러나 『한중록』 역시 한국에서는 정치적 당쟁과 편집증적인 시아버지로 인해 남편을 잃은 혜경궁 홍씨의 회고록으로 보지, 굳이 페미니즘 텍스트로만 보지는 않는다. 이런 현상의 배경에는, 한국여성들은 가부장적 가정과 사회제도에 억눌려 있다는 영미인들의 선입관도 작용하고 있다고 생각된다.

황순원의 『학』도 미국독자들은 통일에 대한 염원을 주제로 한 작품으로 보는 경우가 많다. 한국에서는 통일이 중요하다는 생각과, 작가 황순원이 평안남도에서 태어나 월남했다는 사실 때문이다. 그러나 이 작품의 진정한 주제는 통일에 대한 염원이라기보다는, 정치이데올로기가 만들어 내는 갈등과 증오와 투쟁을 치유할 수 있는 따뜻한 사랑과 인간애와 휴머니즘일 것이다. 사실, 『카인의 후예』도 그렇지만, 황순원의 작품 세계를 면면히 흐르고 있는 것도 바로 정치이데올로기를 초월하는 우정과 휴매니티이다. 이 작품이 쓰여진 1953년은 한국전쟁이 끝난 해이기 때문에, 작가가 이 작품에서 통일을 원했다기보다는, 전쟁이 남긴 상흔의 치유에 더 관심이 많았다고 보는 것이 타당할 것이다. 한국에서 "학"은 고결함의 상징이자 남북한을 자유롭게 오갈 수 있는 새여서, 이 작품에서 학은 정치이데올로기의 극복과 상호이해, 그리고 따뜻한 인간성과 포용의 상징으로 사용되고 있다고 보는 것이 정확할 것이다.

황순원의 또 다른 작품인 『소나기』도 미국학생들은 우리와 다르게 읽는다고 한다. 미국인인 찰스 몽고메리 교수에 의하면, 미국학생들은 이 애틋

하고 순수하며 지고한 사랑이야기를 미국식으로 읽는 경향이 있다고 한다. 즉 몽고메리 교수에 의하면, 미국학생들은 『소나기』의 두 주인공이 소나기를 피해 들어간 움막에서 당연히 섹스를 했을 거라고 생각한다는 것이다. 미국에서는 그런 상황에서 자연스럽게 섹스가 이루어지기 때문이다. 그들은 소나기가 한때의 짧지만 강렬한 정열의 상징이고, 옷에 풀물이 든 것도 그것을 뒷받침해 주고 있다고 생각한다. 그래서 미국학생들은 소녀가 일찍 죽는 이유도 임신이나 출산과정에서 뭔가 잘못되었기 때문이라고 생각한다고 한다. 한국 특유의 순수하고 지고한 사춘기적 사랑의 감정을 이해하지 못하는 것이다. 작품의 초반에 학교에서 돌아오던 소년에게 개울가에서 놀던 서울에서 온 여학생이 민물조개를 들고 와서 조개의 이름을 물어보는 것도, 미국학생들에게는 성적 유혹처럼 보인다고 한다. 사실 서울에서 온 여학생에 대한 시골 남학생의 감정은 미국학생들에게는 이해하기 힘든 문화적 차이이다. 황순원의 『소나기』를 그런 식으로 해석하는 것은 그 작품을 심각하게 오독하는 셈이 되지만, 동시에 문화적 차이가 문학작품의 해석에 어떻게 작용하는가를 보여 주는 한 좋은 예라고도 할 수 있다.

4. 문학한류와 번역의 문제점

(1) 한국문학을 세계로 내보내는 사람들: 번역가

그 자체가 유니버설 랭귀지인 음악이나 미술이나 무용과는 달리, 자국의 언어를 사용하는 문학이나 영화나 드라마는 해외로 진출하려면 번역을 필요로 한다. 세계적으로 유명한 한국 출신 성악가나 화가나 무용가는 상당수 있어도, 국제사회에 널리 알려진 한국작가는 찾아보기 어려운 이유도 아마

거기에 있을 것이다. 번역이 개입되면 여러 가지로 불리해지기 때문이다. 예컨대 직접 관람하는 것과는 달리, 번역작품은 사람들이 잘 안 읽거나 안 보는 경향도 있고, 또 마치 통역을 통한 대화가 그렇듯, 원작자와 독자의 교감이 제대로 이루어지기 어렵기 때문이다.

그러나 그렇다고 해서, 번역을 원작보다 열등한 것으로 폄하해서는 안 될 것이다. 제국주의 시대에는 여러 유명한 문인들이 번역이 원작을 망친다는 생각을 했는데, 사실 그 근저에는 식민지인들이 제국의 언어를 배워서 직접 제국의 언어로 자기들의 작품을 읽어야 한다는 방만한 사고방식이 자리 잡고 있었다. 영국의 문호 새뮤얼 존슨은 "시는 번역할 수 없다. 시는 원어로 읽어야만 한다."고 말했다. 그러나 사람들이 시를 원어로 읽기 위해 외국어를 배워야 한다는 생각이 과연 얼마나 현실성이 있겠는가?

브라질의 노벨상 수상작가 주제 사라마구도 "작가는 민족문학을 만들지만, 번역가는 세계문학을 만드는 사람이다."라고 했으며, 프랑스 태생 미국 평론가 조지 스타이너도, "번역이 없다면 우리는 침묵한 채, 한 지방에서만 살았을 것이다."라고 번역의 필요성을 주장했다. 미국작가 폴 오스터는 "번역은 문학의 그늘에 가려서 자주 잊혀지지만, 사실은 서로 다른 문화들이 서로 대화하게 해 주고 이해하게 해 주며, 하나의 세계에서 살도록 해 주는 역할을 한다."고 번역을 칭찬했고, 미국의 사상가 에머슨도, "나는 번역서 읽는 것을 주저하지 않는다. 책 속에 들어 있는 가장 좋은 것들은 모두 번역이 가능하다."라고 번역의 중요성을 설파했다.

사실, 좋은 번역은 오히려 원작을 더 돋보이게 할 수도 있고, 새로운 토양과 새로운 독자들에게 맞는 새로운 작품으로 태어나게 해 줄 수도 있다. 그러므로 훌륭한 번역가를 만나는 것은 모든 작가들의 바람이자, 축복이다. 그런 의미에서 맨 부커 상을 수상한 한강은 운이 좋은, 복받은 작가라고 할 수 있다. 데보라 스미스라는 뛰어난 원어민 번역가를 만났기 때문이다. 물론 한강의 『채식주의자』는 훌륭한 작품이지만, 스미스의 빼어난 번역이 아니었다면 그 진가를 발휘하지 못했을 수도 있다.

스미스는 한국문학이 좋아서 스스로 번역을 시작한 원어민 번역가 중 한 사람이다. 초창기에는 교재로 사용하거나 외국인 독자들을 위해, 외국어가 완벽하지 못한 한국인들이 한국문학을 외국어로 번역하던 시절이 있었고, 다음으로는 선교사나 미8군이나 평화봉사단원으로 한국에 와서 살았던 사람들이 그 인연으로 한국문학을 번역했던 시대가 있었으며, 지금은 한국의 경제발전과 전자제품과 한류의 확산으로 인해 한국이 널리 알려지자, 한국을 좋아하는 사람들이 자발적으로 한국문학을 번역하는 시대가 되었다. 데보라 스미스는 세 번째에 속하는 한국문학 번역가이다.

(2) 한국문학 번역, 어떻게 할 것인가?

한강의 『채식주의자』가 맨 부커 인터내셔널 상을 수상하자, 번역가 데보라 스미스에게 관심이 집중되고 있다. 원작의 문체와 향기를 그대로 담아내면서도, 영어권 독자들에게 호소력이 있는 멋진 영어로 옮기는 데 성공했기 때문이다. 사실, 스미스의 훌륭한 번역이 없었다면 『채식주의자』는 어쩌면 수상의 영예를 차지하지 못했을는지도 모른다. 더욱이 맨 부커 인터내셔널 상이 번역서에 주어지고 작가와 번역가가 공동 수상하면서 번역가의 중요성은 한층 더 부각되었다. 예전에는 번역이 원작을 훼손하는 열등한 것이라고 생각해, "번역은 반역이다."라고도 했지만, 지금은 번역가를 반역자가 아닌 문화 중재자라고 부른다. 두 나라의 언어와 문화를 중재하기 때문이다.

스미스는 케임브리지대학 영문과에서 글쓰기 훈련을 받았고, 스스로 작가가 되려고 창작을 했던 사람이었으며, 한영 두 나라의 언어와 문화를 비교적 잘 아는 이상적인 번역가다. 번역가는 작품이 좋아서 애정을 갖고 번역해야지 돈이나 연구가 주된 목적이면 좋은 번역이 나오기 어려운데, 스미스는 자기가 정말 좋아하는 작품만 골라서 번역한다. 그리고 학자들의 딱딱한 학문적 번역과는 달리, 유연하고 세련된 번역을 한다.

작가에게 절실하게 필요한 존재는 자신의 작품 세계를 잘 아는 우수한 원어민 전문번역가다. 모국어가 아니면 멋지고 좋은 번역이 어렵기 때문이다. 사실, 노벨상을 수상한 아시아작가들에게는 모두 원작국가의 언어와 문화를 잘 아는 전담 원어민 번역가들이 있었다. 반면, 원어민은 원작국가의 문화를 잘 몰라서 오역이 발생할 수도 있기 때문에 늘 원작언어 감수자와의 협업이 필요하다. 그래서 번역어가 모국어 수준인 한국인 번역가도 바람직하다. 전자제품과 경제발전, 그리고 한류의 인기와 확산이 만들어 준 길을 따라서 지금 한국의 문학작품과 인문학 도서와 고전은 세계로 뻗어 나가고 있다. 번역이 없었다면, 우리 작가들은 해외에 알려질 수 없고, 해외 주요 언론에 의해 선정되거나 국제적인 상을 수상하지도 못했을 것이다. 번역은 우리 문학과 문화를 알리는 데 그만큼 중요한 일을 하고 있다.

제 5 장

—

문학의 경계를 넘어서

만일 문학이 상아탑에서 나와서 거리로 나가 일반인 즉 "비문학인"들과 만난다면, 문학은 어떤 유익함을 그들에게 줄 수 있을 것인가? 그때 문학의 독자들은 경영인이나 정치인, 또는 공학자나 과학자일 수도 있을 것이다. 다음은 그런 일반독자들을 염두에 두고, 문학의 효용성과 유익함을 생각해 본 글들이다.

1. 순수문학과 추리문학의 경계를 넘은 작가: 에드거 앨런 포

최근 에드거 앨런 포(Edgar Allan Poe)가 재평가되며 부상하고 있다. 그 이유는 우선 포가 오늘날 전 세계적으로 각광받고 있는 추리소설의 창시자이자, 요즘 인기가 치솟고 있는 장르소설인 호러픽션, 환상소설, 그리고 심리소설의 원조이기 때문일 것이다. 포 이전에도 고딕소설이 있어서 환상적이고 음산한 분위기를 풍겼지만, 포는 아예 그런 분위기를 특징으로 하는 새롭고 다양한 소설 장르를 만들어 낸 천재적인 재능을 가진 작가였다. 그러면서도 포는 미국문단에서 수준 높은 순수문학과 본격문학을 주도한 작가였다. 우리의 오해와는 달리, 판타지 소설의 종주국인 영국에서도 판타지를 쓴 작가들은 대중작가가 아니라, 모두 옥스퍼드와 케임브리지대 교수들이었다.

그런 면에서 포는 후대 작가들에게 지대한 영향을 끼쳤다. 예컨대 포를 계승한 영국 추리소설 작가 코난 도일이 창조한 탐정 셜록 홈즈와 조수 왓슨도 사실은 포가 창조한 뒤팽 탐정과 그의 조수를 모방한 것이다. 또 『악

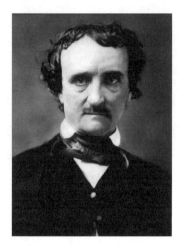

에드거 앨런 포

의 꽃』으로 유명한 프랑스 시인 보들레르도 인간내면의 이두운 면을 탐구한 포의 문학 세계를 극찬했으며, 포의 작품을 직접 프랑스어로 번역하기도 했다. 심리학자 프로이트 역시 포가 즐겨 다룬 주제인 '분열된 자아(divided self)'나 '생매장(premature burial)'의 영향을 받아서 무의식(Id), 자아(Ego), 초자아(Super-Ego)의 개념을 만들어 냈다고 알려져 있다. 최근에 와서는 호러픽션의 대가 스티븐 킹이 포를 정신적 스승으로 인정했고, 『단테 클럽』의 작가 매슈 펄은 포의 죽음에 얽힌 미스터리를 추적한 추리소설 『포의 그림자』를 써서 화제가 되기도 했다.

　최근 포가 각광받는 또 하나의 이유는, 비록 그가 19세기 작가였지만, 20세기 및 21세기 시각인 현대문학 이론으로도 아주 잘 해석되는 현대적 감각의 작품을 쓴, 시대를 앞서간 작가였기 때문이다. 예컨대 최초의 밀실 살인사건을 다룬 포의 『모르그 가의 살인사건』은 이 세상에 단 하나의 절대적 진리란 없다는 최근의 포스트모던 인식이 깃들어 있는 작품이다. 파리의 모르그 가에서 일어난 끔찍한 밀실 살인사건에서 여섯 명의 증인은 각기 다른 주장을 한다. 사건은 미궁에 빠진다. 그러나 뒤팽 탐정은 그 여섯 개의 서로 다른 버전의 진술/진실 중에서 하나의 절대적 진리를 선택하는 대신, 그것들을 모두 포용하고 통합해 범인을 찾아낸다. 이 작품은 또 문학작품에는 하나의 절대적 해석만 있는 것이 아니라, 독자들의 반응에 따라 각기 다른 해석이 있을 수 있다는 최근의 독자반응비평(Reader-Response Criticism) 이론과도 부합한다.

진리는 멀리 있지 않고 바로 우리 옆에 있는데, 다만 우리가 그것을 보지 못한다는 주제를 다룬 『도둑맞은 편지』도 빼앗긴 텍스트를 독자에게 되찾아 주어야 한다고 주장하는 현대문학 이론과 상통한다. 의사소통의 수단인 편지 letter는 '글자,' '문자'를 의미하지만, 복수로 'letters'가 되면 '문학,' '교양,' '학문'의 뜻이 된다. 그래서 도둑맞은 편지는 곧 도둑맞은 문학과 교양과 학문이라고 할 수 있다. 현대문학 이론은 문학작품의 진정한 주인은 그것을 쓴 저자나 임의적으로 해석하는 평론가가 아니라, 다양한 반응을 보이는 독자이며, 따라서 저자나 평론가의 전유물이었던 텍스트를 독자에게 돌려주라고 주장하는데, 그런 의미에서 이 작품은 대단히 현대적 감각으로 쓰여진 작품이다.

『도둑맞은 편지』는 또 포가 즐겨 다룬, 그리고 현대문학 이론에서도 중요한 주제인 '분열된 자아'와 '선악의 경계 모호'의 문제도 다루고 있다. 이 작품에서 선의 상징인 뒤팽 탐정과 악의 화신인 D장관은 동일인 또는 형제라고 할 수 있을 만큼 비슷하다. 뒤팽 탐정이 도둑맞은 편지를 찾아내는 방법도 자신이 D장관이라면 어떻게 했을까, 하는 두 사람의 동일시를 통해서이다. 현대문학 이론은 모든 것에는 분열된 자아처럼 선악의 양면이 있으며, 그 경계가 모호하다고 말한다. 그런 인식의 변화는 댄 브라운의 『다빈치 코드』나 『천사와 악마』 같은 현대소설, 또는 〈반 헬싱〉이나 〈터미네이터 2〉 같은 최근 영화에도 잘 나타나 있는데, 포는 19세기에 이미 그러한 사실을 깨닫고 있었던 것처럼 보인다.

현대 문학과 심리학에서 중요시하는 '분열된 자아'와 '생매장'의 모티프는 『아몬틸라도의 술통』이나 『어서 가의 몰락』, 또는 『윌리엄 윌슨』이나 『검은 고양이』에서도 잘 나타나고 있다. 예컨대 『아몬틸라도의 술통』에서 화자인 몬트레소와 그가 복수하는 악한 포튜나토는 사실 동일인이라는 암시가 주어지고 있으며, 몬트레소가 지하로 데려가 생매장한 자신의 어두운 자아는 반세기가 지난 지금도 마음속에서 화자를 괴롭히고 있다. 『어서 가의 몰락』에서도 로더릭 어셔와 그가 지하실에 생매장한 그의 누이 매들린이 너무나 닮았고, 또 많은 것을 공유(가문의 유전적 질환까지)한다는 점에서 남매가 사실은 로더릭의 분열된 자아일 수도 있다는 암시가 주어진다. 『윌리엄 윌슨』에서도 포는 자신과 모든 것이 똑같은 또 다른 자기 자신에 의해 파멸하는 화자를 제시함으로써 '분열된 자아'의 주제를 다루고 있다. 『검은 고양이』에서도 포는 우리가 의식의 깊숙한 지하실에 생매장한 어두운 자아(검은 고양이)가 결국 우리를 파멸시킬 수 있다는 사실을 상기시켜 주고 있다.

인간과 미국의 밝은 면을 보려고 했던 에머슨이나 트웨인과는 달리, 포는 인간의 의식과 미국의 어두운 심연을 탐색했던 특이한 작가였다. 그래서 그의 작품에서 '술 취함(intoxication)'의 모티프는 중요하다. 예컨대 『아몬틸라도의 술통』에서도 포튜나토는 술에 취해 있고 술 때문에 파멸하며, 『검은 고양이』에서도 주인공은 술에 취해서 아내를 죽이고 고양이를 학대하다가 파멸을 맞는다. 술 취함은 화자와 독자를 어두운 무의식의 세계로 데리고 간다.

장편소설 『아서 고든 핌의 모험』에서도 포는 미국의 인종문제를 다루면서, 인간의식의 어두운 심연에 숨어 있는 타 인종에 대한 은밀한 두려움을 상징적으로 보여 주고 있다. 이 소설에서 주인공 핌이 겪게 되는 남극으로의 여행과, 남극에 도착하기 직전에 발견한 모든 것이 검은색으로 되어 있는 섬, 그리고 마지막 남극의 소용돌이 속에서 솟아오르는 백색의 수의를 입은 수수께끼 같은 거대한 형체는 흑백갈등 속에서 살고 있는 미국인의 무의식 속에 숨어 있는 원초적 두려움을 잘 표출해 주고 있다.

포는 눈에 보이는 의식과 이성의 세계보다는, 보이지 않는 무의식과 광기(술 취함)의 세계에 더 관심이 있었으며, 평생 그 어두운 심연을 탐색했던 작가였다. 그러면서도 그는 그 두 세계가 명확한 경계로 나누어지는 것이 아니라, 사실은 구분이 모호하며 얇은 종이 한 장 차이일 뿐이라는 사실도 잘 알고 있었다. 그런 의미에서 포는 프로이트의 무의식 이론, 그리고 융의 그림자 이론에도 지대한 영향을 끼친 선각자적 작가였다.

포는 또 현실과 환상의 경계를 해체함으로써, 판타지 소설의 원조가 되었는데, 인류의 상당수를 죽게 만들었던 무서운 전염병 페스트에 대한 두려움을 담은 『붉은 죽음의 가면』에서 포는 아무런 대화도 없고 스토리도 없는, 그러나 색조와 분위기만으로 이루어진 독특한 형태의 '환상소설'을 창시해냈다. 자신을 따라다니다가 결국은 자신을 파멸시키는 또 다른 자아를 그린 『윌리엄 윌슨』 역시 뛰어난 심리소설이자, 환상을 다룬 일종의 판타지 소설이라고 할 수 있다. 또 포의 『황금충』은 보물을 찾는 모험소설의 원조가 되었다.

포의 작품들은 순수문학과 장르문학의 경계란 사실 그리 명확하지 않으며, 장르소설도 순수문학처럼 얼마든지 중후한 문학적 주제를 다룰 수 있다는 사실을 가르쳐 주고 있다. 독자들은 포가 제공해 주는 어둠의 심연에서 늘 깨달음의 빛을 발견하게 된다.

2. 너새니얼 호손의 『주홍글자』

서구문명의 어두운 측면을 탐색한 소설 『모비 딕』의 저자 허먼 멜빌은 자신의 영혼보다 더 어두운 영혼을 가진 동시대의 선배작가를 발견하고, 그에게 매료되어 그를 자신의 정신적 아버지라고 불렀다. 멜빌은 그 작가에 대해 언급하면서, "그의 영혼은 어둠 속에 싸여 있으며 나보다 열 배나 더 어둡다. 나를 매료시키는 것은 바로 그 어둠이다."라고 말했다. 아메리칸드림 속에 내재해 있는 어두움과 죄의식을 파헤쳐 탐구한 이 위대한 19세기 미국작가의 이름은 너새니얼 호손이었다.

멜빌은 또 호손을 가리켜, "그는 모든 사람들이 '그렇다!'라고 말할 때, 홀로 '아니다!'라고 말할 수 있는 사람이다."라는 유명한 말도 남겼다. 과연 호손은 미국인들이 정교도주의를 찬양할 때, 용기 있게 홀로 "아니다!"라고 부르짖은 작가였다. 호손은 건국 초기 미국이라는 공동체의 집단심리를 알레고리 기법을 사용하여 도덕적 우화로 만들어 낸 작가라는 평을 받는다. 그렇다면 호손은 과연 어떤 사람이었으며, 그는 소설 『주홍글자』를 통해 무엇을 말하고자 한 것일까?

(1) 아메리칸드림의 어두운 면을 성찰한 작가

너새니얼 호손은 1804년 7월 4일 미국 매사추세츠 주 세일럼의 한 청교도 가정에서 출생했다. 네 살 때 부친이 죽자 호손은 외삼촌 집에서 성장하다가 1821년 메인 주의 명문인 보든대학교에 입학한다. 대학에서 그는 자신의 일생에 큰 영향을 끼친 친구들을 만나게 되는데, 그중에는 1852년 미국의 14대 대통령이 된 동창생 프랭클린 피어스도 있었다. 호손은 정계에 몸담은 대학동창의 혜택을 상당히 많이 본 작가였다. 예컨대 그는 1846년에는 동창

너새니얼 호손

피어스의 도움으로 세일럼 세관의 검사관이 되었고, 1853년엔 대통령이 된 피어스의 배려로 영국 리버풀 주재 영사로 임명되었다.

호손 가문의 배경을 살펴보면, 영국 버크셔 지방의 가난한 자작 농민이었던 윌리엄 호손은 1630년에 미국 매사추세츠 주로 이민을 오게 되는데 그와 같은 배에는 후에 매사추세츠 주의 지사가 되어 인디언과 퀘이커교도들을 박해한 존 윈스롭이 타고 있었다. 그런데 윈스롭에 의해 세일럼의 치안 판사로 임명된 윌리엄 호손은 윈스롭과 함께 퀘이커교도들을 박해하는 데 앞장섰으며, 그의 아들 존 호손도 소위 마녀재판의 판사로서 17세기에 무려 19명을 마녀로 몰아서 교수형에 처했다. 유럽에서는 마녀 혐의자들을 화형에 처했으나 미국에서는 교수형에 처했다. 존 호손의 두 형도 '필립 왕의 전쟁'이라는 인디언 대학살에 참가했다. 호손은 자기 조상의 이와 같은 죄에 대해 깊이 성찰하면서, 청교도들이 다른 소수교파에 대해 자행한 박해와 선민의식, 인간성 억압, 그리고 그것들이 미국의 형성에 끼친 어두운 영향을 탐색하기 시작했다. 『주홍글자』는 바로 그 결과로 나온 소설이다. '청교도 정신'은 '실용주의'와 더불어 미국인의 정신을 형성하는 두 흐름 중 하나를 대표한다.

(2) 『주홍글자』를 어떻게 읽을 것인가?

호손을 유명하게 해 준 대표작은 『주홍글자』(1850)이다. 이 소설의 제1장의 제목은 "감옥의 문"인데, 다음과 같은 의미심장한 말로 시작된다.

이 새로운 식민지의 건설자들은, 자기들이 원래 생각했던 인간의 선과 행복의 이상향이 무엇이었든지 간에, 우선 실제적인 필요에 의해 처녀지의 일부를 공동묘지로 또 다른 일부를 형무소로 써야 된다는 것을 예외 없이 인정했다.

초창기 미국 이민자들은 신세계에서 새로운 낙원의 건설을 꿈꾸었다. 매사추세츠 주 초대 총독이었던 존 윈스롭도 1630년 아라벨(또는 아라벨라) 호를 타고 미국으로 항해하는 도중에, 유명한 선상설교를 하면서 아메리카 대륙을 "언덕 위의 도시(City upon a Hill)"로 만들겠다고 선언하는데, "언덕 위의 도시"는 십자군이 예루살렘에 붙여 준 별명이었다.

그런데 이민자들이 새로운 낙원에 도착해 맨 먼저 세운 것이 공동묘지와 형무소라는 사실은 낙원의 불가능, 또는 낙원의 필연적 타락을 상징하고 있다. 이는 신세계의 이미지를 갖고 시작된 미국이란 나라가 처음부터 숙명적으로 안고 있었던 한계와 문제점을 잘 보여 주는 구절이기도 하다.

『주홍글자』는 17세기 미국역사 초창기에 영국에서 보스턴으로 이민 온 여인 헤스터 프린이 곧 뒤따라오겠다던 남편이 수년 동안이나 오지 않고, 인디언에게 붙잡혀 죽었다는 소문이 돌자, 마을의 독신 목사인 아서 딤스데일과의 사이에 사생아 펄을 낳게 되어 재판에 회부되면서 시작된다. 간통죄로 수감된 그녀는 겨우 사형은 면하지만, 마을 사람들 앞에 끌려 나와 수치를 당한 후 "간통녀" 즉 "Adulteress"의 상징인 A 자를 검정바탕에 붉은색으로 만들어 평생 옷에 달고 다니도록 하는 선고를 받게 된다.

(3) '주홍글자 A'의 상징

그럼 주홍글자 A는 과연 무엇의 상징일까? 강인한 여성 헤스터는 당당하게 A 자를 가슴에 달고 다닌다. 그녀는 수를 잘 놓아서, 마을 고관들의 옷에 수를 놓아 주는데, 헤스터에게 형벌을 내린 사람들이, 그녀가 놓아 준 아름다운 수가 새겨진 옷을 입고 다닌다는 것은 아이러니하다.

호손은 A가 "Artist(예술가)"이자, "Angel(천사)"이며, "Able(능력 있는)"의 의미를 갖고 있다고 말한다. 그와 동시에 A는 모든 것의 시작인 "Alphabet A"의 상징일 수도 있고, "America(아메리카)"의 상징일 수도 있다. 아서 딤스데일과 로저 칠링워스로 표상되는 유럽적인 유산으로부터 독립해야만 하고, 모든 것을 홀로 처음 시작해야만 하는 강인한 여성 헤스터가 곧 "아메리카"의 이미지이기 때문이다. 이와 같은 해석은 호손이 평생 "아메리카란 무엇인가"라는 문제에 대해 천착했기 때문에 설득력이 있다.

(4) 『주홍글자』는 오늘날 우리에게 어떤 의미를 갖는가?

호손은 자기가 사생아 펄의 아버지이면서, 그리고 연인인 헤스터가 자기로 인해 온갖 고초를 겪는데도, 사회적 신분 때문에 사실을 밝히지 않는 아서 딤스데일 목사는 "위선의 죄"를 지었고, 나중에야 도착해서 자기 아내의 정부인 딤스데일 목사를 정신적으로 고문하는 로저 칠링워스는 "독선의 죄"를 지었다고 비판한다. 특히 호손은 칠링워스의 죄야말로 '용서받지 못하는 죄(the unpardonable sin)'라고 말한다. 거기에 비하면 헤스터의 죄는 단순한 '정열의 죄'로서 오히려 용서받을 수 있으며, 그녀를 정죄한 청교도 사회의 위선과 독선보다 오히려 더 가벼운 죄라고 말하고 있다.

오늘날 우리 사회에도 자기 스스로를 정의라고 생각하고, 타자를 정죄하며 타자의 가슴에 주홍글자를 달아 놓는 사람들이 많이 있다. 그러나 자신을 진리고 정의라고 생각하는 순간, 그것은 곧 타자에 대한 횡포와 폭력이 된다. 호손의 명작 『주홍글자』는 정치나 종교이데올로기를 내세워 인간의 정열과 인간성을 억압하는 것은 용서받지 못할 죄라고 말한다.

『주홍글자』에서 호손은 청교도주의가 미국의 형성과 미국인의 심리에 끼친 어두운 영향을 심도 있게 탐구하고 있다. 적절하게도 호손은 미국의 독립기념일인 7월 4일에 태어났다. 그러나 『주홍글자』는 비단 미국뿐 아니라, 정치이데올로기로 타자를 억압하는 모든 나라에 다 해당되는 소설이다.

3. 허먼 멜빌의 『모비 딕』

왜 수많은 현자들이 고전을 읽으라고 강조할까? 고전에는 작가의 날카로운 시대정신이 담겨 있기 때문이다. 고전 작가들의 혜안과 지혜는 시대를 관통해 오늘을 사는 우리에게도 깨우침을 준다. 그래서 고전에 담긴 당시의 시대적 과제를 우리 현실 세계에 비추어 보고, 그것이 우리에게 어떤 메시지를 주는지 성찰해 보는 것은 중요하다.

(1) 허먼 멜빌이 『모비 딕』을 쓴 배경

허먼 멜빌은 1819년 뉴욕 시에서 태어났다. 멜빌의 어린 시절은 좌절과

허먼 멜빌

불행의 연속이었다. 그의 부친 앨런이 사업 실패로 인해 좌절하다가 멜빌이 13세 되던 해 타계하자, 그의 가족은 온갖 고생을 하게 되었고 멜빌도 돈을 벌기 위해 선원으로 취업해 항해를 시작한다. 1841년에 멜빌은 포경선 애쉬넷 호를 타고 남태평양을 항해하며 여러 가지 위험과 모험을 겪은 후, 1844년에 다시 미국으로 돌아오는데, 그때의 항해 경험이 『모비 딕』속에 생생히 기록되어 있다.

당시 뉴욕 공립도서관의 한 사서는 깡마르고 수염이 덥수룩한 청년 하나가 매일 고래와 포경에 대한 책을 산더미처럼 빌려다 놓고 탐독하는 것을 보고 혹시 미친 사람이 아닌가 생각했다고 한다. 그로부터 몇 년 후에 그 청년은 『모비 딕』이라는 대작소설을 써내어 온 세상을 놀라게 했다. 대부분의 걸작이 그렇듯이, 『모비 딕』도 물론 발표 당시에는 좋은 평가를 받지 못했으며, 심지어는 실패작으로 여겨지기도 했다. 멜빌 자신도 정신적 스승인 너새니얼 호손에게 보내는 편지에 "I have written a wicked book(나는 사악한 책을 썼습니다)."라고 적고 있다. 그러나 『모비 딕』은 오늘날 최고의 고전으로 평가받고 있다. 당시 미국사회와 서구사회의 문제점이었던 종교 간의 갈등과 인종적 편견, 그리고 산업자본주의의 문제점과 제국주의로 한 민주주의의 쇠퇴에 대한 성찰을 담아낸 최고의 문학작품이기 때문이다.

(2) 종교 및 인종 간의 이해와 화해: 정통과 이단의 경계를 넘어

『모비 딕』은 "나를 이스마엘이라 불러다오."라는 유명한 문장으로 시작된다. 이스마엘은 원래 구약성서에 나오는 아브라함의 서자로서 '추방자'라는 의미를 갖고 있다. 『모비 딕』은 주인공 이스마엘의 눈뜸의 과정을 기록한 책이고, 중요한 세 등장인물인 에이햅, 퀴퀙, 그리고 모비 딕도 사실은 이스마엘의 눈뜸을 위한 도구로서의 기능을 수행하고 있다.

미국 동북부의 메인 주의 항구 낸터켓에서 포경신에 타기 진에 이스마엘은 근처 뉴 베드포드라는 마을에서 승선을 기다리면서, "고래 물줄기 여관"이라 뜻의 "스파우터 인"에 숙박하게 된다. 여관주인의 이름은 관을 상징하는 피터 코핀이다. 그것은 이 여관은 고래 뱃속을 상징하며, 이스마멜은 관 속에서의 잠, 즉 상징적인 죽음을 겪고 다시 태어날 것이라는 암시를 준다.

이 여관에서 이스마엘은 자신의 어두운 자아 또는 자신의 다른 모습인 유색인 작살잡이 퀴퀙을 만나게 된다. 퀴퀙은 폴리네시아인 왕자로서 백인문명을 동경하여 미국에 왔다가 포경선의 작살잡이가 된 이교도 야만인(Noble Savage)이다.

이스마엘은 흰 고래 모비 딕과 만나는 항해를 떠나기 전에, 먼저 관 속에서 만나는 자신의 '어두운 자아'인 퀴퀙을 통해 자신의 문제점을 발견하고 새로운 사람으로 다시 태어난다. 여관주인 코핀은 이스마엘에게 빈 방이 없기 때문에 이교도 야만인 퀴퀙과 함께 2인 1실을 사용해야 한다고 말한다.

이스마엘의 불안감은 막상 전신에 문신이 새겨진 야만인 작살잡이 퀴퀙을 보았을 때 극도의 공포심으로 변한다. 식인종이라고 생각되는 퀴퀙이 자기 옆자리에 누워 손도끼와 담배 파이프를 겸한 토마호크로 담배를 피우기 시작하자 이스마엘은 극도의 공포 속에서 "코핀! 천사여! 사람 살려!"라고 비명을 지른다. 이때 이스마엘은 자신의 비명의 의미를 전혀 깨닫지 못하고 있지만, 모비 딕의 맨 마지막에 바다에 빠진 이스마엘이 퀴퀙의 관을 붙잡고 살아난다는 것을 생각하면 그의 부르짖음은 다분히 상징적이라고 할 수 있다. 퀴퀙은 자신의 죽음에 대비해 미리 관을 만들어 놓는다.

백인 기독교도 이스마엘은 처음에는 유색인 이교도 퀴퀙을 두려워하지만, 그와 같이 지내면서 점차 퀴퀙을 좋아하게 되고, 비로소 타 인종, 타 종교에 대해서도 이해와 눈뜸의 과정을 경험하게 된다. 그래서 이스마엘은 이렇게 독백한다.

내가 이 무슨 소동이란 말인가? ─저 사람도 나처럼 인간이지 않은가. 내가 그를 두려워하는 만큼 그도 나를 두려워할 충분한 이유가 있지 않은가. 술 취한 기독교인과 자는 것보다는 차라리 취하지 않은 식인종과 자는 편이 더 나으리라.

그러므로 같은 침대에서 자고 난 다음 날 아침 이스마엘은 스스로에게 이렇게 말한다.

나는 평생 이보다 더 편하게 자 본 적이 없었다. … 퀴퀙의 팔이 사랑스럽고 다정하게 내 몸 위에 얹혀 있어서 나는 마치 오래전부터 그의 아내였던 것처럼 느껴졌다.

바로 이 장면에서 멜빌은 백인 미국인, 그리고 나아가 서구의 백인문명에 대해 심오한 메시지를 전해 주고 있다. 즉, 종교와 인종은 정통과 이단으로 구분되는 것이 아니라, 문화적 차이만 있을 뿐이라는 것 말이다. 그러므로 이스마엘은 퀴퀙이 자기 종교의 예배의식에 동참해 줄 것을 요구하자, 기꺼이 승낙하며 이렇게 생각한다.

나는 분명 기독교의 품에서 태어나고 자라난 독실한 모태교인이다. 그렇다면 어떻게 내가 이 야만인 우상숭배자와 함께 나뭇조각을 예배하는 이교도의 의식에 동참할 수 있단 말인가? … 하지만 예배란 무엇인가? —신의 뜻에 따르는 것— 바로 그것이 예배다. 그렇다면 신의 뜻은 무엇인가? —내가 대접받고자 하는 대로 나도 나의 이웃을 대접하는 것이다— 바로 그것이 신의 뜻이다. 퀴퀙은 나의 동료이다. 그리고 내가 퀴퀙이 내게 헤 주었으면 하고 원하는 것이 무엇인가? 바로 기독교 예배에 같이 참석해 주었으면 하는 것이 아닌가, 그렇다면 나도 우상숭배자가 되어야만 하리라.

바로 이 순간, 이스마엘은 스스로를 정통으로 생각하는 독선적인 백인 기독교도로부터 벗어나, 타 인종과 타 종교를 포용하게 된다. 이 장면은 도망노예 짐을 행방을 고자질하는 편지를 썼다가 찢어 버리며, "좋아, 짐을 신고하느니 차라리 지옥에 가겠어!"라고 결심하는 『허클베리 핀의 모험』 장면과 함께 미국문학에 나타난 가장 위대한 도덕적 승리의 순간으로 기록된다.

(3) 에이햅 선장과 고래잡이는 무엇의 상징인가?

이스마엘의 눈을 뜨게 해 주는 세 존재는 폴리네시아인 작살잡이 퀴퀙과 선장 에이햅, 그리고 거대한 흰 고래 모비 딕이다. 에이햅 선장은 모비 딕을 악의 화신으로 확신하며, 무리하게 고래를 추적하다가, 모든 선원들을 죽음에 이르게 하고 포경선 피쿼드 호도 침몰하게 만든다. 그런 의미에서 에이햅 선장은 잘못된 확신으로 자기 기업이나 나라를 파멸로 이끌어 가는 독선적인 지도자의 상징이라고 할 수 있다. 에이햅은 자기만 옳고 정의이며 다른 사람들은 모두 틀렸고 불의라고 생각하는 독선적인 사람이다. 그런 독선적인 지도자를 만나면 그 조직과 구성원들은 파멸을 피할 수 없다.

19세기는 아직 전기가 발명되기 전이어서 저녁이면 집집마다 등불을 밝혀야만 했다. 그리고 등불을 밝히는 것은 주로 고래기름이었다. 그래서 고래잡이가 당연시 되던 때였다. 그러나 멜빌은 『모비 딕』에서 고래의 남획이라는 소재를 통해 산업자본주의의 문제점을 제시하고 있다. 고래는 국경이 없이 전 세계를 다니기 때문에, 모비 딕과의 조우도 일본해 근처에서 이루어진다. 그렇다면 고래는 어느 나라의 소유일까? 당시는 고래가 항해기술과 과학기술을 갖춘 강대국의 소유가 되는 것을 당연시했다. 그래서 『모비 딕』은 19세기 제국주의도 비판하고 있다. 또, 멜빌은 피쿼드 호를 이 세상의 소유주로 보고, 지배자인 백인 선장과 백인 항해사 세 사람, 그리고 그 밑의 유색인 작살잡이 세 사람과 일반선원들의 계급사회를 보여 줌으로써 서구 민주주의의 문제점도 지적하고 있다.

(4) 모비 딕은 무엇을 상징하는가?

거대한 흰 고래 모비 딕은 초기에는 악의 화신으로 해석되었다가, 그 다음엔 신성한 것의 상징으로, 그리고 최근에는 베일에 가려진 진리로 해석되고 있다. 모비 딕은 사실 인간이 거울과도 같은 물속에서 발견하는 자기 자신의 모습일 수도 있으며, 멜빌 자신의 표현을 빌리면, 영원히 그 정체를 알 수 없는 "인생의 수수께끼 같은 유령의 이미지"일 수도 있다. 모비 딕의 흰

색은 바로 이러한 모호성을 잘 표출해 주고 있다. "고래의 흰색"이라 장(章)에서 이스마엘은 흰색을 가리켜 '기독교적 신성(神聖)의 베일'이면서 동시에 "인간에게 가장 공포심을 주는" 이중성을 가진 "모든 색을 포함하고 있는 무색," 그리고 "모든 색깔의 부재"라고 묘사하고 있다.

멜빌은 모호하고 신비스러우며 불길한 백색의 화신인 모비 딕을 그 의미를 쉽게 알 수 없다는 뜻에서 스핑크스의 수수께끼와 크레타의 미궁에 비유하고 있다. 이스마엘이 작품 서두에 만나는 퀴퀙도, "끝없는 크레타의 미궁 같은 문신이 전신에 퍼져 있는 사람"으로 묘사되고 있다. 이것은 모비 딕과 퀴퀙 모두가 이스마엘 같은 백인 미국인들이 그 의미를 탐색하고 깨달아야 하는 수수께끼 같은 현실이라는 것을 시사해 주고 있다.

드디어 사흘간의 대추적이 끝나고 모비 딕과의 최후의 대면이 이루어지는 순간이 온다. 거대한 괴수 모비 딕은 피쿼드 호를 산산조각으로 부서뜨리고 다시 바닷속으로 사라진다. 에이햅 선장은 자신이 잡으려던 모비 딕의 몸에 감긴 작살밧줄에 끼어서 모비 딕과 함께 바닷속으로 가라앉고, 퀴퀙을 비롯한 선원들도 전원 익사하며, 이스마엘도 파도의 소용돌이 속에서 가라앉게 된다. 그때 갑자기 검은 거품이 솟아나더니 퀴퀙이 자기가 죽으면 사용하려고 미리 만들어 둔 관을 수면으로 밀어 올리자 이스마엘은 그것을 붙잡고 살아난다. 이렇게 해서 이스마엘은 혼자 살아 돌아와서, 수수께끼 같은 백색 괴물에 의해 파멸하는 인류문명의 운명을 경고해 주고 있다.

(5) 모비 딕의 주제와 생각해 봐야 할 점

우리는 살면서 부단히 무엇인가를 추구하고 탐색한다. 그것은 어떻게 보면 망망대해에서 거대한 흰 고래 모비 딕을 찾아 헤매는 것과도 같다. 그러나 우리의 낭만적인 꿈은 너무 극단적으로 추구하다 보면 악몽이 될 수도 있고,

막상 성취하거나 만나 보면 우리를 파멸시키는 괴물일 수도 있다. 기업의 극단적인 이윤추구나, 정치권의 끝없는 권력추구도 그런 것이 아니겠는가?

『모비 딕』을 읽으며, 우리는 이스마엘처럼 자신은 정통이고 타자는 이단이라는 생각이 잘못되었다는 것을 깨닫게 된다. 그리고 에이햅처럼 자기가 하는 일이 절대적 선이고 정의이며, 타자는 파멸시켜야 할 악이고 불의라고 생각하면 안 된다는 것도 깨닫게 된다. 자신이 정의라고 생각하는 순간, 그건 곧 타인에 대한 횡포와 폭력과 독선이 되기 때문이다. 정의감에 취해 있으면 안 되는 이유도 바로 거기에 있다. 또 정의는 권력을 추구하는 사람들이 상대방을 제거하기 위해 이용하는 편리한 수단이 될 수도 있다. 오늘날 한국사회의 문제점도 스스로를 정의라고 확신하는 사람들 때문에 생겨나고 있다.

멜빌의 위대함은 무엇보다도 그가 미국인들과 서구인들의 이상이자 자랑인 '순수하고 완전한 백색' 뒤에 숨어 있는 '불길하고 사악한 그 무엇'인가를 인식하고 그것의 본질을 과감히 탐색했다는 데에 있다. 멜빌은 1891년 9월 28일에 타계했지만, 그가 남긴 불후의 명작 『모비 딕』은 오늘날 세계적인 고전으로 살아남아서, 우리에게 가르침을 주고 있다. 즉 우리가 왜 평생 모비 딕으로 상징되는 그 무엇인가를 추구해야만 하며, 또 피쿼드 호의 선원들처럼 파멸하지 않으려면 어떻게 살아야만 하는가를 가르쳐 주고 있는 것이다.

4. F. 스콧 피츠제럴드의 『위대한 개츠비』

(1) 『위대한 개츠비』는 현재 우리에게 어떤 의미를 갖는가?

『위대한 개츠비』는 산업화를 추진하다가 우리가 상실한 녹색의 목가적 꿈과, 산업화의 산물인 잿빛 기계의 대립에 대한 이야기다. 예컨대 개츠비는 녹색의 장원에서 살며 밤마다 그리운 옛 애인 데이지 집 근처의 제방에 켜져 있는 녹색의 불빛을 바라보며 다시 그녀를 되찾아오는 꿈을 꾼다. 개츠비는 비인간적인 기계문명과 물질주의 속에서 순수한 녹색의 꿈을 꾸며 살고 있는 최후의 로맨틱 드림보이다. 그러나 꿈꾸는 자는 기계에 의해 살해되기 마련이다. 에이브러햄 링컨, 존 F. 케네디, 마틴 루서 킹, 맬컴 X처럼 개츠비도 녹색의 꿈을 꾸다가 기계(자동차와 권총)에 의해 무참히 살해당한다.

개츠비는 비인간적 상업시대에도 낭만적인 꿈과 희망을 잃지 않았으며, 타락과 부패의 시대에도 홀로 순수를 지켰기에 "위대한 개츠비"라 불린다. 화자 닉은 톰이나 데이지 같은 사람들을 "무책임하고 부주의한 운전사"라고 부른다. 그들은 남을 치어 죽이고도 아무런 가책이나 책임감을 느끼지 않는 사람들이기 때문이다. 그러나 비록 속물적이고 유지하기는 하시만, 개츠비는 기꺼이 타자를 위해 자기를 희생할 줄 아는 사람이다. 그것이 개츠비가 위대한 또 하나의 이유일 것이다. 그래서 『위대한 개츠비』의 화자 닉 캐러웨이는 "우리는 모두 개츠비의 영전에 제복을 입고 부동자세로 경의를 표해야만 한다."고 말한다. 개츠비는 타락한 물질주의자들 사이에서 오직 홀로 순수했으며, 낭만적인 꿈을 잃지 않았기 때문이다.

그러나 유감스럽게도 오늘날 개츠비처럼 순수한 꿈을 가진 사람은 어디에도 없다. 젊은이들조차도 꿈을 상실하고 잿빛 기계와 빌딩 속에서 돈과 물질만 추구하며 살고 있기 때문이다. 개츠비는 다시 한 번, 우리에게 오염되지 않은 순수함과 목가적 꿈과 따뜻한 인간성을 잃지 말고 살아야 한다고, 그래서 이 세상을 살 만한 곳으로 만들어야 한다고 말한다. 돈과 기계와 물질을 무시할 수는 없지만, 그것을 추구하는 과정에서 소중한 것들을 잃어버리면 안 되기 때문이다.

(2) 목가적 꿈과 상업적 기계문명의 경계에 서 있는 개츠비

『위대한 개츠비』의 화자인 닉 캐러웨이는 고향인 중서부를 떠나 22세의 나이에 동부인 뉴욕으로 이주한다. 거기에서 그는 이웃집에 살고 있는 제이 개츠비라는 신비스러운 부자와 친구가 된다. 개츠비는 닉에게 근처에 살고 있는 닉의 사촌누이인 데이지와 만나게 해 달라고 부탁한다. 닉은 비로소 개츠비가 데이지의 옛 애인이었다는 사실을 알게 된다.

1차대전 시, 미 육군 장교 개츠비는 가난하다는 이유로 주둔지에서 사귄 애인 데이지의 부모로부터 거절당하고, 프랑스 전선으로 배속된다. 그가 떠난 사이에 데이지는 타락한 부자 남자 톰 뷰캐넌와 결혼하고, 충격과 상처 속에 괴로워하던 개츠비는 전쟁이 끝나고 귀국한 후, 자기도 어떻게 해서든지 돈을 벌어야겠다는 일념에 불탄다. 은밀한 방법으로(아마도 밀주 사업으로) 큰돈을 번 개츠비는 뉴욕 롱아일랜드의 데이지 집 근처에 대저택을 구입해 살며, 순진하게도 잃었던 옛 애인을 되찾아 보려 하지만, 이웃인 닉의 도움으로 5년 만에 다시 만난 데이지는 이미 예전의 순수한 데이지가 아니었다. 허영에 들떠 있는 속물인 데이지는 바람 피우는 부정한 남편을 단지 부와 사회적 지위를 잃기 싫어 떠나지 못한 채, 개츠비의 순정을 이용해 자신의 허전한 감정적 욕구만 채울 뿐이다. 반면, 순진한 개츠비는 이제는 자기도 물질적 성공을 거두었는데, 왜 데이지가 자신에게 돌아오지 않는지 이해하지 못한다.

그러던 어느 날, 데이지의 남편 톰과 개츠비 사이에 언쟁이 있었고, 흥분한 데이지는 개츠비를 태우고 집으로 돌아가다가 톰의 차인 줄 알고 달려나온 톰의 정부 머틀을 치어 죽인다. 순진한 개츠비는 데이지를 감싸 주기 위해 그 차를 운전한 사람이 자기인 것처럼 행세하지만, 악랄한 톰 부부는 머틀의 남편에게 개츠비가 머틀의 애인이며 그녀를 치어 죽인 사람이라고 무고한다. 실의에 빠져 자신의 저택 실내 수영장에 누워 있던 개츠비는 복수하러 찾아온 머틀 남편의 총탄에 살해된다. 녹색의 꿈을 꾸던 개츠비가 녹색의 수영장에서 총탄, 즉 기계에 의해 죽는 것은 대단히 상징적이다. 그는 꿈을 꾸다가 죽었고, 또 꿈을 꾸었기 때문에 죽은 것이기 때문이다. 개츠비의 장례식에는 아무도 오지 않는다. 평소 그에게 신세를 진 수많은 사람들이 있었지만, 추문에 휘말려들 것이 두려워 오지 않은 것이다. 이 모든 것을 지켜보고 기록한 화자 닉 캐러웨이는 비겁하고 무책임하며, 속물적이고 부패한 동부의 인간들에게 환멸을 느끼고 다시 고향인 중서부로 돌아간다.

피츠제럴드는 이 소설을 통해, 순수했던 초창기 미국의 건국이념과 미국의 꿈이 20세기 물질문명 속에 어떻게 부패하고 변질되기 시작했는가를 상징적으로 그러나 강력하게 고발하고 있다. 톰과 데이지 부부, 그리고 그들의 친구이자 화자의 여자친구인 소년은 모두 당시 재즈시내라 불리던 미국사회의 산물인 무책임하고 비도덕적인 잿빛 인간들의 상징이며, 개츠비를 살해한 사람들이다.

"내가 어리고 상처받기 쉬웠을 때, 아버지는 평생 잊지 못할 말씀을 내게 해주셨다. ─다른 사람을 비판하고 싶을 때마다, 이 세상 모든 사람들이 다 너처럼 복을 받고 태어난 것이 아니라는 사실을 명심해라."

가장 미국적인 소설, 또는 20세기 최고의 소설 중 하나라는 평을 받는 피츠제럴드의 소설 『위대한 개츠비』(1922)는 이렇게 멋진 말로 시작된다. 이 소설의 화자인 닉 캐러웨이의 회상인 이 말은, 가난했기 때문에 첫사랑을 잃어버렸고, 그 잃어버린 연인을 되찾기 위해 과거를 돌이키려는 헛된 꿈을 꾸다가 죽어 간 개츠비를 이 세상 그 누구도 비판할 자격은 없다는 의미로 들린다. 동시에, 우리가 남을 비판하기 전에, 그 사람의 입장에서 생각해 보아야 한다는 뜻도 들어 있는 것으로 사료된다.

개츠비의 문제는 그가 순진하게도 지나간 과거를 돌이킬 수 있다고 믿는 데 있었다. 그러나 지나간 것은 다만 그리워할 수 있을 뿐, 결코 돌이킬 수는 없는 법이다. 화자 닉 캐러웨이는 개츠비 같은 순수한 사람을 죽인 것은 바로 데이지와 톰 같은 더러운 잿빛 먼지 인간들이라고 말한다[실제로 톰의 정부는 "재의 계곡(The Valley of Ashes)"에서 살고 있다]. 그리고 개츠비야말로 미국 건국 초기 뉴욕을 바라보며 "신대륙의 신선한 녹색의 가슴"을 꿈꾸었던 네덜란드 선원들과도 같다고 말한다. 작품의 마지막에 닉은 이렇게 말한다.

그리고 내가 더 이상 새롭지 않은 이 미지의 세계에 대해 명상하고 있을 때, 나는 개츠비가 맨 처음 데이지 집 근처의 제방에서 녹색의 불빛을 발견했을 때 느꼈을 경이에 대해 생각했다. 그 푸른 잔디밭을 소유하기까지 그는 많은 어려움을 겪었고, 꿈이 너무도 가까이 있는 것처럼 보여 설마 그 꿈을 이루지 못하리라는 생각은 들지 않았다. 그러나 그는 그 꿈이 이미 그를 지나쳐 갔다는 사실을 —즉 공화국의 어두운 들판이 밤 속에 뻗어 있는, 도시 너머의 광대한 어둠 속으로 사라져 버렸다는 사실을 모르고 있었다. 개츠비는 녹색의 불빛을 믿었다. 그는 해마다 우리 앞에서 점점 사라져 가는 축제의 미래를 아직도 믿고 있었던 것이다.

개츠비는 순진한 꿈을 꾸었던 최후의 "로맨틱 드림보이"였다. 오늘날 물질주의와 이기심으로 가득 찬 우리 사회에도 꿈꾸는 청년 개츠비는 사라지고 없다. 우리 모두가 그를 죽였기 때문이다.

5. J. D. 샐린저의『호밀 밭의 파수꾼』

제롬 데이비드 샐린저(Jerome David Salinger)는 1919년 1월 1일에 태어났다. 아버지 솔로몬은 햄과 치즈 수입업자로서 돈을 많이 벌었으며, 그 덕분에 샐린저는 경제공황시대에도 뉴욕의 중상류층 가정에서 살 수 있었다.

샐린저는 은둔의 작가여서, 뉴햄프셔 주의 숲속 어딘가에 숨어 산다는 것만 알 뿐, 아무도 그가 어디 있는지 모르는 상태에서 2010년에 타계했다.

(1) '샐린저 현상'은 왜 일어났는가?

"1920년대 헤밍웨이와 피츠제럴드를 제외하고는 그 어느 작가도 샐린저만큼 대중적·비평적 관심을 끌었던 작가는 없었다."라고 시카고대학의 제임스 밀러 교수는 말했다. 선배 소설가 윌리엄 포크너도『호밀 밭의 파수꾼』을 '당대 최고의 작품'이라고 극찬했다. 과연 샐린저는 1961년 9월 15일 자〈타임스〉지의 표지로 선정되었으며, 그의 인기는 미국뿐 아니라, 전 세계적으로 폭발적이었다. 당시 대학생들은 누구나 샐린저의『호밀 밭의 파수꾼』을 들고 다녔으며, 자신들을 반항아인 소설 속 주인공 홀든 콜필드와 동일시했다. 소위 '샐린저 현상'이 전 세계를 휩쓴 것이다.

그렇다면 과연 무엇이『호밀 밭의 파수꾼』을 그토록 유명하게 만들었으며, 고전의 반열에 올려놓았을까? 요즘 다시 읽어 보면 그다지 새로울 것도 없는 젊은이의 반항을 다룬 소설인데, 왜 주인공 홀든 콜필드는 그처럼 당시 젊은이들에게 강력한 호소력으로 파고들었던 것일까?

『호밀 밭의 파수꾼』의 인기를 이해하기 위해서는 먼저 1950년대를 전후한 미국사회의 분위기를 알아야만 한다. 1930년대 좌파 진보주의 시대를 겪은 미국사회는 2차 대전이 끝나고 전후사회로 접어든 1940년대 후반부터 차즘 우파 보수주의를 향해 나아가고 있었다. 처참한 전쟁을 겪은 제대군인들과 그 가족들은 평화와 안정을 원했고, 그 결과 미국인들은 1957년 대통령 선거에서 평등을 공약으로 내세운 민주당의 애들라이 스티븐스 대신, 평화와 번영을 약속한 공화당의 드와이트 아이젠하워를 선택했다. 그리고 당시 미국사회는 조셉 매카시 상원의원이 주도한 현대판 좌파 마녀사냥인 매카시즘이 사회 전반에 걸쳐 맹위를 떨치고 있었다. 그에 따라, 미국사회는 점잖음과 안정을 내세운 보수주의 사회로 접어들고 있었다. 그러나 젊은이들은 보수주의와 기성세대로부터 다양성의 부재와 위선을 발견하고 거기 저항하기 시작했다.

(2) 주인공 콜필드가 저항하는 기성세대의 위선과 가식은 무엇인가?

그렇다면 『호밀 밭의 파수꾼』에서 주인공 홀든이 저항하는 기성세대와 미국사회의 위선과 허위와 가식이란 무엇이었을까? 홀든이 보는 당시 미국사회는 외양적으로는 도덕과 점잖음을 표방하면서도 내면적으로는 비도덕적이고 속물근성에 젖어 있었다. 예컨대 당시 미국사회는 질서를 표방하면서 다양성을 불허했으며, 윤리를 내세우면서 개인의 자유를 억눌렀다. 또 유색인을 차별했으며, 이혼을 용납하지 않는 사회분위기에서 소수인종을 무시했고, 여성의 존엄성을 억압했다. 부모들은 안 그런 척하면서 사실은 일류학교만 밝혔고, 교사들은 거기에 편승해 학생들의 대학입시나 스펙 쌓기에만 관심이 있었다.

사회 전반에 허위와 가식이 편만했다는 것을 보여 주는 하나의 좋은 예는, 홀든이 다니던 펜시 프렙스쿨의 광고에 나오는 영국 귀족들의 놀이인 폴로경기 사진인데, 홀든은 펜시스쿨에는 폴로 경기는커녕, 말도 한 마리 없다고 비웃는다. 이는 당시 학교를 포함해 미국사회가 유럽적인 것을 숭배하는 속물적인 위선과 가식에 젖어 있었다는 것을 잘 보여 주고 있다. 홀든은 또 마음은 전혀 그렇지 않으면서, 사람을 만날 때 관습적으로 "Nice to see you."라고 말하는 것도 어른들의 위선이고 가식이라고 비판한다.

(3) 『호밀 밭의 파수꾼(*A Catcher in the Rye*)』은 어떤 작품인가?

샐린저의 『호밀 밭의 파수꾼』은 바로 그러한 단세포적 사회와 가식의 시대에 정면으로 도전했던 신선하고 도발적인 저항소설이었으며, 물질적 풍요의 시대에 정신적 빈곤을 고발한 반문화(Counter Culture) 소설의 원조가 되었다. 예컨대 『호밀 밭의 파수꾼』의 주인공 홀든 콜필드가 부잣집 자녀들이 다니는 사립 고등학교인 프렙스쿨에서 낙제하자, 미련 없이 학교를 떠나는 것은 바로 위선으로 가득 찬 기성세대와 허위로 점철된 사회에 대한 저항의 제스처라고 할 수 있다. 그런 의미에서 주인공 홀든 콜필드는 1950년대의 유명한 영화 〈이유 없는 반항〉에서 주연을 맡은 반항아 제임스 딘을 연상시킨다.

기성세대의 위선과 허위를 고발하며, 분연히 학교를 떠나 뉴욕의 거리를 방황하는 홀든 콜필드의 체제 저항적 태도는 당시 억눌려 있던 젊은이들의 가슴에 반항의 불을 지피는 기폭제가 되었다. 홀든 콜필드의 거칠 것 없는 말투, 당시로서는 사회적 터부였던 적나라한 욕설, 그리고 시원하게만 느껴지는 그의 저항적 태도는 점잖음을 추구하던 미국사회에도 충격적이었지만, 허위와 기만 속에서 안정을 추구하며 살고 있었던 기성세대에게도 엄청난 파문을 일으켰다.

더욱 놀라운 것은 『호밀 밭의 파수꾼』이 1951년에 발표되었다는 점이다. 그것은 곧 샐린저가 얼마나 시대를 앞서가는 혜안의 작가였는가를 잘 보여 주고 있다. 이 기념비적 소설은 이후 시작된 일련의 반문화 운동의 시발

점이자 기폭제가 되었다는 점에서 중요한 문학사적 의의를 갖는다. 예컨대 『호밀 밭의 파수꾼』은 1950년대 중반과 후반에 일어난 반문화 움직임인 미국의 비트 운동(The Beat Movement)과 전후 영국의 진보주의 그룹인 '성난 젊은이들(The Angry Young Men)'의 시효가 되었으며, 1960대를 풍미했던 히피문화의 원조가 되었다.

(4) "호밀 밭의 파수꾼"이라는 말은 무엇을 의미하는가?

학교에서 뛰쳐나와 뉴욕에 도착한 홀든은 거리를 헤매다가, 교회에 다녀오는 어느 가족을 만나는데, 그 집 아이가 차도 가장자리를 위태롭게 걸어가면서 "호밀 밭을 걸어가는 아이들을 붙잡아 준다면"이라는 노래를 부르자, 자기는 저렇게 순진한 아이들의 보호자가 되어야겠다는 생각에 기분이 좋아진다. 홀든은 아들이 퇴학당한 줄 모르는 부모를 속이기 위해 방학하는 날인 수요일이 되어서야 집으로 돌아갈 예정이었지만, 여동생 피비가 보고 싶어 저녁에 몰래 집으로 숨어든다. 자다가 깬 피비가 "오빠는 무엇이 되고 싶어?" 하고 묻자, 홀든은 아이들이 호밀 밭에서 놀다가 절벽으로 떨어지지 않도록 돌보는 '호밀 밭의 파수꾼'이 되고 싶다고 대답한다.

나중에 여동생 피비의 학교를 찾아간 홀든은 피비의 학교 벽에서 외설스러운 말이 써진 낙서를 보고, 분노에 사로잡혀 황급히 그 낙서를 지운다. 그 이유는, 순진한 동생 피비를 그런 저급한 욕설로부터 보호하는 파수꾼이 되고 싶기 때문이다. 그러나 홀든은 곧 그런 상스러운 욕이 사방에 널려 있으며, 어떤 것들은 칼로 새겨져서 잘 지워지지 않는다는 사실을 발견하고 절망하게 된다. 나중에 홀든은 박물관에서 피비를 기다리는 동안, 이집트 무덤을 구경하다가, 거기에서도 외설스러운 낙서를 발견하고 경악한다. 이는 비단 현대문명뿐 아니라, 인류역사 내내 순수성을 오염시키는 저급한 요소들이 상존해 왔음을 상징적으로 보여 주는 장치라고 할 수 있다.

홀든은 여동생 피비를, 허위와 기만으로 오염된 기성사회로부터 지켜 주어야만 하는 순수성의 상징으로 본다. 동물원에서 피비가 회전목마를 타고 빙글빙글 돌면서 금빛 고리를 잡으려고 노력하는 모습을 보며, 홀든은 다시 한 번 이 거친 세상에 아이들의 순수성을 지키는 '호밀 밭의 파수꾼'이 되기로 결심한다.

그러나 이 소설은 신경쇠약에 걸린 홀든이 캘리포니아의 어느 요양소에서 정신과 의사에게 털어놓는 이야기로 구성되어 있어서, 그가 '호밀 밭의 파수꾼'이 되지 못했다는 것을 시사해 주고 있다. 그리고 그것은 곧 홀든이 아이들의 '순진성'이란 아무리 노력해도 영원히 지키거나 보존할 수 있는 것이 아니고, 결국은 오염된 채 어른들의 세계로 들어갈 수밖에 없다는 사실을 깨닫게 되었다는 것을 의미한다. 그러므로 홀든의 고뇌는 바로 그러한 것, 즉 아무리 노력해도 영원히 순수성을 지키는 '호밀 밭의 파수꾼'이 될 수 없다는 슬픔을 인식하는 데서 비롯되는 것이라고 할 수 있다. 홀든은 이렇게 말한다. ―"물건에 따라서는 현재모습 그대로 보관하고 싶은 것이 있지. 그러나 그게 불가능하기 때문에 안타까운 거야."

(5) 『호밀 밭의 파수꾼』은 오늘날 우리에게 어떤 의미를 갖는가?

홀든은 늘 외롭고 고독하다. 그가 보는 성인들의 세상은 허위와 가식으로 점철되어 있고, 그는 거기에 혐오감을 느낀다. 홀든이 자주 현기증과 구토증을 느끼는 것도 아마 그런 이유에서일 것이다. 그렇다고 해서 홀든이 사회와 완전히 단절하는 것은 아니다. 때로 그는 사람들과 관계를 맺고 현실과 연관을 맺고 살아간다. 그는 자신의 사회참여와의 연관에 대해 부단히 거부감을 느끼지만, 결국은 그 자신도 어른의 세계로 편입되어 들어간다.

『호밀 밭의 파수꾼』은 질서와 안정이라는 캐치프레이즈 아래, 위선과 기만 속에 살며 경직된 교육제도나 사회제도를 통해 자유주의 정신을 억압했던 당시 보수적 기성세대에 대한 통렬한 비판이자 고발이었다.

　『호밀 밭의 파수꾼』은 우리로 하여금 젊은이들이 왜 그렇게 기성세대에 반항하는지 그 이유를 알게 해 준다. 오늘날 한국의 젊은이들도 홀든 콜필드처럼 대학입시 같은 경직된 사회제도에 숨 막혀 하고, 가식과 위선에 차 있다고 생각하는 기성세대와 단절되어 있으며, 자기 나라를 "헬 조선"이라고 부른다.『호밀 밭의 파수꾼』을 읽으며, 나이 든 세대는 요즘 젊은 세대의 "이유 없는 반항"의 숨은 "이유"를 깨닫게 된다.

　1951년 7월 16일, 샐린저는 드디어 10년 동안 준비해 온 장편『호밀 밭의 파수꾼』을 발표해 전 세계의 주목을 받는 작가로 부상하게 된다. 그가 원고를 완성한 다음 뉴욕의 한 유명 출판사로 보냈을 때, 당시로서는 너무나 자유분방한 언사와 F로 시작되는 욕설 때문에 말썽 날 것을 두려워한 출판사 편집자는 샐린저를 점심식사에 불러내어 원고를 수정해 줄 것을 부탁한다. 이에 화가 난 샐린저는 원고를 돌려받아 보스턴의 '리틀 브라운'사로 원고를 보내 거기서 이 기념비적 소설을 출간하게 된다. 천문학적인 수입과 출판사의 명성이 순간의 판단착오로 인해 한 출판사에서 다른 출판사로, 그리고 뉴욕에서 보스턴으로 넘어가는 순간이었다.

　당시로서는 충격적인 소설이었던『호밀 밭의 파수꾼』이 나온 후 발표된 서평들은 그리 좋은 편은 아니었다. 보수적인 사회분위기는 이 소설의 거친 언어와 반체제적인 내용을 문제 삼았고, 따라서 이 소설이 베스트셀러가 되기까지는 약 2년이란 세월을 기다려야만 했다. 즉『호밀 밭의 파수꾼』은 아직 시대정신이 무르익기 전, 너무 빨리 시대를 앞서서 발간된 셈이었던 것이다. 오직 〈뉴요커〉지만 다섯 페이지에 걸친 찬사를 실었을 뿐, 〈뉴욕 타임스〉와 〈헤럴드 트리뷴〉은 중립이었고, 〈코멘타리〉지는 신랄한 비판을 게재했다.

『호밀 밭의 파수꾼』은 여러 외국어로 번역되었는데, 번역본마다 제목이 다르게 붙는 이변을 불러왔다. 예컨대 이탈리아어 번역은 『한 남자의 인생』이었고, 일본판의 제목은 『인생의 위험한 순간들』이었으며, 노르웨이 번역본은 『모두들 자신을 위해, 그리고 악마는 최후 순간을 취한다』였다. 또 스웨덴 번역판은 『위기의 순간에 나타나는 구원자』였고, 덴마크판은 『추방당한 젊은이』였으며, 프랑스판은 『마음의 파수꾼』이었다. 독일판은 『호밀 밭의 남자』였고 네덜란드판은 처음에는 『고독한 방랑자』였다가 나중에는 『사춘기』로 바뀌었다. 이렇게 서로 다른 제목은 각 나라에서 이 작품을 어떻게 다르게 받아들였는가를 보여 주고 있어서 흥미롭다.

6. 하퍼 리의 『앵무새 죽이기』

(1) 이 작품의 주제는 현대에 어떤 의미가 있는가?

『앵무새 죽이기』는 미국 남부 앨라배마 주의 메이콤이라는 조그마한 마을에서 일어난 한 흑인재판 사건을 축으로 해서, 아이들이 바라본 성인들의 편견을 비판한 감동적이고도 수준 높은 작품이다. 이 소설은 '스카우트'라는 한 여성이 어린 시절을 회상하는 것으로 되어 있다. 스카우트는 어렸을 때, 백인여성을 성폭행하려 했다는 누명을 쓰고 재판에 넘겨진 흑인 로빈슨 사건의 변호를 맡은 아버지 애티커스 핀치를 옆에서 바라보며 마을 사람들의 편견을 발견하게 된다. 예컨대 유색인에 대한 편견, 가난한 사람에 대한 편견, 결손가정 아이들에 대한 편견, 독신여성에 대한 편견, 노인들에 대한 편견, 그리고 비정상적인 사람들에 대한 편견이 바로 그것이다. 그래서 이 소설은 우리로 하여금 왜 타인에 대한 편견을 가지면 안 되는지, 그리고 어떻게 하면 그런 편견에서 벗어날 수 있는지를 가르쳐 준다.

『앵무새 죽이기』는 또 우리에게 어떤 것이 진정한 용기인가를 가르쳐 준다. 오누이인 젬과 스카우트는 아버지 애티커스가 변호사여서 말만 잘하지, 스포츠도 좋아하지 않고 총도 쏘지 못하는 샌님이라고 생각한다. 아들 젬은 아버지가 "앵무새는 우리를 위해 노래 불러 주는 죄밖에 없기 때문에 총으로 쏘면 안 된다."고 하자, 아버지가 총도 쏠 줄 모르는 남자답지 못한 사람이라고 생각한다. 그러나 마을에 미친개가 나타나서 아이들을 위협하자, 아버지 애티커스는 분연히 총을 들고 나와 단 한 방에 미친개를 사살한다. 놀라는 아이들에게 보안관은 "너희 아버지가 메이콤의 최고 명사수였고 별명이 '일격필살의 핀치'였다는 것도 몰랐니?"라고 말해 준다. 또 법정에서 흑인을 변호하면 백인들의 비난 속에 변호사 경력이 끝난다는 것을 알면서도, 애티커스는 흑인 로빈슨의 변호를 맡는 용기를 보여 준다. 그리고 구치소에 갇혀 있는 흑인 로빈슨에게 백인들이 린치를 가하려고 몰려오자, 홀로 분연히 맞서서 약자 로빈슨을 보호한다. 아버지 애티커스의 이러한 행동을 통해 아이들은 비로소 진정한 남자다움과 진정한 용기가 어떤 것인가를 배우게 된다.

(2) 백인과 유색인, 정상과 비정상, 용기와 만용의 경계를 넘어

『앵무새 죽이기』는 아직 미국에 인종차별이 만연하던 1930년대 미국 남부의 어느 마을에서 있었던 일에 대한 소설이다. 두 살 때 엄마를 여읜 여섯 살 난 스카우트는 오빠 젬과 변호사 아버지 애티커스와 살고 있다. 마을에는 가난한 사람들, 싱글 여자, 늙은 노파, 이혼한 집 아이 등이 있는데, 어른들의 편견 때문에 사람들은 그들을 무시한다. 한편, 백인여성 폭행 미수 누명을 쓰고 피소된 흑인 로빈슨의 변호를 애티커스가 맡자, 그를 기소한 여자의 아버지 유월은 원색적으로 애티커스를 협박한다.

악당 유월은 애티커스에게 복수하기 위해, 학교축제가 끝나고 집으로 돌아가는 젬과 스카우트를 칼을 들고 공격하는데, 마침 나타난 동네의 정신병자 부 아저씨가 구해 준다. 어른들의 편견 때문에 아이들은 부 아저씨를 두려워하지만, 사실은 착한 사람인 부 아저씨는 부상당한 젬을 안고 집에 데려다준다. 아이들은 아버지 애티커스와 부 아저씨를 통해, 그리고 가난하지만 착한 급우 월터 커닝햄을 통해, 또 소문과는 달리 괴팍하지 않은 노파와 친절한 싱글 여인 모디 아줌마를 통해, 결손가정 출신 아니 딜, 그리고 착한 흑인 로빈슨을 통해 어른들의 편견이 얼마나 근거 없는 것인가를 깨닫게 된다.

『앵무새 죽이기』에서 아버지 애티커스는 딸 스카우트에게 이렇게 말한다. ―"남을 비판하기 전에 반드시 그 사람의 입장에 서 보아야만 한다." 즉 상대방을 이해하려고 노력해야 한다는 것이다. 그래야지 편견을 갖지 않게 되기 때문이다. 우리에게는 자기 입장에서 자신의 잣대로 타인을 판단하는 경향이 있다. 신약성서에 나오는 "너희 중에 죄 없는 자 있으면 먼저 돌을 들어서 쳐라."라는 말도 같은 맥락일 것이다. 우리는 자신의 잘못은 돌아보지 않고, 쉽게 타인을 비난한다. "내가 하면 로맨스"고, 남이 하면 "스캔들"이라는 속담도 비슷한 말이다. 그러나 자신에게 엄격하고, 남에게 관대한 사람이 진정 위대한 사람이다. 그러므로 우리는 남을 판단하기 전에 언제나 먼저 상대방의 입장에서 생각해 보아야 할 것이다.

모든 인종차별주의자들은 어려서 부모로부터 인종적 편견을 배운다. 아이들은 부모의 태도나 말투를 통해 자신도 모르게 배우고 세뇌되기 때문이다. 그래서 이 소설은 1960년대에 『아이들은 알고 있다』라는 제목으로 번역되었다. 아이들의 눈으로 어른들의 편견을 고발하고 있기 때문이다. 그런 의미에서 『앵무새 죽이기』는 어른들을 부끄럽게 하는 책이다.

한국사회에서는 큰소리 치고 허세를 부리거나 폭력을 행사하는 것을 남자다운 것으로 잘못 알고 있는 경향이 있다. 그러나 사실 그건 남자다운 것이 아니라, 유치한 짓이다. 슈퍼맨이나 스파이더맨처럼, 평소에는 조용하게 있다가도, 위기가 닥치면 분연히 일어나 약자를 보호해 주고 구해 주는 것이 진정으로 남자다운 것이다. 진정한 용기도 마찬가지다. 자신이 책임지고 있는 버스나 배가 사고를 당했을 때, 승객부터 구해 주고 자기는 마지막까지 남아서 책임을 지는 것이 용기 있는 지도자의 행동인데, 우리 사회는 사고가 나면 운전사나 선장이 가장 먼저 탈출하고, 교장이나 교감이 제일 먼저 도망을 가는 경우가 대부분이다. 또 익명으로 다른 사람들 뒤에 숨지 말고, 다수가 뭔가를 강요할 때도, 분연히 홀로 맞서서 "아니다(No)!!"라고 말할 수 있는 사람이 남자답고 진정한 용기를 가진 사람일 것이다.

애티커스는 백인들의 협박에도 불구하고, 약자인 흑인을 변호하는 용기를 보여 주고 있으며, 흑인에게 린치를 가하러 몰려온 사람들에게 당당하게 맞서서 흑인 피의자를 보호해 준다. 그는 앵무새는 쏘지 않는 비폭력주의자지만, 아이들을 위협하는 미친개가 나타날 때는 분연히 총을 들고 주저 없이 그 미친개를 사살한다. 그런 의미에서 그는 진정한 용기를 가진, 남자다운 사람이다. 더 나아가, 애티커스는 타자에 대한 편견이 없는 사람이다. 그래서 가장 매력적인 "쿨 가이(Cool Guy)"라고 할 수 있다.

우리가 편견의 총으로 쏘면 안 되는 앵무새는 소수인종, 가난한 사람, 독신여성, 과부, 나이 든 노인, 이혼가정 아이, 비정상인 등이다. 우리는 그런 사회적 약자들에 대해 편견을 가지면 절대 안 될 것이다. 그럼에도 불구하고, 유감스럽게도 인간은 편견에서 자유롭지 못하다. 문제는 우리의 아이들이 그걸 답습하고 배운다는 데 있다.

또 다른 앵무새는 순진하고 연약한 어린아이들과 우리가 책임지고 있는 젊은 직원들일 것이다. 이 소설의 마지막에 애티커스는 악당 유월의 공격을 받고 부상당한 아들 젬의 곁에 앉아 밤을 새운다. 모두가 잠든 밤에도 어른들의 편견 때문에 상처 입은 앵무새 옆을 홀로 깨어서 지켜 주고 있는 애티커스는 이 시대의 모든 용기 있는 아버지와 훌륭한 지도자의 모습일 것이다.

7. 대니얼 드포의『로빈슨 크루소』

우리 모두에게는 어린 시절, 영국작가 대니얼 드포(Daniel Defoe)의 해양소설『로빈슨 크루소(Robinson Crusoe)』(1719)를 읽으며, 낯선 곳으로의 항해와 무인도의 탐험, 그리고 야만인과의 조우를 꿈꾼 경험이 있을 것이다. 그러나 그 순진한 소년소녀 시절의 꿈이 사실은 남의 영토를 정복하고 원주민을 지배하려는 제국주의적 꿈이었다는 것을 깨닫지는 못했을 것이다. 미지의 세계에 대한 모험심과 어린 시절의 꿈이 맞물리면서, 현실 세계에서 일어나고 있는 제국주의나 식민주의는 망각하기 때문이다. 서구 제국주의가 창궐하던 시절, 제국의 작가들은 그러한 모험심과 개척정신을 소설로 형상화해서 청소년들의 모험심을 고취시켰지만, 결과적으로는 제국주의적 이념을 주입하고 세뇌시키는 역할도 했다. 18세기 소설인 드포의『로빈슨 크루소』는 그 대표적인 예일 것이다.

(1)『로빈슨 크루소』을 어떻게 읽을 것인가?: 제국과 식민지

드포의『로빈슨 크루소』를 읽는 한 가지 방법은 그것을 제국주의의 영토확장과 원주민 순치에 대한 작품으로 보는 것이다. 과연 크루소는 무인도

대니얼 드포

에 표류하게 되자, 무인도의 환경에 적응하려 하기보다는, 섬을 문명화시키려고 노력한다. 예컨대 그는 자신이 기거할 움막을 만들면서, 문명인으로서 갖추어야 할 것들을 최대한 갖추려고 노력하며, 자연환경에 순응하기보다는 기술문명을 이용해 주위환경을 지배하려고 노력한다. 심지어는 자신이 구해서 데려온 원주민조차도 문명화시키려고 한다. 크루소는 그 원주민에게 '프라이데이'라는 이름을 붙여 주고 영어를 가르치며, 자신의 하인으로 만들어 자기를 "주인님(master)"이라고 부르게끔 한다. 프라이데이는 크루소를 두려워하고 크루소가 다른 원주민을 총으로 쏠 때도 제발 자기는 쏘지 말아 달라고 엎드려 간청하는데, 크루소는 그러한 문명인으로서의 권력과 원주민의 복종을 즐긴다.

나는 그에게 가까이 오라고 내가 생각해 낼 수 있는 온갖 격려의 신호를 보냈다. 그는 무릎을 꿇고 내게 다가오면서 열 걸음이나 열두 걸음마다 멈춰 서면서 자기를 살려 주어서 고맙다는 표시를 했다. 나는 미소 지으며 그에게 더 가까이 오라고 손짓했고, 그는 가까이 다가와서 다시 무릎을 꿇고 머리 숙여 땅에 키스하며 자기 머리 위로 내 발을 들어 올려놓았는데, 그건 마치 영원히 내 노예가 되겠다고 말하는 것 같았다.

크루소가 프라이데이에게 영어를 가르치는 일차적인 이유는 우선 외로워서 말 상대가 필요하기 때문이다. 사실 크루소는 앵무새에게도 영어를 가르치는데, 앵무새를 지배하거나 하인으로 부리기 위해서가 아니라, 말동무가 필요해서 영어를 가르친다는 것이다. 그러나 좀 더 자세히 들여다보면, 크루소가 원주민에게 프라이데이라는 이름을 부여하고 그에게 영어를 가르치는 궁극적인 목적은 원주민하고 소통하며 그를 지배하고 그에게 일을 시키기 위해서라는 것을 알 수 있다. 그런 맥락에서 보면, 크루소는 분명 문명인의 이성과 문명의 도구를 사용해 야만적인 섬을 문명화하고 식민화하려는 제국주의자의 모습을 보여 주고 있으며, 프라이데이는 제국주의자에게 지배받는 힘없는 식민지인의 상징이라고 할 수 있을 것이다.

(2) 『로빈슨 크루소』에 나타난 서구 제국주의 담론

『로빈슨 크루소』는 우선 미개한 원주민이 살고 있는 섬을 단지 자기가 문명인이라는 이유만으로 자신의 영토로 만들려는 사람의 이야기로 읽을 수 있다. 그리고 교화와 순치라는 명목으로 원주민에게 영어와 복종을 가르치고, 원주민을 지배하며 문명화시키려는 백인 제국주의자의 이야기로도 읽을 수 있다.

그러나 이 작품을 자세히 읽어 보면, 보다 더 심층적인 문제를 발견하게 된다. 우선 『로빈슨 크루소』가 출간된 18세기는 유럽에서 개인의 자유의지를 중시하던 시대였다. 그래서 드포는 프라이데이가 크루소의 강요에 의해서가 아니라, 자신의 자유의지로 영어를 배우고 싶어 하는 것처럼 상황을 만들고 이야기를 전개해 나가고 있다. 그러나 바로 그와 같은 상황설정이야말로, 식민지인들이 원하기 때문에 유럽인들이 암흑의 대륙을 문명화시켜 주고, 야만을 순치시켜 주며, 식민통치를 한다는 제국주의자들의 그릇된 담론을 그대로 답습한 것이라고 할 수 있다.

또 『로빈슨 크루소』에서 프라이데이는 보통 원주민들과는 달리, 백인을 닮은 인도인 같은 모습으로 제시되고 있는데, 이는 생김새가 백인과는 전혀 다른 새까만 토종 원주민들과는 달리, 프라이데이가 서구화되고 문명화될 수 있는 가능성이 있다는 것을 암시해 주고 있다. 그러나 프라이데이가 단지 백인을 닮은 외모를 가졌다는 이유만으로 구원받을 가치와 가능성이 있는 대상으로 여겨진다는 사실은, 원주민들에 대한 백인들의 편견을 잘 드러내 주고 있다.

8. 브램 스토커의 『드라큘라』

역사소설이 과거를 교훈삼아 현재를 돌이켜 보게 해 주듯이, 고전 또한 현재를 비추어 주는 거울의 역할을 한다. 1897년 브램 스토커가 쓴 소설 『드라큘라』 역시 단순한 흡혈귀 이야기가 아니라, 오늘날 우리가 처한 상황을 은유적로 예시해 주어, 삶을 성찰하게 해 주는 좋은 고전이다.

『드라큘라』는 부동산 회사에 근무하는 영국인 변리사 조너선 하커의 일기로 시작된다. 하커는 런던의 중심가에 집을 사려고 하는 드라큘라 백작의 자문 요청을 수락해, 그를 만나러 트란실바니아로 떠난다. 드라큘라 백작의

브램 스토커

성에 도착한 하커는 드라큘라가 빛을 싫어하고 밤에만 나타난다는 것, 거울에 모습이 비치지 않는다는 것, 그리고 동물과의 교류와 변신이 가능한 초인적인 존재라는 것 등을 발견하고 불안해한다.

한편, 하커의 약혼녀 미나는 약혼자의 소식이 끊겨 우울해 있던 차, 친구인 루시의 초청으로 항구도시 휘트비로 온다. 그런데 그곳에 선원들이 모두 죽은 러시아 국적의 이상한 배 한 척이 표류해 오고, 원래 몽유병 증세가 있던 루시는 그때부터 이상하게 변해 간다. 사태를 이상하게 여긴 루시의 주치의 존 수어드는 자신의 스승 반 헬싱 교수를 불러오는데, 반 헬싱 교수는 루시가 그 배를 타고 온 흡혈귀에게 당했다는 사실을 발견한다. 드라큘라는 하커의 약혼녀인 미나도 피해자로 만든 후, 자신을 추적해 오는 반 헬싱 일행을 피해 영국을 탈출한다. 그러나 드라큘라를 추적해 간 반 헬싱 일행은 드디어 악의 화신인 드라큘라의 심장에 말뚝을 박아서 죽이는 데 성공한다. 드디어 대영제국의 평화와 질서는 회복된다.

(1)『드라큘라』를 어떻게 읽을 것인가?

세기말의 영국은 정치적으로는 제국주의이데올로기의 확산, 경제적으로는 산업자본주의의 대두, 사회적으로는 귀족계급의 몰락과 중산층의 부상이라는 커다란 변화를 겪고 있었다.『드라큘라』는 바로 그러한 시대적 맥락에서 쓰여졌고 또 그러한 배경을 염두에 두고 읽어야 하는 작품이다.

우선『드라큘라』는 괴물 드라큘라를 영국인이 아닌 외국인으로 설정했다는 점에서 19세기 영국인들의 제국주의적 태도가 드러난, 또는 영국인들의 제국주의적 인식을 비판하고 있는 소설이라고 볼 수 있다. 사실 이 작품은 외국에서 스며들어 온 극도로 무질서하고 어두운 힘에 의해 파괴되어 가는 제국의 수도이자 문명국인 영국을 구해 내는 사람들의 이야기라고 볼 수 있다.

드라큘라가 런던을 지배하는 방법은 적절하게도 영국인들의 생명력의 상징인 피를 빨고, 그 피해자들을 자신의 조종을 받는 허수아비로 만드는 것이다. 그는 주로 어린이들과 여자들을 공격해 자신의 지배하에 둠으로써 그들이 상징하는 영국의 미래를 장악하려 한다. 이제 문명의 상징인 런던은 이성적으로는 설명이 안 되는 초자연적인 존재에 의해 혼란과 암흑과 파멸의 도시로 변하게 된다. 그러한 무질서와 야만의 파괴적 힘에 대항하는 것은 이성과 문명의 상징인 과학자 반 헬싱 교수와 그의 제자인 의사 존 수어드이다.

『드라큘라』를 읽는 방법은 다양하다. 우선 이 작품은 드라큘라 백작으로 상징되는 부패하고 몰락해 가는 구시대의 귀족계급과, 거기에 대항하며 새롭게 대두되던 중산층 계급인 변호사나 변리사, 또는 과학자나 의사의 이야기로 읽을 수 있다. 드라큘라 백작을 퇴치하는 반 헬싱이나, 존 수어드나, 조너선 하커는 모두 후자에 속하는, 당시 새롭게 힘을 갖기 시작하던 중산층 계급에 속하는 사람들이다.

또한『드라큘라』는 기독교와 이단의 대립으로도 읽을 수 있다. 드라큘라는 기독교의 교리인 부활을 부정하는 존재인 '언데드(Un-dead),' 즉 죽은 것도 아니고 산 것도 아닌 존재이다. 그리고 기독교의 상징인 십자가를 무서워한다. 기독교는 그러한 이단을 인정할 수 없고, 따라서 처단해야만 한다. 또 이단의 극치인 드라큘라가 서구 기독교의 상징인 십자가를 두려워한다는 설정 역시 다분히 유럽 중심적이고 제국주의적인 것처럼 보인다.

또한 이 소설은 드라큘라로 상징되는 구시대의 경제체제와, 중산층이 주도하는 새로운 경제체제인 자본주의의 대결로 읽을 수도 있다. 과연 반 헬싱은 한때 세계 상권을 쥐고 있었던 네덜란드 출신이고, 이 소설의 마지막에 드라큘라를 죽이는 사람도 자본주의자인 미국인 사업가이다. 이는 특히 20세기에 들어서면서부터 미국이 세계 자본주의를 주도하는 나라가 되었다는 점을 생각하면 대단히 상징적인 장치라고 하겠다.

반면 이 작품은 자본주의의 착취에 대한 비판으로도 읽을 수 있다. 과연 드라큘라는 자기 밑에서 일하는 노동자인 집시들을 착취할뿐더러, 피를 빠는 흡혈행위 또한 약자에 대한 착취의 은유라고 볼 수도 있다. 위대한 작품은 이렇게 정반대의 해석도 가능하다. 진실이라는 것도 절대적인 것이 아니라 시대에 따라 변하기 때문이다.

(2) 『드라큘라』에 대해 생각해 봐야 할 것들: 선과 악의 경계해체

소설이나 영화 속에서 드라큘라는 피해자가 먼저 불러들여야만 비로소 집 안으로 들어갈 수 있다. 그것은 곧 우리가 강한 의지가 있으면, 흡혈귀의 접근을 막을 수 있다는 것을 의미한다. 그러나 피해자들은 모두 연약하고 의존적이어서, 흡혈귀를 집 안으로 초대하고 만다.

『드라큘라』는 또 브램 스토커가 살았던 19세기 빅토리아 시대 영국사회의 성적 억압에 대한 비판으로도 읽을 수 있다. 19세기의 영국사회에서 성

적 자유란 곧 수치스러운 죄악이다. 드라큘라 백작은 그런 19세기 도덕과는 정면으로 배치되는 인물로서 제시된다. 예컨대 그는 자신의 성에 세 여인을 거느리고 있으며, 계속해서 다른 여자들 ―그것도 약혼한 여자들― 을 자신의 소유로 삼는다. 흥미로운 것은 조녀선 하커가 하필이면 약혼 중에 "유럽의 문명으로부터 가장 멀리 떨어진" 어두운 원시의 지역으로 가서 세 여자와 성적 환락을 경험하고, 루시와 미나 역시 약혼 중에 악의 화신이자 밤의 마왕인 드라큘라의 유혹에 빠져든다는 점이다. 19세기 영국에서 약혼은 윤리와 도덕을 기반으로 사회에서 행해지는 가장 강력한 성적 억압의 굴레였다. 그와 같은 성적 억압의 굴레가 극에 달했을 때, 사람들은 왜곡된 성적 자유의 표상인 드라큘라를 만나게 된다. 그래서 『드라큘라』는 성적 억압과 성적 욕망의 갈등에 대한 이야기로도 읽을 수 있다.

또한 이 소설은 악의 화신인 『드라큘라』와 그를 추적해서 죽이려는 반 헬싱이 아주 비슷한 존재라는 암시를 통해, 선과 악의 경계란 사실 종이 한 장차이일 뿐이라는 것을 우리에게 가르쳐 준다. 피해자의 목에 이빨을 찔러넣는 드라큘라처럼, 반 헬싱 역시 드라큘라와 그의 피해자의 심장에 말뚝을 박아 넣는다. 비록 반 헬싱의 말뚝 박기는 악마로부터의 해방과 죽음의 평화를 되찾아 주기 위한 것이라는 명분을 갖고 있지만, 그러나 시체에 말뚝을 박는 그의 행위가 이단을 처형하는 당당하고도 잔인한 종교재판을 연상시켜 주는 것은 부인할 수 없는 사실이다. 이 모든 것은 비록 지금은 서로 반대편에 서 있지만, 반 헬싱과 드라큘라는 사실 자기들이 표상하는 낮과 밤처럼 서로 대립되면서도, 피차 불가분의 관계를 갖고 있는 존재들이라는 것을 보여 주고 있다. 그것은 결국 이 세상에 절대적 선이나 절대적 악은 없으며, 우리는 선악의 이분법적 사고방식에서 벗어나 두 겹의 시각으로 사물을 보아야만 한다는 사실을 깨우쳐 주고 있다.

9. 제임스 조이스의『더블린 사람들』

(1)『더블린 사람들』이 나온 시대적 배경은 무엇이며, 조이스는 왜 망명 작가의 길을 택했나?

제임스 조이스가『더블린 사람들』을 썼던 시절, 아일랜드의 민족주의는 극에 달해 있었다. 영국의 오랜 지배를 받았기 때문에, 반영주의가 극에 달해 있었고, 반영투쟁에 동참하지 않는 아일랜드인은 민족의 배신자로 낙인찍혔으며, 제국의 언어인 영어를 폐지하고 민족의 언어인 켈트어를 사용하자는 민족주의 운동이 벌어지던 시대였다. 또 국교가 가톨릭인 아일랜드는 당시 엄격하고 경직된 종교교리로 사람들을 얽어매고 있었다. 그래서 조이스 같은 예술가들이나 지식인들은 그러한 정치적·종교적 속박에서 벗어나, 자유롭고 원대한 대륙으로 탈출하고 싶어 했다.

조이스의 두 번째 작품인『젊은 예술가의 초상』에서 주인공 스티븐 대덜러스는 이렇게 말한다. "이 나라에서는 인간의 영혼이 태어나면 날지 못하도록 그물을 씌운다. 사람들은 민족, 모국어, 종교를 내게 강요한다. 그러나 나는 그런 그물을 뚫고 비상해야만 한다." 그래서 스티븐은 조국 아일랜드의 정치적 및 종교적 이념의 억압, 그리고 갈등과 투쟁으로 점철된 속박의 그물을 벗어나, 대륙으로의 비상과 망명을 결심한다. 스티븐은 이렇게 말한다. ㅡ"나는 그것이 내 고향이거나, 조국이거나, 교회거나 간에, 내가 더 이상 믿지 않는 것을 섬기지는 않을 것이다."

제임스 조이스는 20세기 초, 문화적 변방이자 정치적 투쟁과 종교적 속박이 개인의 삶을 짓누르던 조국 아일랜드를 떠나, 당시 유럽문화의 중심지였던 파리로 가서 세계적인 작가가 되었다. 조이스는 평생 자신을 망명작가라고 불렀다. 그리고 1918년에 자신이 출간한 유일한 희곡에도 "망명객들"이

제임스 조이스

라는 제목을 붙였다. 그러나 그의 망명은 슬프거나 박탈당한 것이 아니라, 아일랜드의 숨 막히는 정치이데올로기와 종교적 억압으로부터 벗어나 예술가의 자유를 찾은 정신적 해방을 의미했다. 만일 조이스가 모국어인 켈트어로 글쓰기를 강요하는 당시 아일랜드의 극단적 민족주의와, 인간의 영혼을 구속하는 편협한 종교교리로부터 벗어나지 못했다면, 결코 세계문학사에 빛나는 위대한 작가가 되지 못했을 것이다.

(2) 『더블린 사람들』: 조국과 타국, 그리고 소시민의 좌절과 작가의 망명

1914년에 출간된 첫 단편집 『더블린 사람들』에서 조이스는 자신을 얽어매는 조국 아일랜드의 숨 막히고 억압적인 현실로부터 벗어나 더블린을 떠나려고 부단히 노력하지만, 보이지 않는 끈에 얽매여 끝내 주저앉고 마는 소심한 더블린 시민들의 삶을 다양한 등장인물들을 통해 보여 주고 있다. 그래서 조이스의 주인공들은 좌절하면서도 결국 자신의 현 상황을 벗어나지

못하고 운명에 순응하는 소심한 사람들이다.

"에블린"에서 여주인공 에블린은 아버지의 억압과 폭력으로부터 벗어나 선원 애인과 함께 아르헨티나로 이주하기로 결심한다. 그러나 부두에까지 나가지만 그녀는 어머니 임종 때 가정을 지키겠다고 약속한 것이 생각나서 끝내 더블린을 떠나지 못한다.

"하숙집"에서는 하숙생인 소심한 노총각 도란이 하숙집 아주머니 무니 부인의 간계에 빠져서 그녀의 딸 폴리와 내키지 않는 결혼을 하게 되어 더블린에 주저앉게 된다. 도란은 자신을 얽어매는 그러한 상황으로부터 탈출하고 싶어 하지만, 끝내 발목을 붙잡히고 만다.

"작은 구름"에서는 작가의 꿈을 이루지 못한 소심한 주인공 리틀 챈들러가 런던에서 성공한 친구 갤러허를 만나 저녁식사를 같이 하면서 자신의 실패한 삶을 돌이켜 보게 되고, 자신을 얽어매는 가정을 떠나 대도시로 가서 작가의 꿈을 이루어 보려고 하지만, 결국 포기하고 마는 것으로 끝이 난다.

자신의 다음 작품이자 첫 장편인 『젊은 예술가의 초상』에 와서야 조이스는 비로소 정신적 자유를 위해 조그만 섬나라를 떠나 광활한 대륙으로 비상하는 데 성공하는 주인공 스티븐 대덜러스를 등장시킨다. 주인공 스티븐 대덜러스는 수업시간에 몰래 세계지도를 들여다보면서 더 넓은 세상으로의 비상을 꿈꾸다가, 드디어 더블린을 떠나 파리로 날아가는 데 성공한다. "대덜러스"라는 이름은 물론 그리스 신화에서 날개를 만들어 달고 크레타의 미궁을 탈출하는 데 성공한 유명한 예술가의 이름에서 빌려 온 것이다.

(3) 『더블린 사람들』은 현재 우리에게 무슨 의미를 갖는가?

우리에게는 흔히 배타적이고 극단적인 민족주의로 흐르는 경향이 있다. 그러나 조이스는 『더블린 사람들』을 통해 좁은 곳에서 우리를 잡아당기는 중력을 초월해 더 넓은 세상으로 나아가야 한다고 시사해 주고 있다.

나이 든 세대는 어려운 시절을 살았기 때문에 민족주의를 버리기 어려울는지 몰라도, 젊은 세대는 보다 더 넓은 세상으로 내보내서 세계의 시민으로 살아가도록 해 주어야 할 것이다. 우리의 학생들과 자녀들을, 날지도 못하면서 잘난 척하며 떼로 몰려다니는 집오리가 아니라, 혼자서도 높고 푸른 하늘로 힘차게 날아오르는 독수리로 키워야 할 것이다. 마찬가지로, 이 다국적 기업의 시대에 우리의 기업도 세계로 진출해 글로벌 기업으로 성장해야 할 것이다. 『더블린 사람들』은 우리가 자신의 좁은 영역을 벗어나, 세계를 자기 조국처럼 편하게 느끼고, 세상을 훨훨 날아다녀야 한다는 것을 가르쳐 주고 있다.

조이스는 22세 때 아일랜드를 떠나 이탈리아의 트리에스테에서 10년 정도 살다가 스위스의 취리히로 옮겨 갔고, 다시 파리로 가서 살다가 죽어서는 스위스에 묻혔다. 조이스는 평생을 망명작가로 살았지만, 그의 작품의 배경은 마지막 작품인 『피네간의 경야』까지도 언제나 더블린이었다. 그 이유에 대해 그는 이렇게 말했다. ─"나는 언제나 더블린에 대해서 쓴다. 내가 더블린을 잘 알게 되면, 세계의 모든 도시도 잘 알 수 있기 때문이다."

조이스 외에도 위대한 작품을 산출한 망명작가들은 많다. 예컨대 에즈라 파운드, 블라디미르 나보코프, 알렉산더 솔제니친이 있고, 20세기 초에 파리에 모였던 "길 잃은 세대" 작가들도 모두 정신적 망명작가였다. 그러나 아일랜드의 숨 막히는 현실로부터 분연히 탈출해 대륙으로 날아간 조이스의 경우가 그중 가장 극적이었으며, 그렇기 때문에 조이스는 20세기 모든 망명작가들의 전범이 되었고, 그의 망명은 문학사의 한 중요한 장면으로 남아 있다. 조이스의 망명은 우리에게 20세기 중반에 또 다른 망명객 에리히 아우어바흐가 한 다음 말을 연상시켜 준다. ─"연약한 아이 같은 사람들은 자기 조국에만 애정을 느낀다. 강한 사람은 어디를 가도 마음이 편하고 모든 나

라를 다 사랑한다. 그러나 성숙한 사람은 모든 곳에 대한 애정의 불을 끄고,
자기 조국까지도 비판한다."

10. 제임스 조이스의『젊은 예술가의 초상』을 다시 읽으며

　단편집『더블린 사람들』에서 제임스 조이스는 답답하고 숨 막히는 아일
랜드의 수도 더블린을 벗어나려고 부단히 노력해 보지만, 끝내 떠나지 못하
는 소심하고 주저하는 주인공들의 서글픈 운명을 진한 페이소스로 그려 내
고 있다. 이 단편집에서 조이스가 제시하는 더블린 사람들은 모두 자신을
얽어매는 중력 —가족관계, 종교교리, 정치이념 등— 때문에 더 큰 세상으로
나가지 못하고 주저앉는다.

　두 번째 작품인『젊은 예술가의 초상』에 와서야 조이스의 주인공은 비로
소 더블린을 벗어나 유럽대륙으로 탈출하는 데 성공한다. 조이스가 보는 자
신의 조국 아일랜드는 정치적, 종교적 이념이 예술가의 자유로운 영혼을 속
박하는 곳이었다. 당시 아일랜드는 영국의 지배에 대한 반발, 식민지인의
원한과 열등감, 극단적 민족주의와 애국심 강요, 영어사용 배격운동, 종교교
리와 엄격한 신앙의 강요로 사람들의 존엄성과 인간성을 억압하고 있었다.
『젊은 예술가의 초상』의 어린 주인공 스티븐 대덜러스는 학교에서는 경직
된 종교교리의 강요를, 그리고 집에서는 아버지와 아버지 친구들로 상징되
는 극단적 정치이념의 투쟁을 경험하며 조국의 현실에 환멸을 느낀다. 그래
서 스티븐은 학교수업시간에 몰래 세계지도를 꺼내 보며, 더 넓은 세계로의
비상을 꿈꾼다.

　비슷한 주제는 식민지 시대의 작가 이상의 단편소설『날개』에서도 발견

된다. 『날개』의 주인공은 자신이 유폐되어 있는 유곽의 좁은 방에서 벗어나, 넓은 세상으로 탈출하고 싶어 한다. 경제력과 자생력을 상실한 식민지 시대의 지식인인 『날개』의 주인공은 접대부인 아내가 옆방에서 손님을 받아 돈을 버는 동안, 하루 종일 누워서 빈둥거리며 소일하는 것밖에는 달리 할 일이 없다. 그래서 작품의 마지막에 그는 백화점 옥상에 올라가서, "날자, 날자, 날자, 한 번만 날아 보자꾸나!"라고 부르짖는다.

나 또한 어린 시절, 스티븐 대덜러스나 이상의 주인공처럼 불만족스러운 현실에서 벗어나 더 큰 세상으로 날아가고 싶었다. 태어나서 처음 본 것이 바로 조국의 분단이었고, 좌우 이념이 충돌한 한국전쟁이었으며, 초등학생 때는 자유당 독재와 극빈을 겪었고, 중학교부터는 거의 30년 동안이나 군사독재를 겪은 나에게 이 나라는 정말이지 정말 떠나고 싶은 척박한 땅이었다. 모든 것이 흑백이었던 시절에 외국에서 수입한 화려한 컬러영화를 보면서, 나는 날마다 보다 더 화려하고 보다 더 넓은 세상으로 날아가는 꿈을 꾸었다.

1978년 다행히도 나는 풀브라이트 장학금이라는 날개를 달고 보다 더 큰 세계로 날아갔다. 고향과 조국의 편협한 경계를 넘어 더 큰 세상으로 나가고 싶었던 내 꿈은 드디어 이루어졌다. 나 역시 스티븐처럼 낯선 외지에 혼자 있는 것을 전혀 두려워하지 않았으며, 많은 외국인들과 친교를 맺었다. 다른 문화와 다른 인종과의 만남은 내 눈을 뜨게 해 주었고, 내 정신의 지평을 넓혀 주었다. 내 영혼은 비로소 극단적 민족주의와 편협한 정치이데올로기로부터 자유로워졌고, 더 큰 세상에서 젊은 예술가의 꿈을 펼칠 수 있었다.

그러나 스티븐 대덜러스와는 달리 나는 조국으로 돌아왔고, 지난 33년 동안 이 좁고 작은 나라에서 살아왔다. 1984년, 귀국행 비행기를 기다리고 있던 샌프란시스코 국제공항 라운지의 텔레비전은 한국 대학캠퍼스에서 날마다 벌어지는 전투경찰과 대학생들의 난투극을 뉴스로 내보내고 있었다. 저런 곳으로 돌아가야만 하나, 하는 회의가 밀려왔고, 돌아가면 세계무대에서 활동하는 예술가/학자가 되기는 어렵겠다는 걱정도 되었지만, 나는 결국 귀국을 결심했다.

지난 30여 년 동안 서울에 살면서, 나는 자랑스럽고 놀랄 만한 사회변화를 목격했다. 내가 떠날 때만 해도 한국은 극도로 가난한 나라여서 해외여행이라는 것도 없었고, 달러 보유도 부족해서 유학생도 겨우 600달러나 천 달러밖에 못 가지고 나가던 시절이었다. 그러나 그 이후, 한국은 한강의 기적이라 불리는 경제발전, 삼성, LG, 현대로 상징되는 최첨단 테크놀로지, 전 세계로 퍼져 나간 한류, 그리고 최단기간에 이루어 낸 민주화 같은 놀라운 신화를 만들어 낸 나라로 성장했다.

그럼에도 불구하고 한국사회는 아직도 20세기 중반에나 있었던 분단과 이념 투쟁이 계속되고 있고, 나라는 진보와 보수, 친중파와 친미파, 그리고 촛불과 태극기로 분열되어 있으며, 교육현장은 입시지옥과 정치이데올로기의 전쟁터로 변질되었다. 글로벌시대인데도 여전히 편협한 국수주의가 강요되고 있으며, 사물의 경계가 무너지고 문화가 뒤섞이는 시대인데도 아직도 단일민족과 단일문화의 신화에 매달린 채, "이것 아니면 저것"의 이분법적 흑백논리에 젖어 있다. 거기에다가, 정치인들의 농간으로 우리 사회는 부자와 빈자, 특권을 가진 자와 그렇지 못한 자, 그리고 갑과 을로 분열되어 서로 반목하고 증오하며 대립하고 있다. 자기만 옳고 자신만이 정의라고 믿는 독선이 사회도처에 편만해 있고, 자기와 다른 의견은 전혀 받아들이지 않는 배타주의가 도처에 편재해 있으며, "우리"가 아닌 "저들"에게 스스럼없이 폭력을 가하는 집단 이기주의도 팽배해 있다.

서글픈 것은, 외교적·경제적·정치적으로 나라가 극도의 위기에 처해 있는데, 우리에게는 위대한 지도자가 없고 정치인들은 오직 눈앞의 권력을 쥐기 위해, 그리고 상대방을 제거하기 위해 벌이는 당파싸움에만 열중하고 있다는 것이다. 그리고 국민 또한 두 집단으로 분열되어, 마치 해방 직후의 신탁/반탁 데모처럼 아직도 극단적인 투쟁을 벌이고 있다는 점이다.

그래서 요즘 나는 33년 전에 고국으로 돌아오기로 한 것이 과연 잘한 결정이었는지 점점 자신을 잃어 가고 있다. 고국에서 평생을 살았는데, 아직도 그것에 대한 확신이 서지 않는다면 그건 불행한 일이다. 고향이나 고국이란 자기 마음이 가 있는 곳이라고 한다. 마음이 떠난 곳은 고향이나 고국이 될 수 없다. 젊었을 때는 얼마든지 더 큰 세계로 떠나갈 수 있다. 그러나 나이가 들어서도 환멸을 느끼고 고향과 조국을 떠나야 한다면, 그건 분명 비극적이고 슬픈 일이다. 『젊은 예술가의 초상』을 다시 읽으며, 죽어서도 조국에 돌아가지 않고 스위스에 묻힌 조이스의 심정을 헤아려 본다.

11. 움베르토 에코의 『장미의 이름』

(1) 『장미의 이름』에서 "장미"는 무슨 뜻인가?

이탈리아의 기호학자이자 작가인 움베르토 에코의 소설 『장미의 이름』의 주인공 아드소는 나이 어린 수련 수도사인데, 음식을 구하려고 수도원에 몰래 숨어들어 온 이름 모를 가난한 소녀와 사랑을 나눈 후, 그녀를 잊지 못한다. 후에 그 소녀가 교황청 조사관에 의해 마녀로 몰려 화형을 당하게 되자, 아드소는 그녀를 구하고 싶어 하지만 방법을 찾지 못하고, 이렇게 독백한다. ―"아, 참으로 안타까운 것은 그녀의 이름을 알지 못한다는 것이었다. 이름을 알았더라면 사랑하는 이의 이름을 부르며 밤새 애통해할 수 있었을 것을. 그때로 그랬고, 그 후로도 그랬지만, 나는 사랑하는 이의 이름을 불러본 적이 없다." 아드소는 다만 그녀의 입술에서 묻어 나오던 장미꽃 향기로 그녀를 기억할 뿐이다. 우리는 어떤 것에 이름을 붙여서 그것을 파악하고 정의하려 한다. 하지만 이름이 무슨 의미가 있겠는가? 장미는 향기로 기억되지, 이름으로 기억되지는 않는다.

에코는 "장미의 이름"이라는 제목을 『로미오와 줄리엣』에서 차용했다. 사랑하는 남자가 집안의 원수인 몬테규 가문의 아들인 것을 알게 된 줄리엣은 이렇게 독백한다. ―"아, 왜 그대의 이름은 왜 하필 몬테규인가? 하지만 이름이 무슨 의미가 있나? 장미는 다른 이름으로 불려도 여전히 향기로운 것을."

"장미"에는 또 "알 수 없는 것," "신비스러움," "은밀함" 또는 "비밀"이라는 뜻도 있다. 로마시대에 비밀회의를 할 때에는 방문에 "장미 아래서(Sub Rosa/ Under the Rose)"라는 팻말을 붙여 놓았다고 한다. 또 종교가 지배하던 신본주의 중세의 상징은 십자가였고, 인본주의 르네상스 시대의 상징은 장미였다고도 한다. 즉 장미는 이성적이고 교조적인 종교교리와는 반대의 부드럽고 아름다우며 향기로운 인간의 사랑을 표상하고 있는 셈이다.

(2) 『장미의 이름』의 서문에서 에코가 이 소설이 번역서, 그것도 3중 번역서라고 한 말의 의미는?

움베르토 에코는 『장미의 이름』의 서문에서, 자신의 이 소설이 라틴어-프랑스어-이탈리아어의 3중 번역서라고 말한다. 그렇다면 에코는 왜 그렇게 말했을까? 우선 에코는 그러한 설정을 통해 이 세상에 절대적인 진리나 마스터 텍스트는 없다는 것을 시사하고 있다. 즉 이 세상의 모든 것은 서로 연결되어 있고(intertextuality), 서로 영향을 받고 있다는 것이다. 그러나 자기만 절대적 진리이고 정의라고 믿는 사람들은 자신의 신념을 진리로 선포하며, 거기에 반대하는 사람들을 허위와 이단으로 몰아 횡포와 폭력을 행사하며, 그것을 정당화한다.

다음으로 에코는 원본과 번역의 경계를 없앰으로써, 번역의 중요성을 강조하고 있는 것으로 보인다. 이탈리아 볼로냐대학에서 번역학을 가르쳤던 에코는 자신의 창작을 번역이라고 주장함으로써, 번역서도 원본만큼 중요하다는 사실을 시사해 주고 있는 것이다. 사실 번역은 또 하나의 창작이라고 할 수 있다.

(3) 『장미의 이름』의 상징들

『장미의 이름』에 나오는 수도원은 우리 사회의 소우주이다. 동시에 특권층들이 살고 있는 곳이다. 수도원 밖에는 가난하고 소외된 사람들이 살고 있다. 수도원은 닫힌 사회의 상징이기도 하다.

윌리엄 사부의 기호 읽기: 작품의 초반부에 윌리엄 사부는 코난 도일의 추리소설에 나오는 탐정 셜록 홈즈처럼 기호를 읽고 사실을 맞추어 아드소를 감탄하게 한다. 그러나 곧 그는 겉으로 보이는 기호가 언제나 맞는 것은 아니라는 사실을 깨닫게 된다.

요한 계시록과 살인사건: 우리가 선택을 잘못하면 맞게 되는 세상 종말의 상징이다.

(4) 『장미의 이름』의 기억할 만한 구절들

"이념논쟁의 혼란을 가중시키고, 모든 사람들에게 자기네 이념을 지킬 조사관이 되라고 부추김으로써 기독교인을 괴롭히는 이단자가 있다면 바로 교황청의 조사관이라 불리는 이런 악마들일 것이다. 당시 나는 수도원에서 벌어지는 일들을 바라보며, 조사관들이 고문을 통해 이단을 조작해 만들어 낼 수도 있다는 사실을 깨닫게 되었다." —아드소

"성모 마리아와 그림 속의 창녀 마르가레트—솔직히 말해 나는 이 두 여자의 차이를 발견할 수 없었다. 교회의 성모상이 아름다운 마르가레트와 겹쳐지기 시작했다." —아드소

"그 소녀와 사랑을 나누면서 나는 양심의 가책이라는 것 자체가 악마적이라는 생각을 했다. 내가 그 순간 경험한 기쁨보다 더 선하고 거룩한 것은 없을 것 같았기 때문이었다." —아드소

(5) 『장미의 이름』은 오늘날 우리에게 어떤 의미를 갖는가?

움베르토 에코의 소설 『장미의 이름』을 읽으면, 지금 한국의 사회상이 중세 암흑시대의 유럽과 놀랄 만큼 닮았다는 것을 알게 된다. 『장미의 이름』의 배경인 14세기에는 프랑크푸르트의 독일 제후들이 옹립한 바바리아의 루이 교황과 프랑스 아비뇽에서 등극한 요한 22세가 서로를 배교자라고 비난하고 있었으며, 교단 역시 베네딕트파와 프란체스코파로 갈라져 서로 자기네가 정의와 진리를 대변한다고 주장하고 있었다. 그러한 혼란 가운데서 교황청은 무고한 사람들을 마녀와 이단으로 몰아 무차별 화형에 처하고 있었다.

이 소설에 등장하는 수도원은 바로 그런 분열되고 어두운 닫힌 사회의 상징이다. 남성만 있는 수도원에는 여성적 유연함이 없고 경직된 독선과 횡포가 횡행하게 된다. 이탈리아의 한 베네딕트파 수도원에서 일어나는 살인사건을 프란체스코파 스승 윌리엄과 함께 해결하면서 수련 수도사인 아드소는 스스로를 정통과 정의라고 생각하는 독선이 살인도 합리화시킨다는 사실을 깨닫게 된다. 과연 장서관장 요르게 노인은 사람들이 자신이 금서로 정해 놓은 책을 읽지 못하게 하려고 연쇄살인을 저지르며, 교황청의 조사관

베르나르 귀는 절대적 진리를 수호한다는 명분 아래 죄 없는 사람들을 마녀와 이단으로 몰아 무차별 처형한다.

잘못된 정의감에 취한 요르게와 베르나르 귀의 광기를 목격한 윌리엄 수사는 순진한 제자 아드소에게 이렇게 말한다. ―"법열의 환상과 사악한 광란은 별 차이가 없다. 약과 독은 종이 한 장 차이일 뿐이다. 그래서 그리스어 파르마콘에는 약과 독의 두 가지 의미가 들어 있다." 아드소 역시 성모 마리아와 장서관의 서책에서 본 바빌론의 창녀가 둘 다 똑같이 아름답다고 느끼게 된다. 그리고 바로 그 순간, 정통과 이단, 진리와 비진리, 정의와 불의 사이의 경계는 무너진다.

지금 우리 사회는 중세 교단처럼 분열되어 있고, 서로 자기만 정의라고 주장하며 상대방을 이단시하는 사람들로 넘쳐 나고 있다. 윌리엄은 아드소에게 이렇게 말한다. ―"진리를 위해 죽을 수 있는 사람을 조심해라. 그런 사람들은 많은 사람들을 저와 함께 죽게 하거나, 자기 대신 죽게 할 수 있는 사람들이다." 『장미의 이름』은 필연적인 파멸을 피하려면, "너는 틀렸고 나만 옳다."는 법열의 환상에서 깨어나야 한다는 것을 가르쳐 주는 책이라고 할 수 있다. 그런 의미에서 『장미의 이름』의 주제는 열림과 닫힘/다양성과 획일성/지배계급과 소외계급/진리와 허위/정통과 이단이라고 할 수 있다.

12. 조지 오웰의 『1984』

(1) 『1984』는 어떤 의미를 갖는가?

『1984』는 영국작가 조지 오웰이 1949년에 출간한 디스토피아 소설이다. 디스토피아 소설은 이상향을 그린 유토피아 소설의 반대 의미로서, 미래의 암울한 사회를 묘사하는 소설을 뜻한다. 오웰은 공산주의를 풍자한 『동물농장』이라는 소설을 쓴 유명한 작가이다. 2차 세계대전이 끝나고 동서냉전이 시작되자, 이에 실망해서 이 소설원고를 탈고한 해인 "1948"이라는 제목을 붙이려 했다가, 나중에 순서를 바꾸어 『1984』로 바꾸었다.

그럼 『1984』가 오늘날 우리에게 갖는 의미는 무엇일까? 소설 『1984』에는 빅 브라더라는 독재자가 도처에 텔레스크린을 설치해 국민들의 일거수일투족을 감시한다. 개인적인 사고는 허용되지 않으며, 정부에서 내려보내는 것만 받아들여야 하며, 모든 것은 사상경찰의 검열을 받아야만 한다. 윗사람일지라도 체제에 반하는 사고방식을 가졌다면 아이들은 부모를, 학생들은 스승을 신고하도록 되어 있다. 사실, 이러한 전체주의적이고 권위주의적인 상황은 북한을 비롯해 여러 나라에서 아직도 계속되고 있다.

『1984』 같은 상황은 효율과 통세를 우선시하는 우리 기업체에서도 일어날 수 있을 것이다. 오늘날 고전이 된 이 소설을 통해 우리는 비인간적인 통제사회는 인간성을 말살하게 되고, 일견 일사불란할 것 같지만 사실은 비효율적이며 불만을 누적시켜 결국 붕괴한다는 교훈을 배울 수 있을 것이다.

(2) 전체주의 사회의 사상검열 · 사상경찰

『1984』에는 세계가 세 개의 초강대국으로 나누어져 있다. 즉 지구는 미국과 영국이 합병해서 만든 '오세아니아'와, 유럽과 중앙아시아를 차지한 소련이 만든 '유라시아,' 그리고 주위국가들을 모아 중국이 만든 '이스트아시아'라는 세 강대국으로 분할되어 서로 대립하고 있다.

주인공 윈스턴 스미스는 예전 영국이었던 오세아니아의 진실부에 근무하는 공무원이다. 그가 살고 있는 사회는 세 가지 계급으로 나누어져 있다. 우선 인구의 2%를 차지하는 엘리트 지배계급 상류층인 내부당(the Inner Party)

이 있고, 13%를 이루고 있는 중류계급인 외부당(The Outer Party)이 있으며, 대다수인 85%를 이루고 있는 하층계급의 프롤레타리아로 이루어져 있는데, 스미스는 두 번째인 "외부당" 소속이다.

정부는 네 개 부서로 되어 있는데, 아이러니하게도 디스토피아 사회답게 이름과는 정반대의 일을 하고 있다. 예컨대 평화부는 전쟁을 담당하고, 풍요부는 식량 배급과 기아를 관장하며, 사랑부는 고문과 세뇌를, 그리고 진실부는 사실 은폐와 프로파간다를 맡고 있다. 진실부에서 일하는 스미스는 현 정부 방침에 맞추어 날마다 역사적 사실을 조작하는 일을 하고 있다.

스미스는 차츰 정부가 하는 그와 같은 비도덕적인 일에 불만을 품게 되는데, 어느 날 내부당 소속의 오브라이언이라는 사람이 찾아온다. 오브라이언은 자기가 정부를 전복하려는 조직인 "브라더후드"의 일원인데, 스미스와 그의 동료 여자 친구 줄리아를 포섭하고 싶다고 말한다. 두 사람은 그의 설득에 넘어가지만, 사실 오브라이언은 집주인의 신고를 받고 찾아온 사상경찰(Thought Police)이었다. 두 사람은 체포되어 사랑부에 끌려가서 심문과 고문을 받고, 조작된 기억을 이식받은 후에야 풀려난다. 오웰이 예측한 1984년은 도처에 퍼져 있는 빅 브라더의 감시망을 피할 수도 없고, 우리의 생각까지도 감찰대상이 되는 사회였다. 사실 한국의 1984년도 상황은 크게 다르지 않았다. 예컨대, 도처에 스파이의 귀가 있어서, 공공장소에서 정부를 비판할 때는 늘 주위를 두리번거려야만 했었기 때문이다.

(3) 『1984』의 주제: 통제와 감시

『1984』의 주제는 또 다른 영국작가 올더스 헉슬리의 『멋진 신세계』(1932)처럼, 우리를 감시하고 통제하는 사회에서 살고 있는 인간의 삶에 대한 성찰이다. 『멋진 신세계』에서는 미래의 세계가 유토피아가 아닌, 출산까지도 정부가 통제하는, 그래서 인간이 숫자나 기호로 축소된 디스토피아 사회이다. 『1984』에는 "빅 브라더가 당신을 지켜보고 있습니다."라는 포스터가 사방에 붙어 있다. 아직 인간성을 잃어버리지 않은 『1984』의 주인공 스미스는 그러한 전체주의적 통제사회의 정당성에 회의하고 반발하며, 거기에서 벗어나려고 한다. 그러나 무소부재한 빅 브라더의 감시망은 그러한 저항조차 불가능하게 만든다.

『1984』에서 묘사되는 사회는 그 누구도 믿을 수 없는 감시사회이자 불신사회이다. 스미스와 줄리아를 경찰에 신고한 사람이 그들에게 방을 빌려준 집주인이었고, 그들이 그토록 믿었던 오브라이언이 사상경찰이었다는 사실은 그러한 상황을 극명하게 보여 주고 있다. 이 소설은 그런 상황에서 어떻게 살아야 하는가에 대해 성찰하게 해 준다. 요즘 영화로 제작되는 인기 소설들 —예컨대 『헝거 게임』, 『메이즈 러너』, 『다이버전트』— 도 『1984』에서 제시되는 것 같은 감시사회/통제사회에서 살고 있는 인간들의 다양한 삶의 양태를 다루고 있어서, 이제는 고전이 된 『1984』의 영향이 얼마나 큰가를 실감할 수 있다. 이 소설에는 다음과 같은 구절이 나온다.

"당은 권력만을 원한다. 우리는 다른 사람들을 위하는 것에는 아무런 관심도 없다. 우리는 권력 그 자체만을 원한다."

우리는 흔히 정치인들이 우리에게 보다 더 나은 사회를 만들어 주기 위해 권좌에 오르려고 한다고 생각하기 쉽다. 그러나 대부분의 정치인들이 원하는 것은 선거에서 이기는 것과 권력 그 자체이지, 나라의 미래에는 별 관심이 없다. 그래서 독재가 생기고 반대자들을 숙청하며, 국민을 억압하고 영구집권을 하고 싶어 하게 되는 것이다. 그것이 『1984』가 우리에게 주는 교훈이다.

우리 사회는 이미 민주화되어서 이제는 『1984』의 상황으로 돌아갈 수는 없을 것이다. 다만 우리 사회의 도처에 널려 있는 감시 카메라는 우리의 일거수일투족을 감시하고 있어서, 불안할 수는 있다. 물론 감시 카메라 덕분에 우리나라의 범인 검거율이 세계 최고라는 말을 들은 적이 있지만, 반면에 무소부재한 카메라는 개인의 사생활을 침해할 수가 있다.

또 보이지 않는 통제가 이루어질 수도 있다. 예컨대 블랙리스트를 만들어 반대의견을 가진 사람들에게 불이익을 준다면, 그건 감시와 통제가 존재하는 사회라는 증거가 된다. 반대로, 문서화된 블랙리스트가 없더라도 자신과 정치이념이 다른 사람들을 억압하고 배제한다면, 그 또한 또 다른 블랙리스트가 작동하는 전체주의 사회라는 비판을 받을 수 있다. 프랑스의 사상가 미셸 푸코는 『감시와 처벌』이라는 책에서, 형무소에서 죄수를 감시하고 처벌하는 형무소의 간수는 자신이 옳고 죄수는 틀렸다고 생각하는데, 그러한 확신은 죄수에 대한 간수의 지식과 권력이 결합해서 만들어 내는 독선이라고 지적한다. 국민을 감시하고 통제하는 독재자들도 국민에 대한 정보와 권력을 이용해 스스로를 진리라고 생각하며 정당성을 얻게 된다. 그러나 자기만 옳다고 생각하는 순간, 그것은 곧 독선이 되어 타인에 대한 편견과 폭력이 된다.

13. 이상의 『날개』

이상은 일제강점기의 억압 속에서 살다가 27세의 나이에 요절한 불운한 작가였다. 그는 대표작 『날개』의 주인공을 통해, 경제권을 빼앗기고, 정신적으로 마비되고 마취된 상태에서 권태를 느끼며 무기력하게 살고 있는 식민지 지식인의 모습을 은유적으로 잘 그려 내고 있다.

『날개』의 주인공은 아내가 버는 돈으로 살아가는 무능한 남자이다. 그는 아내가 손님을 접대하는 바로 옆방에서 하루 종일 누워서 잠만 잔다. 해가 비치지 않는 어두운 골방에서 그는 안일한 일상에 마취되고 안락한 현실에 마비되어 마치 기생충 같은 삶을 살고 있다. 그에게는 경제력도 없다. 아내가 주는 돈을 저금통에 넣어 저축해 보아도, 저금통 열쇠는 여전히 아내가 갖고 있어서 그는 돈을 꺼낼 수도 없고 돈을 쓸 능력도 없다. 주인공의 유일한 즐거움은, 아내가 외출하고 없는 사이에 아내의 방으로 건너가 돋보기를 가지고 노는 것이다. 그러나 돋보기는 물건을 왜곡시켜 보여 주거나, 사물의 한 면만을 확대해서 보여 줄 뿐이지, 전체의 상황을 보여 주는 거시적 장치는 아니다.

그는 또 아내의 손거울을 가지고 노는 것을 좋아한다. 그것은 곧 그가 진짜 자신의 모습은 보지 못하고 거울에 비치는 왜곡된 모습만 보고 있다는 것을 상징한다. 거울에 싫증이 나면 그는 아내의 화장품을 가지고 논다. 그는 화장품의 이국적인 '센슈얼'한 향기에 도취된다. 그것은 즉 그가, 현실을 왜곡시키는 확대경과 거울이 보여 주는 환상적 이미지에 도취되어 있고, 아내가 바르는 화장품에서 풍기는 인공 향기에 마취된 채 살고 있다는 것을 의미한다. 과연 그가 확대경과 거울과 화장품에서 보고 또 발견하는 것은 잃어버린 자신과 아내의 순수했던 예전의 모습이 아니라, 돋보기와 거울과 화장품에 의해 왜곡되고 변형된 현재의 타락한 모습이다.

(1) "날개": 마취와 마비에서 탈출

그렇게 살고 있던 어느 날, 『날개』의 주인공은 문득 불만족스러운 현실로부터 비상하고 탈출하려는 욕구를 느끼게 된다. "박제된 천재"인 그에게도 사실은 때로 "전신이 까칫까칫하면서 영 잠이 오지 않는 적"도 있고, "될 수 있다면 이 무의미한 인간의 탈을 벗어 버리고도 싶은 때"도 있었다는 것이다.

그래서 『날개』의 주인공은 마비와 마취의 상태에서 벗어나 다시 한 번 창공으로 날아 보려는 시도를 하게 된다. 우선 그는 아내가 열쇠를 갖고 있는 저금통을 화장실에 갖다 버리는데, 이것은 아내로부터의 경제적 독립을 선언하는 그의 상징적 반항이자, 기생충 인생에 종말을 고하는 과감한 저항의 제스처라고 할 수 있다. 그의 깨달음과 저항은 외출로 이어진다.

그의 아내는 아스피린이라고 속이고 그에게 수면제 아달린을 먹여 잠을 재운다. 그래서 그는 이제 다시 한 번 마비와 마취의 세계 속으로 침잠해 들어간다. 거의 한 달 동안이나 자고 난 그는 아내의 방에서 수면제 아달린을 발견하게 되고, 그동안 아내가 자신에게 먹여 온 것이 각성제가 아니고, 사실은 수면제이었음을 깨닫게 된다.

그는 그동안 받은 돈을 아내에게 모두 돌려준 뒤, 집을 나와 경성역으로 간다. 그러나 돈 한 푼 없는 그가 과연 어디로 떠날 수 있을 것인가? 미쓰코시 백화점 옥상에 올라간 그는 자신의 스물여섯 해를 회고하며, 어항 속의 금붕어와 자신을 비교한다. 그는 어항 속에 갇혀 모이를 받아먹으며 안락하고 자유스럽다고 생각하고 있을 그 금붕어에게서 바로 지난날 자신의 모습을 발견하게 된다. 바로 그 순간 뚜우 하고 한낮을 알리는 정오의 사이렌이 울린다.

이때 뚜우 하고 정오 사이렌이 울었다.
나는 불현듯 겨드랑이가 가렵다. 아하, 그것은 내 인공의 날개가 돋았던 자국이다. 오늘은 없는 이 날개.

나는 걷던 걸음을 멈추고 그리고 일어나 한번 이렇게 외쳐 보고 싶었다.

날개야 다시 돋아라.

날자, 날자, 날자, 한 번만 더 날자꾸나.

한 번만 더 날아 보자꾸나.

이상의 『날개』는 이렇게 끝이 난다.

(2) "아내"의 상징은 무엇이며, 주인공의 비상(飛上)은 오늘날 우리에게 어떤 의미를 갖는가?

『날개』의 주인공은 아내의 방과는 분리되어 있고, 햇볕이 전혀 들지 않는 골방에서 혼자 살고 있다. 그의 방에는 밖으로 통하는 문이 없기 때문에, 밖으로 나가려면 언제나 아내의 방을 거쳐야만 한다. 『날개』에서 "아내" 또는 "아내의 방"이 중요한 모티프로 작용하고 있는 것은 바로 그러한 이유에서이다.

그런 의미에서 보면, 그가 빼앗긴 것들 중 가장 중요한 것은 그의 아내라고 할 수 있다. 사실 경제력의 상실 또는 집의 상실까지도 궁극적으로 모두 아내의 상실로 귀결되고 있음을 알아내는 것은 그리 어려운 일이 아니다. 과연 『날개』는 처음부터 끝까지 주인공과 아내와의 비정상적 관계에 초점이 모아져 있으며, 독자들은 강렬한 흥미를 갖고 그 둘 사이의 갈등을 주시하게 된다.

그렇다면 아내의 상실은 『날개』의 주인공에게 과연 무엇을 의미하는 것이며, 아내는 또 그에게 무엇을 상징하고 있는 것일까? 심리학적인 해석을 시도해 본다면, 칸막이로 나누어져 있는 한 방에 사는 이 두 사람은 '분열된 자아'라고 할 수도 있을 것이다. 사실 『날개』는 프로이트나 융의 추종자들이 좋아할 만한 심리적 요소들로 가득 차 있다. 또 사회학적으로 해석해 본다면, 그의 아내는 식민지 상황에서의 조국의 현실을, 그리고 주인공 남자는 무력한 소시민적 지식인을 상징한다고 할 수도 있을 것이다.

얼핏 보면 『날개』의 주인공은 가장 완벽한 상태의 자유 속에서 살고 있는 것처럼 보인다. 그러나 그것은 진정한 의미의 자유가 아니어서, 그에게 피로와 권태만을 가져다줄 뿐이다. 이윽고 그는 그러한 상황에서 벗어나 비상하는 탈출을 꿈꾸게 된다.

그렇다면 『날개』의 주인공은 식민지를 벗어나 광활한 대륙을 향해 자유롭게 비상하는 제임스 조이스의 주인공 스티븐 대덜러스와 비슷하다고 볼수 있을 것이다. 스티븐은 출구가 없는 밀실에서 마비와 마취에 빠져 잠자코 있는 "더블린 사람들"을 떠나 광활한 유럽으로 탈출한다. 식민지적 상황에서 탈출하고 싶어 했던 이상도 바로 그런 "날개"를 원했던 것이다.

조이스의 젊은 예술가 스티븐은 마취되고 마비된 도시 더블린을 벗어나 날개를 달고 유럽대륙으로 비상한다. 그러나 스물여섯 살 난 조선의 젊은 예술가 이상은 마비된 식민지 도시인 서울을 떠나 과연 어디로 갈 수 있었을까? 경성역에서 이상이 선택했던 것은 결국 당시 문화의 중심지였던 동경이었다. 식민지의 주변문화 속에서 그는 다만 "박제된 천재이자, 주는 모이만 먹고 날지 못하는 닭," 또는 펜을 상실한 작가일 뿐이었다. 조이스처럼 이상도 마비와 마취의 나라를 탈출할 새로운 상상력의 날개, 곧 다른 세계로의 비상을 꿈꾸었다. 그러나 이상은 조이스처럼 제3의 가능성인 대륙으로 탈출하지 않고, 하필이면 압제자의 수도인 동경으로 갔다. 그리고 그 결과는 그의 체포와 구금과 때 이른 죽음이었다. 그러나 이상이 남기고 간 『날개』는, 그가 떠난 후에도 많은 한국의 지식인들에게 탈출의 꿈과 희망을 주었다.

14. A. S. 바이어트의 『천사와 벌레』, 『소유』

부커 상 수상작가인 바이어트(A. S. Byatt)는 78세의 나이에도 불구하고 최첨단 포스트모던 주제와 인식을 다루는 영국의 대표적 소설가다. 국내에도 번역된 『천사와 벌레』에서 그녀는 곤충사회의 습성을 인간사회에 비유해, 순혈주의의 위험과 닫힌 체계의 파멸을 경고하고 있다. 가난한 노동자 가문 출신 박물학자 윌리엄 애덤슨은 몰락한 귀족 해럴드 앨러배스터 경의 딸 유지니아와 결혼해 처가살이를 한다. 윌리엄은 폐쇄적이고 배타적인 처가에서 자신이 겪는 차별과 소외감, 그리고 어느 날 목격하는 아내 유지니아와 그녀의 오빠 에드거의 정사가 곤충사회 ―특히 개미와 나비― 와 놀랄 만큼 비슷하다는 사실을 깨닫는다. 이 소설에서 작가는 함축적인 은유를 많이 사용하고 있는데, 예컨대 애덤슨(아담의 후손이라는 뜻)과 유지니아(좋은 가문 출신이라는 뜻)라는 이름, 둘 다 날개가 달렸지만 본질은 정반대인 천사와 곤충, 그리고 스펠링 배열만 다른 Insect(곤충)와 incest(근친상간) 등이 그러하다.

역시 한국어로 번역된 또 다른 소설 『소유』에서 바이어트는 단 하나의 절대적 진실을 강박적으로 추구하는 것의 위험성, 그리고 그 절대적 진실을 찾아 소유하려는 집착의 문제점을 경고하고 있다. 『소유』는 선배작가 존 파울스의 소설 『프랑스 중위의 여자』처럼 시공을 초월해 19세기와 20세기를 오가면서 과거와 현재를 서로 거울삼아 비춰 보는 포스트모던적 기법을 사용하고 있다.

『소유』는, 롤란드 미셸과 모드 베일리가 우연히 19세기에 살았던 두 시인인 랜돌프 애시와 크리스타벨 라모트의 숨겨진 로맨스를 밝혀 주는 편지를 발견한 후, 그 두 시인/연인에 대한 진실을 복원하고 탐색하는 과정으로 구성되어 있다. 그리고 그 과정에서 현대의 두 학자/연인은 자신들의 관계를 선배들의 로맨스에 비추어 재조명해 보게 된다. 빅토리아 시인 애시와 라모트의 로맨스는 실제 인물인 로버트 브라우닝과 크리스티나 로제티의 유명한 로맨스를 연상시킨다.

드디어 미셸과 베일리는 그동안 세상에 드러나지 않았던 두 연인의 편지와 일기를 찾아내어 그들의 숨겨진 로맨스에 대한 진실을 밝혀낸다. 그리고 그 과정에서 미셸은 애시의 친필 편지를 도서관에서 훔치기도 한다. 그러나 소설의 마지막에 애시의 무덤 속에서 발견된 또 하나의 편지로 인해 갑자기 또 다른 진실이 드러나고, 그 결과 지금까지 그들이 찾아낸 진실의 유효성은 의심되고, 모든 것은 다시 불확실해진다. 또한 베일리가 애시와 라모트가 낳은 사생아 딸의 직계 자손임이 밝혀지면서, 미셸과 베일리는 서류도둑과 그의 공범이 아니라, 그 서류의 합법적인 "소유"자라는 것이 밝혀진다. 학자인 그들을 괴롭히던 윤리적 문제가 갑자기 해결된 것이다.

그런 과정을 통해, 이 소설은 절대적 진리를 발견해 소유하려는 강박관념과, 사랑하는 사람을 "소유"하려는 집착이 사실은 불가능하고 위험한 추구라는 것을 예시해 주고 있다. 그런 의미에서, 바이어트는 이 시대의 복합적인 시각과 인식을 잘 보여 주는 뛰어난 포스트모던 작가라고 할 수 있다. 그래서 『소유』에는 포스트모던 소설양식이라고 불리는 다양한 명칭 ―로맨스소설, 미스터리 소설, 풍자소설, 역사추리소설, 역사 메타픽션― 이 따라붙는다.

『소유』에서 작가는 학자와 시인, 진실과 허구, 사랑과 소유, 기록문서와 구전 이야기를 대칭시켜 놓고, 그 절대적 경계를 무너뜨리며 새로운 인식의 세계로 독자들을 데리고 간다. 『천사와 벌레』에서 바이어트는 폐쇄된 사회와 순혈주의는 필연적으로 부패하며 붕괴한다고 경고하며, 그것을 막거나 지연시키는 유일한 방법은 열린 사회의 건설과 혼혈시대 즉 하이브리드시대의 도래라고 주장한다.

바이어트의 문학 세계는 우리의 눈을 뜨게 해 주는 바로 그러한 포스트모던 인식에 근거해 있다. 바이어트가 2017년 박경리 문학상 수상자로 선정된 것도 바로 그런 이유에서일 것이다.

15. 루이스 어드릭의 『사랑의 묘약』

레슬리 실코와 더불어 아메리카 원주민계 문학을 대표하는 루이스 어드릭(Louise Erdrich)은 놀랄 만큼 『토지』의 작가 박경리와 닮았다. 예컨대 어드릭은 대표작 『사랑의 묘약(Love Medicine)』(1984)에서 미국정부가 징해 놓은 보호구역에서 살고 있는 아메리카 원주민들의 소외된 삶의 묘사를 통해 백인 지배이데올로기의 억압, 전통문화의 상실, 그리고 그 과정에서 벌어지는 원주민 내부의 갈등을 탐색하고 있다.

어드릭의 등장인물들은 밀려오는 백인문화 속에서도 자신들의 땅과 문화를 지키려고 노력하며, 슬픔과 고통 속에서도 좌절하지 않고 기쁨과 보람을 찾으려고 애쓰는 긍정적인 태도를 갖고 있다는 점에서도 『토지』의 등장인물들과 닮았다. 두 소설의 등장인물들은 모두 자신들의 토지를 빼앗고, 오래 간직해 온 전통문화를 무시하는 타 인종 또는 타국인의 지배문화 속에서 스스로의 정체성과 공동체 의식을 보존하려고 노력하는 사람들이다.

어드릭은 자신의 소설에서 노스다코타 주의 보호구역에서 살고 있는 아메리카 원주민인 치퍼와 부족의 두 가문인 캐시퍼와 라마르틴 가(家)의 3대에 걸친 이야기를 써 나가고 있다. 어드릭은 원주민문화를 말살하려는 백인

문화에 대해 신랄한 비판을 가한다. 예컨대 『사랑의 묘약』의 한 화자는 이렇게 말한다. ―"백인들은 우리에게 쓸모없는 땅을 주었다가 다시 빼앗아 갔고, 우리 아이들을 데려다가 우리 말 대신 영어를 가르쳤으며, 모피를 가져가려고 우리에게 술을 팔았으면서도 이제 와서는 우리에게 금주를 요구했다." 애리조나 주 피닉스에 있는 '아메리카 원주민 박물관'에는 원주민들의 그러한 서글픈 역사가 생생하게 보존되어 있다.

그럼에도 불구하고, 어드릭의 주인공들은 백인문화를 적대시하거나 철저히 거부하지는 않는다. 백인문화가 이미 원주민들의 삶과 생활의 일부가 되었기 때문이다. 어드릭의 전략은 그와 같이 암울해 보이는 아메리카 원주민들의 상황을 투쟁이 아닌, 블랙유머와 패러디를 통해 원주민 특유의 환상적, 신화적 기법으로 제시하는 것이다. 예컨대 "인디언 용사의 돌진"에서 어드릭은 화자 넥터 캐시퍼를 통해 할리우드 영화나 그림에 깃들어 있는 원주민에 대한 백인들의 편견을 뛰어난 유머와 풍자로 폭로해 독자들을 웃긴다.

어드릭은 『사탕무 여왕(The Beet Queen)』(1986), 『발자취(Tracks)』(1988), 『빙고 궁전(The Bingo Palace)』(1994)에서도 아메리카 원주민들의 이야기를 통해, 이 세상 모든 피지배 계층이 처한 상황을 탐색한다. 그리고 지배문화에 의해 삶과 언어와 역사를 빼앗긴 채, 소외되고 배제되어 온 사람들의 고통을 이해하고 포용해야 한다는 사실을 깨우쳐 준다. 예컨대 『사랑의 묘약』에 등장하는, 정신이 이상한 수녀들이 사는 언덕 위의 수녀원, 원주민 제리가 갇혀 있는 형무소, 그리고 헨리 라마르틴 주니어를 징집해 정신이상자로 만든 월남전도 모두 아메리카 원주민들을 억압하고 세뇌하는 백인 지배문화의 상징이다.

어드릭은 독일계 미국인의 피와 프랑스계 오지브와 원주민의 혈통을 이어받았으며, 로마 가톨릭과 아메리카 원주민의 토속신앙을 동시에 믿고 있다. 어드릭은 그 두 가지 요소가 서로 충돌하고 갈등도 하지만, 궁극적으로는 화합과 조화를 통해 포용력과 인식의 확대를 가져다준다고 말한다. 그녀는 한 인터뷰에서, "나는 백인문화에 섞여 살기는 하지만, 나를 인도해 줄 목소리를 찾기 위해서 아메리카 원주민을 소재로 한 소설을 쓴다."라고 말했다. 최근 소수인종 문학이 크게 주목받으면서, 어드릭의 작품들은 빛을 발하기 시작했고, 오늘날 그녀는 가장 촉망받는 아메리카 원주민계 작가 중 하나로 공인받고 있다.

16. 2013년도 노벨문학상 수상작가: 앨리스 먼로

2013년 노벨문학상은 캐나다의 여성직가 엘리스 먼로(Alice Munro, 1931-)에게 돌아갔다. 먼로는 캐나다문학을 잘 모르는 한국독자들에게는 생소한 이름일 수도 있겠지만, 캐나다에서는 마거릿 앳우드 및 마이클 온다체(『잉글리시 페이션트』의 저자)와 더불어 캐나다를 대표하는 가장 유명한 작가 중 한 사람으로 잘 알려져 있다. 먼로는 남성이 여성보다 우월하다는 편견이 사라지지 않고 있던 시대에 섬세하고 정치한 필치로 가정과 사회에서 차별받는 여성의 심리를 탁월한 장인의 솜씨로 그려 냈다. 먼로는 캐나다 최초의 노벨문학상 수상작가이자, 여성 수상자라는 점에서도 지금 세계문단의 화제가 되고 있다.

먼로는 평생 단편만 썼기 때문에, 장편이 주류를 이루는 서구문단에서는 단편작가에게 노벨문학상이 수여된 것에 대해 뜻밖이라고 생각하는 사람들도 많았다. 그러나 작가로서 먼로의 능력과 역량에 의심을 품는 사람은 별로 없다. (처칠과 펄 벅의 경우에는 노벨문학상보다는 노벨평화상을 수상했어야 한다는 의견도 많았고, 싱클레어 루이스나 존 스타인벡의 경우에도 노벨상 수상작가로서는 다소 함량미달이라는 비판이 있었다.) 먼로는 마치 러시아작가 체호프처럼 단편소설의 대가라는 평을 받고 있기 때문이다. 과연 그녀의 단편은 체호프나 오 헨리의 작품처럼 장편소설 못지않은 재미와 무게로 독자들을 매혹시킨다.

한국은 단편이 소설문학의 주류를 이루는 나라여서 그런지 전통적으로 단편이 마치 장편의 축소판 같은 느낌을 주며, 단편 안에 많은 것들이 담겨 있다. 그러나 단편보다는 장편소설 위주인 서구에서 장편작가가 쓰는 단편은 삶의 한순간이나 편린을 붙잡아 쓰는 경우가 많아서, 구성이 단순하고 내용에도 스토리가 없는 경우도 많다. 예컨대 단편소설의 대가 에드거 앨런 포의 "붉은 죽음의 마스크"는 작품 내내 초현실적인 분위기만 묘사되고 있을 뿐 스토리가 없다.

그러나 장편을 쓰지 않는 단편작가 먼로의 단편은 마치 한국 단편소설을 읽는 것 같은 느낌을 준다. 과연 그녀의 단편은 하나의 소우주 같아서 장편이 압축되어 들어 있다는 느낌을 주며, 스토리도 풍부하게 들어 있다. 먼로는 원래 단편을 쓰다가 장편으로 바꾸려고 했는데, 쓰다 보니 그럴 필요를 느끼지 못했다고 말한 적이 있다. 이는 곧 그녀가 장편이 아닌 단편 속에서도 삶의 제반 문제를 포괄적으로 다룰 수 있다는 사실을 깨달았다는 것을 의미한다. 사실 단편 속에 모든 걸 다 집어넣을 수만 있다면, 굳이 기나긴 장편을 쓸 이유가 어디 있겠는가? 평생 단편만을 썼던 오 헨리의 단편들도 그렇지만, 먼로의 단편 역시 아이러니와 위트로 가득 차 있으며, 삶에 대한 심오한 성찰을 제공해 주고 있다. 존 밀링턴은 단편이란 "삶에 대한 심오하고 공통적인 관심"이며, "인간 운명의 면전에서 부르짖는 서정적 절규"라고 말한 적이 있는데, 과연 먼로의 단편들은 삶에 대한 심오한 관심을 보여 주고 있으며, 인간의 운명 앞에서 토해 내는 서정적 부르짖음처럼 보인다.

물론 해마다 노벨문학상 후보에 오르는 작가 중, 먼로보다 더 스케일이 크고 더 영향력 있는 작가도 많다. 예컨대 체코 출신의 프랑스 망명작가 밀란 쿤데라, 이스라엘의 아모스 오즈, 또는 미국의 필립 로스, 토머스 핀천, 돈 드릴로, 코맥 맥카시, 조이스 캐롤 오츠가 바로 그들이다. 예컨대 지금도 왕성한 창작 활동을 하고 있는 필립 로스의 『휴먼 스테인』은 정치적 올바름, 정체성 문제, 인종차별 문제, 패싱(Passing, 유색인이 백인으로 통과해 들어가는 것) 문제 등에 대한 성찰로 전 세계를 감동시킨 뛰어난 작품이다. 또 토머스 핀천은 이미 1966년에 나온 『제49호 품목의 경매』라는 소설에서 매트릭스 이론과 컴퓨터의 0과 1 사이 이론을 주창했으며, 엔트로피 이론의 문학적 적용을 통해 문학과 과학기술이 만나는 융합학문을 시도한 시대를 앞서가는 세계적인 작가였다. 핀천은 또 『브이』와 『중력의 무지개』에서는 서구 제국주의와 제3세계의 민속수의, 그리고 마르크시즘과 산업자본주의를 똑같이 위험한 것으로 비판하며, "이것 아니면 저것의 이분법적 태도(either/or mentality)"에서 벗어나, "이것도 그리고 저것도 포용하는(both/and construction)" 열린 사고방식을 가져야만 한다고 주장했다. 그럼에도 불구하고, 핀천은 우선 작품이 난해한 데다가, 작품의 마지막이 인간성을 긍정하거나 희망적이지 않기 때문에 노벨상 수상이 어렵다는 평을 받고 있다. 노벨문학상 선정위원회가 노벨의 유지를 기려 전 인류에게 희망을 심어 주는 작품을 선호하기 때문이다. 그런 맥락에서 보면, 먼로의 단편은 인간사회의 문제점을 지적하고는 있지만, 그래도 꿈과 희망을 잃지 않아야 한다는 메시지를 독자들에게 보내고 있어, 스웨덴 한림원의 호감을 받았으리라 짐작된다.

앨리스 먼로가 어린 시절을 보낸 시대는 아직 남녀평등이 이루어지지 않았고, 페미니즘이 본격적으로 시작되기 전이었으며, 가부장적 사회에서 여성에 대한 편견이 지배하던 시절이었다. 그것은 마치 먼로가 단편 『어떤 여인들』에서 묘사하고 있듯이, 소아마비나 백혈병과도 같아서 치유가 불가능한, 그래서 다만 불구가 되거나 죽을 수밖에 없는 치명적 질병이었다. 먼로의 단편은 지금 읽으면 마치 아득한 옛날 역사처럼 보이지만, 사실 한때는 여성에게 너무나 절실했던 문제들을 다루고 있는 문화텍스트이자 사회문서라고 할 수 있다.

먼로의 작품 세계는 캐나다의 작은 마을에서 성장하는 소녀가 가정과 사회에서 당면하는 문제로부터 시작해, 중년여성과 노년여성의 고립과 고독까지 다루면서 삶의 본질적 문제들을 탐색한다. 그래서 그녀의 소설에는 과거에 대한 회상이 많다. 먼로는 마치 모더니스트 작가들이 그랬던 것처럼, 좋았던 과거에 대한 회상을 즐기며, 시간의 흐름을 정지하고 싶은 강렬한 욕망을 갖고 있다. 그래서 먼로의 단편을 읽으면, 마치 프루스트의 『잃어버린 시간을 찾아서』[영어 번역서 제목은 『지나간 것에 대한 회상(Remembrance of Things Past)』임]를 읽고 있는 것 같은 느낌을 주기도 한다. 먼로의 작품을 읽다 보면 또 작품의 마지막에 독자들이 마치 조이스의 『더블린 사람들』에서처럼 삶에 대한 깨달음(이피퍼니)을 경험하게 된다. 그래서 먼로는 포스트모더니즘보다는 모더니즘적 전통과 감수성에 가까운 작가라고 할 수 있다.

그와 동시에, 먼로는 플래너리 오코너, 캐서린 앤 포터, 유도라 웰티, 카슨 매컬러스 같은 미국 남부작가들과도 스타일과 분위기가 비슷하다는 평을 받는다. 특히 먼로의 초기 단편집 『행복한 그늘의 춤』[사실 Dance of the Happy Shades에서 shades에는 '영혼,' '망령,' '차양,' '선글라스'의 뜻도 있다.]은 유도라 웰티의 "6월의 리사이틀"과 비슷한 스타일과 분위기의 소설이라는 평을 받는다. 미국 남부소설의 특징은 남부의 역사를 중심으로 가족의 중요성, 지역사회에서 주인공들이 맡는 역할, 그리고 남부 특유의 계급문제, 인종문제, 종교문제 등으로 인한 정신적 짐을 작품의 주제로 다룬다는 점이다. 그리고 그런 주제를 지역성이 강한 특이한 분위기와 스타일과 문체로 다루면서, 남부를 소우주로 해서 범세계적인 공감을 획득하는 것이다. 미국의 남부작가들처럼, 먼로 역시 캐나다 온타리오의 역사를 배경으로 가정과 사회의 분위기, 공동체 속에서 개인의 역할, 그리고 가부장적 사회의 여성에 대한 편견 등을 특이한 분위기의 문체로 써 내려가면서, 자신의 지역적·젠더적 성찰을 범세계적인 관심사로 확대하고 있다.

먼로 작품의 특징 중 하나는 어린 시절을 회상하는 어른의 이야기가 많으며, 따라서 아이의 시각으로 어른 세계를 바라보는 기법을 즐겨 사용한다는 점이다. 이 역시 미국 남부여성작가들의 특징이기도 한데, 예컨대 성인이 과거를 회상하며 아이의 시각으로 써 내려간 미국 남부작가 하퍼 리의 『앵무새 죽이기』는 그 대표적인 경우이다. 먼로 단편의 또 다른 특징은, 그녀가 픽션과 자전적 기록의 경계를 넘어서 작품을 쓰고 있다는 점이다. 예긴대 "인생에게"는 그녀의 자전적 기록이면서 동시에 한 편의 훌륭한 단편소설이다. 그러나 먼로는 자신의 사적인 이야기나 캐나다 온타리오 주 사람들의 이야기를 궁극적으로는 인류 전체의 범세계적 이야기로 승화시키는 데 성공하고 있다. 즉 그녀는 북미의 한 작은 마을을 소우주로 제시해 인류문명과 인간사회의 보편적 문제를 천착하고 있다는 것이다. 예컨대 그레이스와 에이비라는 두 여대생의 삶과 사랑을 주제로 한 "정열"은 곧 전 세계 젊은 여성들의 보편적 문제로 확대된다.

먼로의 작품 세계를 잘 보여 주는 작품으로 초기 작품인 "집필실"을 들 수 있다. 작가인 여성주인공은 마치 버지니아 울프의 『자기만의 방』처럼, 어느 날 남편에게 글을 쓸 자기만의 공간인 집필실을 요청한다. 집에서 여자는 글을 쓰기가 어렵기 때문이다.

남자에게 일이 있다는 것은 누구나 인정한다. 그러므로 우리는 남자에게 전화를 받는 일도, 집안 물건을 찾는 일도, 아이들이 왜 우는지 알아보는 일도, 고양이 사료를 주는 일도 기대하지 않는다. 남자는 일할 때 방문을 닫아도 된다. 하지만 닫혀 있는 방 안에 엄마가 있다는 것을 아이들이 안다고 가정해 보라. 아이들은 그런 상황 자체를 용납하지 못할 것이다. 또 여자가 남편도 자녀도 없는 엉뚱한 곳을 바라보는 것도 자연의 섭리를 거스르는 것이다. 그러므로 여자에게 집이란 남자의 집과는 다르다. 여자는 남자처럼 집에 들어와서 이용하다가 원하면 다시 나가는 존재가 아니다. 여자는 곧 집이다("집필실").

먼로의 이러한 생각은 또 다른 의미에서 문정희 시인의 시 〈집 이야기〉를 연상시킨다.

태어날 때부터 여자들은
몸 안에 한 채의 궁전을 가지고 태어난다
그래서 따로이 지상의 집을 짓지 않는다
아시다시피, 지상의 집을 짓는 것은 남자들이다
:
일설에 의하면 그들은 자신들이 태어난
여자들의 궁전으로 돌아와
자주 죽음을 감수하곤 한다고도 한다
역사는 아무리 생각해도 잘 모르겠고
그저 오묘할 뿐이다. 태어날 때부터 몸 안에
궁전을 가지고 태어나는 인간의 종(種)이 있다니…
그들이 박해를 받고

끝없는 외침(外侵)에 시달리는 것도

생각해 보면 당연한 귀결인 것 같다

(〈집 이야기〉)

집필실이 필요하다는 아내의 절실한 요청에도 남편은 별 관심이 없다. 그러던 어느 날, 그녀는 남편의 내키지 않는 승낙을 받아, 맬리 부부가 사는 집에서 세를 내놓은 집필실을 임대한다. 그런데 이번에는 셋집 주인인 맬리 씨가 수시로 찾아와 그녀에게 집적댄다. 그는 그녀의 사적 공간을 침범하고 밤에 몰래 집필실에 들어와 그녀의 글을 훔쳐본다. 그리고 그녀가 거부하자, 그녀를 모략하고 비난한다. 작품의 마지막에 도저히 못 견디고 거기서 나온 여주인공은 아직 다른 집필실을 구하지 못한 채 지내게 된다. 가부장적 세상인 먼로의 세계에는 아직 여성의 선용 집필실이 없다. 남성들이 여자가 혼자 글을 쓰는 것을 용납하지 않기 때문이다.

"나비의 날"은 학교와 제도로부터 자유로운 여학생 마이라 세일라에 대한 화자의 어린 시절 회상이다. 마이라는 학교에 적응을 하지 못하는 어린 남동생 지미 세일러를 돌보아야 하기 때문에 학교에서 늘 고립되어 지낸다. 그러는 과정에서 그녀는 홀로 자유롭게 살아 나간다. 화자는 그녀의 친구가 되고 싶어서 마이라에게 잘 대해 준다. 그러던 어느 날 마이라는 백혈병에 걸려 학교에 나오지 못한다. 급우들이 앞당겨서 병실에서 해 준 생일파티 후에 마이라는 저세상으로 떠나지만, 그녀가 전설처럼 남기고 간 자유혼은 화자의 마음에 영원히 각인된다. 백혈병에 걸리면 아직 치료법이 개발되지 않아 속절없이 죽어 가던 시절, 먼로는 떠나가 버린 친구를 회상하며 마이라의 고립과 강인한 정신과 자유혼을 그리워한다.

『어떤 여인들』에는 백혈병으로 죽어 가는 남자가 등장한다. 그 집에 병

수발하는 아이로 고용된 화자는 13세의 여자아이로서 그 집안에서 벌어지는 세 여성들의 갈등과 암투를 목격한다. 우선 크로지어 노부인은 죽어 가는 남자의 의붓어머니로서 머느리인 젊은 크로지어 부인을 싫어한다. 어느 날, 크로지어 노부인은 록산느라는 안마사를 데려오고, 그녀를 자기 아들이 누워 있는 2층 방에 올려 보내 아들과 친해지게 만든다. 차츰 록산느는 크로지어 씨를 놓고, 대학에 출강하는 젊은 크로지어 부인과 대립하고 갈등하게 된다. 이윽고 죽어 가는 크로지어 씨는 록산느와 크로지어 노부인을 멀리하고, 아내인 젊은 크로지어 부인을 자기 곁에 오도록 한다. 그리고 화자는 그 과정에서 크로지어 씨를 돕는다. 이 작품에서 화자 소녀는 고부간의 갈등 및 여성 라이벌끼리의 갈등을 목격하지만, 아직 어려서 그 의미는 잘 알지 못한다. 그래서 이 단편은 "이제 나는 자랐고, 나이도 먹었다."로 끝난다.

"보이스 앤 걸스"는 요즘에는 좀 진부한 이야기가 되었지만, 한때는 우리나라에서 절실했던 여성에 대한 편견을 다루고 있다. 화자는 부모가 아들인 레어드만 좋아하고 인정하는 집안에서 소외감과 부당함을 느끼며 살고 있는 여자아이다. 자기가 레어드보다 훨씬 더 똑똑한데도 심지어는 할머니까지도 여자에 대한 편견에서 벗어나지 못한다.

할머니가 오셔서 몇 주 계시는 동안 으레 듣는 말이 있다. "여자는 문을 꽝 닫으면 안 된다." "여자는 다리를 모으고 앉아야 한다." 그보다 더 심한 건 내가 뭔가를 물어볼 때였다. "여자가 그런 건 알아서 뭐하려고"("보이스 앤 걸스").

"보이스 앤 걸스"에서 차별을 당하는 화자소녀는 일부러 문을 꽝 닫고 다리를 벌리고 앉는 것으로 저항을 표시한다. 작품의 마지막에 늙은 말 플로라를 죽이려는 가족들에 저항해 그녀는 플로라가 도망치도록 문을 열어 놓는다. 그럼에도 불구하고, 플로라는 남자가족들에게 잡혀 결국 도살된다. 눈물을 흘리는 화자에게 아버지는 "여자니까."라고 말한다. 그러한 상황에서 작가는 관대함 속에 숨어 있는 남성의 우월감과 여성에 대한 편견을 예리하게 고발한다.

앨리스 먼로의 작품 세계는 여성의 삶과 일상이라고 할 수 있다. 그녀는 가정과 작은 마을에서 일어나는 여성의 일상생활에서 삶의 아이러니와 우주의 진리를 본다. 그럼 면에서 먼로의 작품 제목 ―"증오, 우정, 사귐, 사랑, 결혼"(2001), "도주," "캐슬 록에서의 전망"(2006), "너무 많은 행복"(2009), "삶에게"(2012)― 은 시사적이다. 그녀의 작품에는 가정에서 성장기를 겪으면서 아버지를 포함한 가족과 갈등하는 사춘기 소녀, 결혼 후 가부장적인 남편에 실망하는 중년여성, 그리고 고립과 소외 속에서 살아가는 노년여성이 골고루 등장한다. 그런 의미에서 그녀의 작품 세계는 체호프의 "귀여운 여인"을 연상시키기도 한다. 먼로는 여성의 시각으로 작품을 썼지만, 전투적인 페미니스트는 아니다. 그녀는 탁월한 이야기꾼으로서, 그리고 일상에서 삶의 진리를 발견하고 터득하는 관찰자로서 인간과 사회의 문제점을 따뜻한 감수성과 차가운 아이러니로 제시해 준 단편소설의 대가였다.

그녀는 모두 16권의 단편집을 출간했고, 캐나다 최고 문학상인 총독상을 여러 번 수상했지만, 얼마 전에는 그만 쓰겠다는 절필선언을 하기도 했다. 현재는 암투병과 심장질환 치료 중이며, "먼로스 북스"라는 인기 서점을 운영하고 있다. 먼로의 작품 중, "곰이 산을 넘어오다"는 〈어웨이 프롬 허〉라는 제목으로 영화화되었는데, 유명한 영국배우 줄리 크리스티가 주연한 이 영화는 아카데미 최우수 각본상에 추천되었으나, 코맥 맥카시의 원작을 영화화한 〈노인을 위한 나라는 없다〉에게 상을 빼앗겼다.

먼로의 노벨문학상 수상은 스웨덴 한림원의 성향이 보수적이라는 것을 다시 한 번 시사해 주고 있다. 먼로의 단편들은 새로운 전위적인 실험이 아니라, 일상의 편린들과 어린 시절에 대한 회상을 통해 삶의 진실을 추구하고 있기 때문이다. 노벨상 위원회는 국가별 고려도 하는데, 그동안 캐나다작가에게 한 번도 수여되지 않은 점, 그리고 먼로가 여성이라는 점도 고려되었으리라 짐작할 수 있다. 캐나다는 자국의 문학이 없고 영문학에 편입되어 있지만, 노스롭 프라이나 마셜 매클루언, 또는 린다 허치언 같은 독창적인 비평가와 노벨상 수상작가인 앨리스 먼로 같은 유명한 작가를 배출한 나라로 국제사회에 크게 기여했다. 앞으로 우리의 여성작가도 노벨상을 수상하게 되는 날이 오기를 바란다.

17. 케이트 앳킨슨의 『라이프 애프터 라이프』

케이트 앳킨슨의 "코스타 북 어워드" 수상작 『라이프 애프터 라이프(Life After Life)』(2013)는 마치 H. G. 웰스의 『타임머신』처럼 시공을 초월해 독자들을 미래로 데려가는 소설이다. 그러나 이 소설은 단순히 미래로만 가는 것이 아니라, 현재와 미래를 부단히 오가며 각기 다른 버전의 현재 및 미래의 모습을 보여 주고 있다는 점에서 특이한 소설이다. 『라이프 애프터 라이프』는 주인공 어슐러 토드가 태어나는 1910년에 시작해 20세기 전반과 중반, 그리고 양차 세계대전에 휩싸인 영국과 독일을 종횡으로 오가며, 매 시대 그녀가 겪는 삶을 통해 당대의 정치적/사회적 격변을 비판적으로 성찰하고 있다.

주인공 어슐러 또한 특이한 여자다. 그녀는 태어나자마자 탯줄이 목에 감겨 질식사하지만, 뒷장에 가면 살아 있어 독자들을 놀라게 한다. 이후, 어슐러는 작품 속에서 여러 번 죽지만, 부단히 다시 살아나곤 한다. 예컨대 그녀는 한 번은 익사하고, 그다음에는 추락사하며, 그 후에는 독감에 걸려 죽기도 하고, 자살도 하며 심지어는 살해당하기도 하지만, 계속 다시 살아나 20세기를 살고 있다. 그리고 그때마다 그녀의 각기 다른 버전의 삶이 펼쳐진다. 그런 의미에서 이 소설은 지하철을 탔을 때와 타지 않았을 때, 각기 다른 버전의 삶이 펼쳐지는 〈슬라이딩 도어스〉라는 영화를 연상시킨다.

이 소설은 현재와 과거의 경계를 초월해 각기 20세기의 다른 시대를 살아가는 여성의 삶을 보여 준다는 점에서, 비슷한 구성의 소설인 버지니아 울프의 『올란도』나 존 파울스의 『프랑스 중위의 여자』를 연상시킨다. 과연 『라이프 애프터 라이프』에서도 어슐러는 각 시대를 대변하는 각기 다른 타입의 남자들과 관계를 갖는다. 예컨대 폭력적이고 가부장적인 남자 데릭, 자신을 성폭행하는 미국인 하위(또 다른 챕터에서는, 성폭행이 아니고 키스로 처리되지만), 사랑하는 여인보다 조국과 전쟁을 우선시하는 크라이튼, 그리고 좌파 유토피아주의자인 랄프 등은 각기 다른 형태로 어슐러의 삶을 속박한다.

그중에서도 강박적이고 폭력적인 남편 데릭은 신혼여행이 끝나자마자 괴팍한 독재자로 변신해 어슐러의 악몽이 된다. 그는 첫날밤에 자신의 성경험을 신부에게 자랑하는가 하면, 한밤중에 자고 있는 어슐러를 자신의 성적 욕구 분출의 대상으로 삼기도 하는 등 강박적인 군사문화에 젖어 있다.

가정의 질서에 대한 데릭의 무조건적인 신념에 맞서 싸우기보다는 복종하는 편이 더 수월했다. ("모든 것에는 자기 자리가 있어.") 그릇은 얼룩 없이 깨끗이 닦아야 하고, 날붙이는 광을 내서 서랍에 똑바로 정돈해야 했다. 나이프들은 행군하는 군인들처럼 맞춰 놓아야 하고, 스푼들은 서로 말끔히 포개 놓아야 한다. 주부는 가정의 수호신들을 모신 제단에서 가장 복종적인 숭배자가 되어야 한다고 데릭은 말했다(『라이프 애프터 라이프』264).

그는 또 까다롭기 이를 데 없어, 매번 각기 다른 다양한 음식을 요리해 밥상에 올리는 것이 여성의 의무라고 주장한다.

그러나 결혼생활은 훨씬 더 까다로웠다. 아침은 제대로 요리되어야 했고, 아침마다 정확한 식탁이 차려져야 했다. … 달걀은 주중에는 스크램블하고, 굽고, 삶고, 데치는 식으로 매일 바꿔 가며 했고, 금요일에는 훈제청어로 특별식을 준비해야 했다. … 달걀은 근처 가게가 아니라, 3마일 떨어진 소규모 농장에서 직접 구입한 것으로 어슐러는 매주 농지까지 걸어가야 했다.
어슐러는 내내 새 요리를 생각해 내야 했고, 그래서 식사는 또 다른 종류의 악몽이었다. 인생은 갈빗살, 스테이크, 파이, 스튜, 구이의 끊임없는 반복이었다. 날마다, 그것도 아주 다양하게 준비되어야 하는 푸딩은 말할 것도 없었다(『라이프 애프터 라이프』265).

그런 의미에서 보면, 『라이프 애프터 라이프』의 첫 장이 뮌헨의 한 카페에서 어슐러가 독재자의 상징인 히틀러에게 총을 쏘는 것으로 되어 있는 것도, 가부장적인 가정과 사회에 대한 여성주인공의 상징적 저항처럼 보인다.
그렇지만, 『라이프 애프터 라이프』는 단순한 페미니즘 소설은 아니다. 이 소설은 SF 기법과 추리소설 기법으로 어슐러를 20세기의 각기 다른 시대로 보내고, 그런 다음, 그녀의 각기 다른 삶을 통해 당대의 사회상을 예리하게 비판하는, 재미있으면서도 무게 있는 문학작품이다. 예컨대 1차 대전과 2차 대전을 다루고 있는 이 소설에서, 전쟁이라는 사회적 폭력은 곧 가정의 폭력으로 이어진다. 왜냐하면 전쟁에서 폭력을 목격하거나 자행하고 돌아온 남자들은 아무렇지도 않게 가정에서 아내나 자녀에게도 폭력을 행사하기 때문이다. 또 전쟁은 아버지와 남편을 빼앗아 가며, 결국은 가정을 파괴하는 주범이다. 그런 의미에서, 『라이프 애프터 라이프』는 중요한 사회비판 소설이라고 할 수 있으며, 그런 면에서 여성의 삶을 통해 당대 미국사회의 문제점을 비판한 미국 여성작가 메릴린 로빈슨의 소설 『하우스키핑』이나 『길리아드』와도 비슷하다.

『라이프 애프터 라이프』는 우리가 살고 있는 이 세상이 선형적이고 필연적인 것이 아니라, 비선형적이고 무작위적이며, 따라서 언제나 또 다른 버전의 삶과 또 다른 시각이 있을 수 있다는 것을 은유적으로 보여 주고 있는 흥미 있는 포스트모던 소설이다. 즉 우리의 인생은 윤회적이고 비확정적이어서, 언제든지 다른 길을 선택해 또 다른 가능성을 추구할 수도 있다는 것이다. 과연 이 소설의 구성은 마치 DVD에서 앞뒤로 장면 뛰어넘기 버튼을 누르는 것과 비슷하고, 전자책에서 아이콘을 클릭해 다른 페이지로 넘어가는 것과도 같다. 예컨대 첫 장의 배경은 1930년이고 둘째 장은 1910년이지만, 후반부로 가면 1930년대와 1940년대가 나왔다가, 마지막에는 다시 1920년대와 1910년으로 되돌아간다.

1910년에 태어난 어슐러는 20세기의 산물이라고 할 수 있다. 작가는 정치적으로 파란만장했던 20세기를 한 여인의 삶을 통해 다양한 측면에서 시대의 변화를 조감하고 있다. 예컨대 『라이프 애프터 라이프』는 20세기 들어서 흔들리기 시작하는 영국의 전통적 계급사회, 변화하는 여성의 인식과 사회적 위치, 그리고 붕괴해 가는 가정과 가족제도를 양차 대전을 배경으로 훌륭하게 묘사하고 있다. 그런 의미에서, 『라이프 애프터 라이프』는 비슷한 주제를 다룬 가즈오 이시구로의 『남아 있는 나날(Remains of the Day)』을 연상시키는데, 그런 면에서 이 두 작품은 현대 영국문학의 전통을 잘 반영해 주고 있다고 할 수 있다.

『라이프 애프터 라이프』에는 많은 상징적 장치가 있는데, 그중 하나가 곰과 여우다. 예컨대 어슐러라는 이름은 곰을 의미하고, 어슐러가 사는 집은 '팍스(여우)코너'다. 곰은 둔하고 우직하지만, 여우는 교활하고 영민하다고 알려져 있어, 두 짐승은 서로 대조된다. 곰은 매해 겨울마다 동면을 하고 봄에 다시 태어난다는 점에서, 죽은 후에도 계속 새롭게 태어나는 어슐러를 닮았다. 동시에 여우는 어슐러가 살아남기 위해서는 필수적으로 갖추어야 하는 여성적인 영민함의 상징인 것처럼 보인다.

케이트 앳킨슨은 추리소설 기법을 활용하는 순수문학 작가이자 베스트셀러 작가로서 코스타 북 어워드, 브리티시 북 어워드, 크라임 스릴러 어워드 등 다수의 문학상을 수상했다. 그녀가 창조한 잭슨 브로디 탐정은 그녀의 작품이 각색됨에 따라 영국 TV 드라마에 출연하기도 했으며, 그녀의 소설들은 참신한 구성과 놀라운 반전으로 독자들의 인기를 끌고 있다.

『라이프 애프터 라이프』를 읽으면서 독자들은 20세기 영국여성들의 삶과 사회적 위치, 영국인의 의식구조, 그리고 영국을 비롯한 유럽의 변화를 배우게 된다. 그러나 그보다 더 중요한 것은, 이 소설을 읽으며 우리가 세상은 끊임없이 변화한다는 것, 현실은 우연의 연속이라는 것, 그리고 우리의 삶은 우리의 선택에 따라 얼마든지 바뀔 수 있다는 것을 깨닫게 된다는 사실이다. 현재가 불만스럽고 현실에 좌절하는 우리에게 또 다른 형태의 삶이 가능하고, 또 다른 가능성이 있으며, 또 다른 시각으로 사물을 볼 수 있다는 것은 분명 고무적이다. 그러한 가능성은 로버트 던컨의 유명한 시 "초원의 열림(Opening of the Field)"처럼, 우리의 마음과 시야를 넓혀 주고, 우리에게 또 다른 우주를 열어 보여 주기 때문이다. 『라이프 애프터 라이프』가 우리에게 주는 즐거움도 바로 거기에 있다.

18. 토머스 핀천의『브이』,『제49호 품목의 경매』

허먼 멜빌의『모비 딕』과 제임스 조이스의『율리시스』에 비견되는 화제의 대작『중력의 무지개』의 한국어판 번역출간은 학계, 문단, 출판계 모두에게 하나의 커다란 사건이다. 그만큼 이 소설은 중요하고, 분량이 방대하며, 번역하기 어렵기 때문이다. 한 번도 공식석상에 나타나지 않고 은둔해 살고 있는 신비의 작가 토머스 핀천은 이 소설로 "전미 도서상"을 수상했으며 풀리처 상 최종후보까지 올랐는데, 시상식장에 코미디언을 대신 보내 화제가 되기도 했다.

핀천은 시대를 앞서간 작가였다. 그는 1963년에 이미 처녀작『브이』에서 사이보그와 인조인간의 문제점을 다루었고, 1966년에는 벌써 매트릭스 이론과 엔트로피 이론을 통해 현대인의 딜레마를 보여 줌으로써(『제49호 품목의 경매』), 이후 문학과 테크놀로지의 융합을 시도하는 '정보시스템 이론' 작가들의 시조가 되었다. 핀천은 또 서구 제국주의에 대한 신랄한 비판으로 인해, 탈식민주의 문학의 시효로도 알려져 있다.

핀천은 20세기 세계역사와 인류문명의 문제점을 강력하게 비판한 작가로서, 한국사회에도 절실한 주제를 다루고 있다. 예컨대 처녀작『브이』에서 핀천은 "우리에게는 두 가지 비전밖에 없다. 우파와 좌파, 또는 온실과 거리가 바로 그것이다. 우파들은 과거의 온실 속에 칩거하고, 좌파는 거리에서 대중폭력을 조종함으로써 변혁을 시도한다."라고 탄식한다. 또한『제49호 품목의 경매』에서 핀천은 "마르크시즘이나 산업자본주의는 둘 다 똑같은 공포의 산물이다."라고 지적하며, "이것 아니면 저것(either/or)"의 이분법적 멘탈리티에서 벗어나, "양쪽 다(both/and)"의 포용력을 가져야 한다고 말한다. 그리고 컴퓨터 전문가답게 0과 1 사이, 즉 제3의 가능성 탐색을 제안한다.

『중력의 무지개』에서 핀천은 서구의 이성 중심주의와 과학기술 만능주의를 강력하게 비판한다. 주인공 슬로스롭은 어렸을 때 과학실험으로 성기에 특정물질을 주입했는데, 이후 그가 성관계를 갖는 도시마다 같은 물질을 주입한 독일군의 V2 로켓 탄두가 떨어지는 일이 벌어진다. 슬로스롭은 원인과 결과가 전도된 이유를 찾아 자신의 과거를 탐색하는 과정에서 비로소 통제와 지배, 테크놀로지의 오용, 극단적 이성주의 등이 초래한 서구문명의 폐해를 깨닫게 된다. 이 소설에서 핀천은 과학기술의 오용은 인류문명의 파멸을 초래하고, 제국주의나 나치즘 같은 극단적 이데올로기는 인간의 정신생태계를 파괴한다고 말한다. 동시에 핀천은 제3세계의 극단적 민족주의나 테러리즘 역시 똑같이 인간의 정신을 황폐화시킨다고 지적한다.

군사용어인 '중력의 무지개(Gravity's Rainbow)'는 발사된 포탄이 중력 때문에 떨어지며 그리는 포물선을 지칭한다. 이 소설은 세상을 상징하는 극장에 모인 인간들이 하늘을 가로질러 들려오는 V2 로켓의 하강 소리를 듣는 것으로 시작하고 있다. 핀천은 우리를 얽어매는 독선이나 증오심, 또는 통제나 이데올로기의 중력을 과감히 벗어날 때, 인간은 임박한 파멸을 피해 무지개 너머 오즈의 세계로 비상할 수 있다고 말한다. 선택은 물론 우리의 몫이다.

19. 김경현의『잃어버린 G를 찾아서』

캘리포니아대학교(어바인) 교수 김경현의 소설『잃어버린 G를 찾아서』는 일견 김경훈이라는 40대의 한국계 미국인 교수가 미국 동부의 사립 고등학교에 조기유학을 왔다가 행방불명 된 조카를 찾아 헤매는 이야기처럼 보인다. 그러나 그러한 표면적 구조 속에 숨어 있는 심층적인 주제는, 아메리칸드림을 찾아 미국에 이민 와서 지금은 교수가 된 김경훈의 잃어버린 정체성 탐색이다. 그래서 사라진 조카를 찾는 그의 여정은 곧 자신의 잃어버린 정체성 찾기와 시종일관 긴밀히 맞물려 있다.

그런 의미에서 보면, 동부에서 고등학교를 졸업하고 서부에 와서 살고 있는 김경훈이 어느 날 조카 지훈이 사라졌다는 사촌누나 영미의 연락을 받고, 다시 동부로 돌아가, 서울에서 날아온 영미와 함께 제2의 미대륙 횡단을 하는 것은 대단히 상징적이다. 그 과정에서 그가 "미국"을 재발견하고, 자기도 조카처럼 미국에서 고등학교를 다녔을 때, 무엇을 잃어버렸는가를 깨닫게 되기 때문이다.

경훈이라는 그의 이름과 지훈이라는 조카의 이름이 특별한 의미와 긴밀한 연관을 갖고 부상하는 것은 바로 그 순간이다. 오래전, 지금은 조카가 다니고 있는 미국 고등학교에 전학 온 첫날, 경훈은 생소한 환경과 새로운 언어에 당황해서, 자신의 이름을 칠판에 영어로 완벽하게 쓰지 못한다. 그가 우물쭈물하다가 "Kyun"까지만 썼을 때 수업이 끝나는 벨이 울려서, 이후 그는 학교에서 "큔"으로 알려지고 또 그렇게 불린다. 마지막 "G"를 쓰지 못해, 자기 자신을 제대로 알리지 못한 것이다. 그리하여 그는 마치 미국에 붙잡혀 와서 이름 대신, "쿤타킨테"로만 불린 알렉스 헤일리의 소설 『뿌리』의 흑인 노예 주인공처럼, 불완전하고 전혀 다른 이름인 "큔(타킨테)"으로 불리게 된 것이다.

이 에피소드는 경훈이 미국에 와서 자기를 상징하는 정체성의 일부를 상실했다는 것을 상징한다. 그가 잃어버린 것은 "G"다. "G"가 있어야 비로소 "켱"이 되는데, "G"가 없기 때문에 "큔"이 되고 만 것이다. 그런데 조카 지훈은 미국인 급우들에게 "G" 즉 "쥐"라고 불린다. 지훈이라는 이름의 첫 알파벳인 "G"의 영어발음이 "쥐"이기 때문이다. 그러므로 "사라진 G"를 찾아 헤매는 큔의 탐색은 곧 원래 자기 이름인 "켱"을 회복하는 상징적 행위가 된다.

　재미있는 것은 한국어로 "쥐"는 "마우스"인데, 미국의 상징도 "미키 마우스"라는 점이다. 그러므로 만일 저자의 의도와는 관계없이 "쥐"의 의미를 확대해 본다면, "쥐"를 찾는 것은 자신의 한국적 정체성뿐 아니라, 미국적 정체성까지도 탐색하는 작업이라고 할 수 있을 것이다. 또 컴퓨터 마우스는 컴퓨터를 조종하는 기기로서, 컴퓨터 사용의 기본이자 필수품목이다. 만일 마우스가 작동하지 않으면 컴퓨터를 사용할 수가 없게 된다. 그래서 "큔" 또는 경훈의 "쥐" 찾기는 자신의 정체성을 회복해 자신의 삶과 운명을 자기 스스로 제어하겠다는 의지의 표출로도 볼 수 있다.

　물론 "켱 킴"을 회복해 봐야, 한국인 김경훈이 되는 것은 아니다. 그러나 비록 영어식 발음과 뒤바뀐 순서의 이름일망정, 불완전하지 않은 제대로 된 이름을 갖는 것은 중요하다. 경훈은 미국에서의 유학생활 첫날, 자신의 이름을 제대로 알리지 못했고, 그래서 그동안 부분적으로만 존재하는 사람으로 살아왔다. 이제 조카의 행방을 탐색하는 과정에서, 그는 비로소 자신이 그동안 잃고 살아온 것이 무엇이었는가를 깨닫게 되고, 자신의 잃었던 정체성을 되찾게 된 것이다.

　경훈의 조카 지훈, 즉 "쥐"는 미국인 여자 친구 페이지와의 관계를 너새니얼 호손의 『주홍글자』에 비유해 놀리는 두 미국인 남자 급우를 두들겨 팬후, 학교에서 정학처분을 받자, 임신한 페이지가 운전하는 헌 차를 타고 미대륙 횡단여행을 떠난다. "쥐"의 어머니 영미와 페이지의 할아버지 토마스는 둘 다 페이지의 낙태수술을 원하지만, 페이지는 아이를 낳아 키우기를 원한다.

　"쥐"와 페이지는 또 다른 한국인 유학생 애린을 차에 태우고 떠난다. 애린은 서울에 있는 "쥐"의 아파트 8층에 사는 새미의 여동생으로 조기유학을 왔다가 마약에 손을 대게 되었고, 마약 살 돈을 벌기 위해 매춘까지 한다. 애린 역시 마약 딜러이자 포주인 세컨드 기어 재스퍼로부터 도망치기 위해, "쥐"의 차에 동승해서 셋은 같이 대륙 횡단여행을 떠난다. 재미있는 것은 애린은 자기 원래 이름인 "아령"에서 스스로 "G"를 빼고 보다 더 미국적인 이름인 "애린"으로 바꾸었다는 것이다. 그러므로 그녀의 경우에는 자신이 스스로 버린 "G"를 찾아 여행을 떠나는 셈이 된다. 그런 의미에서 보면, "큔"과는 달리 애린은 자신의 정체성을 스스로 포기하고, 잘못된 미국화에 빠져든 경우라고 할 수 있다.

이제 중년이 된 "큔"은, 학교에서 폭력을 휘두르고 미국인 여자 친구를 임신시킨 후, 학교에서 쫓겨난 고교생 조카인 "쥐," 그리고 마약과 매춘의 세계로 빠져 들어간 "애린"의 도피와 방황이 동부에서의 고교시절 자신에게도 일어났을 수 있는 일이라는 것을 깨닫는다. 생소한 외국환경 속에 던져진 사춘기 청소년으로서, 자기 자신도 "쥐"처럼 미국인 여자 친구를 만나 임신시켰을 수도 있고, "애린"처럼 마약에 빠졌을 수도 있었기 때문이다. 그런 의미에서 "큔"은 다시 과거로 돌아가 자신의 실패 버전인 두 사람과 조우하고, 자신이 살아온 미국에서의 삶이 사실은 상실만은 아니고, 아메리칸드림을 성취한 괄목할 만한 성공이었다는 사실도 깨닫게 된다.

『잃어버린 G를 찾아서』는 일종의 로드무비인 〈레인 맨〉을 연상시킨다. 〈레인 맨〉에서도 집을 떠나 서부로 가서 돈과 기계 속에서 살고 있던 주인공 찰스 배빗이 자신이 고등학교를 다녔던 동부로 가서 자폐증인 형 레이먼드를 만나 둘이서 제2의 대륙 횡단을 하면서, 그동안 자신이 물질적 성공만 추구하다가 잃어버린 것이 과연 무엇인가를 깨닫게 된다. 〈레인 맨〉에서는 찰스가 잃어버리고 살아온 것이 돈이나 기계와 대비되는 "휴매티니"와 "목가적인 꿈"으로 제시된다.

『잃어버린 G를 찾아서』는 동부에서 서부로 낡은 차를 타고 대륙을 횡단하면서 자신의 삶을 돌이켜보고 미국의 의미를 발견한다는 점에서, 비트작가 잭 케루악의 『길 위에서(On the Road)』와도 비슷하다. 『길 위에서』의 주인공은 콜로라도의 덴버로 가지만, 『잃어버린 G를 찾아서』에서는 등장인물들이 애리조나의 플래그스태프를 향해 간다. 애리조나는 사막지역이고 플래그스태프는 여러 도시로 연결되는 교통의 중심지이다. 그렇다면 그들의 종착지는 낙원이 아니고, 그래서 다시 다른 도시들로 여행과 탐색을 계속해야만 하는지도 모른다. 또한 『잃어버린 G를 찾아서』는 잃어버린 과거를 탐색한다는 점에서 마르셀 프루스트의 『잃어버린 시간을 찾아서』를 연상시킨다.

그럼에도 불구하고 『잃어버린 G를 찾아서』는 어둡거나 무겁지 않고 시종일관 풍자와 패러디와 유머가 넘치는, 젊은 감각으로 쓰여진 재미있는 소설이다. 이 소설에 나오는 서울의 풍경과 미국 동부의 사립 고등학교의 분위기는 너무도 리얼해서 독자들을 즐겁게 해 준다. 또 이 소설에서는 모두가 착할 뿐, 악당이 없다. "쥐"를 정학시키고 나중에는 퇴학시키는 깐깐한 교감도, 그리고 심지어는 애린의 뒤를 쫓아온 포주 재스퍼조차도 우스울 만큼 선량하게 묘사되고 있다.

『잃어버린 G를 찾아서』는 해피엔딩으로 끝난다. 모두들 로스앤젤레스로 가서 살기로 합의를 보기 때문이다. 결국 미국이민 선배인 경훈이 그들에게 피난처를 제공해 주기로 한다. 거기서 쥐와 페이지는 아이를 낳을 것이고, 애린도 심신의 상처를 치유하며 같이 살게 될 것이다. 오래전에 미국에 유학 왔다가 유부남 교수와 사랑에 빠져 임신하게 되자, 몰래 낙태수술을 하고 한국으로 돌아갔던 영미도 아들 "쥐"만큼은 자신의 실수를 되풀이하지 않기를 바라고 마음을 돌린다. 토마스 역시 자신의 딸이 페이지를 임신했을 때,

낙태수술을 강요했던 것을 후회하며 이제는 자기도 로스앤젤레스에 와서 손녀딸 근처에서 살겠다고 말한다. "천사들의 도시" 로스앤젤레스는 이민자들이 아메리칸드림을 꿈꾸며 찾아가는 곳이다. 『잃어버린 G를 찾아서』의 등장인물들도 이제는 각자 자신들의 G를 되찾아, "천사들의 도시"에서 행복하게 살 수 있을 것이다.

이 소설에는 헤스터가 평생 가슴에 달고 다녀야만 하는 주홍글자 "A"와, "쿈"이 잃어버린 "G" 및 애린이 떼어 버린 "G"가 대비를 이룬다. 만일 A가 Adulteress라는 뜻 외에도 America를 상징한다면, G 또한 그 의미를 확대한다면 전형적인 한국인의 이름 철자 외에도 Goryeo 즉 Korea의 상징이 될 수도 있을 것이다. 또 "G"는 "Gone" 즉 "사라져 버린"의 의미로도 읽을 수 있다.

『잃어버린 G를 찾아서』는 트랜스내셔널리즘의 시대를 대표하는 주목할 만한 문학적 성과이다. 예선에는 이민을 가면 호스트 컨드리에만 충성을 바쳐야 해서, '새로운 사회로의 동화'가 이민들과 한국계 작가들의 절박한 주요 관심사였다. 그러나 트랜스내셔널리즘은 홈 컨트리와 호스트 컨트리 둘 다에 충성하는 것을 허용한다. 『잃어버린 G를 찾아서』의 등장인물들은 어느 한 나라에만 충성을 바치지도 않고, 미국사회로의 동화에만 관심을 갖지도 않는다. 그들이 탐색하고 추구하는 것은 그 두 나라, 두 문화의 조화이고, 앞으로 태어날 "쥐"와 페이지의 혼혈 아이는 바로 그러한 조화와 포용의 상징처럼 보인다. 예전의 영미 세대는 혼혈 아이를 갖게 되면 낙태수술을 해야 했지만, 이제 그런 시대는 지나갔다. 이제는 모든 것이 뒤섞이는 퓨전시대와 하이브리드시대가 되었기 때문이다. "잃어버린 G를 찾아서" 떠난 주인공들의 제2의 대륙 횡단이 가져다준 가장 소중한 성과도 바로 그러한 새로운 시대적 변화에 대한 깨달음일 것이다.

제 **6** 장

—

경계를 넘어서는 인문학

1. 출판계의 위기와 책의 미래

한국의 출판계는 지금 어려움을 겪고 있다. 출판인들은 국내에서 두 번째로 큰 규모의 책 도매상 송인서적의 부도 소식이 출판계에 거대한 쓰나미를 일으켜 연쇄 도산을 일으킬 수 있다고 우려하고 있다.

출판계의 위기는 활자시대에서 전자시대로 패러다임이 바뀌면서 생기는 필연적인 현상일 것이다. 젊은이들은 이제 종이책에서보다는 컴퓨터나 태블릿PC나 스마트폰에서 필요한 정보와 지식을 습득하고 현실과 세상을 배운다. 비슷한 맥락에서, 앞으로 기계가 대체하기 어려운 초등학교 교실수업은 계속되겠지만, 대학 강의는 점차 원거리 사이버대학 교육방식으로 바뀌리라는 것이 미래학자들의 한결같은 예측이다. 그 누구도 그러한 시대의 흐름을 막을 수는 없을 것이다.

그럼에도 불구하고, 출판사와 서점을 연결해 주는 도매회사의 부도는 우리를 우울하게 한다. 서점에 책이 깔리지 않으면, 출판사와 서점이 쓰러지고 구매자들이 책을 구할 수가 없기 때문이다. 그래서 일부 출판인들은 정부가 대형서점과 인터넷서점을 규제해 줄 것을 원한다. 심지어는 인터넷 주문배달을 못하게 해서 동네서점을 살려야 한다고 주장하기도 한다. 그러나 도서의 인터넷 주문배달은 젊은이들이 선호하는 세계적인 추세가 되어서, 요즘에는 교보문고 같은 대형서점조차도 적자라고 한다. 사람들이 인터넷 서점에서 책을 구입하기 때문이다.

그러므로 보다 더 적극적인 방식으로 대처하는 것이 필요할 것이다. 예컨대 외국처럼 특정 분야 도서를 취급하는 "전문서점"의 확산도 한 방법일 것이다. 또 미국의 서점 체인인 "반스 앤 노블"의 전략도 고려해 볼 만하다. 종이책이 팔리지 않자 서점에 커피숍을 들여왔는데, 그 이후 "반스 앤 노블"의 종이책 판매가 급증했다는 것은 이미 잘 알려진 사실이다. 또 종이책과 더불어 CD와 DVD도 같이 판매하자, 종이책의 매출이 크게 올라갔다고 한다.

출판계에서는 정부의 지원을 바라지만, 사기업의 회생을 위해 국가가 지원에 나서는 것은 어렵다는 것이 정부의 입장이다. 출판계에서는 출판업이 국민의 정신적 양식을 공급하는 특별한 사업이어서 정부가 책임을 져야 한다고 생각하지만, 출판기업에 특혜를 줄 경우 다른 사기업들도 비슷한 이유를 대며 지원을 요구할 수 있기 때문에 정부의 지원을 이끌어 내는 것은 쉽지 않아 보인다.

그렇다면 출판계는 스스로 자구책을 강구해야만 한다. 출판계의 위기는 기본적으로 사람들이 책을 안 사고 안 읽어서 발생한다. 책은 독서 캠페인을 통해 억지로 읽힐 수 없다. 사람들 스스로 책을 찾아서 읽게 만들어야 하는데, 그러기 위해서는 『해리 포터』나 『헝거 게임』 같은 유익하면서도 재미있는 책을 적극 개발해야 한다. 그런 책들은 청소년들의 관심을 다시 종이책으로 돌려서, 출판사에게 천문학적인 이익을 가져다주기 때문이다.

아르헨티나 작가 보르헤스는, "인간이 발명한 것 중에 가장 놀랄 만한 것은 책이다. 다른 모든 것은 신체의 확장이다. 망원경이나 현미경은 눈의 확장이고, 전화기는 귀의 확장이며, 칼과 삽은 팔의 확장이다. 그러나 책은 기억과 상상력의 확장이다."라고 말했다. 보르헤스는 말년에 눈이 멀어 거의 볼 수 없었지만, "그래도 나는 여전히 책을 사서 모으고 있다. 책이 내 옆에 있다는 것만으로도 나는 행복하다."고 썼다. 노벨평화상을 수상한 파키스탄 여고생 말랄라 유사프자이도, "한 권의 책, 하나의 펜, 한 명의 아이, 그리고 한 사람의 교사가 세상을 바꾸어 놓을 수 있다."라고 말했다.

그런 책이 사라진다면 그건 슬픈 일이다. 책을 안 읽는 사회는 교양과 사색과 상상력의 결핍으로 암울할 수밖에 없다. 책 읽는 대한민국이 다시 살아나게 되기 바란다.

2. 경계 넘기로 본 최근 한국문학

(1) 성석제의 『블랙박스』: 글쓰기에 대한 성찰

성석제의 『블랙박스』는 요즘 자동차의 필수품이 된 블랙박스를 모티프로 해서 "글쓰기와 작가의 상상력 고갈"이라는 주제를 심도 있게 다루고 있는 흥미로운 작품이다. 상상력의 고갈은 모든 작가들이 두려워하는 그러나 언젠가는 찾아오고야 마는 딜레마이다. 상상력이 고갈되어 더 이상 글이 써지지 않는 단편작가 박세관에게 어느 날 카센터에서 차에 블랙박스를 달아 준 동명이인이 등장해 신선한 문체와 새로운 상상력을 제공해 준다. 주인공은 그의 도움으로 작품을 완성하고 발표해 인기를 얻는다.

『블랙박스』가 "창작과 표절"의 문제, 그리고 "또 다른 자아"와의 대면의 주제로 넘어가는 것은 바로 그 순간이다. 두 사람이 동명이인이어서 표면상으로는 전혀 표절이라는 것이 드러나지 않기 때문이다. 더 나아가, 두 사람은 서로를 바라보는 거울이자, "또 다른 자아(alter-ego)"라고 할 수 있다. 과연 두 사람은 이름도 같고, 또 호형호제하는 사이여서 형제와도 같다.

그렇다면 블랙박스를 달아 준 또 다른 박세관은 어떤 의미에서 상상력의 고갈로 인해 침체기를 겪고 있는 작가의 또 다른 모습, 즉 다른 방법 —예컨대 젊은 독자들이 좋아하는 로맨스 소설이나 장르소설 기법— 을 차용하고 싶어 하는, 그러나 그러한 변화를 꺼려 하는 작가의 또 다른 모습일 수도 있다. 과연 또 다른 박세관은 주인공과 달리, 체구가 크고 발이 넓으며 세속적 능력이 뛰어난 사람이다.

그런 의미에서 "블랙박스"는 대단히 상징적이다. 블랙박스는 우선 사고가 났을 때, 사고를 기록하고 녹화한 비밀이 담겨 있는 상자이다. 더 이상 글을 쓸 수 없는 것은 작가로서 치명적인 사고에 해당한다. 그리고 다른 사람의 글을 자기 작품으로 발표하는 것 또한 대형 사고라고 할 수 있다. 블랙박스는 또 차의 내부를 녹화하고 촬영함으로써, 사고 당시 자신의 모습을 보여 준다는 점에서 "자아 반영적(self-reflexive)"이고, 자기와의 대면 수단이 된다.

글쓰기와 독자의 문제를 다루고 있다는 점에서, 성석제의 『블랙박스』는 스티븐 킹의 『미저리』와도 맥을 같이한다. 『미저리』는 독자의 취향에 맞게 저자가 줄거리를 바꾸어야만 하는 현내 작가의 딜레마를 잘 보여 주고 있는데, 성석제의 『블랙박스』 역시 독자를 확보하기 위해서 새로운 기법의 작품을 써내야만 하는 작가의 딜레마를 설득력 있게 제시해 주고 있다.

그런 의미에서 보면, 『블랙박스』의 주인공은 이상의 "박제된 천재"와도 같다. 박세관은 한때는 재능 있는 작가였으나, 지금은 냉혹하고 복잡한 현실의 벽에 막혀 상상력을 잃고 박제된 채, 더 이상 글을 쓰지 못한다. 비단 작가들뿐 아니라, 오늘을 사는 현대인들은 궁극적으로는 모두 "박제된 인간"들이다. 급변하는 전자시대의 디지털 문화 속에서 고립되어 좌절의 벽에 부딪치고, 창조적인 삶을 살지도 못한 채, 모방과 표절 속에서 살고 있기 때문이다.

이 소설에는 다른 상징도 등장하는데, 예컨대 주인공 이름 박세관은 "세계를 바라보기/관조하기"의 뜻처럼 보이고, 주인공이 사는 성석동은 "성석제의 동네"라는 뜻처럼 느껴진다.

(2) 김경욱의 『천국의 문』: '어두운 과거의 짐' 내려놓기에 대한 문학적 성찰

요즘 한국소설은 대부분 한국사회의 어두운 면을 반영하고 있다. 세월호 참사에 대한 죄의식을 다룬 작품도 있었고, 상실감과 소외감을 다룬 이야기도 있었으며, 세대 간의 갈등을 다룬 경우도 있다.

김경욱의 『천국의 문』은 일견 아버지의 임종을 눈앞에 둔 자녀의 심정을 담담하게 써 내려간 보통사람의 이야기처럼 보인다. 그러나 이 작품은 그 심층을 들여다보면, 죽어 가는 아버지의 모습을 통해 이제는 극복하고 떠나보내야 할 어두운 과거의 유산문제를 은유적으로 형상화하고 있다는 느낌을 준다. 저자가 성찰하는 그러한 상황은 오늘날 한국사회가 당면하고 있는 처지와 너무나 흡사해서, 거부할 수 없는 강렬한 호소력으로 독자의 가슴에 다가온다.

주인공 여자의 아버지가 한국사회가 결별해야 할 어둡고 폭력적인 과거의 상징이라는 점은 도처에서 발견된다. 아버지는 샌님 교사였지만 가족에게 망치나 식칼을 휘둘렀으며, 정신도 점차 이상해져 어머니로부터 이혼당한 사람이다. 뿐만 아니라, 요양병원에서는 과일을 깎는 딸에게서 과도를 빼앗아 자신을 간병하는 착한 딸을 찌르려고까지 한다.

부모가 이혼할 때, 아버지가 가엾어서 아버지를 선택한 딸은 결국 아버지로 인해 자신의 인생이 망가졌다는 사실을 깨닫게 되고, 아버지를 원망하게 된다. 아버지만 없었으면 그녀는 해외유학도 갈 수 있었을 것이고, 핀란드에 가서 평생의 소원인 오로라도 볼 수 있었을 것이다. 또한, 병든 아버지의 치료비를 위해 그녀는 살던 아파트의 평수를 줄여야만 했고, 급기야는 지하실에서 사는 신세로 전락한다. 그녀에게 있어서 아버지는 언제나 숙명적으로 지고 가야 할 짐이었고, 짊어져야 할 멍에였으며, 빛을 가리는 어둠의 표

상이었다. 그래서 그녀는 "고통과 억울함과 죄의식" 속에서 아버지의 죽음을 은밀히 상상한다.

사실, 그녀의 마음은 죽어 가는 아버지보다는 병원에서 만난 침술사 남자에게 더 이끌리고 있다. 아버지가 오늘밤을 못 넘길 것 같다는 소식을 들었을 때, 그녀는 화장부터 고친다. 병원에 가면 그 남자를 만날 수 있기 때문이다. 그 남자는 그녀를 아버지의 폭력으로부터 구해 주고, 그녀를 위로해 준다. 그리고 죽음이라는 것은 마치 천국의 문을 여는 것과 같다고, 그러니 아버지의 죽음을 두려워하지 말라고 그녀를 위로해 준다. 그리고는 결국 그녀의 새로운 삶과 행복을 위해, 그녀가 잠시 잠든 사이에 아마도 침을 놓아 그녀의 아버지를 죽게 만든다.

그러나 아버지의 죽음 후에 그녀는 과연 행복을 되찾을 수 있을 것인가? 아버지에 대한 그녀의 오랜 죄의식은 과연 사라질 것인가? 아버지는 미소를 지으며 죽는다. 그러나 그는 과연 웃으며 천국의 문으로 들어갔는가? 침술사 남자는 제사상에 올라갈 돼지에게 침을 잘 놓으면 신경을 자극해 돼지머리가 웃는 것처럼 보인다고 말한다. 그렇다면 아버지도 천국의 문을 찾아서가 아니라, 침을 맞아서 억지로 웃었던 것은 아닌가? 그 남자는 주인공에게 사람이 죽으면 빛을 보게 된다고 말한다. 그러나 아버지는 과연 빛을 찾았고, 그녀 또한 삶의 빛인 오로라를 볼 수 있을 것인가?

김경욱의 『천국의 문』은 극복해야 할 과거와 혼란스러운 현재가 부단히 갈등하고 충돌하는 현대 한국사회의 딜레마를 강렬한 호소력과 뛰어난 상징으로 잘 묘사해 낸 작품이다. 어두운 과거의 무거운 짐이 스스로 사라져 주지 않을 때, 우리는 인위적인 방법으로 그 문제를 해결하려고 한다. 그리고 그 과정에서 필연적으로 폭력과 살인이 일어난다. 그렇다면 그 어두운 과거를 물리적으로 제거했을 때, 과연 파라다이스가 찾아오고 아름다운 오로라가 비칠 것인가? 『천국의 문』은 바로 그러한 의문에 대한 문제를 심도 있게 천착하고 있다는 점에서 주목할 만한 작품이라고 생각된다.

(3) 어두운 과거의 소리에서 벗어나는 방법: 조해진, 윤고은, 이기호, 구효서, 김숨

최근 한국소설은 과거의 소리에서 벗어나려고 하는 것 같은 느낌을 준다.

조해진은 『눈 속의 사람』에서 과거로부터의 소환과 구술역사, 그리고 한국 근대사의 비극적 상징인 한 남자의 죽음과 장례식이라는 모티프를 통해, 과거가 계속되고 있어서 마치 숫자와 눈금이 없는 시계 속 나라 같은 한국 사회의 문제점을 문학적으로 형상화하는 데 성공하고 있다.

윤고은의 『부루마블에 평양이 있다면』은 아직 짓지도 않은 북한의 아파트를 통일에 대비해 미리 분양받는다는 설정을 통해 남북한문제, 영토문제, 한반도의 미래 등을 재치 있게 그러나 쏩쓸한 페이소스로 패러디하고 있다. 개성신도시의 모델하우스는 용인에 있고 평양 2차 아파트 모델하우스는 남산타워가 있는 한강변에 있다는 것, 그리고 사실은 남한의 아파트를 갖고 싶지만, 돈이 부족해 북한의 신축 아파트를 분양받으려 한다는 설정을 통해 이 작품은 우리의 역사적, 심리적 상처를 은유적으로 건드리고 있다.

이기호는 재미있는 스토리텔링과 신선한 감각을 갖춘 역량 있는 작가다. 중편 『나를 혐오하게 될 박창수에게』에서 작가는 42세의 주인공 김숙희와 그녀와 관계를 맺고 있는 세 남자의 각기 다른 특징, 남편 살해, 그리고 서로가 서로에게 먹이는 수면제의 모티프를 통해 정상적인 것과 비정상적인 것 사이의 경계를 해체하며, 메마른 현대의 풍경을 블랙유머를 통해 잘 보여 주고 있다.

노래 〈성불사의 밤〉을 소설화한 것 같은 구효서의 『풍경소리』는 큰 글자로 된 화자의 서술과 작은 글자로 된 주인공의 독백이 서로 교차하면서, 각기 다른 시각으로 사물을 바라보는 새로운 서사기법을 보여 주고 있다.

미와는 소설을 쓰러 성불사에 간다. 그러나 사실 그녀가 바라는 것은 소설 쓰기보다는, 성불사의 풍경소리가 과거의 기억에서 들려오는 환청을 지워 주는 것이다. 그녀가 지우고 싶어 하는 환청은 자기가 집을 떠난 후, 어머니가 키우던 고양이 상철이의 울음소리다. 고양이의 울음소리는 곧 엄마에 대한 기억을 상징한다. 아버지를 모르고 자라난 미와는 혼자 방에서 레고를 갖고 놀면서 어린 시절을 보내다가 24세 때 나노블록 회사에 취직되어 서울로 올라온다. 레고는 그녀가 구축한 그녀만의 세계를 상징한다. 미와가 떠난 후, 엄마는 상철이라는 이름의 고양이와 둘이 살다가, 그 고양이를 좋아하는 연하의 미국인 남자와 결혼해서 미국에 가지만, 곧 지병으로 죽어 미국에 묻힌다.

미와는 엄마의 죽음 후에 환청으로 들려오는 묘음, 즉 고양이 소리를 피해 성불사로 피신한다. 평화로운 성불사의 풍경소리가 고양이 소리가 상징하는 어두운 기억을 지워 주기를 바랐기 때문이다. 고양이의 이름인 상철이 생철/양철에서 유래했다는 사실은 상징적이다. 테네시 윌리엄스의 희곡 〈뜨거운 양철지붕 위의 고양이〉는 햇볕에 달구어진 뜨거운 양철지붕 위에서 안절부절 못하는 고양이가 처한 상황을 주인공의 상황에 빗대어 묘사하고 있기 때문이다.

미와는 휴대폰도 노트북도 가져오지 않음으로써 고양이 소리를 비롯한 과거의 모든 소리와 단절한다. 그녀가 가져온 노트는 글을 쓸 때, "슥삭슥삭 작은 톱질할 때 나는 소리"만 날 뿐이다. 그러나 미와는 곧 부처님도 묘음 즉 묘한 소리를 낸다는 것, 그래서 "소리가 곧 부처"이고, 결국 "모든 소리의 근원"은 같은 것이라는 사실을 깨닫는다.

그러므로 이제 미와는 더 이상 성불사의 풍경소리를 들을 필요가 없어졌고, 그래서 그녀는 절을 떠난다. 그녀는 그동안 꺼 놓은 휴대폰에 걸려 온 168통의 전화와 남겨진 54개 문자메시지의 주인공인 남자친구도 목소리를 들은 후, 결별을 선언한다. 이제 그녀는 자기를 부르는 과거의 소리에 더 이상 연연하지 않는다.

『풍경소리』는 우리가 듣고 기억하는 "소리"를 통해, "인간은 과연 어디에서 와서 어디로 가는 것인가?"라는 존재론적 물음을 던지고 있다. 미와는 자신의 뿌리를 모른다. 아버지도 모르는 딸을 낳아 감추어 기르고, 그 딸이 떠나자, 고양이에게 애정을 주다가 낯선 이국땅에 묻힌 엄마를 회상하며, 미와는 알 수 없는 곳에서 와서, 알 수 없는 곳으로 가는 것이 인간의 삶이라는 사실을 깨닫는다. 참을 수 없는 가벼움의 시대에 이처럼 무거운 주제를 상징적으로 잘 담아낸 작품이라 생각되었다.

한국문학을 읽으면서 간혹, 이런 작품들을 외국어로 번역해서 해외로 내보냈을 때, 세계독자들의 관심과 호응을 불러올 수 있을까 하는 의문이 들 때가 있다. 작품을 잘 쓰지 못했다기보다는, 세계적인 관심사를 다루지 않고 지엽적이고 진부한 소재와 불명료하고 모호한 주제의 작품들이 많기 때문이다. 물론 그렇지 않은 작품도 많다.

김숨의 『뿌리 이야기』는 생태주의적 시각으로 한국의 비극적 근대사를 잔잔하게 조명한 작품이다. 사실 일제의 식민 지배, 한국전쟁, 그리고 근대화/산업화/기계화는 모두 우리 생태계를 파괴한 폭력적 행위들이었다. 그 결과, 일제의 지배는 일본군위안부를 만들었고, 전쟁은 고아들의 입양을 초래했으며, 산업화와 기계화는 이농과 도시빈민과 철거민을 양산했다. 우리 사회의 그러한 정치적/사회적 격변은 인간생태계를 파괴했고, 인간성과 목가적 꿈의 상실을 초래했다.

김숨의 문학 세계를 관통하는 주제는 바로 그런 상황에서 인간이 느끼는 고통과 불안이다. 수상작에서 인간을 나무와 병치시키고 인간관계와 인간의 삶을 식물의 뿌리에 비유하면서 작가는 근원을 상실한 우리 민족의 뿌리 들림과 뿌리 상실의 고통, 그리고 타지로의 이주가 초래하는 심리적 불안을 심도 있게 묘사하고 있다. 그리고 궁극적으로는 현대인의 망명의식과 디아스포라 문제에까지 촉수를 대고 있다.

그런 의미에서 일본군위안부였던 고모할머니와 얽힌 뿌리처럼 손을 맞잡은 주인공, 어느 날 자신이 입양아라는 사실을 발견한 남자친구의 작업실에 놓여 있는 이식한 나무의 뿌리는 대단히 상징적이다. 우리는 각기 다른 뿌리를 갖고 있지만, 뿌리처럼 서로 얽힌 채 기쁨과 고통을 공유하고, 공통의 역사적 유산을 갖고 있기 때문이다. 『뿌리 이야기』는 바로 그러한 역사적 성찰과 무게로 인해 독자에게 중후한 작품으로 다가온다. 자칫 진부할 수도 있는 소재를 가지고, 이 정도 시의적절하고 깊이 있는 이야기를 만들어 낼 수 있는 작가의 역량은 대단하다고 생각된다.

3. 한국사회에 대한 인문학적 성찰

(1) 제갈공명과 청문회

새 정부의 장관후보 청문회가 진행되고 있다. 청문회의 본래 취지는 각료지명자의 능력검증과 비전 및 국가관의 확인일 것이다. 무능력한 비전문가가 권력자의 측근이라는 이유만으로 장관이 되거나, 국가이념을 부정하는 사람이 고위관료가 되어 나라를 위험에 빠뜨리는 것은 막아야 하기 때문이다.

그러나 한국의 청문회제도는 도입 직후부터, 후보자의 신상 털기에 더 관심이 있는 것처럼 보인다. 그러다 보니 마치 후보자의 과거 행적을 낱낱이 파헤쳐서 망신을 주는 것이 청문회의 목적처럼 되어 버렸다. 여러 장관 후보들이 청문회를 거치면서 패가망신하게 되자, "꽃가마인 줄 알았더니, 꽃상여였구나."라는 말도 생겨났다.

언론매체는 후보자의 사생활을 샅샅이 조사해서 공개하고, 호기심 많은 독자들은 그런 폭로기사를 원한다. 수요와 공급이 맞아떨어지는 것이다. 그러나 그 과정에서 개인의 프라이버시가 침해되고, 인격살인과 명예훼손도 일어나며, 후보자의 자녀들까지도 비난의 대상이 되어 집안이 풍비박산 나기도 한다. 그렇게 되면. 그 후보자의 가족은 평생 치유되기 어려운 심리적 상처를 가슴에 안고 살아가게 된다.

다른 나라에서는 자녀가 성인이 되면, 그 순간 부모는 자식의 삶에 간섭할 아무런 권한도 없다. 그러나 유독 한국에서는 40대 중년의 아들이라도 군대를 안 갔으면 그건 여전히 60대 아버지의 책임이다. 외국인들은 그러한 한국적 정서를 이해하지 못한다. 외국에는 없는 연좌제가 우리나라에는 있기 때문이다. 미국에는 아버지가 형무소에 수감되어 있는 죄수인데도 경찰관으로 임용된 사람들이 있다. 그러나 우리 같으면 아마 신원조회에서 탈락할 것이다.

미국의 인사청문회는 주로 후보자의 능력과 비전을 검증한다. 미국대학에 있을 때, 한번은 어느 교수가 정부 일을 하게 되어 의회 청문회대상이 되었다. 그런데 사전에 인사 담당관들이 찾아와 우리에게 여러 가지를 묻고 철저히 조사한 다음, 문제가 발견되자 아예 청문회에 나가기 전에 차단하는 것을 보았다. 물론, 그때 드러난 그 사람의 과거 잘못은 언론에 공개되지 않았다.

반면, 우리의 청문회 시스템은 "인재를 차단하는 제도"라는 비판을 받는다. 사실 그 어느 품위 있는 인재가 관직에 연연하여 가문의 망신을 감수하려 하겠는가? 인재는 삼고초려해서 불러와야 한다. 만일 제갈공명에게 청문회에 나오라고 했다면, 유비는 결코 천하의 재사인 공명을 얻을 수 없었을 것이다. 제갈공명이 지금 한국에 살고 있어서 청문회에 출두했다면, 아마 공명조차도 우리 청문회를 통과하지 못했을 것이다. 꽃미남이었던 그에게 남녀문제로 삼각관계 스캔들이 있었을 수도 있기 때문이다. 문제는 제갈공명 없는 유비는 무력한 존재라는 데 있다.

무릇 지도자는 자기는 부족하더라도, 자기 밑에는 뛰어난 브레인을 불러 모아야 한다. 유방은 이렇게 말했다. "내가 천하를 통일할 수 있었던 이유는 소하와 장량과 한신을 중용했기 때문이다. 나는 나라살림은 소하만 못했고, 전략은 장량민 못했으며, 진투는 한신만 못했다."

그런데 우리의 지도자들은 자기 주위에 인재들을 불러 모으지 않았고, 그 결과 무능력한 사람들이 보필을 잘못해 길을 잘못 들거나, 심지어는 낙마를 하는 경우도 있었다. 인재 대신 측근들에게 둘러싸여 있으면 그 지도자의 실패는 필연적이다. 전문가를 기용하지 않고 아마추어 측근을 낙하산으로 내려보내도, 그 지도자는 실패하게 된다. 사마천은 『사기』에서, 유방에게 죽음을 당한 한신의 탄식을 인용해, "토끼사냥이 끝나면 사냥개를 잡아먹는다(토사구팽)."고 했다. 한신의 입장에서는 "이용가치가 없어지면 내친다."라는 뜻이겠지만, 유방의 입장에서는 "천하를 얻은 다음에는 측근 공신에게 휘둘리면 안 된다."라는 뜻도 될 것이다.

이 세상에 완벽한 사람은 없다. 그러므로 인재를 원하면, 큰 장점을 보고 작은 결점은 눈감아 주는 것이 필요하다. 중국의 왕이, 공자의 친척에게 부탁해 장수를 한 사람 천거받았는데, 그 장수가 지방관일 때 뇌물을 받았다는 투서가 들어왔다. 왕이 왜 그런 사람을 천거했느냐고 나무라자, 공자의 친척은, "왕이시여, 훌륭한 목수는 옹이가 박혔다고 해서 좋은 목재를 버리지는 않습니다. 그 부분을 도려내고 사용합니다."라고 대답했다. 그래서 왕은 그 장수를 임명했는데, 나중에 전쟁이 나자 그 장수가 왕을 살리기 위해 자기 목숨을 바쳤다. 만일 한 가지 결함 때문에 그 장수를 중용하지 않았으면, 왕은 죽었을 것이다. 그런데 우리는 하자가 발견되면, 아무리 좋은 목재라도 가차 없이 내치고 버린다.

물론 능력검증과 자질검증은 필요하다. 다만, 과거의 잘못을 파헤치는 것보다는, 그 후보자가 미래에 나라를 위해 과연 어떤 일을 할 수 있는 사람인가를 검증하는 것이 더 중요하다는 것이다. 무능력자나 국가 기본체제를 부정하는 사람이 장관이 되어서는 안 되기 때문이다. 그러나 유감스럽게도 우리의 청문회는 그런 자격을 검증하는 일보다는, 후보자를 망신시켜 인재의 등용을 원천 차단하는 역할을 하고 있다. 가문의 영광이 아니라 가문의 몰락이 뻔한데, 인재가 모여들 리 없기 때문이다.

인재가 발굴되지 않고 초야에 묻혀 있는 나라의 미래가 밝을 수는 없다. 청문회가 변해서, 제갈공명 같은 뛰어난 인재들이 나라를 위해 일할 수 있어야 할 것이다.

(2) 사라진 한국과 미국의 인문학적 덕목들

지난 5월 뉴욕주립대학교로부터 졸업식 스피치를 부탁받았을 때, 무슨 말을 해 줄까 고민하다가, 미국학생들이 한 번도 들어 보지 못한 이야기를 해 주기로 했다. 어차피 하버드 졸업식 때 멋진 스피치로 열렬한 박수를 받은 빌 게이츠나 마크 저커버그, 또는 나하고 같은 시기에 근처 보스턴의 웰슬리대학에서 시종일관 재치 있고 유머 넘치는 스피치로 학생들을 웃긴 힐

러리 클린턴처럼 잘할 수 없을 바에야, 차라리 독특한 주제가 좋을 것 같아서였다.

그래서 학위복을 입고 대강당을 가득 채운 미국인 졸업생들에게 나는 동아시아의 미덕 중 하나인 스승에 대한 영원한 존경을 소개해 주었다. 자기 예전 은사를 소개할 때, 미국인들은 "He was my teacher."나 "He is my former professor."처럼 언제나 과거형을 사용하지만, 한국에서는 "우리 선생님이야."처럼 언제나 현재형을 사용한다고 가르쳐 주었다. 졸업하면 사제 관계가 끝나는 미국과는 달리, 한국에서 은사는 유효기간이 없기 때문이라고 말했더니, 학생들보다 단상에 있는 총장, 부총장, 학장 등 보직교수들이 더 감동하고 좋아하는 모습을 보였다.

"사실 나는 지금도 미국에 오면, 꼭 예전 은사들을 찾아가 인사를 드린다. 스승은 우리의 영원한 이정표이자 안내 성좌이기 때문이다. 나는 은퇴해서 샌디에이고에 살고 계시는 옛 은사도 LA에 가게 되면 두 시간을 운전해서 찾아가 뵙는다. 그러면 그분이, '내가 40여 년 동안 대학에서 가르쳤지만, 학위 받고 나서 찾아오는 사람은 너밖에 없다. 한국은 도대체 어떤 나라이기에 그런 좋은 풍습이 있느냐?'고 묻는다." 여러분들도 졸업한 후에 은사들을 잊지 말고 가끔 안부도 전하고, 기회가 있으면 찾아뵙도록 해라. 그랬더니, 처음 들어 본 이야기라서 그런지 이번에는 학생들도 감동을 받는 것 같았다. 사실 속으로는 그렇게 해야만 하는 것이 좀 심란했는지도 모른다.

다음으로 나는 미국 졸업생들에게 두 개의 고향을 가져 보라고 충고했다. 자신이 태어난 곳에만 사랑을 주지 말고, 다른 곳으로 애정을 확대해 보라고 말했다. 나는 고향은 한국이지만, 내 인생의 가장 중요한 시기를 뉴욕에서 보내서, 뉴욕을 제2의 고향으로 생각한다고, 그러니 여러분들도 서울에 가보고 서울에 좋으면 서울을 제2의 고향으로 만들어 보라고 했다. 12세기 사상가 성 빅터의 휴(Hugh of St. Victor)의 말을 인용해, 자기 고향과 자기 조국만 좋아하는 사람은 아직 어린아이와 같다고, 세계 어디를 가도 자기 조국이나 고향처럼 느끼는 사람이야말로 강한 사람이라고 말해 주었다. 그런 사람이 되어야, 장차 문화적 다양성을 포용하는 "동서양의 가교"와 "동서양의 통역자," 그리고 한미 간 "문화대사"의 역할을 할 수 있다고 말해 주었다. 그런 맥락에서, "미국 먼저(America First)!"는 어린아이 같은 사고방식이라고, 그보다는 세계를 포용하는 진정한 글로벌 시티즌이 되어야 한다고도 말해 주었다.

마지막으로, 영어로는 "눈에 안 보이면 잊어버린다."고 하지만, 한국인들은 한번 친구가 되면, 어디에 있든지 결코 잊지 않는다고 말해 주었다. 그래서 한국의 시나 민요나 노래에는 멀리 떠나간 사람을 그리워하는 주제가 많다고, 그러므로 한국과 미국은 지리적으로는 멀리 떨어져 있지만, 우리는 영원한 친구가 될 것이라고 말해 주었다. 미국인들은 그런 한국적 정서에 감동하는 것 같았다. 졸업식이 끝나고, 많은 교수들과 학생들이 찾아와서 그런 심정을 토로했기 때문이다.

그러나 한국에 돌아와서 국내대학에서 가르치는 미국인 교수들과 만난 자리에서 내 스피치에 대해 말했더니, 뜻밖에 모두들 씁쓸하게 웃는 것이었다. "한국에서도 사제지간의 그런 정은 이제 찾아보기 힘듭니다." 한국에서 30년 넘게 살아온 미국인 교수가 말했다. "한국에서도 이제는 사제지간이라는 게, 그냥 수업료 내고 지식을 배우는 계약관계가 되어 버렸어요." 다른 미국인 교수가 시니컬하게 말했다. "하지만 지난 스승의 날에도 내 제자들이 열 명이나 찾아와 점심을 같이했는데요." 내가 항의했다. "제자들이 50대 초중반의 교수들인데도 말입니다." "하지만 그 제자들은 옛날 세대지요." 다른 미국인이 지적했다. "요즘 한국의 젊은이들은 미국식 사제지간에 익숙한 세대랍니다."

"또 한국인들은 너무 자기 나라와 자기 고향에만 집착하는 경향이 있어요." 또 다른 미국인이 말했다. "그러면 세계의 시민이 되기 어렵지요." 그러자 옆의 미국인 교수가 이렇게 지적했다. "요즘은 멀리 떨어진 나라와의 우정도 별로 소중하게 여기는 것 같지 않아요. 가까운 나라들과 훨씬 더 잘 지내는 것 같고요. 오래 안 보다 보니, 옛 우정을 잊어버린 것 같습니다."

미국인 교수들의 말을 듣고 보니, 내가 미국대학 졸업식에서 한국적인 것이라고 소개한 것들은 사실, 한국에서는 이미 오래전에 사라진 것이 아닌가 하는 생각이 들었다. 그리고 그중 상당부분은 미국이 진정으로 위대했던 시절, 내가 미국에서 배운 것이라는 생각도 들었다. 그 미국인들의 말이 맞다면, 그런 덕목은 이제 두 나라에서 다 사라진 셈이다.

사제지간의 정, 동서양의 문화적 이해, 그리고 국가 간의 동맹과 우정이 흔들리거나 사라진 시대에 갈등과 충돌은 필연적이다. 그러나 그런 시대일수록 동서양의 가교를 놓는 사람, 유능한 통역자, 그리고 나라와 나라를 연결해 주는 문화대사의 역할은 더욱 중요해질 것이다.

(3) 진실과 정의란 무엇인가?

얀 마텔은 『파이 이야기』의 서두에서, 사람들은 동물원의 야생동물이 자유를 박탈당했다고 생각하지만, 사실을 그렇지 않을 수도 있다고 말한다. 동물의 입장에서는 비정하고 거친 자연보다는 편안한 곳에서 때가 되면 먹이를 주는 동물원이 훨씬 더 살기 좋은 낙원일 수 있다는 것이다. 야생에서는 먹이를 구하기도 힘들고, 천적이나 경쟁자에게 죽임을 당할 수도 있기 때문이다.

그렇다면 정의를 실현하고 자비를 베푼다며, 동물원에서 야생으로 내보내는 것은 그 동물에게는 추방이자 사형선고가 될 수도 있다는 것이다. 동물원 이야기를 통해 마텔은 이 세상에 단 하나의 절대적 진리는 없다고 말한다. 미셸 푸코 역시 "진리란 당대의 지식과 권력이 담합해서 만들어 낸 담론일 뿐이다."라고 말했다. 시대나 시각이 바뀌면 진리도 허위가 될 수 있다는 것이다.

그건 "정의"의 경우에도 마찬가지이다. 오래전, 네덜란드 국영 텔레비전이 미국의 언어학자 노엄 촘스키와 프랑스의 사상가 미셸 푸코와의 대담을 꾸미면서, "인간은 왜 정치적 폭력에 맞서 싸워야 하는가?"라는 질문을 하자, 촘스키는 즉시 "정의를 위해서"라고 대답했지만, 푸코는 이렇게 말했다. ─"나는 정의라는 말 자체에 회의적입니다. 정의는 독재자도, 또는 독재에 투쟁하는 사람도 내세울 수 있습니다. 정의라는 말은 다분히 임의적입니다."

과연 『정의란 무엇인가?』라는 책에서 마이클 샌들은 "정의란 결코 단순하게 정의할 수 없다."고 말한다. 샌들은 아프가니스탄에서 순찰 중에 만난 염소치기 소년을 차마 죽일 수가 없어서 살려 보냈다가, 그 소년이 탈레반에게 일러바치는 바람에 몰살당한 미 해병 순찰대의 경우를 예로 든다. 교본대로 소년을 죽이고 해병대가 살아남는 것이 정의인가, 아니면 어린 소년을 살려 보내고 대신 해병대원들이 죽는 것이 정의인가는 참으로 알 수 없기 때문이다.

마이클 샌들은 또 영국의 불임부부가 비윤리적이라는 비난을 감수하고 인도의 대리모를 이용해 인공수정으로 아이를 낳으면, 불과 4,500달러면 되지만, 가정부로 한 달에 25달러를 버는 인도여성에게는 그 돈이면 집도 사고 적어도 15년을 안정되게 살 수 있다고 말한다. "그렇다면 과연 어느 것이 정의인가?"라고 샌들은 묻는다.

또 샌들은 남북전쟁 때, 군 복무 면제비용을 내고 전장에 안 나간 사람들 중에 앤드류 카네기, J. P. 모건, 시어도어 루스벨트, 그리고 프랭클린 루스

벨트 대통령의 아버지도 들어 있었다고 말한다. 만일 이들의 아버지가 전장에 나가 전사했더라면, 미국을 강대국으로 만드는 데 중요한 역할을 한 위네 사람은 태어나지도 못했을 것인데, 과연 어느 것이 정의냐는 것이다.

샌들은 커트 보니것의 SF 단편『해리슨 버저론』을 예로 드는데, 이 단편에서는, 모든 사람이 평등한 사회를 만들기 위해, 영리한 사람은 20초마다 정부가 전기충격을 주어 멍청하게 만들고, 잘생긴 사람은 가면을 써야 하며, 춤을 잘 추는 댄서는 다리에 무거운 추를 달아야 한다. 샌들은 윤리적 논란이 되고 있는 안락사의 경우도 어떤 것이 정의인지 참으로 말하기 어렵다고 지적한다. 아무런 의미 없는 삶을 살기보다는 죽음을 택하고 싶어 하는 사람의 소원을 들어 주는 것이 옳은지, 아니면 그건 비윤리적이어서 뇌사상태의 환자인데도 생명유지 장치를 떼지 않는 것이 옳은지는, 참으로 어려운 문제이기 때문이다.

샌들은 또 단지 고소득자라는 이유만으로, 정직하게 열심히 일해서 돈을 많이 번 사람에게 고액의 세금을 부과하는 것이 과연 정의인가 아닌가도 판단하기 어려운 문제라고 말한다. 당사자에게는 부당한 공권력의 횡포일 수도 있기 때문이다. 프랑스배우 제라르 드파르디유는 국가가 80% 세금을 부과하자 러시아로 망명했다.

하퍼 리의 최근 소설『파수꾼』도 그런 문제를 다루고 있다. 뉴욕에서 잠시 고향에 돌아온 진 루이스 핀치는 젊었을 때 흑인을 옹호하던 아버지가 나이 들어서는 백인들의 흑인비판 모임에 나가자 그를 비난한다. 그러자 그녀의 숙부가 이렇게 깨우쳐 준다. ─"네 양심을 절대 다른 사람에게 강요하지 마라. 사람은 누구나 각자 자기만의 양심의 파수꾼을 갖고 있단다. 네 아버지는 인종차별주의자가 아니라, 단지 연방정부가 너무 앞서가는 것과 일부 흑인들의 급진적 태도를 우려하는 거란다." 진 루이스는 자신만이 정의라고 생각했지만, 사실은 아버지 애티커스도 또 다른 정의일 수도 있다는 것을 깨닫게 된다.

2017년 세계문학상 수상작인 『저스티스 맨』도 연쇄살인범을 통해, 자신이 정의라고 믿는 순간, 타자에게는 그것이 폭력과 횡포가 된다는 사실을 깨우쳐 주고 있다. 이 세상 모든 것을 진리와 허위, 또는 정의와 불의로만 보는 사람은 선과 악의 이분법적 흑백논리에 얽매이게 된다. 그렇게 되면 검은색과 흰색만 볼 수 있을 뿐, 그 사이에 존재하는 수많은 다른 색들의 스펙트럼은 보지 못하게 된다. 그렇다면, 그건 얼마나 단조롭고 불행한 삶이 될 것인가? 하늘에는 밝고 아름다운, 컬러풀한 무지개가 떠 있는데 말이다.

(4) 펜과 키보드

사람은 누구나 자신의 경험의 한계를 벗어나기 어렵다. 우리의 멘탈 클락이 자신이 겪은 과거의 어느 시점에 멈춰 있기 때문이다. 우리가 자신과 다른 것을 쉽게 인정하거나 수용하지 못하는 이유도 바로 거기에 있다.

예컨대 나이 많은 작가들은, 펜으로 글을 써야 상상력이 생기지, 플라스틱 키보드를 두드리는 것에 무슨 상상력이 있느냐고 말한다. 그러나 젊은 세대는 키보드 앞에 앉아야 상상력이 생기지, 펜을 쥐어 주면 아무런 생각도 나지 않는다. 사실, 붓으로 글을 쓰던 서도의 시대에는 펜으로 쓰는 것에 무슨 상상력이 있겠느냐며 펜을 무시했을 것이다. 심지어는 펜의 시대에도, 깃털 펜 사용자들은 만년필을 폄하하고 무시했다.

마찬가지로, 종이책에만 영혼이 있고 전자책에는 영혼이 없다고 생각하는 사람들도 있다. 그러나 고급 양피지로 책을 만들었던 파피루스 시대에는 값싼 종이책에 무슨 영혼이 있느냐며, 종이책의 가치를 일축했을 것이다. 또 젊은이들이 스마트폰에만 매달려 책을 읽지 않는다고, 스마트폰에 모든 책임을 전가하고 원망하는 경우도 있다. 그러나 그러기 이전에, 이제는 젊은 세대에게는 스마트폰이 책이라는 사실을 인정하고, 스마트폰에 문학을 집어넣을 생각을 해야 할 것이다.

만일 그래도 젊은이들이 문학을 안 읽는다면, 소설을 컴퓨터 게임 속에 집어넣는 것도 고려해 보아야 할 것이다. 요즘 젊은이들은 모두 컴퓨터 게임에 매료되어 있기 때문이다. 우리는 흔히 게임은 문학보다 열등하고 저속하다고 생각하기 쉽지만, 문학, 특히 소설의 본질은 고차원의 인생게임이라고 보아 크게 틀리지 않는다. 예컨대 에드거 앨런 포나 블라디미르 나보코프 같은 작가들의 작품은 대부분 고수들의 체스 게임과 유사하다. 또 호머의 『일리아드』나 『오디세이』도 그 자체가 훌륭한 원정게임이고, 요즘 젊은이들이 좋아하는 『반지의 제왕』이나 『나니아 연대기』, 또는 『해리 포터』나 『헝거 게임』이나 『메이즈 러너』도 모두 전개나 구성이 컴퓨터 게임과 비슷하다. 문학작품으로 수준 높은 게임을 만들면, 젊은이들이 게임을 하다가 원작을 찾아서 읽게 될 것인데, 그렇다면 굳이 문학과 사촌관계인 게임을 적대시할 필요는 없을 것이다.

그것은 곧 문학의 본질은 변하지 않을는지 몰라도, 그것을 담는 그릇은 시대에 따라 변할 수 있다는 것을 의미한다. 그리고 타 매체를 적으로 돌리지 말고, 제휴하고 협업해서 문학의 영역을 확대해야 한다는 것을 의미한다. "적을 이길 수 없거든 친구가 되라."는 영어속담처럼, 게임이나 영화나 인터넷과 경쟁해서 이길 자신이 없다면, 차라리 손을 잡고 문학의 지평을 확대해 나가는 것이 바람직할 것이다.

2017년 5월, 대산문화재단에서 주관한 서울국제문학포럼에서 중국작가 위화는 다음과 같은 말로 우리를 깨우쳐 주었다. ─"한번은 유명한 요리사가 내게 어떻게 하면 훌륭한 작가가 될 수 있느냐고 묻더군요. 그래서 나는 좋은 작품을 읽으면 된다고 대답했습니다. 좋은 작품에도 단점은 있지만, 단점은 나하고 아무런 상관이 없기 때문에, 나는 장점만 본다고 말했지요."

위화는 계속해서 말했다. "그러자 그 요리사가 요리도 마찬가지라고 말하더군요. 자기도 수습요리사들을 다른 레스토랑에 보내 음식을 평하도록 하는데, 다녀와서 우리 것이 제일 맛이 좋다고 하는 사람은 해고하고, 다른 곳의 음식이 맛있다고 하는 사람을 중용한다고 했습니다. 우리 것이 제일 낫다고 하는 사람들은 진보적이지 못하고 발전이 없기 때문이지요. 최고의 요리사는 바로 다른 레스토랑의 좋은 요리를 인정하고 그것의 장점을 배우는 사람이라는 거지요."

그런데 우리는 언제나 다른 사람의 장점을 배우려고 하기보다는, 우리하고는 아무 상관이 없는 단점을 보고 그것을 트집 잡아 비판하는 경향이 있다. 또 우리는 우리 것이 최고라는 신토불이 사상에 집착해서, 남에게서 또는 외국으로부터 좀처럼 배우려고 하지 않는 경향이 있다. 위화에 의하면, 그런 사람은 결코 위대한 작가나 최고의 요리사가 될 수 없다. 그렇다면 문학도 타 매체를 저급하다고 폄하만 할 것이 아니라, 그것의 장점을 배워 자기 것으로 만들려는 열린 태도를 가져야만 할 것이다.

그건 위기를 맞고 있는 인문학도 마찬가지일 것이다. 위기라고 불평만 하는 것보다는, 상아탑에서 나와 거리로 나가 사람들의 인성과 인식의 변화에 도움이 되는 학문이 되면, 위기를 극복할 수 있을는지도 모른다. 그러기 위해서는 벽을 허물고 타 학문과의 융합을 시도하는 긍정적이고 적극적인 태도가 필요하다. 인문학의 변화를 촉구하면서 퍼트리샤 마이어 스팩스는 인문학자를 ① 세상의 변화를 전혀 모르는 인문학자들, ② 인문학의 위기를 걱정만 하는 사람들, ③ 인문학의 위기에 분노해서 투쟁을 선포하는 십자군들로 나눈다. 그러나 스팩스는 이 세 부류의 사람들은 인문학의 위기해결에 전혀 도움이 안 된다고 말한다. 우리에게 필요한 사람은 타 학문 및 타 매체와의 적극적인 제휴와 융합을 통해 고사(枯死)해 가는 인문학을 되살리고, 인문학의 지평을 넓히는 사람들이라는 것이다.

영어가 범람하면 우리말과 우리 문화가 오염된다고 생각하는 것도 우리가 극복해야 할 소극적인 사고방식이다. 사실은 영어를 잘해야 우리말이 풍요로워지고, 우리 문화를 세계에 널리 알릴 수 있기 때문이다.

병에 술이 절반이나 남아 있다고 생각하면 행복하지만, 절반밖에 없다고 생각하면 불행하게 된다. 그래서 사고의 전환이 필요하다. 자신의 편협한 경험에 벗어나, 다른 세상을 인정하고 포용하면 우리의 삶이 더욱 풍요로워질 것이다.

(5) 이상한 나라의 외국인

루이스 캐럴이 쓴 판타지 소설 『이상한 나라의 앨리스』는 토끼를 쫓다가 지하 세계로 들어가 이상한 나라를 발견하는 한 소녀의 모험담이다. 그런데 토끼를 닮은 우리나라를 찾아온 외국인들도 한국을 이상한 나라로 본다. 최근 어느 외국인이 한국에 대해 쓴 책의 한글판 제목도 "기적을 이룬 나라, 기쁨을 잃은 나라"였다. 기적을 이루고도 기쁨을 잃었다면 그건 분명 이상한 나라일 것이다.

외국인들이 보기에 한국은 경이롭고 수수께끼 같은 나라다. 지구상에서 유일하게 단기간에 민주화와 경제발전의 기적을 이뤄 냈고, 세계인을 한류로 감동시켰기 때문이다. 뿐만 아니라, 사회가 분열되어 적대시하고 싸우는 데도 망하지 않고 오히려 발전해 나가는 것도 논리적으로는 설명이 안 되는 불가사의다.

동시에, 외국인들이 보기에 한국은 이상한 나라다. 예컨대, 주어진 것에

만족하지 않고 끊임없이 남과 비교해 상대적 빈곤을 느끼며 스스로 불행하게 사는 것을 외국인들은 이해하지 못한다. 또 좋은 대학, 좋은 직장, 좋은 동네만이 성공의 척도가 되는 것도 이상하게 생각한다. 진정한 성공은 그런 껍데기가 아니라, 즐겁고 가치 있고 보람 있게 사는 것이기 때문이다. 내용이나 실속보다 외형과 간판을 중시하다 보니, 스펙 쌓기와 성형수술이 만연하는 것도 한국 특유의 이상한 현상이다. 자본주의 경제체제와 사회주의 사고방식이 공존하는 것도 이상하고, 한국식 평등지상주의도 이상하다.

출신 고등학교를 쓰게 되어 있는 한국의 각종 서류도 외국인에게는 불가사의다. 다른 나라에서는 대학이나 최종학력만 쓰지 고등학교까지 밝히지는 않는다. 예컨대 내 은사인 마커스 클라인 교수는 모든 소개 자료에 컬럼비아대학 박사로만 나와 있어서, 학부를 알려면 인명사전을 찾아봐야 한다. 출신 고등학교는 물론 어디에도 없다. 그런데 이상하게 한국사회에서는 고등학교 인맥이 중요하다. 그 이유는, "고등학교 때 사귄 친구가 영원한 친구이기 때문"이라고 한다. 그러나 이 얼마나 사춘기적 발상인가? 감성이 아니라, 지성으로 맺어지는 평생친구는 대학에서 만나는 법이다. 외국인들이 보기에 우리는 평생 사춘기적 감성에서 벗어나지 못하고 있는 셈이다. 외국인들은 또 한국인들이 35년 동안 한국을 지배한 일본에 대해서는 부단히 항의하고 강한 반일감정을 표출하면서도, 수천 년 동안 한국을 지배한 중국에 대해서는 침묵하는 것을 의아하게 생각한다. 물론 억압과 수탈의 정도가 다르고 작은 나라에 대한 자존심도 개입되어 있겠지만, 그래도 외국인들은 고개를 갸웃한다. 외국인들은 또 국가경제를 무역에 의존하고 있으면서도 민족주의적이고 배타적인 한국인을 이해하지 못한다. 해외에 물건을 팔려면 다른 나라와 사이가 좋아야 하는데, 그러지 못하다가 어느 날, 수출 길이 막히면 어떡하느냐는 것이다.

외국인들은 또 분단국가인 한국에 왜 북한 편을 드는 사람들이 그리도 많은가, 의아해한다. 물론 군부독재를 겪으면서 자생적 공산주의자도 생겼고, 당시 한국보다 더 잘살던 북한을 동경하던 사람들도 있으며, 북한을 달래야 전쟁을 피할 수 있다고 생각하는 사람도 많아서일 것이다. 그래도 그렇지, 자기네 정부보다 북한을 더 옹호하는 한국인을 외국인들은 좀처럼 이해하지 못한다.

외국인들은 또 해외에서는 극우이데올로기로 취급되는 민족주의가 한국에서는 좌파운동 이념이 되는 것도 불가사의하게 생각한다. 그리고 진보를 표방하면서도 진보의 핵심인 '자유'라는 말이 붙는 것 ―자유민주주의, 자유시장경제, 자유무역, 자유주의 등― 은 뭐든지 비난하고 부정하는 한국좌파의 이율배반적 보수성도 외국인들에게는 영원한 수수께끼다.

모든 것을 정부책임이라고 생각해서 무슨 사고가 터지면 즉시 청와대로 쫓아가는 것도 외국인들은 이상하게 본다. 사실 한국에서는 보험회사가 해야 할 일을 정부가 하고 있는 경우가 많다. 또한 우리는 국민의 생계도 정부가 책임져야 한다고 생각해서, 자영업인 전통시장이나 골목상점은 물론, 택시회사나 버스회사까지도 정부가 지원해 주어야 한다고 생각한다. 그러므로 케네디 대통령의 감동적인 연설인 "나라가 여러분에게 무엇을 해 줄 것인가를 묻지 말고, 여러분이 나라를 위해 무엇을 해 줄 것인가를 물어라."라는 말은 한국에서는 별 호소력이 없다.

공무원연금 개혁도 외국인들의 눈에는 이상한 현상이다. 국가재정이 어려우면 물론 공무원연금법의 개정이 필요할 것이다. 그러나 그 과정에서 공무원을 마치 국민의 세금으로 부당한 연금을 받는 사람들로 몰아가서는 안 될 것이다. 공무원들은 정부가 보증하는 공무원연금관리공단이라는 금융기관에 매달 적지 않은 적립금을 불입해 온 사람들이다. 그런데 지금 상황은,

그 금융기관의 재정파탄이 예상되므로 월 불입금은 인상하고 만기 배당금은 축소하도록 약관을 고치겠다는 것인데, 그렇다면 정중하게 양해를 구해야지, 그동안 부당한 혜택을 받았으니 이제는 사회정의를 실현하겠다는 식이 되면 안 될 것이다. 국가의 보조가 있긴 하지만, 연금은 자신이 평생 일한 직장에서 매달 납입금을 불입한 대가로 퇴직 후에 받는 만기 배당금이다. 그러므로 외국인들은, 은퇴 후 다른 수입이 있으면 퇴직연금을 지급하지 않겠다는 한국적 사고방식도 이해하지 못한다. 평생 불입하고 받는 연금은 그 누구도 손을 댈 수 없다고 생각하기 때문이다. 또한 다른 수입은 그것대로 또 세금을 내기 때문이다.

국가공무원인 군인은 유사시에 나라를 위해 목숨을 바치는 사람들이다. 그래서 어느 나라나 공무원이나 군인에 대한 복지나 연금제도는 각별하다. 그런데 우리는 고마움은커녕, 공무원이나 군인은 좋지 않은 사람들이라는 잘못된 생각을 갖고 있다. 공무원이나 군인은 평생 국가를 위해 일하는 사람들이다. 그런데 그런 대접을 받게 되면 나라를 위해 일하는 것에 또는 자신의 목숨을 걸고 국민의 재산을 지키는 것에 회의를 느끼게 될 것이다. 그렇게 되면 손해는 결국 국민의 몫이 된다.

이상한 나라에 간 앨리스는 거기서 많은 것을 배운다. 비록 이상한 나라이기는 하지만, 위와 같은 문제점을 고쳐 나가면, 한국 또한 경이로운 눈으로 바라보는 외국인들이 와서 많이 배우고 가는, "기적을 이룬 나라, 기쁨을 찾은 나라"가 될 수 있을 것이다.

(6) 우리가 오해하고 있는 것들

한국인이 잘 모르는 것이 세 가지 있다고 한다. 첫째는 우리가 얼마나 잘 살고 있는지를 모르고, 둘째는 한반도가 얼마나 위험한 곳인지를 모르며, 셋째는 일본과 미국이 우리하고 얼마나 다른지를 모른다는 것이다. 과연 우리는 경제규모가 세계 10위권인데도 상대적 빈곤의식 속에 행복지수가 늘 하위권을 맴돌고, 안보불감증에 걸려 한반도의 상황이 얼마나 위태로운가를 모르며, 일본과 미국을 우리하고 비슷한 나라로 생각하는 경향이 있다.

그 외에도 우리가 잘 모르고 있거나 오해하고 있는 것들은 많다. 예컨대우리는 공산주의 국가가 계급이 없는 줄로만 알지, 사실은 엄중한 서열이 있는 철저한 위계사회라는 것은 잘 모르고 있다. 특히 지도자와 당원과 인민사이의 신분과 특권의 차이는 상상을 초월한다. 반대로 우리는 미국은 모든것이 평등한 나라라고 생각하는데, 사실은 미국사회 역시 엄격한 위계질서와 계급으로 이루어져 있으며, 신분에 따른 특권과 예우를 인정하고 있다.

그 한 예로, 내가 전에 가르쳤던 미국 펜실베이니아주립대학교에서는 교수연구실도 직급과 경력에 따라 크기가 달랐고, 주차장의 위치도 달랐다. 반면, 한국대학은 원로교수나 신진교수의 구분 없이 모든 교수에게 동일한크기의 연구실과 주차장을 제공하는데, 우리는 그게 전혀 불공평하다고 느끼지 않고, 오히려 바람직한 사회정의라고 생각한다.

미국은 인간의 존엄성과 법집행에 있어서만큼은 평등해서 시장의 차에불법주차 범칙금 통지서도 발급하고, 국방장관에게 집 앞의 눈을 안 치운 데대한 벌금도 부과하며, 국회의원이라 할지라도 법을 어기면 즉시 체포한다. 또한 미국인들은 법질서 의식과 상하관계가 엄격해서 정부나 법집행기관이나 상급자의 권한에 쉽게 승복한다. 그래서 가진 자의 특권을 인정하지 않고 헌법재판소의 판결에도 승복하지 않는 우리와는 달리, 미국에서는 대법원의 판결에 불복해 시위를 하거나 경찰관과 시비를 벌이는 것을 보기 어렵고, 해고당한 근로자가 고용주에게 항의하는 것도 보기 어렵다.

최근 미국에 갔을 때, 슈퍼마켓의 계산대에서 일하는 신입직원 바로 뒤에

매니저가 서서 오랜 시간 감시하는 것을 보았는데, 한국 같았으면 아마 인권유린이라고 난리가 났을 것이다. 텔레비전 인기 프로그램인 〈비정상회담〉에 출연한 외국인들이 자국의 갑을갈등에 대한 질문을 받았을 때, 이 세상 모든 나라에 갑과 을의 관계가 있다고 대답한 것도 아마 그런 맥락에서였을 것이다.

우리는 또 미국을 우리나라처럼 한 나라라고 생각하지만, 사실 미국은 법과 체제가 각기 다른 50개의 나라로 이루어진 합중국이다. 그런 미국의 다양한 인종과 문화를 하나로 연결해 주는 상징은 성조기다. 그러므로 반미 데모를 할 때, 성조기를 훼손하는 것은 전 미국을 적으로 만드는 것인데, 우리는 그걸 잘 모르고 있다. 미국은 또한 개인주의를 존중하지만, 팀워크도 중시하고 부처 간 협력이 잘되며, 우리 생각과는 달리 대단히 가정적인 나라이다.

한국인이 잘 모르는 것 중 하나는, 우리 사회가 얼마나 평등한가 하는 것이다. 물론 노블리스 오블리주는 없으면서 갑질만 하는 못된 특권층도 있지만, 동시에 한국처럼 평등주의가 철저한 나라도 드물기 때문이다. 경제적 형평성은 아직도 갈 길이 멀지만, 그래도 우리는 더 이상 갑의 횡포가 허용되지 않는 사회에 살고 있다. 해외교포들은 한국이 아직도 가부장적 유교사회라고 생각하는데, 사실 대다수 한국인은 유교서적을 읽은 적도 없고, 윗사람에 대한 공경심이나 선생님에 대한 존경심도 우리 사회에서 급속도로 사라져 가고 있다.

우리가 해외에서 뭔가를 받아들일 때, 오해한 것도 많다. 예컨대, 20세기 초에는 모더니즘을 퇴폐사조로 오해했고, 20세기 후반에는 포스트모더니즘을 단순히 예술의 상업화와 표절을 허용하는 사조로 착각했다. 민주주의의 근본은 소수의 의견도 존중하는 것인데, 우리는 다수결로 모든 것을 결정하는 것으로 생각해 전체주의를 허용했고, 책임이 따르는 자유를 뭐든지 마음대로 해도 되는 것으로 곡해했으며, 평등은 인간 존엄성의 평등이 아닌, 계급과 재산의 평등으로 오해했다. 뿐만 아니라, 자본주의는 물질주의로, 사회주의는 무상복지로 오해했으며, 공산주의는 단순히 가진 자의 재산을 빼앗아 나눠 주는 것으로 오해했다.

과거에 우리는 독재정권에 대항한 운동권 투사들은 무조건 좋은 사람들이라고 생각했다. 그러나 니체는 "괴물과 싸우는 사람은 자기도 괴물이 되지 않도록 조심해야 한다. 심연을 오래 들여다보면, 심연이 너를 들여다본다."라고 경고했다. 과연 과거 민주화 투사들 중에는 독재정권과 싸우는 과정에서 자신도 모르게 독재자의 횡포와 독선을 닮아 간 사람도 많았다.

우리는 국가가 어떤 정책을 시행할 때, 사전에 국민과 논의하고 국민의 허락을 받으라고 요구한다. 그러나 나라살림과 외교는 국민으로부터 권한을 위임받은 성치가들의 책무이며, 즉각적인 대응이 필요한 국가안보 사안은 더욱 그러하다. 그래서 좋은 정치인을 뽑아야만 한다. 만일 믿을 수 없는 사람을 뽑았다면 그건 표를 던진 국민이 감내해야 한다.

우리가 잘 모르고 있거나 잘못 알고 있는 것들은 의외로 많다. 문화적 차이를 잘 알게 될 때, 우리는 국제사회의 파트너로 환영받는 세계의 시민이 될 수 있을 것이다.

(7) 세상에서 가장 무서운 것

이 세상에서 가장 무서운 것은 무엇일까? 밤중에 만나는 귀신이나 유령도 무서울 것이다. 그러나 그보다 훨씬 더 무서운 것은 무식한 사람이 신념을 가질 때라고 한다. 그런 사람은 자신의 신념을 위해서라면 물불을 가리지 않기 때문이다. 그리고 그보다 더 무서운 것은, 그런 사람이 자신의 신념을 남에게 강요할 때라고 한다. 그걸 거부하면 적으로 간주해 주저 없이 남을 해치고 죽이기 때문이다.

똑같이 무서운 것이, 바로 자기와 가장 절친한 사람이 어느 날 갑자기 전혀 다른 사람으로 변하는 것이다. 돈 시겔 감독의 영화 〈신체강탈자의 침입〉은 우리가 잠든 사이에 외계인들이 우리의 가족과 친구를 데려가면서, 똑같이 생긴 복제품을 놓고 간다는 설정을 통해 정치이데올로기의 세뇌를 비판한다. 이 영화에서 남편은 자신의 사랑하는 아내가, 그리고 아내는 믿었던 남편이 어느 날 외모만 같을 뿐, 전혀 다른 사람으로 바뀌었다는 것을 발견하고 두려움에 떤다.

이 영화의 리메이크인 〈인베이전〉에서는, 남편이 이상하게 변한 것을 발견한 부인이 정신과 의사를 찾아가, "내 남편이 내 남편이 아니에요."라고 절규한다. 1980년대 초, 선배들의 의식화 작업을 통해 반정부 운동권 투사로 변신한 서울대 학생의 한 학부모도 지도교수인 나를 찾아와 똑같은 말을 했다. "교수님, 내 딸이 내 딸이 아니에요." 방학 때 집에 돌아온 딸은 비록 외모는 같았지만, 예전에 서울로 보낸 착하고 순진한 자기 딸이 아닌, 전혀 다른 사람이었다는 것이다. 극우나 극좌 정치이데올로기의 세뇌는 이렇게 사람을 완전히 바꾸어 놓는다. 그리고 그것은 우리에게 형언할 수 없는 공포를 준다.

돈 시겔의 또 다른 영화 〈텔레폰〉에서는 구소련 냉전시대에 KGB가 세뇌시켜 미국에 심어 놓은 사람들을 극렬분자인 전직 KGB요원이 다시 가동시켜 테러리스트로 이용한다. 세뇌된 미국인들은 평소에는 평범하게 살다가, 옛 KGB요원이 전화를 걸어 로버트 프로스트의 시를 들려주면 갑자기 최면 상태가 되어 테러리스트로 돌변한다. 우리나라에도 정치선동가들이 조용하게 살던 사람들을 흥분시키기 위해 사용하는 키워드가 있는데, "조국," "민족," "자주"가 바로 그것이다. 웬일인지 그 키워드를 듣는 순간, 우리는 그만 통제력을 잃고 폭력적이 된다.

또 다른 영화 〈패컬티〉에서는 외계생물체의 숙주가 된 교사들이 학생들도 자신들처럼 만들려다가 제자들의 반발로 실패한다. 교육현장에서의 정치이데올로기 교육과 세뇌를 비판하고 있는 이 영화는 교사들은 가치중립적이어야 한다고 시사한다. 자기가 좌파건 우파건 교사는 학생들에게 자신의 정치이념을 강요하면 안 된다. 교사는 학생들에게 좌우이데올로기의 장점과 단점을 다 가르쳐 주고, 최종선택은 학생들에게 맡겨야 한다. 그러나 안타깝게도 우리의 교육현장은 그렇지 못한 것처럼 보인다.

영화로도 제작된 리처드 콘돈의 소설 『만추리언 캔디데이트』는 공산주의 이념에 세뇌된 사람이 대통령이 되면 어떻게 하나 하는 미국인들의 은밀한 두려움을 그린 영화다. 한국전쟁 중, 포로로 잡혀 만주로 이송된 일단의 미군들이 세뇌되어 미국으로 돌아온다. 그중 레이먼드 쇼는 미국정부로부터 훈장까지 받는다. 공산주의 동조자인 그의 어머니는 최면에 걸려 있는 쇼를 활성화시켜 미국대통령 후보를 암살하려 한다. 그렇게 되면 부통령 후보인 자기 남편이 대통령이 될 수 있기 때문이다.

오늘날 진보와 보수, 그리고 좌파와 우파로 분열된 한국사회에서 우리는 사람을 만날 때, 상대방이 어느 쪽인지 의심하고 두려워한다. 부모와 자녀도 정치이데올로기로 인해 갈라지고, 젊은 세대와 나이 든 세대 또한 그러하며, 때로는 친구끼리도 이념 때문에 등을 돌리기도 한다. 그래서 가정과 학교와 직장에서 정치에 대한 이야기를 할 때 우리는 늘 조심스럽다. 누가 이념적으로 반대편이고, 누가 세뇌된 에이전트이며, 누가 언제라도 활성화될 수 있는 잠재적 스파이인지 모르기 때문이다. 이렇게 가장 가까워야 하는 가족과 친구와 직장동료를 경계하고 불신해야만 하는 상황은 우리의 삶을 불안하게 만든다. 영화 〈에일리언〉이나 〈더 씽〉에서처럼 과연 우리 중, 누가 몸속에 외계의 생명체를 갖고 있는지 알 수 없기 때문이다.

주한 미국대사를 공격한 한 극단주의자를 보며, 세상에서 가장 무서운 것이 바로 무지한 사람의 신념이라는 사실을 다시 한 번 깨닫게 된다. 전쟁의 폭력에 반대한다면서 개인에 대한 폭력은 서슴없이 자행하는 것도, 또 북한의 도발이나 전쟁 준비에는 침묵하면서 남침에 대비한 한미 군사훈련에는 반대하고 테러를 가하는 것도 바로 무식한 자의 잘못된 신념과 그 신념의 강요에서 비롯된 것이기 때문이다.

똑같은 일이 극우파나 극단적 종교 신봉자들에게서도 일어날 수 있다. 국내에서도 일부 극우단체의 언어폭력과 저급한 행동이 우리를 부끄럽게 하고, 지구상에서는 광신도들의 테러가 인류문명을 위협하고 있다. 자기만 옳다고 확신하면 세상을 흑백논리로 보고 차이를 부인하며 타자를 적대시하게 된다. 그런 사람들은 우리 사회를 무섭게 만든다. 가정과 학교와 직장에서 이념의 차이로 인해 서로를 불신하고 두려워한다면, 그건 무서운 사회다.

세상에서 가장 무서운 것은 정치이데올로기의 좀비들이다. 남을 물어서 전염시키는 본능밖에는 없기 때문이다. 좀비들로 가득 찬 사회는 싸늘하고 무서운 곳이다. "나도 틀릴 수 있다."라는 유연함을 회복할 때, 비로소 따뜻한 인간적 사회가 도래할 것이다.

(8) 진정한 선진국이 되려면

19세기 말에 한반도에 온 어느 외국인은 자신이 관찰하고 경험한 당시 조선사회에 대해 흥미 있는 기록을 남겼다. 그중에는 웃고 넘길 만한 것도 있고, 지금은 사라져 해당이 안 되는 것도 있지만, 어떤 것은 여전히 변하지 않고 있어 고개를 끄덕이게 하는 것도 있다.

예컨대, 그 외국인은 "한국인들은 단순해서 희로애락의 감정을 감추지 못한다."고 지적했다. 과연 우리는 아직도 사춘기 청소년처럼 감정을 억제하지 못한 채, 좋고 싫은 것을 금방 표정으로 드러낸다. 한국이 외교에 능하지 못하다는 평을 받고, 세계적인 포커선수가 없는 것이 납득이 가는 대목이다. 교육의 목적이자 교양의 척도 중 하나는 감정을 통제하는 것인데, 우리는 세계 최고의 교육국가면서도 좀처럼 감정을 감추지 못한다.

그 외국인은 또 "한국인들은 당장 눈앞의 은혜에는 감동하고 위엄에도 복종하지만 조금만 지나면 다 잊어버리고, 은혜를 베풀면 당연하게 생각하며 위엄을 가하면 곧 원망한다."고 말했다. 전쟁으로 어려울 때, 이웃과 다른 나라의 도움을 많이 받아서인지, 우리는 은혜를 쉽게 잊고 신세지는 것을 당연하게 생각하는 경향이 있다.

또 우리는 권위나 계약에도 잘 승복하지 않는다. 정부나 경찰이나 법을 가볍게 어기며, 지하철이나 공공장소에서 잘못을 지적하면, 내가 뭔데 시비냐고 대들어 오히려 봉변을 당하기 쉽다. 메르스 의심환자로 격리 중인 사람이 병원을 탈출하거나, 자택격리 대상자가 마음대로 돌아다니는 것도 당국을 우습게 보기 때문이다. 우리는 또 스포츠 경기판정이나 선거결과에도 승복하지 않는 경향이 있고, 국가대표끼리 서명한 협상도 무효라고 떼를 쓰며 재협상을 하라고 데모를 벌인다.

또 그 외국인은, 한국인들은 "급하면 우선 그 자리만 피해 보려고 하며, 결코 멀리 보지 않는다."고 썼다. 과연 우리 정치인들은 우선 그 자리만 피해 보려고 거짓말을 하는 경우가 많아, 돈을 받았다고 인정하는 사람은 한 명도 없지만 나중에 보면 다들 돈을 받은 사실이 드러난다. 또 우리는 사고가 터질 것이 뻔한데도, 좀처럼 미리 대비하고 준비하지 않는다.

상인들도 멀리 보지 않고, 어찌 되었든 우선 팔고 보자는 태도를 갖고 있다. 예컨대 어떤 물건이 잘 팔리면 곧 비인기 품목을 끼워서 세트로 팔거나 가격인상을 시도한다. 예전에 외국 어느 대학에서 열린 국제 푸드 페스티벌에서 우리 음식이 잘 팔리자 값을 올렸다가, 어처구니없어 하는 그 나라 학생들로부터 강력한 항의를 받는 것을 보았다. 또 명절 때면 값을 내려 박리다매를 하는 다른 나라와는 달리, 우리는 명절이 다가오면 우선 눈앞의 이익만 추구해 가격을 올린다.

다음으로 그 외국인은 "한국인들은 나태하고 위기를 못 느끼며 무사태평하다."라고 지적했다. 과연 날마다 핵무기와 생화학무기로 위협받는, 세계에서 가장 위험한 지역에 살면서도 우리는 도무지 위기를 느끼지 못한다. 경제위기나 국가적 위기가 다가와도 우리는 아무런 대비책도 없이, 설마 어떻게 잘 되겠지 하면서 그저 무사태평이다.

"한국인들은 자기 나라에 대해서도 잘 모르지만 국제정세에는 더욱 어둡다."라는 지적에는 도저히 반박의 여지가 없다. 지구상에 우리처럼 세계정세에 어두운 사람들이 있을까. 우리는 세상이 얼마나 빠르게 변화하고 있는지에 별 관심이 없으며, 현재 국제정세가 얼마나 긴박한지, 그리고 그 속에서 살아남고 융성하려면 어떻게 해야 하는지도 잘 모르고 있다.

"한국은 유교국가라고 자랑하지만, 도덕과 윤리에는 관심이 없고 형식과 허례허식에만 얽매인다."라는 지적도 가슴을 뜨끔하게 한다. 과연 우리는 유교의 장점인 도덕과 윤리보다는, 유교의 단점인 형식과 허례허식에만 집착하는 경우가 많다. 그러다 보니 명분과 체면에만 매달려 실리를 챙기지 못한다.

"남의 일에 호기심이 많고 구경을 좋아한다."라는 지적은 예나 지금이나 변함없는 우리 민족의 특성이다. 우리는 다른 사람의 사적인 일에 관심이 많아서, 예컨대 누가 이혼하면 꼭 그 이유를 알고 싶어 한다. 또 우리는 길거리 무료단체관람을 좋아해서, 거리 공연이 있으면 금방 구름처럼 모여들고,

싸움이 나면 말리는 대신 재미있게 구경한다. 1904년에 러일전쟁을 취재하러 한국에 온 미국작가 잭 런던은, "한국인은 모여서 구경하기를 좋아한다. 심지어는 자기 나라에 전쟁이 났는데도, 일단 도망갔다가 곧 다시 돌아와 싸움구경을 한다."라고 썼다.

그 외국인은 우리의 장점도 인정했다. 예컨대, "한국인은 공예품 만드는 솜씨가 뛰어나며, 의관이 운치가 있다."고 칭찬했다. 우리의 장점이 어찌 그것뿐이랴. 세계가 놀라는 경제발전과 역동적인 에너지, 그리고 비상시에 드러나는 국민단합과 위기극복능력 또한 국제적으로 인정받는 한국인의 장점이다.

그 외국인이 다녀간 뒤로, 우리는 엄청난 변화를 겪었고 눈부신 발전을 이루었다. 그래서 이제는 우리도 선진국의 대열에 들어서게 되었다. 그런데도 그 외국인이 지적한 문제점의 상당수는 아직도 우리 사회에 상존하고 있다. 그러한 단점을 인정하고 고쳐 나갈 때, 그리고 선진국의 특성인 관대함과 타자에 대한 배려와 공중도덕을 갖출 때, 우리는 국제사회에서 주목받는 진정한 선진국이 될 수 있을 것이다.

(9) 글로벌시대의 고향

처음 만나는 자리에서 영미인들은 대개 상대방의 직업을 물으며 대화를 시작한다. 그런데 한국인들은 예외 없이 고향과 학교와 나이를 묻는다.

나 또한 이런저런 자리에서 "고향이 어디세요?"라는 질문을 자주 받는다. 그럴 때마다, 나는 "저는 고향이 여러 곳입니다."라고 대답한다. 태어나서 금방 떠나 별 기억이 없는데도 그곳이 고향인지, 아니면 어린 시절의 추억이 깃든 곳이 고향인지, 혹은 조상의 뿌리가 있는 곳이 고향인지, 잘 몰라서이다. 더구나 나는 강원도를 빼고는 전국 각지에서 다 살아 보았으며, 열두 살

때 집을 떠나 유학생활을 했기 때문에 그런지, 특정지역에 대한 고향의식이 없다.

그래서 나는 우리나라 전체를 내 고향으로 생각한다. 모두가 이웃처럼 더불어 살고 있는 이 작은 나라에서 어디서 태어났는가가 뭐 그리 중요할까 하는 생각이 들어서이다. 본적지와 그동안 제일 오래 산 곳은 서울이지만 고향은 아니어서, 서류에 고향을 쓰는 칸이 있으면 나는 영조 때 호조참판을 지낸 조상의 선산이 있고, 아버님과 내가 어린 시절을 보낸 전주를 써넣는다. 출생지는 아니지만, 그곳이 내 뿌리라고 생각해서다. 하지만 그 이전의 근본이 어디인지는 누가 알겠는가? 본관이 김해니까 가야지방일 수도 있고, 어쩌면 한반도에 정착한 북방민족의 자손인지도 모르며, 보험회사가 서비스로 보내 준 인터넷 족보대로라면, 임진왜란 때 조선에 귀순해 선조로부터 김씨 성을 하사받은 일본장수의 후손일 수도 있다.

한국에서 태어났지만, 어렸을 때 해외로 나가 외국에서 어린 시절을 보낸 사람의 고향은 과연 어디일까? 분명, 그 사람의 어린 시절의 추억과 향수는 태어난 한국이 아니라, 자기가 자라난 외국 도시에 있을 것이다. 그렇다면, 외국도 고향이 될 수 있지 않을까? 내 경우에도, 젊은 시절을 보낸 뉴욕 주 버펄로는 언제 찾아가도 반가운 제2의 고향이다.

12세기 유럽의 사상가 성 빅터의 휴는 이렇게 말했다. "자신의 고국(고향)이 소중하게 느껴지는 사람은 아직 어린아이와 같다. 세계 어디를 가도 자기 고국(고향)처럼 느끼는 사람은 강한 사람이다. 그러나 모든 곳을 다 타국(타향)처럼 느끼는 사람이야말로 완벽한 사람이다."

아마도 한국인은 첫 번째 범주에 속하는 것 같다. 고향과 고국을 좀처럼 잊지 못하기 때문이다. 명절에는 인구의 절반이 고향에 내려가느라 귀성길이 막히고, 해외에 나가면 고국이 그리워 빨리 돌아가고 싶은 것이 한국인의 심정이다. 심지어는 나이 들면 다시 고국으로 돌아오는 역이민도 한국인에게만 있는 특이한 현상이다. 예전에 해외유학의 목적을 물으면, 한국 유학생들은 예외 없이, "돌아가 조국에 봉사하기 위해서"라고 대답해서 외국인들을 어리둥절하게 했다.

그러나 시대는 변했다. 나라와 나라, 그리고 문화와 문화 사이의 경계가 소멸되어 세계가 하나의 지구촌으로 좁아진 것이다. 그래서 이제는 성 빅터의 휴가 말한 두 번째 범주의 사람, 즉 세계를 훨훨 날아다니며 어디를 가도 자기 나라처럼 편하게 느끼는 사람이 각광받는 시대가 되었다. 그리고 더 나아가, 애향주의나 민족주의에 휩쓸리지 않고 자기 고향이나 고국도 타향과 타국을 대하듯 냉철하게 바라볼 줄 아는 세 번째 범주의 사람이 필요한 시대가 되었다.

우리나라를 발칵 뒤집어 놓은 고 성완종 사건의 이면에 특정지방 출신인사들의 모임이 있었다는 뉴스는 우리의 눈살을 찌푸리게 한다. 안 그래도 좁은 나라에서 두 지역으로 갈라져서 서로 싸우고 있는 것만 해도 한심한데, 또 다른 지역까지 파벌을 만들어 분열을 조장하면 한국의 미래는 암울할 수밖에 없기 때문이다. 전 세계가 하나의 지구촌이 된 이 글로벌시대에 국제적인 인적 네트워크를 만들지는 못할망정, 지방과 지역의 파벌을 만들어서는 안 될 것이다. 지역파벌주의에서 벗어나지 못하는 사람을 지도자로 뽑으면, 한국은 세계로 뻗어 나가지 못하고, 영원한 주변국가 또는 패거리 공화국으로 전락하게 될 것이다.

나치의 박해를 피해 이스탄불로 망명한 에리히 아우어바흐는 성 빅터의 휴가 말한 위 글을 다음과 같이 풀이했다. "연약한 사람은 한 곳에만 애정을 준다. 강한 사람은 세계의 모든 곳으로 사랑을 확대한다. 그러나 완벽한 사람은 모든 곳에서 애정의 불을 끈다."

아우어바흐의 말을 우리는 이렇게 바꾸어 볼 수도 있을 것이다. "자신의 출신지역이나 동향인만을 사랑하는 사람은 연약한 사람이다. 다른 지역이나 타지인도 사랑하고 포용할 줄 아는 사람은 성숙하고 강한 사람이다. 그러나 자기 고향과 고국까지도 비판할 수 있는 사람이야말로 완벽한 사람이다." 작가나 지식인은 모두 아우어바흐처럼 정신적 망명객이다. 망명객은 타향뿐 아니라, 자신의 고국과 고향에 대해서도 애정의 불을 끈다.

"같은 XX도 사람끼리 잘해 봅시다."라는 지역파벌적 말은 이제 우리 사회에서 사라져야만 한다. 그리고 우리 젊은이들을 민족주의자가 아닌, 세계의 시민으로 키워야 한다. 자신의 고향과 고국에 향수를 느끼지 않는 사람이 어디 있겠는가? 그러나 자기 출신지역에 대한 맹목적인 애정과 편애를 극복할 때, 우리는 비로소 세계를 가슴에 품는 진정한 글로벌 시민이 될 수 있을 것이다.

(10) "우리를 슬프게 하는 것들"과 기쁘게 하는 것들

『우리를 슬프게 하는 것들』이라는 수필에서 안톤 슈낙은 울고 있는 아이, 정원 구석에서 발견한 작은 새의 주검, 사냥꾼의 총부리 앞에서 죽어 가는 사슴의 눈빛, 출세한 친구의 거만해진 태도, 그리고 기사 차 뒷좌석에 앉아 있는 여인의 좁은 어깨가 우리를 슬프게 한다고 썼다.

슈낙이 그 글을 쓴 건 오래전이었지만, 지금도 우리를 슬프게 하는 것들은 많다. 예컨대 영화 〈국제시장〉이 보여 주는 한국의 비극적 근대사는 우리를 슬프게 한다. 그러나 그것보다 더 슬픈 것은, 한 특정인을 미화한 영화와는 달리, 평범한 한 아버지의 삶을 통해 한국의 근대사를 조감하고 패러디한 이 영화에 굳이 정치이념의 잣대를 들이대며 비판하는 일부 논객들의 뒤틀린 태도다. 그런 사람들은 자식을 위해 역경과 고초를 견디며 살아온 이

땅의 모든 아버지를 모욕하는 셈이다.

정치이데올로기에 경도되어, 오직 자신만 옳다고 믿는 사람들의 확고한 신념과 잘못된 정의감이 우리를 슬프게 한다. 전쟁이 끝난 지 불과 60여 년 만에 이렇게 잘살게 된 나라의 정통성을 부정하고 북한을 찬양하는 사람들의 어리석음도 우리를 슬프게 한다. 한국전쟁이나 10월 유신을 직접 몸으로 겪은 어른에게, 책에서 읽은 얄팍한 지식으로 당시의 시대상을 가르치려 드는 젊은이의 주제넘음도 우리를 슬프게 한다.

한국군이 외면한 수많은 피난민을 흥남부두에서 구해 낸 미군장교와 미군 수송선을 보고도 반미를 부르짖으며, 자기는 물론, 자기 자녀도 슬그머니 미국에 유학 보내는 사람들의 위선이 우리를 슬프게 한다. 알지도 못하는 머나먼 나라에 와서 우리를 위해 전사한 병사들을 보내 준 고마운 열여섯 나라를 기억하시 못하는 우리의 염치없음도 우리를 슬프게 한다.

조금이라도 더 돈을 벌기 위해, 독일 광부/간호사 모집과 베트남 파병에 지원했다가 영영 돌아오지 못한 사람들의 기구한 운명이 우리를 슬프게 한다. 이제는 조금 잘살게 되었다고 거만해져서, 예전의 우리처럼 이국에 와서 고생하고 있는 외국인 근로자를 차별하고 임금을 체불하는 일부 고용주의 못된 태도가 우리를 슬프게 한다. 행복을 찾아 한국에 왔지만, 불행한 결혼생활 속에 고국을 그리워하는 외국인 신부의 한숨도 우리를 슬프게 한다.

남북으로 분단된 것만 해도 서러운데, 또다시 동서로 갈라지고, 보수와 진보, 좌파와 우파, 부자와 빈자, 그리고 갑과 을로 나누어 대립하는 한국사회의 고질적인 반목과 증오가 우리를 슬프게 한다. 도처에서 발견되는 학연, 지연, 혈연도 우리를 슬프게 한다. 그리고 그러한 연줄이 만든, 우리 사회의 두드려도 "열리지 않는 문"이 우리를 슬프게 한다. 나라와 문화 사이의 경계가 사라진 이 글로벌시대에 아직도 발견되는 인종차별과 지역차별도 우리를 슬프게 한다.

슬픈 일이 어찌 그것뿐이랴. 수능시험 날, 꼭두새벽에 집을 떠나 도박사처럼 단 한 번의 승부에 운명을 걸어야만 하는 우리 자녀와, 하루 종일 노심초사 시험 종료를 기다리는 엄마의 타들어 가는 가슴이 우리를 슬프게 한다. 훌륭한 스펙을 갖고 있으면서도 일자리가 없거나 입사시험에서 탈락해 힘없이 돌아서는 젊은이의 뒷모습이 우리를 슬프게 한다. 보다 나은 자녀교육을 위해 가족을 외국에 보내고, 텅 빈 방에서 홀로 라면을 끓이는 기러기아빠의 처진 어깨도 우리를 슬프게 한다.

믿고 맡긴 우리 아이를 무자비한 주먹질로 야구 스윙처럼 날려 보낸 어린이집 교사의 폭력이 우리를 슬프게 한다. 자신의 사적 이익을 위해 환자 후송 중인 앰뷸런스를 못 가게 차로 막아선 어느 운전자의 이기심이 우리를 슬프게 한다. 곤경에 처한 사람의 필사적인 심정을 악용해 돈을 뜯어내는 사기꾼의 악랄함도 우리를 슬프게 한다. 자녀나 아내를 자기 소유로 착각하고 학대하거나 동반자살을 강요하는 남자들의 무지함도 우리를 슬프게 한다. 자신의 목숨을 위해 승객을 버리고 맨 먼저 탈출한 세월호의 선장과, 자신의 고용주를 위해 승객을 데리고 회항한 대한항공 기장의 프로페셔널리즘 부재도 우리를 슬프게 한다.

영화 〈언브로큰〉에 대한 일본 극우파의 비난과, 일본인의 장점인 예의 바름과 겸손함을 사라지게 한 일본의 우경화가 우리를 슬프게 한다. 용서는 피해자의 몫인데, 가해자를 용서하지 못하는 우리의 좁은 가슴도 우리를 슬프게 한다. 자신의 종교적 신념을 위해, 또는 천국에서 보상받기 위해 주저 없이 타인을 죽이는 광신도들의 테러와 독선도 우리를 슬프게 한다.

그렇지만 우리를 기쁘게 하는 것들도 있다. 세계도처에서 부러워하고 배우러 오는 한국의 눈부신 경제발전은 우리를 기쁘게 한다. 미군부대에서 홀러나온 외제품을 팔던 부산의 "국제시장"에서, 오늘날 세계시장을 석권한 삼성과 LG와 현대의 성공도 우리를 기쁘게 한다. 한국을 세계에 널리 알린 한류의 인기도 우리를 기쁘게 하고, 키 크고 인물 좋고 영어 잘해서 어디에 내놓아도 손색없는 우리 젊은이들의 당당함도 우리를 기쁘게 한다. 다문화 가정 자녀들이 만든 무지개합창단이 부르는 노래, "우리 함께 만들어 가요, 아름다운 세상"이 우리를 기쁘게 한다. 일본 극우파의 혐한 시위 때마다 그 옆에서 발견되는 온건파의 반대 시위도, 파리 테러범들의 총구 앞에서 목숨 걸고 인질을 구한, 한 무슬림 청년의 박애정신도 우리를 기쁘게 한다.

무겁게 짓누르는 슬픔 속에서, 그래도 우리를 지탱해 주고 희망을 주는 것은 바로 그런 조그만 기쁨들이다.

(11) "또 다른 한 짝"의 중요성

"룩소 이집트 및 유럽영화 페스티벌"에서 수상한 4분짜리 이집트 단편영화는 감동적이다. 20세의 재능 있는 여성감독 새러 로직이 만든 〈또 다른 한 짝(The Other Pair)〉이라는 제목의 이 영화는 찢어진 슬리퍼를 신고 기차역에서 걸식하는 가난한 소년이 등장하면서 시작된다. 아마도 고아인 이 소년은 주위를 둘러보다가, 부모와 함께 여행을 떠나는, 번쩍이는 검정색 구두를 신은 부잣집 소년을 보게 된다. 가난한 소년은 부잣집 소년의 광택 나는 구두를 부러운 눈빛으로 바라보다가, 찢어지고 해어진 자기 슬리퍼를 한참이나 바라본다.

그때 기차가 도착한다. 서로 먼저 타려는 사람들로 혼잡스러운 가운데 기차에 오르던 부잣집 소년의 구두 한 짝이 벗겨져 철로변에 떨어진다. 소년이 다시 내려서 신발을 되찾아올 시간도 없이 기차는 출발한다. 그러자 가난한 소년은 땅에 떨어진 그 부잣집 소년의 구두를 향해 필사적으로 달려간다. 나는 그 가난한 소년이 구두를 주운 다음, 자기가 신으려는 것으로 생각했다.

그러나 그 가난한 소년은 구두를 집어 들고, 부유한 소년에게 돌려주기 위해 떠나가는 기차를 향해 달려간다. 그러나 달리는 기차를 도저히 따라잡을 수 없게 되자, 가난한 소년은 아직도 기차 문간에 서서 손을 내밀고 있는 부자 소년에게 구두를 던져 준다. 하지만 거리가 너무 멀어서 구두는 기차에 닿지 못하고 땅에 떨어지고 만다. 두 소년은 실망한다. 나는 거기서 영화가 끝나는 줄 알았다. 사실 더 이상 무슨 방법이 있겠는가?

그러나 이 영화는 놀라운 결말을 제시한다. 갑자기 부자 소년이 나머지 한 짝 구두를 벗더니, 미소 지으며 그걸 가난한 소년에게 던져 준 것이다. 바로 그 순간, 만일 한 짝씩 가졌다면 아무런 쓸모가 없는 구두가 갑자기 완벽한 가치를 갖게 된다. 그 구두를 그렇게도 선망했던 가난한 소년은 이제 그 누구보다도 더 행복한 사람이 될 것이다. 부유한 소년은 가난한 소년을 도와주어서 기쁠 것이고, 부모가 또 다른 구두를 사 줄 것이다. 서로 전혀 다른 세계에서 살고 있는 이 두 소년의 상호배려와 따뜻한 마음씨는 내게 깊은 감동을 주었다.

이 영화의 마지막에는 간디의 에피소드에서 소재를 빌려 왔다는 엔딩 크레딧이 뜬다. 기차여행을 하던 간디는 기차 안 어딘가에서 신발 한 짝을 잃어버린다. 그러자 간디는 나머지 한 짝도 벗어 놓고 맨발로 기차에서 내린다. 자기 신발을 두 짝 다 주운 사람이 그 신발을 신을 수 있도록 배려한 것이다.

이 영화는 우리에게 부자는 가난한 사람들을 배려하고, 가난한 사람들은 내가 못 가진 걸 가졌다고 해서 무조건 부자를 증오하지 말라는 교훈을 우리에게 주고 있다. 또 이 영화는 양극화된 사회에서 작가나 예술가가 해야 할 일이 무엇인가도 시사해 주고 있다. 즉 작가나 예술가는 우리와 다른 사람들을 향한 증오나 적개심을 부추기는 작품보다는, 이렇게 포용과 화해의 중요성을 깨닫게 해 주는 감동적인 작품을 산출해야 한다는 것이다.

유감스럽게도 우리 사회에는 아직도 나보다 더 잘나가는 사람들, 더 부자인 사람들, 그리고 더 많은 특권을 가진 사람들을 시기하고 질투하며 증오하는 분위기가 팽배해 있다. 한국사회에서 소위 금수저를 물고 태어나는 사람은 "용서받지 못할 자"가 된다. 또 번쩍이는 명품 옷이나 구두를 착용한 사람도 용서받지 못한다. 반면, 가진 사람들은 가난한 사람들을 배려하기보다는 무시하고 경멸하며, 소위 "갑질"이라 불리는 횡포를 부리는 경향이 있다. 양극화되어 서로를 증오하는 우리 사회에서 이 두 소년처럼 서로를 배려하며, 구두를 던져 주는 사람들이 과연 얼마나 있을는지, 하는 회의가 드는 이유노 바로 서기에 있나.

물론 그 두 소년이 아직 순진무구한 소년들이기 때문에 그런 일이 가능하다고 말할 수도 있을 것이다. 사춘기 때는 순수하다가도 어른이 되면 경직되고 불순하게 되며, 타락하는 경향이 있기 때문이다. 그러나 어떤 면에서 한국인들은 영원한 사춘기 소년과도 같다. 쉽게 감동하고 잘 울며, 감정적이기 때문이다. 성격이 욱해서 홧김에 자기 집에 불을 지르거나, 헤어지자는 여자에게 염산을 뿌리거나 칼질을 하는 것 같은, 다른 나라에서는 사춘기 소년들이나 하는 짓을 우리는 어른들이 버젓이 하고 있다.

그렇다면 우리 어른들은 사춘기 소년처럼 순수한가? 그건 또 아니라는 데 문제가 있다. 우리 사회에서는 어른들이 아이들처럼 파당을 만들어서 싸우고 있고, 나보다 더 잘나가는 사람을 질투하고 증오하며, 우리와 다른 사람들을 차별하고 있다. 또 때로는 어린아이처럼 승복하지 않고 떼를 쓰기도 하며, 스스로에게 감동하기도 한다. 어른의 특성은 교양이 있고 이성적이고 합리적이며 감정을 제어할 수 있다는 데에 있다. 그렇다면 우리에게는 성인의 특성이 심각하게 결여되어 있다고 볼 수 있다.

물론 다 그런 것은 아니어서 성급하게 전형화할 수는 없을 것이다. 그렇지 않은 사람들도 있기 때문이다. 또 그러한 한국인의 단점은 잘만 사용하면 긍정적인 에너지를 창출하기도 한다. 예컨대 한국인은 대체로 이성적이라기보다는 감정적이기 때문에, 자신의 목숨이 위험한 것을 계산하지 않고 뛰어들어 남을 구하는 감동적인 행동을 할 때도 있다.

신이 인간을 창조할 때, 중요한 기관은 두 개씩 만들어 준 이유도 서로 반대되는 두 개가 한 쌍이 되거나 협력할 때, 비로소 완벽한 대칭을 이루며 완성된다는 교훈을 우리에게 주기 위해서인지도 모른다. 예컨대 양팔과 양다리, 두 눈, 두 귀, 두 손과 두 발, 두 개의 허파와 신장과 콧구멍이 그러하다. 입과 위가 하나인 것은, 아마도 과식을 못 하게 하려는 뜻이고, 간이 하나인 것도 과음하지 말라는 뜻일 것이며, 심장이 하나인 것은 마음이 두 개면 곤란하기 때문일 것이다.

그래서 우리는 "또 다른 한 짝"을 무시할 수 없다. 부자와 빈자, 갑과 을, 노와 사, 노인과 젊은이, 보수와 진보, 좌파와 우파는 서로 상호보충적인 존재로서 서로를 배려하고 존중해야만 한다. 그럴 때 우리 사회도 빈자는 부자의 잃어버린 신발 한 짝을 찾아 주고, 부자는 빈자를 위해 나머지 한 짝을 벗어서 던져 주는 화목한 사회가 될 수 있을 것이다.

(12) 한국을 대표하는 두 석학 인문학자: 이어령과 김우창

현존하는 한국의 지성 중 최고 석학을 두 사람 꼽는다면, 이어령 교수와 김우창 교수를 지목하는 데 주저하는 사람은 거의 없을 것이다. 그만큼 그 두 사람은 한국의 문단과 학계에 지대한 영향을 끼쳤고, 한국의 지성사에 거대한 그림자를 드리웠기 때문이다. 과연 이어령 교수와 김우창 교수가 활발하게 저술 활동을 하던 시기에 대학을 다닌 한국의 젊은이들 치고, 그 두 문학평론가/학자의 영향을 받지 않은 사람은 없을 것이다. 예컨대 1960년대와 1970년대 대학생들은 이어령 교수의 에세이집을 바이블처럼 들고 다녔고, 1970년대와 1980년대 대학생들은 김우창 교수의 학술저서를 마치 경전처럼 진지하게 읽었다.

그런데 두 사람은 서로 각기 다른 면에서 한국의 지성을 대표한다. 예컨대 이어령은 뛰어난 국제 감각을 가진 저명한 국문학자이고, 김우창은 동양문화에 대한 식견이 남다른 탁월한 영문학자이다. 또한 이어령이 촌철살인의 에세이로 담아내는 문화론에 탁월한 능력을 가진 작가라면, 김우창은 학술적인 글에 담아내는 문명론에 뛰어난 능력을 가진 학자이다. 그리고 이어령의 문체가 하드보일드하고 스타일리시하다면, 김우창의 문제는 무겁고 사변적이다. 그래서 두 사람의 특징과 스타일은 각각 문학과 학문, 문화와 문명, 그리고 헤세의 책 제목처럼 골드문트(예술가)와 나르시스(학자)로 나누어진다. 물론 두 사람은 서로 그 경계를 넘나들기도 하지만, 기본적으로 이어령 교수는 문학과 문화의 시대를, 그리고 김우창 교수는 이념과 학문의 시대를 대표하는 지식인이라고 할 수 있다.

1) 이어령의 『흙 속에 저 바람 속에』

1962년에 출간되어 독서계에 에세이 돌풍을 일으키며 한 시대를 풍미했던 이어령의 『흙 속에 저 바람 속에』는 아직도 낡은 인습에서 벗어나지 못하고 있는 한국인의 의식구조를 서구문화와 비교해 예리하게 비판한 명저였다. 이 책에서 이어령 교수는 한국인에게 흔한 울음, 눈치를 보는 관습, 그리고 '우리끼리' 문화의 특징을 문화인류학적으로 분석하면서, '기침과 노크,'

'김유신과 나폴레옹,' '춘향과 트로이의 헬렌,' '한복바지와 양복바지,' '화투와 트럼프' 같은 비교문화적 주제를 통해 동서양의 차이를 통찰해서 독자들의 감탄을 자아냈다. 출간되자마자 선풍적인 인기 속에 베스트셀러가 되었던 이 기념비적인 문화비판서는 한국 젊은이들의 인식을 바꾸어 놓고, 그들의 시야를 과거에서 미래로, 그리고 한반도에서 세계로 돌리게 해 줌으로써 한국의 선진화에 크게 기여했다.

『흙 속에 저 바람 속에』는 그 직후에 나온 『바람이 불어오는 곳―이것이 서양이다』와 『저항의 문학』과 더불어 이어령의 초기 3부작을 이루는데, 『바람이 불어오는 곳』이 저자의 서양문화론이라면 『저항의 문학』은 저자의 한국문학 비평서로서, 이 두 책 역시 한국의 지성계에 지대한 영향을 끼쳤다. 저자로서 이어령의 공헌 중 하나는, 한국어가 얼마나 맛깔스럽고 멋있는 언어일 수 있는가를 보여 준 것인데, 『저항의 문학』 또한 문학비평도 소설만큼 재미있고 감동적일 수 있다는 사실을 보여 주는 참신한 평론집이었다.

『흙 속에 저 바람 속에』에서 과거 속에 잠들어 있는 한국인들과 폐쇄적인 한국문화에 대해 다분히 비판적이었던 이어령은 1986년에 나온 『신한국인』(2003년 『젊은이여 한국을 이야기하자』로 재출간)에서는 한국의 전통문화를 긍정적인 측면에서 재해석하고 있다. 전후의 가난한 후진국에서 불과 24년여 만에 크게 발전해 풍요로운 삶을 살기 시작한 한국의 젊은이들에게 이 책은 문화적 자부심을 불어넣어 주는 중요한 역할을 했다. 이 책은 명저 『축소지향의 일본인』과 더불어 한중일 비교문화서로도 중요한 문헌으로 평가받는다. 이어령은 아무도 생각하지 못하는 새로운 시각과 창의력으로 문화를 통한 한국인의 정체성을 꾸준히 탐구해 온 한국의 대표적 지성인이다.

2) 김우창의 『심미적 이성의 탐구』

지식은 무력하고 지성은 무시당하던 암울한 군사독재 정권하에서 방황하던 1970년대 말과 1980년대 초의 대학생들에게 김우창 교수의 저서 『궁핍한 시대의 시인』은 지적 갈증을 달래 주고, 미로의 출구를 제시해 준 이정표와도 같은 책이었다. 횔덜린의 시에서 가져온 이 책의 제목은 정치적으로 어려운 시대에 글을 쓰는 지성인/지식인의 책무란 과연 무엇인가를 상징적으로 보여 주었다는 점에서 중요한 의의를 갖는다. 이 책은 그 뒤에 나온 『지상의 척도』와 함께 한국 지식인들이 나아가야 할 길을 밝혀 보여 주는 안내 성좌의 역할을 했다.

1996년 솔 출판사에서 나온 『심미적 이성의 탐구』는 위 두 책 및 다른 저서에 수록되어 있는 김우창 교수의 대표적 글들을 모은 것으로 그의 사상을 일목요연하게 읽어 낼 수 있는 책이다. 이 책은 김우장 교수가 바라보는 "예술과 삶," "문학과 문학연구," "문학적 커뮤니케이션," "나와 우리"에 대한 심도 있는 논의와 함께, 문학과 사회, 문학과 역사, 문학과 과학기술, 그리고 문학과 포스트모더니즘에 대한 저자의 사색과 명상도 들어 있다.

김우창 교수의 기본 명제는, 한국사회가 아직도 법과 질서와 이성을 결여한 "궁핍한 시대"라는 데에서 출발한다. 그런 의미에서 그는 진정한 모더니스트라고 할 수 있다. 초기 모더니즘이 추구했으나 성공하지 못했던 미완의 과제를 완성시키고자 한다는 점에서 김우창은 하버마스와도 궤적을 같이한다. 과연 김우창 교수의 하버드 박사논문은 우주의 조화와 질서를 추구했던 월러스 스티븐스 연구였으며, 그의 저서들의 제목들 —『법 없는 사회』, 『심미적 이성의 탐구』, 『시인의 보석』— 도 저자가 추구하는 것이 무엇인지를 잘 보여 주고 있다.

이어령 교수와 김우창 교수는 모두 뛰어난 문학평론가로서, 문학적 상상력과 인문학적 성찰을 통해 한국의 지성사에 각기 다른 공헌을 한 한국의 지적(知的) 거인들이다. 이어령 교수는 비상한 통찰력을 가진 폭넓은 문화비 평가로서, 그리고 김우창 교수는 깊은 성찰로 사유의 세계를 보여 준 인문학자로서, 한국의 지성사에 기록될 것이다.

우리는 인문학을 순수하고 정통을 추구하는 엄숙한 학문으로 생각하는 경향이 있다. 그러다 보니, 한국의 인문학은 늘 경직되고 편협하며, 타 분야와의 대화나 교류를 거부해 왔다. 그 결과, 인문학은 점점 현실과 괴리된, 그래서 불필요한 학문으로 스스로를 고립시켰다. 그리고 그 결과는 인문학의 필연적인 위기였다.

그러나 지금 우리는 절대적인 진실이 회의의 대상이 되고, 모든 것의 경계가 무너지며, 중심과 주변의 차이가 사라지는 시대에 살고 있다. 그렇다면 이제는 인문학도 살아남기 위해, 또는 융성하기 위해 절대적인 자리에서 내려와서 다른 학문들 및 타 매체와 제휴하며, 새로운 영역을 개척하고 스스로의 지평을 넓혀야만 할 것이다. 그러기 위해서 인문학은 상아탑에서 거리로 나와 현실과 대면해야만 한다. 그렇지 않으면 인문학은 결국 박물관에 유폐되는 신세로 전락할 수도 있을 것이다.

사실 인문학적 사고는 모든 분야에 유용하고, 우리의 삶을 풍요롭게 해줄 수 있다. 그러나 우리는 인문학을 잘못 인식해서 폐쇄적이고 소극적이되었으며, 그러한 태도는 일상생활에서도 우리의 발목을 잡고 있는 경우가 많다. 예컨대 한국에서 회의를 해 보면, 다른 나라와는 다른 몇 가지 특성이 있다. 우선 분위기가 과도하게 엄숙하다. 회의에 진지함은 필요하지만, 우리의 엄숙한 분위기는 자못 침통하기까지 하다. 미국대학의 인문대 교수회의에 들어가 보면 교수들이 시종일관 유머를 하면서 웃는 것을 보게 된다.

예컨대 미국 인문대학의 학기 초 회의에는 각 학과장들이 나와서 자기네 과의 신임교수와 퇴임교수를 소개하는데, 한번은 미국대학의 우리 과 학과장이 타 대학으로 옮겨간 교수 이야기를 하면서 좌중을 웃겼다. "그 교수는 부임 후, 학교에 통 나타나지 않아서 못마땅했는데, 다른 데로 가겠다고 추천서를 써 달라지 뭡니까? 나쁘게 쓰면 안 데려갈 것 같고, 좋게 쓰자니 사실이 아니어서, 추천서에 "He is a hard man to find."라고 썼지요."라고 해서 우리를 웃겼다. 그 영어표현에는 "이런 사람은 쉽게 찾기 어렵다."라는 좋은 뜻과 "이 사람은 도무지 잘 나타나지 않는 사람이다."라는 부정적 뜻이 동시에 들어 있기 때문에 교수들이 박장대소할 수밖에 없었다. 그러나 한국의 대학 회의는 학장이 주재하고, 신임교수나 퇴임교수도 학장이 소개하며, 교수들은 시종일관 엄숙하게 앉아 있을 뿐이다.

한국회의의 두 번째 특성은 참가자들의 태도가 부정적이라는 점이다. 누가 어떤 아이디어를 내면, 첫 반응이 "그건 안 될 텐데요. 이런 문제가 있는데요."이다. 그래서 외국회의에서처럼, "그것 참 좋은 아이디어네요. 한번 해 봅시다."라는 반응을 기대했다가는 실망하기 쉽다. 한국회의의 세 번째 특징은 한두 시간을 끌어도 결론이 안 나거나, 회의에서 논의한 것이 실천이 잘 안 된다는 점이다. 그래서 어느 외국인은 "한국은 회의 공화국이다. 도처에서 회의를 하는데, 실천되는 것은 거의 없다."라고 말한 적이 있다. 그래서 그 외국인은 한국을 NATO(No Action Talk Only) 국가라고 불렀다. 과연 국내 기관에서 수많은 국제 세미나나 워크숍을 하지만, 거기서 나온 제안이 실천되는 경우는 거의 없다고 해도 과언이 아니다. 관례적인 행사에 그칠 뿐, 토론내용에는 별 관심이 없기 때문이다. 거기에다가 성격만 급하지 행동은 놀랄 만큼 느린 한국적 특성이 겹치면 외국인의 눈에 한국은 한심한 NATO 국가로 보이기 십상이다. 유감스럽게도, 그런 것의 근본에는 실천보다 형식을 중요시해 온 한국식 인문학의 폐해가 숨어 있다.

우리는 기본적으로 부정적이어서, 뭐든지 안 될 것부터 생각하고 무조건 반대를 하는 경향이 있다. 정부가 시도하는 모든 사안에 반대하거나, "금수저가 아니어서 나는 애초에 글렀다."라는 사고방식도 그런 부정적 태도의 산물일 것이다. 또 우리는 모든 것을 둘로 나누어, 둘 중 하나만 옳다고 생각하는 단순한 흑백논리에서 벗어나지 못하는 경향이 있다. 그러나 타자는 틀렸고 자기만 옳다고 생각하는 순간, 그것은 타자 위에 군림하는 권력이 되고, 타인에게 행사하는 폭력과 횡포가 된다. 그래서 우리에게 가장 절실하게 필요한 것은 타자를 이해하고 인정하는 포용과 관용이다. 한국의 인문학은 순수나 정통의 중요성보다는 그런 것을 가르쳤어야만 했다.

작가들 중에는 영화나 스마트폰이나 태블릿PC 때문에 사람들이 문학을 읽지 않는다며, 영상매체와 전자매체를 비난하는 사람도 있다. 그러나 영화 개봉과 맞물리면 문학작품은 삽시간에 베스트셀러가 되고, 스마트폰을 활용하면 문학은 순식간에 전 세계로 퍼져 나갈 수도 있다. 그러므로 영화나 스마트폰을 문학의 적으로 생각하는 소극적이고 부정적이며 이분법적인 사고방식은 바람직하지 않다. 문학의 위기를 부르짖는 대신, 영상매체나 전자매체와 제휴하고 손을 잡으면 문학과 인문학은 살아남을 수 있을 뿐 아니라, 크게 융성하게 될 것이기 때문이다.

그러한 시대적 변화를 문학이나 인문학의 지평확대의 기회로 보아야지, (인)문학의 타락 또는 순수성의 상실이라고 보면 인문학의 미래는 암울할 것이다. 순수의 시대는 이미 20세기 중반에 끝났고, 지금은 사물의 경계가 급속도로 허물어지고, 문화가 활발하게 뒤섞이는 하이브리드시대, 퓨전시대, 그리고 융복합시대가 되었기 때문이다. 이제 문학은 과학기술, 환경생태학, 생체윤리학, 심지어는 경제학이나 경영학하고도 손을 잡아야 한다. 문학은 삶의 다양한 양태를 다루는 장르이기 때문이다. 20세기 후반에 영국 버밍엄 대학교에서 시작된 "문화연구(cultural studies)"도 바로 그러한 인문학의 경계 넘기를 권장하고 있다.

지금 우리에게 절실하게 필요한 것은 긍정적인 사고와 열린 태도, 신속한 행동과 실천, 그리고 "나도 틀릴 수 있다."는 유연함이다. 경직된 아집으로 대립해 적을 만들고 서로 비난하며 배척하는 것보다는, 친구로 만들고 타자를 포용하며 동반자로서 같이 가는 것이 현명하기 때문이다. 그때야 비로소 한국문학의 진정한 글로벌화와 문화융성이 이루어질 수 있을 것이다. 경계 해체시대에 인문학이 해야 할 일도 사람들에게 바로 그런 열린 사고를 심어 주는 것이라고 생각된다.

석학人文강좌 73